文庫

ロートレアモン全集

イジドール・デュカス

石井洋二郎 訳

筑摩書房

イジドール・デュカスの肖像写真

ロートレアモン全集☆目次

イジドール・デュカス

マルドロールの歌──ロートレアモン伯爵による

第一歌──13

第二歌──65

第三歌──141

第四歌──179

第五歌──224

第六歌──270

ポエジー

イジドール・デュカス　ポエジー　I——323
イジドール・デュカス　ポエジー　II——345

イジドール・デュカスの書簡——379

訳注

マルドロールの歌——393
ポエジー——449
イジドール・デュカスの書簡——482

略年譜――489
文庫版解説――492

ロートレアモン全集

イジドール・デュカス

マルドロールの歌——ロートレアモン伯爵による

第一歌

〔1〕

天に願わくは、どうか読者が蛮勇を奮い、ひとときは自分が読むものと同じく凶暴になって、方向を見失わず、これらの暗く毒に満ちたページの荒涼たる沼地を貫いてみずからの険しい未開の道を見出されんことを。(1) というのも、読者が読むにさいして、厳密な論理と、少なくとも自分の抱く警戒心に釣り合うだけの精神の緊張感をもってしなければ、この書物から発散する致命的な瘴気が、水が砂糖にしみこむように、その魂に浸透するであろうから。誰もがみな、この後に続くページを読むのはよろしくない。数人の者だけが、この苦い果実を危険なしに味わえるであろう。それゆえ、臆病な魂の持主よ、このような未踏の荒れ地にこれ以上入りこまぬうちに、踵を返せ、前進するな。私の言うことをよく聞くのだ。踵を返せ、前進するな、母親の顔をおごそかに凝視するのをやめ、崇敬の念をこめて顔をそむける息子の両眼のように。あるいはむしろ、瞑想にふける寒がりの鶴たちが形作る、見渡す限りのV字角のように。それは冬のあいだ、沈黙を横切り、帆をいっぱいに広げて、地平線のある一点に向かって力強く飛翔していくのだが、そこから突然、異様な強風が巻き起こる。嵐の先触れだ。最長老の、一羽だけで群れの前衛をなしている鶴は、それを見ると分別ある人物のように頭を振り、その結果くちばしも振ってかちかちと音を立て、嬉しくなさそうな様子を示すのだが（私にしても、この鶴の立場だったら嬉しくないところだ）、他方、羽根がすっかり脱け落ちた、三世代の鶴と時代を共にしてきたその老いた首のほうも、いらだたしげに波打って動き、いよいよ接近してくる雷雨の到来を予告する。経験を宿した眼で四方八方を何度か冷静に見回してから、慎重に、この先頭の鶴は（というのも、知力に劣る他の鶴たちに尾羽根を見せる特権をもっているのはこの鶴なのだから）、憂いがちな哨兵ならではの用心深い叫び声をあげると、共通の敵を撃退すべく、この幾何学的な図形（それはおそらく三角形と思われるが、これらの奇妙な渡り鳥が空間に形作っている第三辺は目に見えない）の先端を、熟練の船長よろしく、面舵、取舵と、自由自在に方向転換しながら進んでいく。そして雀の羽と同じくらいにしか見えない翼を操って、この鶴は、なにしろ愚かではないのだから、こうして賢明な、より確実なもうひとつの道をとるのである。(2)

〔2〕

読者よ、おそらくは憎悪というやつであろう、この作品の始まりで君が私に担ぎだしてほしいと願っているのは！　君がおびただしい快楽に身を浸しながら、美しく黒い空気の中で一匹の鮫(3)よろしく仰向けになり、この行為の重要性と、自分の正当な食欲のこれに劣らぬ重要性を理解しているかのように、心ゆくまで、左右に広がった肉薄の高慢ちきな鼻孔から、ゆっくりと、かつまた堂々と、憎悪の赤い瘴気を嗅げないなんてことがあると思うかね？　保証するが、この瘴気は君のおぞましい鼻面の不格好な二つの穴を必ずや楽しませるであろう、おお、化け物よ！　もっとも、君が前もって〈永遠者〉(4)の呪われた良心を、三千回も続けざまにせっせと吸いこんでおけばの話だが！　君の鼻孔は、えもいわれぬ満足感と痺れるような恍惚感で途方もなく拡がり、香水と薫香で匂いたつ空間に、これ以上甘美なものなど望むべくもあるまい。なぜなら君の鼻孔は、快適な天の壮麗さと平穏さのうちに住まう天使たちのごとく、完璧な幸福をいやというほど満喫するであろうから。

〔3〕

私は数行で、いかにマルドロール(5)が幼年時代は善良であったかを証明しようと思う。彼はその頃、幸福に暮らした。これでおしまいだ。それから彼は、自分が邪悪に生まれついたことに気がついた。常ならぬ宿命！　何年ものあいだ、彼はできるだけ自分の性格を隠した。けれどもついに、柄にもないこの緊張のせいで、毎日頭に血がのぼるようになった。それで結局、こんな生活に耐えられなくなり、決然と悪の道に身を投じるに至ったのだが……なんとも甘美な空気ではないか！　誰が教えてくれたはずがあろう！幼児の薔薇色の顔に接吻するたびに、彼は許されるものなら剃刀でその両頰をえぐり取ってしまいたいと思った。もし〈正義の女神〉が長い懲罰の行列を引き連れてそのつど彼を押しとどめなかったら、何度となく実行したことだろう。彼は嘘つきではなかった。真実を口に出し、自分は残酷であると言っていた。人類よ、聞こえたか？　彼はそのことを、この震えるペンでもう一度あえて言っているのだ！　というわけで、意志よりも強い力というものがある……畜生め！　石が重力の法則を逃れたいと思ったとしたら？無理な話だ。だから無理な話なのだ、もし悪が善と手を結びたいと思ったとしても。ここまで私が言ってきたのはそういうことだ。

〔4〕

想像力が作り出す、あるいは自分が現に備えているかもしれない心の高貴な美質を用いて、人々の喝采を博すべく物を書く連中がいる。私はといえば、自分の天才を残酷の悦楽を描くために役立てるのだ！　束の間の、人工的な悦楽ではない。人間とともに始まり、人間とともに終わる悦楽である。天賦の才が、〈摂理〉のひそやかな決定の中で、残酷さと手を結ぶことはありえないか？　あるいは、残酷であるがゆえに天才を有することはありえないか？　その証拠は私の言葉のうちに見て取れよう。私の言うことに耳を傾けるか否かはあなた次第だ、もしそうお望みなら……。失礼、どうやら私の頭髪は逆立っていたらしい。だが、なんでもないさ、だって片手で簡単にもとの位置に戻せたからね。歌を歌う者は、自分の独唱曲《カヴァティーナ》[6]が未知のものであることを望みはしない。それどころか、自分の主人公の傲岸で邪悪な考えがあらゆる人間の内にあることを満足に思うものだ。

〔5〕

生まれてこのかた、私はずっと見てきた、ただひとりの例外とてなく、度量の狭い人間どもが数々の愚かしい行為を重ね、自分の同類者たちの頭を鈍化させ、ありとあらゆる手だてを用いて魂を堕落させるのを。彼らは自分の行いの動機をこう呼んでいる――名誉、と。これらの光景を見て、私は他人と同じように笑いたいと思った。だが、この奇妙な模倣は、しようにもできなかった。私は鋭利な刃のついた小刀を手に取ると、両唇が合わさるあたりの肉をすっと切り裂いた。一瞬、目的が果たせたと思った。私は鏡で、自分自身の意思で傷つけたこの口を見た！　間違いだった！　それに二すじの傷から大量に流れる血のせいで、それが本当に他人と同じ笑いであるかどうかは見分けられない。だが、しばらく比較してから、私には自分の笑いが人類のそれには似ていないことがわかった、つまり自分が笑ってなどいないことが。私は見てきた、顔の醜い、暗い眼窩の中に落ちくぼんだ恐ろしい眼をした人間どもが、岩の堅さ、鋳鋼の硬さ、鮫の残酷さ、青年の傲慢さ、犯罪者の理不尽な狂乱、偽善者の裏切り、最も並外れた役者たち、司祭たちの性格の強靭さ、そして外からは最もうかがい知れない人々、地上の諸世界と天上世界で最も冷酷な連中をも凌駕するのを。またモラリスト[7]たちをして彼らの心を解明することに倦み疲れさせ、彼ら自身の頭上に天上の容赦ない怒りを降りかからせるのを。私は見てきた、あるときは彼らがこぞって、早くも悪を覚えた子供が母親に拳を突き出すように、おそらくは何か地獄の悪霊にそそのかされてこの上なくたくましい拳を天に向かって突き上げ、凍るような沈黙の中、痛切ながらも憎悪のこもった悔恨を両眼にたたえ、彼らの胸が秘めていた茫漠たる忘恩の想念をあえて表に出せずにいるのを——それほどその想念は、不当だという思いと嫌悪感でいっぱいだったのだ——、そして慈悲の神を憐憫の情で悲しませるのを。またあるときは彼らが一日じゅう、幼年期の始まりから老年期の終わりまで、生きとし生けるもの、彼ら自身、そして〈摂理〉にたいして、常識外れの信じがたい呪詛の言葉をまき散らしながら、女たちや子供たちに売淫させ、そうやって羞恥に捧げられた体の部分を辱めるのを。そのとき海という海は波を高くして盛り上がり、板切れを深淵に呑みこむ。暴風雨や地震が、家々をなぎ倒す。ペストやさまざまな病気が、祈りをあげる家族たちを皆殺しにする。(8) だが、人間どもはそれに気がつかない。私はまた、彼らが地上での自分の行いを恥じて赤くなったり青くなったりするのも見てはきたが——めったにないことだ。暴風雨の姉妹なる嵐よ。私はその美しさを認めない蒼々とした天空よ。わが心の似姿なる偽善者の海よ。神秘なる胸をもつ大地よ。諸天体の住民たちよ。宇宙全体よ。その宇宙をみごとに創造した神よ、さあお願いだ、善良な人間がいるならひとりでも見せてくれ！……だが、おまえの恩寵が私の生まれもった力を十倍にしてくれますように。なにしろそんな化け物を眼にしたら、驚きのあまり死んでしまいかねないからな。もっと些細なことでも人は死ぬものだ。

〔6〕

二週間のあいだ、爪を伸び放題にしておかねばならぬ。おお！　何と心地よいことか、まだ上唇の上に何も生えていない子供をベッドから乱暴に引きはがし、両眼を大きく見開いて、彼の美しい髪を後ろに撫でつけ、額をやさしく手でさすってやるふりをするのは！　それから突然、相手が夢にも思っていないときに、その柔らかな胸に長い爪を突き立てる。(9) ただし死なないようにだ。死んでしまえば、後で彼がもがき苦しむ様子が見られないからな。次に、傷口を舐めながら血を飲む。そして永遠が続く限り続くにちがいないこの時間ずっと、子供は泣く。今言ったようにして抜き取った、まだほかほかと温かい子供の血ほどうまいものはないぞ、塩のように苦い彼の涙を別にすれば。人間よ、君はたまたま指を切ってしまったとき、自分の血を味わってみたことはないか？　なんてうまいんだ、そうだろう？　何の味もしないのだから。それに、君は思い出さないか、ある日、悲痛な思いに沈み、両眼から落ちるもので濡れた自分の病弱な顔の上に、深くくぼませた手をもっていったことを。その手はやがて宿命のように口へと向かい、口はゆっくりと、自分を抑圧するために生まれてきた者を横目で見る生徒[10]の歯のように震えるこの盃から、涙を飲み干したのじゃなかったか？　なんてうまいんだ、そうだろう？　酢の味がするのだから。誰かをこよなく愛している女の涙みたいだ。だが、子供の涙はもっとうまい。子供は裏切らないし、まだ悪を知らないが、誰かをこよなく愛している女は晩かれ早かれ裏切る……友情とは何か、愛情とは何か（私がそうしたものを受け入れることはまずありえない、少なくとも人類の側からは）は知らないが、私には類推でそれがわかるのだ。それゆえ、君は自分の血や涙が嫌いではないのだから、むさぼりたまえ、安心してむさぼりたまえ、少年の涙と血を。ぴくぴく震える彼の肉を引き裂くあいだは、目隠しをしてやりたまえ。そして、戦場で瀕死の負傷者の喉元からしぼり出される鋭い喘ぎにも似た、彼の崇高な叫び声をじっくりと聞き届けたら、雪崩のようにいったんその場を離れた上で、隣室から駆けつけ、彼を救助しに来たようなふりをするのだ。君は神経と血管のふくれあがった彼の手のいましめを解き、錯乱した彼の両眼に視界を取り戻してやる一方、彼の涙と血をふたたび舐めはじめる。このとき、悔恨の念はなんと真実であることか！　私たちの中に宿ってはいても、めったに表には出ない神々しいきらめきが、姿を現す。もう遅すぎるが！　自分が危害を加えた無垢な子供を慰めることができるという思いで、心はどんなにあふれていることだろう。「少年よ、今しがた残酷な苦痛を味わった少年よ、いったい誰があなたの身に、何とも名付けようのない罪を犯したのか！　かわいそうに！　どんなに辛かったことだろう！　たとえお母さんがこのことを知ったとしても、ぼくが今死にそうな思いをしている以上に、罪人たちにあれほど忌み嫌われている死の近くにありはしないだろう。ああ！　いったい善悪とは何なのか！　それは同一のもので、ぼくたちはそれによって自分の無力を、そしてどんなに途方もない手段を用いてでも無限に到達したいという情熱を、狂おしく証しだてるのか？　それとも両者は別物なのか？　そう……どちらかといえば同一物であってほしい……だってもしそうでなかったら、ぼくは審判の日にどうなってしまうことだろう！　少年よ、許してくれ。君の高貴で神聖な顔の前にいる者こそが、君の骨を砕き、君の肉を引き裂いて体のあちこちにぶら下がった状態にした張本人なのだ。ぼくにこんな罪を犯させたのは、病める理性の錯乱なのか、餌食を引き裂く鷲の本能にも似た、理屈ではどうにもならない秘めたる本能なのか。しかしそうは言っても、犠牲者と同じくらい、ぼくだって苦しんだのだ！　少年よ、許してくれ。ひとたびこの束の間の生を逃れたら、ぼくたちは永遠に絡み合っていようではないか。一心同体となり、ぼくの口を君の口に押しつけて。そうしたところで、ぼくの罰は完全ではないだろう。となれば、君がぼくを引き裂くがいい、けっしてやめたりせずに、歯と爪を同時に使って。この贖罪の儀式のために、ぼくは自分の体をかぐわしい花輪で飾るとしよう。そしてぼくたちは二人とも苦しむのだ、ぼくは引き裂かれることで、君はぼくを引き裂くことで……[11]ぼくの口を君の口に押しつけて。おお少年よ、金髪のいともやさしい眼をした少年よ、さあ、ぼくが勧める通りにしてくれるかい？　いやでもそうしてほしい、そうすればぼくの良心は安らぐだろうから」。こんなことをしゃべっておけば、君はひとりの人間に悪事をはたらいておきながら、当の本人から愛されもするだろう。これこそ考えつく限り最大の幸福だ。後で、彼を病院に運んでやってもいい。身体が不随になった少年は自分では食べていけないだろうから。君は善人と言われ、月桂樹の冠と金メダルが、古めかしい形をした大きな墓の上に無造作に投げ出された君の両足を覆い隠すことだろう。おお、おまえ、犯罪の聖性を称揚するこのページにその名を記すのはためらわれるおまえよ、私はおまえの赦しが宇宙のように無際限であったことを知っている。だが、この私は、まだ存在しているのだぞ！

〔7〕

あちこちの家庭に混乱の種を蒔くために、私は淫売と契約を結んだ[12]。この危険な関係が結ばれた前夜のことを思い出す。私は自分の前にひとつの墓石を見た。家のように大きい一匹のツチボタル[13]が、私にこう言うのが聞こえた。「君を照らしてあげよう。墓碑銘を読みたまえ。この至高の命令はぼくが下しているんじゃない」。血の色をした壮大な光線、それを見て私の顎はがちがちと鳴り、腕は力なくだらりと垂れてしまったのだが、それが大気の中を、地平線までずっと広がった。私は崩れかけた壁にもたれかかった。倒れそうだったからだ。そしてこんな言葉を読んだ。「肺結核で死せる少年、ここに眠る[14]。理由はご存じの通り。彼のために祈るなかれ」。大半の人間は、おそらく私ほどの勇気は奮い起こせなかったことだろう。とかくするうち、裸の美女がひとりやってきて、私の足もとに横たわった。私は彼女に、悲しげな顔で言った。「起き上がっていいんだよ」。私は彼女に、姉妹殺しの男が妹の喉を掻き切るのに使う手をさしのべた。ツチボタルは私に、「君、石を手に取って彼女を殺したまえ」。「なぜ？」と、私。彼は私に、「気をつけるがいい、弱い者よ、ぼくのほうが強いんだから。この女の名前は〈淫売〉というんだぞ」。眼には涙があふれ、心は激しい怒りで張り裂けそうになって、私は自分の内にそれまで知らなかった力が生まれるのを感じた。私は大きな石を手に取り、さんざん苦労したあげく、なんとかそれを胸の高さまでもちあげると、両腕で肩にかついだ。山頂までよじのぼり、そこからツチボタルを押しつぶした。やつの頭は人間の背丈ほども地面にめりこみ、石はといえば、教会六つ分の高さまで跳ね返った。それは湖に落ち、湖水は一瞬水位を下げて渦を巻き、巨大な逆円錐をうがった。水面には静けさが戻った。もう血の色をした光は輝いていない。「ああ！　ああ！」と裸の美女は叫んだ。「なんてことをしたの？」私は彼女に、「あいつより君のほうが好きなんだ。不幸な人々には同情するからね。永遠の正義が君を創造したとしても、君のせいじゃない」。彼女は私に、「いつの日か、人々はあたしの名誉を回復してくれるでしょう。これ以上は言わないわ。もう行かせて、あたしの果てしない悲しみを海の底に隠しに行くから。あんたと、あの暗黒の深淵にうごめくおぞましい化け物たちだけよ、あたしを軽蔑していないのは。あんたはいい人ね。さよなら、あたしを愛してくれたあんた！」。私は彼女に、「さよなら！　もう一度、さよなら！　いつまでも愛しているよ！……今日からぼくは、美徳を捨てよう」。だから、おお諸国の民よ、冬の風が海原や海岸近くで、あるいはずっと以前から私のために喪に服している幾多の大都会の上空で、さてまた寒冷の極地帯を横切って、ひゅうひゅうとうめき声をあげているのを耳にしたら、こう言っていただきたい。「通り過ぎるのは神の息吹ではない。淫売の悲痛な溜め息が、モンテビデオ[15]人の沈鬱なうめき声とひとつになったものにすぎない」と。子供たちよ、この私がそう言っているのだ。だから、慈悲の念に心を満たして、ひざまずきたまえ。そして虱よりも数多い人間たちが、長い祈りを捧げますように。

〔8〕

皓々たる月光を浴びながら、海にほど近い、田園の人里離れた場所で、苦渋に満ちた思いに沈んでいると、あらゆる事物が黄色く、曖昧で、幻想的な形をまとうのが見える。(16)樹々の影が、あるときは速く、あるときはゆっくりと、流れ、近づき、離れてはまた戻ってくる。さまざまに形を変えて、平らになったり、大地に張りついたりしながら。かつて、青春の翼に乗って運ばれていた頃には、そんな光景が私を夢想に誘い、不思議に思えたものだ。今では慣れてしまった。風は葉むら越しに物憂い音符を痛切に奏で、ミミズクは重苦しい嘆き歌を歌い、それが聞く者の頭髪を逆立たせる。そのとき、犬たちは凶暴になって鎖を引きちぎり、はるかな農場から逃げ出す。彼らは狂気にとらわれて、田園を縦横無尽に走り回る。と、突然立ち止まり、抑えがたい不安に駆られて、燃えあがる眼で四方八方を見回す。そして、死を前にした象が絶望的に鼻を高く掲げ、耳は力なく垂らしたまま、砂漠で最後の一瞥を天に向かって投げかけるのと同様に、犬たちも耳を力なく垂らしたまま、頭を起こし、恐ろしい首をふくらませると、代わる代わる吠えはじめるのだ。(17)腹を怪我した屋根の上の猫のように、子供を分娩しようとする女のように、ペストに冒された瀕死の入院患者のように、崇高な歌曲を歌う少女のように、北の星々に向かって、東の星々に向かって、南の星々に向かって、西の星々に向かって。月に向かって。遥かに望むと巨大な岩にも似た、暗闇の中に横たわる山々に向かって。犬たちが肺いっぱいに吸いこむ冷気、その鼻孔の内部を赤く燃えあがらせる冷気に向かって。夜のしじまに向かって。斜めに飛んで犬たちの鼻先をかすめ、ひな鳥たちにはおいしい生きた餌である鼠や蛙をくちばしにくわえて運んでいく、フクロウたちに向かって。まばたきするあいだに消えてしまう野兎たちに向かって。罪を犯したその後に、馬をギャロップで走らせて逃げ去る盗人に向かって[18]。ヒースを揺り動かし、それが犬たちの皮膚を震わせ歯をきしませる、蛇たちに向かって。自分自身を恐怖させる、みずからの吠え声に向かって。彼らが顎でぱりっとひと噛みして砕いてしまう、ヒキガエルたちに向かって（どうして連中は沼地から離れてしまったのか？）。柔らかく揺れる葉の一枚一枚が理解できない謎であり、彼らが知性を宿した眼で凝視してその神秘を解き明かそうとする、樹々に向かって。長い脚でぶら下がり、樹々によじのぼって逃げていく蜘蛛たちに向かって。昼のあいだに食べ物を見つけられず、疲れた翼で巣に戻ってくる鴉たちに向かって。海岸の岩礁に向かって。眼に見えない船のマストにともる灯火に向かって。波のかすかなざわめきに向かって。泳ぎながら黒い背を見せ、それから深淵に沈んでいく大きな魚たちに向かって。そして犬たちを奴隷にしている人間に向かって。そのあと、彼らはふたたび田園を走りはじめる。血まみれの脚で溝を、道を、野原を、草や切り立った石を飛び越えながら。まるで狂犬病に冒されて、渇きを癒す広大な池を探しているかのようだ。長く尾を引く彼らの遠吠えは、自然を怯えあがらせる。宿への到着が遅れた旅人に災いあれ！　墓地の友たちが彼に跳びかかり、彼を引き裂き、口から血をしたたらせてむさぼり食うことだろう。なにしろ犬には虫歯などないのだから。野生の動物たちは、肉の饗宴に参加しようと近寄ったりはせず、震えながら、見えなくなるまで逃げていく。数時間後、あちこち走り回って疲れ果てた犬たちは、ほとんど死にそうになって口から舌を出し、自分たちのしていることもわからずにたがいに跳びかかり、信じがたい素早さでずたずたに引き裂き合う。彼らは残酷さからこんな振舞いをするのではない。ある日、母がどんよりした眼で私にこう言った。「ベッドにいて、野原で吠える犬たちの声が聞こえたら、毛布に隠れなさい。彼らのすることを嗤ったりしてはだめ。犬たちは無限への癒しがたい渇きを感じているのよ、おまえのように、わたしのように、蒼ざめて長い顔をした他の人々みんなのように。いっそ、窓のところに来てもいいから、この光景を見つめてごらん、とてもすばらしい眺めよ」。このとき以来、私は亡き母の願いを尊重している。かくいう私も、犬たちと同じく、無限への欲求を感じているのだが……私にはできない、私にはこの欲求を満たすことができない！　人から聞いたところでは、私は人間の男と女の息子ということだ。こいつは驚いた……自分はそれ以上だと思っていた！　そもそも、私がどこから来ようがいいではないか？　私としては、もし思い通りにできるのだったら、むしろその飢えた状態が嵐を思わせる雌鮫と、名にし負う残酷さの持主である虎の息子でありたかった。そうしたらこれほど邪悪にもなっていないはずなのに。あなた、私を見ているあなた、私から離れたまえ、私の息は毒を含んだ呼気を発散するから。まだ誰も、私の額にある緑色の皺を見たことはないし、何か大きな魚の骨に、あるいは海岸を覆う岩礁に、または私が今とは異なる色の頭髪をしていた頃しばしば歩き回ったアルプスの険しい山々に似た、やせこけた顔の突き出た骨格も見たことはない。そして荒れ模様の夜々、燃えるような眼をして、頭髪を嵐に鞭打たせながら、路上の石ころのようにひとりぼっちで人間たちの住むあたりを彷徨するときには、私は烙印を押された自分の顔を、煙突の内部に溜まった煤のように黒いビロードの布切れで覆うのだ。〈至高存在〉が激しい憎悪の笑みを浮かべて私に刻印した醜悪さを、人々の眼が目撃しては困るからな。毎朝、太陽が健康によい喜びと暖かさを全自然にまき散らしながら他人たちのために昇るときにも、私の顔は筋一本動くことなく、(19)私は闇に満たされた空間をじっと見つめながら、葡萄酒のように自分を酔わせる絶望の中で、お気に入りの洞窟の奥まったあたりにうずくまり、力強い両手で自分の胸をずたずたに傷つける。それでも私は、自分が狂犬病にかかってはいないと感じている！(20)それでも、苦しんでいるのが自分だけではないと感じている！　それでも、自分が呼吸していると感じている！　その運命に思いをめぐらせながら自分の筋肉が動くかどうか試し、やがて死刑台にのぼっていく囚人さながら、私は藁のベッドの上に立ち、眼を閉じて、首を右から左へ、左から右へと、何時間ものあいだゆっくりと回してみる。ばったり死んだりはしない。ときどき、首が同じ方向にこれ以上回らなくなり、いったん止まって反対方向に回りだすと、入口を覆う密生した茂みの所々に残されたわずかな隙間を通して、私は一瞬、地平線を見る。何も見えない！　何も……樹々と一緒に、また大気を横切っていく鳥たちの長い隊列と一緒に、渦を巻いて踊る田園を除いては。それを見ていると血と脳がかき乱される……。いったい誰だ、鉄床を叩くハンマーのように、私の頭を鉄の棒で続けざまに殴るのは？

〔9〕

私は感情に流されることなく、これから諸君が聞くことになる真摯で冷徹な章節を大声で朗誦しようと思う[21]。諸君、それが含んでいるものに注意したまえ、そしてそれが必ずや諸君の動揺した想念の中に烙印のように残すであろう、痛々しい痕跡を警戒することだ。私が死に瀕しているとは思わないように、まだ骸骨にはなっていないし[22]、老いが額に張りついてもいないのだから。したがって、生命が飛び立つ瞬間の白鳥と比較しようなんて考えはいっさい退けよう、そして諸君の前に一匹の化け物しか見ないように。その顔が諸君に見えないのは幸いだが、それでもやつの魂ほどには恐ろしくないのだぞ。

もっとも、私は犯罪者ではないが……。この話はもうよかろう。私が海に再会して船の甲板を踏んだのはそれほど前のことではなく、私の記憶はまるで昨日海を離れてきたように鮮明だ。(23) とはいえ、諸君に供することをすでに後悔している以下の文章を読むにあたっては、できれば私と同じくらい冷静でいてほしいし、人間の心がいかなるものであるかに思いを馳せて赤面したりしないでほしい。おお、絹のまなざしをした蛸よ！(24) その魂が私の魂と切り離せない君。地球の住民で最も美しい君、四百の吸盤のハーレムを統括する者よ。人好きのするやさしい美徳と神々しい優美さが一致団結して、断ち切ることのできない絆に結ばれ、まるでそこが本来の住居であるかのように気高く(25)宿っている君よ、なぜ君は私と一緒にいないのか、君の水銀の腹を私のアルミニウムの胸に押しつけて、二人並んでどこか海岸の岩に腰掛け、私の大好きなこの光景を眺めていないのか！

年ふる大洋よ、(26) 水晶の波もつ者よ、おまえは見習い水夫の打ち身だらけの背中に見られるあの蒼ざめた痣に、比例的に似かよっている。おまえは大地の身体につけられた、広大な青痣だ。私はこの比較を好む。そんなわけで、おまえを一見したとき、おまえの心地よい微風のささやきとも思える長々とした悲しみの息吹が、消えることのない痕跡を残して、深く揺り動かされた魂の上を通り過ぎる。そしておまえは自分を愛する者たちの記憶に、いつもそうと気づかれるわけではないが、人間の過酷な始まりを思い起こさせるのだ。その始まりにおいて人間は苦痛と知り合いになり、それは二度と離れることがない。おまえに敬礼を、年ふる大洋よ！

年ふる大洋よ、おまえの調和のとれた球状の形態は、幾何学の重々しい顔をも喜ばせるもので、矮小さにおいては猪の眼を、輪郭の円形の完璧さにおいては夜禽類の眼を思わせる人間の小さな眼を、いやがうえにも想起させる。ところが人間は、いつの時代にも自分が美しいと思いこんできた。私はむしろ、人間は自尊心から自分の美しさを信じているにすぎないのではないかと思う。しかるに実際には美しくないし、自分でもそう思っているのではないかと。なぜなら、どうして人間は自分の同類者の顔をあんなに侮蔑をこめて見るのだろう？　おまえに敬礼を、年ふる大洋よ！

年ふる大洋よ、おまえは自己同一性の象徴だ。いつも自分自身に等しい。おまえは本質的には変化せず、波がどこかで荒れ狂っていても、もっと遠くの、どこか別の海域では、いとも完璧な静謐のうちにある。おまえは人間と同じではない。人間は、二匹のブルドッグが首をつかみ合うのを見ようと路上に立ち止まるのに、葬列が通っても立ち止まろうとせず、今朝は愛想がよくても今晩は不機嫌になり、今日は笑っていても明日は泣いている。おまえに敬礼を、年ふる大洋よ！

年ふる大洋よ、おまえが人間の未来に役立つものをふところに隠しているというのは、けっしてありえないことであるまい。おまえはすでに、人間に鯨を与えた[27]。自然科学の貪欲な眼にも、おまえは自分の内密な組織の数知れぬ秘密をたやすく見抜かせたりはしない。控え目なのだ。人間は絶えず自慢している、それも取るに足りないことばかりを。おまえに敬礼を、年ふる大洋よ！

年ふる大洋よ、おまえが養っているさまざまな種類の魚たちは、たがいに友愛を誓ってはいない。各種類が、それぞれに生きている。各々体質や形態が異なっていることからすれば、最初は異常現象としか見えないことがらも、じゅうぶん満足に説明がつく。人間についても同様だが、口実は同じではない。一片の土地が三千万もの人間たちで占められていれば、彼らは隣接する土地に木の根のように固定されている隣人の生活に関わってはならないと思うものだ。偉大な者から卑小な者まで、各人は未開人のように自分の巣窟で暮らし、別の巣窟で同じようにうずくまっている同類者を訪ねようと出ていくこともめったにない。人類全体の大家族というのは、最も凡庸な論理にふさわしいユートピアだ。しかも、おまえの豊饒な乳房を見ていると、忘恩という概念が湧いてくる。というのも、〈創造主〉への恩を忘れて自分たちのみじめな結合の果実を捨ててしまった、あの数知れぬ親たちのことがただちに頭に浮かぶからだ。おまえに敬礼を、年ふる大洋よ！

年ふる大洋よ、おまえの物質的な大きさは、その質量全体を生み出すのにどれだけの活動力が必要だったかを測定した尺度にしか比べようがない。おまえをひと目で見渡すことは不可能だ。おまえを眺めるには、視線がその望遠鏡を連続的にぐるりと回して、水平線の四方に向けなければならない。数学者が代数方程式を解くために、ありうる場合をあれこれ個別に検討してから困難を解決せざるをえないのと同じことだ。人間は栄養豊かなものを食べ、もっといい使い道がありそうな努力をほかにも色々と費やして、太って見えるよう頑張っている。好きなだけふくれあがるがいいさ、この愛すべき蛙君は。(28)安心したまえ、やつは大きさにおいておまえと並んだりはしない。少なくとも、私はそう思う。おまえに敬礼を、年ふる大洋よ！

年ふる大洋よ、おまえの水は苦い。批評が美術に、科学に、すべてのものにしたたらせる胆汁と、まさに同じ味だ。誰かが天才に恵まれていれば、そいつを馬鹿者だと思わせる。ほかの誰かの体が美しければ、醜悪なせむし扱いだ。なるほど、人間が自分の不完全さを、それも四分の三は自分自身のせいでしかない不完全さをこんなに厳しく批判するところを見ると、それを強烈に感じているとしか思えない！　おまえに敬礼を、年ふる大洋よ！

年ふる大洋よ、人間たちはその方法の優秀さにもかかわらず、科学の調査手段の助けを借りてもなお、おまえの深淵のめくるめく深さを測定するには至っていない。最も長く、最も重い測深器でさえ接近不能と認めた深淵を、おまえはもっている。魚たちには……接近が許されているが、人間たちには許されていない。しばしば私は自問した、大洋の深さと人間の心の深さ、どちらが容易に探索できるだろうと！[29] しばしば私は、額に手を当てて船の上に立ち、月が不規則にマストの狭間で揺れているあいだ、自分が追求している目的以外のものはすべて切り捨てて、この難問を解こうと努力している自分にふと気づいたものだ！ そう、二つのうちどちらがより深く、より不可解なのだろう、大洋か、人間の心か？ 三十年の人生経験が、ある程度まで天秤をこれらの解答のいずれか一方に傾けることがあったとしても、こう言っておくことは許されるだろう。大洋は確かに深い、けれどもこの特性に関する比較については、人間の心の深さと同列には並びえないと。私は徳高い人々とかつて交遊関係があった。彼らは六十歳で死んでいったが、誰もが必ずこう叫んだものだ。「彼らはこの地上で善をなした、つまり慈善行為をした。それだけのことさ。たやすいことだ、誰でも同じことができる」。誰に理解できよう、なぜ前日には熱愛しあっていた恋人たちが、ちょっとした言葉の誤解から、一方は東へ、他方は西へと、憎悪と復讐と愛情と悔恨に駆り立てられて別れ別れになり、どちらも孤独な自尊心に包まれて、二度と会うことがないのか。それは奇跡だ、毎日繰り返されてはいるが、それでもやはり奇跡的なことだ。誰に理解できよう、なぜ人は同類者たちの一般的な不運ばかりか、最も親しい友人たちの個人的な不運までも喜ぶのか、他方では同時に心を痛めてもいるのに？ この一連の例示の締めくくりに、異論の余地のない例をひとつ。人間は偽善的にウイと言い、心中ではノンと考える。だからこそ人類という仔猪たちは、たがいにあれほど信頼し合っているのだし、エゴイストではないのだ。心理学にはまだ大いに進歩の余地がある。おまえに敬礼を、年ふる大洋よ！

年ふる大洋よ、おまえはきわめて強大であり、人間たちはみずから代償を払ってそのことを学んだ。彼らが才能の資源を総動員しても無駄なこと……おまえを支配することはできない。彼らは自分の主人を見つけたのだ。つまり、自分より強い何かを見つけたということだ。この何かには名前がある。その名前とは、大洋！　おまえが催させる恐怖はあまりに大きいので、彼らはおまえを崇敬している。にもかかわらず、おまえは彼らの最も重たい機械を優美に、優雅に、容易にきりきり舞いさせる。彼らを空まで曲芸のようにジャンプさせたかと思うと、おまえの領土の底までみごとに潜水させる。軽業師もねたむことだろう。人間たちは幸いなるかな、おまえが彼らを泡立つ襞の中に完全に包みこまず、おかげで彼らが鉄道(30)にも乗らずに水でできたおまえの臓腑の中にもぐりこみ、魚たちは元気でいるか、そしてとりわけ彼ら自身は元気でいられるかを見に行けるとは。人間は言う、「おれは大洋よりも頭がいい」と。そうかもしれない。かなりの程度真実でさえある。しかし人間が大洋にとって恐怖である以上に、大洋は人間にとって恐怖である。証明するまでもないことだ。宙吊りになったわれらが天体の草創期と同時代を生きてきた、この観察者たる長老は、諸国民同士の海戦を目撃すると憐憫の笑みを浮かべる。そら、人類の手から百頭あまりのリヴァイアサン(31)が出てきたぞ。上官たちの大声張り上げた命令、負傷者たちの叫び声、大砲の轟音、それらは数秒間を無に帰せしめるためにわざわざたてられた騒音だ。どうやらドラマは終わり、大洋はすべてを腹に呑みこんだらしい。その口は凄まじいものだ。下方へと、無限に向かって大きく開いているにちがいない！　おもしろくもないこの馬鹿げた喜劇の掉尾を飾って、空中に疲労のあまり遅れをとったコウノトリらしき鳥が見えるが、そいつは翼をいっぱいに広げて飛行するのをやめずに、こう叫びだす。「おやまあ！……なんとも出来の悪い喜劇だな！　下のほうに黒い点がいくつかあったが、眼を閉じたら消えてしまったぞ」。おまえに敬礼を、年ふる大洋よ！

年ふる大洋よ、おお偉大なる独身者よ、おまえが自分の粘液質の王国の厳粛な孤独を踏破するとき、生まれながらの壮麗さを自負し、私が性急に捧げる心からの賞賛を誇りに思うのは当然のことだ。至高の権力がおまえに恵み与えた属性の中でも、最も壮大な属性であるおごそかな緩慢さの穏やかな香気に心地よく揺られながら、おまえは暗い神秘のただ中で、自分の崇高な表面全体に比類のない波を繰り広げる。自分の永遠の力を冷静に感じながら。波は平行に、短い間隔を置いて次々と続く。ひとつの波が小さくなったかと思うと、別の波が大きくなってこれにぶつかり、その後には消えていく泡の物悲しい音がして、すべては泡であることを私たちに告げる。（こんなふうに、人間というこの生きた泡もまた、単調にひとりまたひとりと死んでいく。ただし、泡の音は残さずに)。渡り鳥は安心して波の上で羽を休め、誇り高い優美さにあふれるその動きに身をまかせて、翼の骨がいつもの活力を回復して空の巡礼が続けられるようになるのを待つ。人間の威厳が、おまえの威厳の反映を具体化したものでしかないことを、私は望みたい。相当な要求だが、この真摯な願いはおまえにとっても誉れだろう。無限の似姿《イマージュ》であるおまえの精神的な大きさは、哲学者の省察のように、女の愛のように、鳥の神々しい美しさのように、詩人の瞑想のように、広大だ。おまえは夜よりも美しい。答えてくれ、大洋よ、私の兄弟になってはくれないか？　激しく動け……もっと……もっとだ、もしおまえが自分を神の復讐に比べてほしいのなら。鉛色の鉤爪を伸ばせ、自分の胸にひとすじの道を切り開きながら……それでいい。恐ろしい波を繰り広げるのだ、おぞましい大洋よ、私だけに理解され、その前に私がひざまずき膝もとにひれ伏す大洋よ。人間の威厳は借り物だ。少しも気後れなど感じない。だがおまえには、感じる。おお！　波頭を高く恐ろしげに(32)掲げ、廷臣に囲まれるように曲りくねったうねりに囲まれて、動物磁気を用いる催眠術師のように、かつ荒々しく、自分が何者であるかを自覚して波を次々と転がしながらおまえが前進するとき、またその胸の深みから、私にはうかがい知れない強烈な悔恨に打ち(33)ひしがれたかのように、人間たちが岸辺で震えながら安全な状態でおまえを眺めていてもあれほど恐れている、あの絶えることのないかすかな唸り声をおまえがあげるとき、そんなとき私にはわかるのだ、おまえと同格であると主張する格別の権利は自分にはないのだと。だから私は、おまえの優越性を前にして、もてるすべての愛を与えよう（私が抱いている美への渇望がどれほどの愛を含んでいるか、誰も知らない）。ただしおまえが私の同類者たち――おまえとのあいだにこれ以上ないほど皮肉な対照、創造物の中でもかつて見たことのないほど滑稽なアンチテーゼをなしている同類者たちのことを、苦々しい思いで考えさせたりしなければの話だが。私はおまえを愛せない、おまえが嫌いだ。どうして私はおまえのもとに戻ってしまうのか、千回目にもなお、私の燃える額を愛撫しようと開いているおまえの友好的な腕のほうへ！　その腕に触れると、確かに額の熱は下がってしまうのだ。私はおまえの隠された運命は知らない。おまえに関わるすべてが、私の関心を引く。だから言ってくれ、おまえは闇の帝王(34)の棲家なのか。私に言ってくれ……言ってくれ、大洋よ（私だけにだ、まだ幻想しか知らない連中が悲しむといけないからな）、そしてサタンの息吹が、おまえの塩水を雲までもちあげる嵐を創ったのかどうかを。おまえはそれを言わなければならない、地獄がそれほど人間の近くにあるとわかれば、私は嬉しいだろうから。これをもって私の祈りの最終章節としたい。だから、もう一度だけ、私はおまえに敬礼し、別れを告げたいと思う！　年ふる大洋よ、水晶の波もつ者よ……私の両眼はあふれる涙で濡れていて、もう続ける気力はない。というのも、どうやら獣のような外見をした人間たちの中に戻っていくときが来たらしいのだ。だが……頑張ろう！　大いに努力しようではないか、そして義務感をもって、この地上でのわれらが運命をまっとうしようではないか。おまえに敬礼を、年ふる大洋よ!

〔10〕

私の最期の時には(私はこれを死の床で書いている)、司祭たちに囲まれているのを見られることはあるまい。[35] 私は嵐の海の波に揺られて、あるいは山の頂《いただき》に立って死にたいと思う……眼を上に向けて。いや、自分の消滅が完全であろうことはわかっている。それに、恩寵も期待できそうにない。私の葬儀部屋の扉を開けるのは誰だ? 誰も入るなと言っておいたはずだ。あなたが誰であれ、あっちへ行きたまえ。だが、私のハイエナの顔(ハイエナは私より美しく、目に見ても快いが、それでも私はこのたとえを使う)に何か苦痛や恐怖のしるしが見えると思うなら、間違いを正したまえ。もっと近寄ってみるがいい。今は冬の夜だが、いっぽう自然の諸力は至るところでぶつかりあい、人間は恐れを抱き、少年は、もし若き日の私と同じであれば、友人のひとりに何か犯罪をたくらんでいる。風と人類が存在するようになって以来、ひゅうひゅうと嘆くような音で人類を悲しませてきた風が、断末魔の訪れる少し前に、翼の骨格に私を乗せて[36]、私の死を今か今かと待ち構えている世界を横切って運んでくれればいいのだが。そうすればこっそりと、人間の邪悪さの例をまだいくつも楽しめるだろうから(兄弟というのは、相手に見られずに自分の兄弟の行為を見るのが好きなものだ)。鷲、鴉、不死のペリカン(37)、野鴨、渡りの鶴たちは、目を覚まし、寒さに震えながら、私が身の毛もよだつ嬉々とした亡霊のように稲妻に照らされて通っていくのを見ることだろう。それが何を意味するか、彼らにはわかるまい。地上では蝮、ヒキガエルの大きな眼、虎、象たち、海中では鯨、鮫、シュモクザメ、不格好なエイ、極地のアザラシの牙などが、この自然法則違反はいったい何かと尋ね合うだろう。人間は震えあがり、うめき声をあげながら額を地面にすりつけるだろう。「そうとも、私は生まれながらの残酷さ、自分では消そうにも消せなかった残酷さにおいて、君たち全員を凌駕している。それが理由で、私の前でこんなふうにひれ伏しているのかね？ それとも、私が新しい異常現象として、恐ろしい彗星のように血まみれの空間を走り回るのが見えるからなのか？ (私の巨大な体からは血の雨が降るのだよ、まるで暴風雨が押し出してくる黒っぽい雲みたいに)。何も恐れることはない、子供たちよ、君たちを呪うつもりはないからね。君たちが私になした悪はあまりに大きく、私が君たちになした悪もあまりに大きいので、それが意図的なものであろうはずがない。諸君、君たちは自分の道を歩んできたし、私も自分の道を歩んできたが、二本の道は似たようなもので、いずれも堕落の道だった。必然的に、私たちは出会う運命だったのだ、こんなにも性格が似かよっているのだから。その出会いから生じた衝撃は、たがいにとって致命的だった」。そこで人間たちは、勇気を取り戻して少しずつ頭を上げ、カタツムリのように首を伸ばして、こんなことをしゃべっているのは誰なのか見ようとするだろう。と、突然、真っ赤に燃えて引きつった彼らの顔は、世にも恐ろしい情念をあらわにして、狼たちもこわがりそうなしかめっ面になるだろう。巨大なバネのように、彼らは一斉に立ち上がる。なんという呪詛の叫び！　なんという甲高い怒号！　彼らには私がわかったのだ。そら、地上の動物たちが人間どもと一緒になって、奇妙な喧騒を巻き起こしている。たがいの憎しみはもはやない。二つの憎悪は共通の敵に、つまり私に向けられている。全員一致で和解成立だ。私を支えている風よ、もっと高くもちあげてくれ。私は裏切りがこわいのだ。そう、少しずつ彼らの眼から消えていこう、もう一度情念の行く末を見届けた上で、完全に満足して……。ありがとう、おおキクガシラコウモリよ、(38)羽ばたきで私を目覚めさせてくれて。鼻の上に馬蹄形の突起がある君よ。じっさい気づいてみると、これはあいにく一過性の病気にすぎなかったようだ。いやなことだが、どうやら生き返ったらしい。ある連中に言わせれば、君が私のところにやってきたのは、私の体内にあるわずかな血を吸うためだそうだ。この仮説がどうして現実でないことがあろう！

〔11〕
ある家族が、テーブルに置かれたランプを囲んでいる。(39)

――坊や、その椅子の上にある鋏を取ってちょうだい。

――ないよ、お母さん。

――じゃああっちの部屋に行って探してきて。あの頃のことを覚えているかしら、ねえやさしい旦那さま、子供が欲しいと願をかけた頃のこと。わたしたちは子供の中にもう一度生まれ変わるだろうし、歳とってからも子供は支えになるからって。

――覚えているとも、そして神様は私たちの願いをかなえて下さった。この世での運命には何も不満はないさ。毎日私たちは、神の〈摂理〉の恩恵に感謝している。うちのエドゥアールは、お母さんの上品なところをすべてもっているよ。

――それにお父さんの男らしいところもね。

――鋏を取ってきたよ、お母さん。やっと見つけた。

息子はまた勉強を始める……。だが、何者かが戸口に現れ、しばらくのあいだ、眼前の情景をじっと見つめる。

――この光景はどういうことだ！　彼らより幸福でない連中はいくらでもいる。彼らはいったいどんな理屈をつけて、生活を愛しているのだろう？　離れるんだ、マルドロール、この平和な家庭から。おまえのいるべき場所はここじゃない。

彼は引っこんだ！

――どうしてこうなるのかわからないわ。でも、わたしの心の中で、人間の色々な能力が戦っているような感じがするの。魂が不安なのに、なぜだかわからない。空気が重いわ。

――おまえ、私も同じ感じがするよ。何かよくないことが起こりそうで体が震える。神様を信じよう。至高の希望は神様の内に宿っているんだから。

――お母さん、息ができないよ。頭が痛い。

――おまえもなの、坊や！　お酢でおでことこめかみを濡らしてあげましょうね。

――いいよ、お母さん……。

見よ、息子は疲労困憊して、体を椅子の背中にもたせかけている。

――何かがぼくの中でひっくり返っている、でも説明できそうにないよ。もう今は、ちょっとした物でもいらいらするんだ。

――なんて青い顔をしてるの！　この団欒の終わりには、必ず何か不吉なできごとが起こって、わたしたちを三人とも絶望の湖に沈めずにはいないんだわ！

私には、遠くで何とも悲痛な苦しみの叫び声が長く尾を引くのが聞こえる。

――坊や！

――ああ！　お母さん！……こわいよ！

――苦しいのならすぐにそう言って。

――お母さん、苦しくはないよ……。でもこれは本当のことじゃない。

父親は驚きからさめていない。

――ほら、あれは星のない夜の静けさの中で時々聞こえる叫び声だ。叫びは聞こえるが、声の主は近くにはいないのさ。だって、このうめき声は町から町へと風に運ばれて、三里離れていても聞こえるんだからね。この異常現象のことはよく聞かされたものだ。しかし、自分自身でそれが本当かどうか判断する機会はなかった。なあおまえ、さっき不幸がどうのと言っていたが、もし時間の長い螺旋の中にもっと現実的な不幸がかつて存在したとすれば、それは今、自分の同類者たちの眠りをかき乱している者の不幸なんだよ……

私には、遠くで何とも悲痛な苦しみの叫び声が長く尾を引くのが聞こえる。

――天に願わくは、彼の誕生が、ふところから彼を追放した祖国にとって災厄となりませんように。彼は国から国へと渡り歩き、至るところで忌み嫌われている。ある人々は、彼が子供時代から一種の生まれつきの狂気に冒されているのだと言う。別の人々は、彼が極端な本能的残酷さをもっていて、自分でもそれを恥じているし、両親もそれを苦にして死んでしまったのだと信じている。また、若い頃、彼にはいやな渾名の烙印が押されたのだと主張する人々もいる。以後の人生は、ずっとその痛手から立ち直れないでいるのだと。なにしろ傷つけられた彼の誇りは、幼年時代に姿を現してその後ふくれあがっていく、人間の邪悪さの明白な証拠をそこに見たんだからね。その渾名というのは、吸血鬼だったのさ！……

私には、遠くで何とも悲痛な苦しみの叫び声が長く尾を引くのが聞こえる。

――人々はこうも言っている、昼も夜も、休みなく、恐ろしい悪夢が彼の口や耳から血を流させているのだと。そして亡霊たちが彼の枕もとに座りこんで、心ならずもわけのわからない力に駆り立てられ、あるときはやさしい声で、あるときは戦闘の怒号にも似た声で、いまだに根強く残っているおぞましい渾名、宇宙がある限りなくならないであろうこの渾名を、容赦のない執拗さで彼に面と向かって投げつけるのだと。中には、愛が彼をこんな状態に追いこんだのだとか、この叫び声は、彼の謎めいた過去の闇に埋もれた何かの犯罪への悔恨を表しているのだとか、そう断言する連中さえいる。でも大部分の人々はこう思っている、はかり知れない驕りが彼を苦しめているのだ、かつてサタンがそうだったように。そして彼は神と肩を並べたいのだと……

私には、遠くで何とも悲痛な苦しみの叫び声が長く尾を引くのが聞こえる。

――なあ坊や、これはめったにしない打ち明け話なんだぞ。おまえの歳でこんな話を聞かされてしまったのはかわいそうだが、おまえはけっしてこの男の真似なんかしないでくれよ。

――言ってちょうだい、おおわたしのエドゥアール。けっしてこの男の真似なんかしないと答えておくれ。

――ああお母さん、ぼくをこの世に送り出してくれた大好きなお母さん、約束するよ、子供の清らかな約束でも何かの価値があるのなら。けっしてこの男の真似なんかしないって。

――それでいいんだよ、坊や。何であれ、お母さんには従わなくちゃな。

もううめき声は聞こえない。

――おまえ、仕事は終わったかい？

――まだこのシャツを何箇所かつくろわなくちゃ。もうずいぶん夜更かししちゃった
けれど。

――私もまだ、読み始めた章が終わっていないんだ。もう油が切れそうだから、ラン
プの最後の明りがあるあいだに、それぞれ自分の仕事を終えるとしようか……

子供が叫んだ。

――神様がぼくたちを生かしてくださいますように！

――輝く天使よ、ぼくのところにおいで。君は朝から晩まで草原を散歩できるよ。勉
強なんかしなくていい。ぼくのすばらしい宮殿は、銀の壁と、黄金の円柱と、ダイヤモ
ンドの扉でできている。寝たいときに寝ればいい、天上の音楽を聞きながら、お祈りな
んかせずに。朝、太陽が眩しい光を見せて、楽しげなヒバリがそのさえずりを遥か空の
彼方まで運んでいくときにも、君はベッドにいていいんだ、いやになるまでね。最も高

価な絨毯の上を歩けるし、この上なく匂いたつ花々の香りをつけたエッセンスを含む空気の中にいつも包まれていられるんだよ。

——身も心も休ませる時間だ。さあ立ちなさい、お母さん、くるぶしで力強く踏ん張って。おまえのこわばった指は、もう仕事のしすぎだから、針をもつのをやめるべきだよ。過ぎたるは及ばざるが如しだ。

——おお！　君の生活はどんなに心地よいものになることだろう！[40]君には魔法の指輪をあげよう。ルビーをくるりと回すと、君は眼に見えなくなる。御伽話の王子様みたいにね。

——毎日の仕事道具を、保管用の戸棚にしまいなさい。私のほうも身の回り品を片付けよう。

——ルビーをもとの位置に戻すと、君は自然が作った通りの形でまた姿を現すのさ、おお、若い魔術師君。これもぼくが君を愛しているから、君をぜひとも幸福にしてあげたいからなんだよ。

——あっちへ行け、おまえが誰であろうと。ぼくの肩をつかまないでくれ。

——坊や、子供の夢に揺られて眠ってはいけないよ。家族全員であげるお祈りはまだ始まっていないし、服もまだちゃんと椅子の上に畳んでないんだから……。さあひざまずいて！　宇宙の永遠なる創造主よ、御身は最も小さなことにまで汲めど尽くせぬ善良さを示されます。

——じゃあ君は、何千匹という赤や青や銀の小さな魚たちが滑っていく、澄みきった小川の流れが好きじゃないのかい？　魚たちは網でつかまえられるよ。とてもきれいな網なので、ひとりでに魚たちを引き付けるんだ、いっぱいになるまでね。水面からは、大理石よりもなめらかな光り輝く小石が透けて見えるだろう。

——お母さん、あの鉤爪を見て。あいつは信用できない。でも、ぼくの良心は安らかだよ、だって何もやましいことなんかないもの。

——私たちが御身の足もとにひれ伏し、御身の偉大さを感じて圧倒されているのがお見えでしょう。自分の想像力に何か傲慢な思いが忍びこんだとしても、私たちは侮蔑の唾と一緒にただちにそれを吐き出し、許しがたい供物として御身に捧げます。

——君はそこで、少女たちと一緒に水浴びできるよ。少女たちは君を腕の中に抱きしめるだろう。水浴びからあがると、薔薇とカーネーションの王冠を編んでくれるだろう。彼女たちは透明な蝶の羽をもち、波打つ長い髪をしていて、それは額のやさしさの周りにふわふわ揺れているんだ。

——おまえの宮殿がたとえ水晶より美しくても、ぼくはこの家を出ておまえについて行ったりはしないぞ。おまえはきっと詐欺師にすぎない、だって人に聞かれるのを恐れて、そんなに小声で話しているじゃないか。両親を捨てるなんて、いけないことだ。恩知らずの息子がいたとしても、それはぼくじゃない。おまえの言う女の子たちにしたって、お母さんの眼ほどきれいじゃないさ。

——私たちは全生活を、御身の栄光をたたえることに捧げてきました。これまでそうしてきましたし、これからもそうするでしょう。この世を去れとの命令を御身から受け取るそのときまでは。

——少女たちは君のちょっとした合図にも従うだろうし、君の気に入られることしか考えないだろう。けっして休まない鳥が欲しければ、もってきてくれる。あっという間に太陽まで運んでくれる雪の馬車がお望みなら、それももってきてくれる。彼女たちがもってこられないものなんて、あるものか！　月に隠してあった、塔のように大きい凧だってもってきてくれるさ。絹の紐で、尾にいろんな種類の鳥たちが吊り下げられているやつをね。気をつけるがいい……ぼくの勧めを聞きたまえ。

——好きにするがいいさ。ぼくはお祈りを中断して助けを呼んだりしたくない。おまえの体は、遠ざけようとすると消えてしまうけれど、いいかい、別にこわくなんかないからな。

——御身の前では、何も偉大なものはありません。純粋な心から発散される炎を除いては。

——ぼくが言ったことをよく考えるんだ、後悔したくなければね。

まえ。

——天なる父よ、祓いたまえ、私たちの家族に降りかかろうとしている災いを祓いたまえ。

——それじゃあおまえは引っこまないつもりだな、悪霊め？

——失意のときにも私を慰めてくれた、このいとしい妻を守りたまえ……

——おれを拒むからには、首吊りにされた罪人みたいに泣かせてやるぞ、歯ぎしりさせてやるぞ。

——そしてこのやさしい息子を守りたまえ、その清らかな唇が人生の曙の接吻にかすかに開きかけたばかりの、この息子を。

——お母さん、あいつが首を絞める……。お父さん、助けて……。もう息ができないよ……神様、お助けください！

途方もないアイロニーの叫びが空中に上がった。見よ、鷲たちが目を回し、まさしく空気の柱に雷のごとく打たれて、雲の高みからくるくる旋回しながら落ちてくるさまを。

——もうこの子の心臓は打っていない……。それに妻も死んでしまった、自分の腹から生み出した果実と一緒に。この果実はもうそれと見分けられない。それほど変わり果ててしまった……。妻よ！……息子よ！　……私が夫であり父であったのも、思い起こせばはるか昔のこと。

眼前の情景を前にして、こんな不公平には我慢がならないと、はじめに男はつぶやいていたのだった。地獄の霊どもが彼に与えた力、あるいはむしろ彼が自分自身から引き出している力に効果があるなら、この子供は夜が過ぎ去る前に、もう生きてはいられないはずだったのだ。

〔12〕

泣くすべを知らない男（なぜなら、いつも苦しみを心中に抑えてきたから）は、自分がノルウェーにいるのに気づいた。フェロー諸島[41]で、彼は切り立ったクレヴァスの裂け目で海鳥の巣を探す作業に立ち会ったが、断崖の上に探索者をつないでおく三百メートルの綱に、こんなに丈夫なものが選ばれていることに驚いた。人がなんと言おうと、彼はそこに人間の善良さの明白な例を見て、自分の眼が信じられなかったのだ。綱を準備するのが彼の役目だったら、何箇所かに切れこみを入れ、ぷつんと切れて巣の採集者が海中に落ちるようにしておいただろうに！　ある晩、彼は墓地に向かったが、死後まもない美女の屍体を犯すことに快楽を覚える若者たち[42]は、そう望めば、これから同時に進行しようとしている筋書きの場面に溶けこんだ、次のような会話を聞くことができたはずだ。

――ねえ、墓掘り人夫君[43]、ぼくとおしゃべりしないかい？　マッコウクジラが一頭、海底から少しずつ浮上してきて水面に頭を現し、この人けのない海域を通行する船を見ようとしている。好奇心は宇宙とともに生まれたんだ。

——そこの人、あんたと意見交換するなんてできない相談だよ。もうだいぶ前から、柔らかい月光が墓の大理石を輝かせている。そろそろ鎖につながれた女たちが、星に覆われた夜空さながら血のしみに覆われた経帷子を引きずって現れる、そんな光景を何人もの人間が夢に見る静かな時刻だ。眠る者は死刑囚のそれにも似たうめき声をあげ、そのあげくに目を覚ますと、現実は夢より三倍も悪いことに気づく。疲れを知らないシャベルで、この墓穴を掘ってしまわなくては。明朝にはできてなくちゃいけないのでね。ちゃんとした仕事をするには、二つのことを同時にするわけにはいかないのさ。

——この男は、墓穴を掘るのがちゃんとした仕事だと思っている！　君は、墓穴を掘るのがちゃんとした仕事だと思っているんだね！

——野生のペリカンが、人間たちを恥じ入らせようとして、自分と同じくらいの愛を創り出すことのできた者だけを証人に、子供たちに自分の胸肉をむさぼり食わせようと決心するのなら、犠牲は大きいにしても、この行為は理解できる。(44)ある青年が、自分のあこがれていた女が友人の腕に抱かれているのを目にしたとき、葉巻をふかしはじめ、家から出ずに、切れない友情で苦痛と結ばれるのなら、この行為も理解できる。また高等中学校《リセ》の寄宿生(45)は、何世紀とも思える長年月にわたって、朝から晩まで、晩から翌朝まで、絶えず彼を監視している文明の賤民に支配されていると、根強い憎悪のたち騒ぐ高波がどす黒い煙のように頭にのぼるのを感じて、脳髄が破裂しそうになる。この牢獄に投げこまれた瞬間から、やがてそこから出ていく瞬間まで、激しい熱が彼の顔を黄色くさせ、眉をひそめさせ、眼をくぼませる。夜は眠りたくないので、物思いにふける。昼は、この永遠の修道院から逃げ出すまで、あるいはペスト患者のように追い出されるまで、彼の思いは人を痴呆にするこの住居の囲い壁を越えて飛び出していく。この行為も理解できる。しかし墓穴を掘るという行為は、しばしば自然の力を越えてしまう。異国の人よ、最初はわれわれに糧を与え、次いでこの寒冷地に激しく吹き荒れる冬風をしのぐ快適な寝床を与えてくれるこの土地を、いったいどうやって鶴嘴で掘り返せばいいというのかね。震える手で鶴嘴を握る者が、自分の王国に帰って行くかつての生者たちの頬を一日じゅう痙攣しながら触った後で、夜、人類がまだ解決していない恐ろしい問題、霊魂は滅びるか滅びないかというあの問題が、文言としてどの木の十字架にも炎の文字で書かれているのをまのあたりにする、そんなときに。宇宙の創造主に、私はいつも変わらぬ愛を抱いてきた。だが、死後にわれわれがもう存在できないのなら、どうして私は毎晩のように見るのだろう、墓という墓が口をあけ、その住民たちが鉛の蓋をそっともちあげて新鮮な空気を吸いに行くのを。

——仕事の手を止めたまえ。感情が高ぶって力が抜けているぞ。君は葦みたいに弱く見える。(46) 続けるなんて狂気の沙汰だ。ぼくは強い。代わろう。君は離れていたまえ。うまくできないようなら助言してくれ。

――この男の腕はなんてたくましいんだ。こんなにやすやすと土を掘り返すのを見ていると、じつに気持ちがいい！

――無駄な疑念で頭を悩ませてはいけない。草原に咲き乱れる花々のように、というのは真実味に欠ける比喩だが、墓地のあちこちに散らばっているこれらの墓はみな、哲学者の曇りのないコンパスで測量されるに値する。危険な幻覚は、昼間でもやってくるが、特に夜間に訪れるものだ。だから、君の眼に幻想的な影像が見えたとしても驚かないように。日中、精神が休息しているとき、君の良心に尋ねてみたまえ。そいつは自信満々で答えるだろう、自分の知性の断片から人間を創造した神は無限の善良さをもっており、地上での死後、この傑作を胸に受けとめてくれるだろうと。(47)墓掘り人夫君、どうして泣く？　女の涙みたいなこの涙のわけは？　よく覚えておくんだ、ぼくたちはマストの折れたこの船に乗って苦しんでいる。ただし最悪の苦痛でも人間には克服できると神が判断したのは、人間にとってはいいことだ。さあ話してくれ、そして君の最も切実な願いによれば人が苦しむはずがないのだから、それでは誰もが到達しようと努力している理想、つまり美徳は、何に宿ることになるのか言ってくれ、もし君の舌がみんなのそれと同じように作られているのなら。

――私はどこにいるのだろう？　性格が変わってしまったのじゃないだろうか？　力

強い慰めの息吹が、晴れやかになった額をかすめていく感じがする。春のそよ風が老人たちの希望をよみがえらせるように。気高い言葉で、その辺の誰かには言えそうにないことを述べてみせたこの男は、いったい何者なんだ？　彼の声のたとえようもない旋律には、なんという音楽の美があることか！　ほかの連中が歌うのを聞くよりは、彼が話すのを聞くほうがいい。だがそれにしても、見れば見るほどこいつの顔には裏がありそうだな。顔つき全体の表情が、神への愛だけが口にさせることのできたさっきの言葉とは奇妙にちぐはぐだぞ。皺の数本寄った額は、消えない烙印を押されている。(48)この烙印のせいで彼は年齢よりも老けて見えるのだが、これは名誉のしるしなのか、それとも恥辱のしるしなのか？　彼の皺はうやうやしく崇められるべきものなのか？　私は知らないし、知るのがこわい。思ってもいないことを口にしてはいても、彼が自分の中でぼろぼろになった慈愛の残りかすに駆り立てられて、こんなふうに振舞ったのは正しいと思う。彼は私にはうかがい知れない瞑想にふけり、慣れない骨折り仕事をする手をいっそう激しく動かしている。汗が肌を濡らしているが、気づきもしない。ゆりかごの幼児を見たときの気持ちより、彼はもっと悲しいんだな。おお！　こいつはなんて陰鬱なんだ！……あんた、どこから出てきた？……異国の人よ、触ってもいいかね、めったに生者の手を握ったことのないこの両手を、あんたの高貴な体の上にのせてもいいだろうか。何が起こっても、どうすればいいかはわかっているさ。この髪は、これまでの人生で触れた中でいちばん美しい。おまえには髪の質なんかわかりはしないと反論するほど度胸のあるやつがいるものか？

——墓を掘っている最中に、どうしてほしいというんだい？　ライオンは、餌を食べている最中にちょっかいを出されたくないものだぞ。知らないのなら教えてあげるよ。さあ、早く。したいことを済ませたまえ。

——私が触れると震え、私自身も震わせるのは、疑いもなく人間の肉だ。本当に……夢じゃない！　あんたはいったい何者なんだ、身を屈めて墓穴を掘っているあんた、私のほうは他人のパンを食べる怠け者みたいに手をこまねいているのに？　もう眠る時間、さもなければ休息時間をさいて学問をする時間だ。いずれにせよ、今は誰もが家を留守にせず、扉を開けっ放しにしないよう気をつけて、泥棒が入らないようにしている。できるだけ自室に閉じこもっているが、そのあいだ、古い暖炉の灰はまだ熱気の残りで居間を暖めていられる。だがあんたときたら、やることがほかの連中と違う。服装からすると、どこか遠くの国の住人だな。

——疲れてはいないが、これ以上穴を掘っても無駄だな。さあ、服を脱がせてくれたまえ。それから、ぼくを穴の中に入れてくれ。

——われわれ二人がさっきからしている会話はとても奇妙なので、あんたに何と答えればいいのか……。この男はきっとふざけているんだろう。

――そうそう、その通り、冗談だったんだ。ぼくの言ったことなんかもう気にしないでくれ。

男はよろめき、墓掘り人夫は急いで彼を支えてやった！

――どうしたんだね？

――そうそう、その通り、ぼくは嘘をついていた……鶴嘴を放したとき、ぼくは疲れていたんだ……こんな仕事をしたのははじめてだからね……ぼくの言ったことなんかもう気にしないでくれ。

――私の意見はだんだんはっきりしてきたぞ。これは恐ろしい悲しみをかかえた人物なんだ。天よ、彼に問いかけようなどという考えを私が抱きませんように。いっそ不確かなままがいい、それほど彼は憐れみの念を起こさせる。それに、彼も答える気はないだろう、それは確かだ。こんな異常状態にある心情を伝えるなんて、二度苦しむことだからな。

――この墓地から出て行かせてくれ。旅を続けるから。

――脚が体をちゃんと支えていないな。歩いていくうちに迷ってしまうぞ。私の義務は、あんたに粗末な寝床を提供することだ。ほかに寝床はないのでね。私を信じなさい。泊めたからといって、㊾別にあんたの秘密を暴こうなんて思っていないから。

――おお敬うべき虱よ、体に鞘翅のついていない君、ある日君は、なかなか読み取れないその崇高な知性をぼくがじゅうぶん愛していないと、とげとげしい口調で非難したね。たぶん君は正しかったのだろう、だってぼくは、この男に感謝さえしていないんだから。マルドロールの角灯よ、おまえはどこに彼の歩みを導いていく?

——私の家にだ。たとえあんたが、大罪を犯した後に石鹼で用心深く右手を洗うのを忘れ、その手を調べれば容易に正体が割れてしまう犯罪者であろうと、妹を亡くした兄であろうと、あるいは王位を奪われて自分の王国から逃亡したどこかの君主であろうと、掛け値なしに壮大な私の宮殿はあんたを迎えるにふさわしい。それはダイヤモンドや宝石でできているわけではない、なにしろ建てつけの悪い粗末な藁葺き小屋だからな。しかしこの名高い小屋には歴史的な過去があって、現在もそれは絶えず更新され継続されている。もし小屋がしゃべれたとしたら、何にも驚かないように見えるあんたでもきっとびっくりするだろう。この小屋と一緒に、私はこれまでに何度、自分の前を柩の列が通って行くのを見たことか。そこには骨が入っているのだが、それらはいずれ虫に食われて、私がもたれかかった扉の裏側よりもぼろぼろになってしまう。私の数知れない家来たちは、毎日増えつづけている。定期的に調査なんかしなくても、それはわかるさ。ここでは、生者の世界と同じだ。自分が選んだ住居の豪華さに比例して、誰もが税金を払う。けちなやつが分担金の支払いを拒否したら、直接本人に話して、執行官のように振舞うよう命令されている。おいしいごちそうを望んでいる山犬や禿鷹には事欠かないからな。私は死の旗のもとに、次のような連中がずらりと並ぶのを見た。かつて美しかった者。死後も醜くならなかった者。男、女、乞食、王子たち。青春の幻想、老人の骸骨。天才、狂気。怠惰、その反対物。かつて間違った者、かつて真実だった者。高慢な者の見せかけ、控え目な者の謙虚さ。花冠を戴いた悪徳、そして裏切られた無垢。

——もちろん、ぼくにふさわしい寝床を拒んだりはしないよ、夜明けがほどなく訪れるまで。ご親切にありがとう……。墓掘り人夫君、都市の廃墟を眺めるのはいいものだが、人類の廃墟を眺めるのはもっといいものだね！

〔13〕

蛭[50]の兄弟分は、森の中をゆっくりと歩いていた。何度か立ち止まっては、口を開いて話そうとする。だが、そのたびに喉がつまり、努力を途中で押し戻してあきらめてしまう。ようやく、彼は叫ぶ。「人間よ、仰向けになった犬の死骸が水門に引っかかって動けないのを見かけたら、ほかの連中のように膨脹した腹から這い出してくる蛆虫どもを手でつかまえて、驚きながらじっと見つめ、自分もいずれはこの犬と同じになるのだとつぶやきながら、ナイフの刃を出して大量に切り刻んだりしてはいけない。どんな謎をおまえは探している？　私も、北極海のオットセイの四本の鰭足[51]も、人生の問題を見つけることはできなかった。気をつけたまえ、もうすぐ夜だ。おまえは朝からそこにいるからな。こんなに遅く帰ってくるのを見たら、おまえの家族は、妹も含めて何と言うかな？　手を洗って、寝る場所に戻りたまえ……。あそこ、地平線に見えるあいつは何だ、こわがりもせず、不規則な斜め跳びで私に近づいてくるぞ。それに、平静な穏やかさをまじえたなんという威厳！　まなざしは、穏やかながらも深い。巨大なまぶたはそよ風とたわむれ、生きているかのようだ。見覚えのないやつだな。あいつの化け物じみた眼を見つめていると、体が震えてくる。いわゆる母親というやつのひからびた乳を吸って以来、はじめての経験だ。周りには眩しい後光みたいなものが射している。あいつが口を開くと、自然のすべてが口をつぐみ、激しく震えあがったぞ。おまえは磁石に引き付けられたように喜んで私のところに来たのだから、私も異議は唱えまい。こいつはなんて美しいんだ！　そう言うのはつらいが。おまえは強いにちがいない。なにしろ人間以上の、宇宙のように悲しく、自殺のように美しい[52]顔をしているものな。あらん限りの力をこめて、私はおまえを忌み嫌ってやる。おまえの眼を見るくらいなら、この世の始まりから私の首に絡みついている蛇を見るほうがましだ……。おやこれは！……君だったのか、ヒキガエル君[53]！……太ったヒキガエル君！……不運なヒキガエル君！……失礼！……失礼！……呪われた連中のいるこの地上に、何をしに来たんだい？　あのねばねばした臭いイボはいったいどうした、ずいぶんさっぱりした様子をして？　上からの命令で、さまざまな種族の生き物たちを慰める使命を負って空の高みから降りてきたとき、君は鳶のような素早さで、この長く壮大な行程に翼が疲れた様子もなく、地上に舞い降りたね。私は見たんだよ！　かわいそうなヒキガエル君！　そのとき私は、どんなに無限を思い、同時に自分の弱さを思ったことか。『地上の連中よりもすぐれたやつが、またひとり現れた』と、私はつぶやいたものさ。『これは神の意志のなせるわざだ。私だって、どうしてそうあっていけないわけがあろう？　至高の意志のうちに不公平があってどうする？　頭がおかしいぞ、〈創造主〉(54)は。それでもいちばん強いんだ、やつが怒ると恐ろしいからな！』沼沢地の君主よ！　神のみに属する栄光に包まれて私の前に現れてからというもの、君はある程度まで私を慰めてくれた。だが、これほどの偉大さを前にすると、私の不安定な理性はだめになってしまう。いったい君は何者なんだ？　いてくれ……おお！　この地上にまだいてくれ！　白い翼をたたむんだ、そして不安そうなまぶたで空の高みを見ないでくれ……。君が行くなら、一緒に行こう！」ヒキガエルは後脚の腿（人間の腿によく似ている！）を曲げてしゃがむと、天敵の登場を見てナメクジやワラジムシやカタツムリたちが逃げ出すあいだに、次のような言葉を語った。

「マルドロール、聞いてくれ。鏡のように平静なぼくの顔を見るんだ、ぼくは君に匹敵する知性の持主だと思っている。ある日、君はぼくを人生の支えと呼んだね。あれ以来、君が寄せてくれた信頼を裏切ったことはない。ぼくは単なる葦の住人にすぎない、確かにね。でも君と触れ合い、君の内にある美しいものだけを取りこんだおかげで、ぼくの理性は成長し、君と話せるまでになった。君のところに来たのは、深淵から君を引き上げるためなんだ。劇場で、広場で、教会で、君が蒼ざめた顔をして背中をまるめているのに出会うたび、あるいは黒い長マントに身を包んだ亡霊の主人を乗せて夜間しか疾走しないあの馬[55]を、筋肉質の太腿でぎゅっとはさみつけているのに出会うたび、君の友人と称する連中はびっくり仰天して君を見る。心を砂漠のように空虚にするそんな考えは捨てたまえ。火よりも熱く焼けていて危険だからね。君の精神はひどく病んでいるので、自分でもそれに気づかないくらいだし、途方もない偉大さに満ちてはいても正気とは思えぬ言葉が口をついて出てくるたびに、それが自分本来の性格なのだと思っている。かわいそうに！　生まれたその日から、君はいったい何を言ってきた？　おお、神があふれる愛もて造りたもうた不滅の知性の、あわれな残骸よ！　君はひたすら呪いばかりを生み出してきた、飢えた豹を目にするよりも恐ろしい呪いばかりを！　ぼくだったら、両のまぶたが貼りついて、胴体からは手足がなくなり、殺人でも犯してしまったほうがまだましだ、君になるくらいなら！　なぜって、君が大嫌いだからね。どうして君は、ぼくを驚かせるそんな性格をしている？　何の権利があってこの地上に降り立ち、懐疑心に揺られている腐った漂流物さながらの住人たちを嘲弄する？　気に入らないのなら、もと来た天球に戻るべきだ。都市の住民は、よそ者みたいにして村に住むべきじゃない。宇宙には地球よりも広大な天球がいくつもあって、そこに住む生命体は想像もつかないほどの知性の持主であることを、ぼくらは知っている。さあ、立ち去りたまえ！……この動く大地から退場するんだ！……これまで隠してきた君の神々しい本質を今こそ示してくれ。そしてできるだけ早く、自分の天球に向かって飛んで行け。別にそんな天球なんて羨ましくもないぞ、いい気になるんじゃない！　だってぼくは、君が人間なのか人間以上のものなのか、ついに見きわめられなかったんだから！　さあ、おさらばだ。通りすがりにヒキガエルに再会できるなんてもう思うなよ。君はぼくの死の原因だった。ぼくは永遠に旅立とう、君の赦しを乞い願うために！

〔14〕

諸現象の外見に頼ることも時には論理的であるならば、この第一歌はここで終わる。竪琴をまだ試しに奏ではじめたばかりの者にたいして、厳しくしないでいただきたい。この竪琴は、じつに奇妙な音色をたてている！　とはいえ、もしあなたが公平でありたいのなら、数ある欠点のただ中に、鮮烈な刻印が早くも見分けられるはずだ。私としては、まもなく仕事を再開し、あまり遅くならないうちに第二歌を公にするつもりでいる㊻一九世紀の終わりには、時代の詩人が姿を現しているだろう（もっとも、最初は傑作で始めるわけにもいかず、自然の法則に従わざるをえないが）。彼はアメリカ大陸の沿岸地域、ラプラタ河の河口に生まれた。そこではかつて敵対していた二つの民族が、今では物質的・精神的進歩によってたがいに凌ぎをけずっている。南米の女王ブエノスアイレスと浮気女のモンテビデオは、大河口を流れる銀の水を通して友情の手をさしのべ合っている。だが、果てしない戦争が田園地帯に破壊の帝国を築き、無数の犠牲者を嬉々として刈り取っているのだ。(57) さらば老人よ、(58) 私の文章を読んだら私のことを思ってくれ。君、青年よ、絶望することはない。自分ではそう思っていないようだが、(59) 君は吸血鬼の中にひとりの友人をもっているのだから。疥癬を引き起こすヒゼンダニを数に入れれば、君には友人が二人いることになる!

第一歌終わり

第二歌

〔1〕

あのマルドロールの第一歌はどこに去ってしまったのか、ベラドンナの葉[1]を頬張った彼の口が、怒りの諸王国を貫いて、思索のひとときにふとあの歌を洩らしてからというもの？　あの歌はどこに去ってしまったのか……。定かにはわからない。樹々も風も、それを引き止めはしなかった。そしてこの場所を通りかかった道徳は、これらの白熱したページの中によもやおのれの力強い擁護者がいようとは夢にも思わず、その擁護者が確かな足取りでまっすぐに、人々の意識の暗い内奥や秘められた琴線に向かってくるのを見た。科学にとって少なくともわかっているのは、このとき以来、ヒキガエルの顔をした人間がもはや自分が誰だかわからなくなり、しばしば狂乱の発作に襲われて森の野獣のようになるということだ。本人のせいではない。いつの時代にも、人間は謙虚さの木犀草[2]の下にまぶたをたわませ、自分がもっぱら善とほんのわずかな悪からできていると信じてきた。突然、私がその内心と策謀を白日のもとに暴きだし、人間が逆に、もっぱら悪と、立法者たちがなんとか蒸散させまいと苦労しているほんのわずかな善からできていることを教えてやったのだ。私としては、なにも目新しいことを言っているわけではないので、人間が私の示した苦々しい真実をこの先ずっと恥じたりはしないでほしい。けれどもこの願望の実現は、自然法則には従わないだろう。じっさい、私は人間の不誠実な泥まみれの顔から仮面をはぎ取り、銀盤の上に象牙の玉を落とすようにして、やつが自分自身をも欺いているおみごとな嘘をひとつひとつ落としてやる。そのとき、理性がたとえ傲慢の闇を雲散させたとしても、人間が平静さにたいして、顔に手を置いて祈ってくれと命令しないのはもっともというもの。だからこそ私が登場させている主人公は、自分が不死身と信じていた人間を、人類愛に満ちたばかばかしい長口舌を突破口として攻撃することで、抜きがたい憎悪をおのが身に招き寄せたのだ。そうした長口舌は人類の数々の書物に砂粒のように積み上げられていて、私も理性に見捨てられたときには、そのいとも滑稽な、しかし退屈な喜劇味を思わず評価しそうになることもある。彼にはそんなことは先刻お見通しだった。あまたの図書館が所蔵する羊皮紙本の表紙上部に、善意の彫像を刻むだけではじゅうぶんではない。おお人間よ！　今や君はミミズのように素裸(3)で、私のダイヤモンドの剣を前にしている！　君のやり方は捨てたまえ。もはや偉そうな顔をしているときではない。ひれ伏して君に願いを投げかけよう。君の罪深い人生の些細な動きまで観察している者がいるのだ。その仮借なき洞察力の緻密な包囲網に、君はとらわれている。そいつが背中を向けても信用するな、君を見ているのだから。そいつが眼を閉じても信用するな、やっぱり君を見ているのだから。君の恐るべき決意なるものが、奸智と邪悪さに関して私の想像力の落とし子を凌駕することであるとは考えにくい。彼のちょっとした攻撃でもダメージはある。慎重を期するならば、そのことを知らないと思っている者に、狼と山賊は共食いしないものだということを教えてやってもよかろう。たぶんやつらにそんな習慣はない。だから、こわがらずに、君の生活の按配を彼の手にゆだねたまえ。心得たとばかりに導いてくれるだろう。彼は君を矯正しようという意図をこれ見よがしに陽の下に輝かせているが、信じてはいけない。だって君はたいして彼の関心を引いちゃいないんだからね、それ以下とは言わないが。ただし私は、自分の検証にとって好都合な尺度をまだ完全な真実に近づけたわけではない。彼が君の生活を導くのは、そうではなくて、君に悪をなすのが好きだからさ。君が自分と同じくらい邪悪になって、その時が告げられたら、地獄の大きく口をあけた深淵まで自分について来るであろうという、当然の確信を抱いてね。彼の席はずっと前から決まっている、鎖と首枷がぶら下がっている鉄の絞首台の見える場所に。運命が彼をそこに連れていくとき、死へと引きこむ漏斗はかつてこれほど美味な餌食を味わったことはないだろうし、彼のほうもこれほどふさわしい棲家を目にしたことはないだろう。どうやら私はことさら父親めいた話し方をしているようだが、人類にそれを不満に思う権利はないのではあるまいか。

〔2〕

私は第二歌をこれから構築すべきペンを手にする……赤毛のウミワシ[4]とかいうやつの翼から引き抜いた道具を！　だが……私の指はいったいどうした？　仕事を始めてからというもの、関節がずっと麻痺状態だ。それでも、私は書かなければならない……。不可能だ！　いやいや、繰り返して言うが、私は自分の思考を書かなければならない。ほかの者と同じく、私にはこの自然法則に従う権利がある……。いやだめだ、だめだ、ペンは依然として動かない！……ほら、見たまえ、田園を貫いて遠くで光る稲妻を。雷雨が空を駆けめぐる。雨が降る……。まだ降っている……。なんてよく降るんだ！……雷が落ちた……それは半開きになった窓に襲いかかり、私は額を打たれてタイル張りの床に倒れこんだ。あわれな青年よ！　君の顔はすでに早すぎる皺と生まれながらの醜悪さに粧われていたのだから、その上にこんな硫黄臭のする長い傷[5]なんか必要なかったのに！（傷口は治ったと今は仮定したが、そんなに早く治るものじゃない。）この雷雨はなぜだ、私の指はなぜ麻痺している？　これは天からの警告なのか、私に書くのをやめさせ、四角い口から涎を垂らさせて、自分が直面しているものが何であるかをこれ以上考えさせまいというのか？　だが、こんな雷雨に恐怖など覚えはしなかった。雷雨の軍勢(6)なにするものぞ！　傷つけられた額からざっと判断するに、これら天の警察官どもは熱心に自分のつらい義務を果たしている。私は〈全能者〉に、そのみごとな技巧を感謝するには及ぶまい。なるほどやつは、傷つくといちばん危険な部位である額から真っ二つに私の顔を切り裂くようにして、雷を送りつけてきた。ほかの誰かが称賛してやるがいい！　だが、雷雨どもは自分たちより強い何者かを攻撃しているのだぞ。そんなわけだから、蝮の顔をしたおぞましい〈永遠者〉よ、おまえは私の魂を、狂気の境界線と、緩慢に人を殺す激情の思考とのあいだに置いただけでは満足せずに、じっくり検討したあげく、さらに私の額から盃一杯の血を流させることが、自分の威厳にふさわしいと思わずにはいられなかったのだ！……しかしつまるところ、おまえは誰に覚えがあるというのか？　私がおまえを好きでないこと、それどころか憎んでいることは、知っているはずだ。それなのにどうして固執する？　おまえの振舞いは、いつになったら奇妙な外観をまとうのをやめるつもりだ？　率直に話してくれ、友に話すように。おまえは結局のところ、見苦しい迫害をおこなうに際してずいぶん無邪気な熱意を示しているとは思わないか？　たぶんおまえに仕える熾天使《セラフィム》(7)たちの誰ひとり、この熱意の完璧な滑稽さをあえて強調しようとはすまい。どんな怒りがおまえをとらえている？　もしおまえの追及を免れて生きさせてくれたなら、感謝の念をおまえに捧げるのだが……。さあ、スルタン、⑻床を汚しているこの血をおまえの舌できれいにしてくれ。手当ては終わりだ。止血した額は塩水で洗浄し、顔に細い包帯を十字型に巻いた。出血量はそれほどではない。血まみれのシャツ四枚に、ハンカチが二枚。一見したところ、マルドロールが動脈の中にこれほど大量の血をもっていたとは信じられまい。なにしろ彼の顔面には、屍体の光沢しか輝いていないのだから。だが、結局のところこんなものだ。たぶんこれが、彼の体内に入りえた血のほとんど全部であって、もうあまり残っていないにちがいない。もういい、もういい、貪欲な犬よ。床はそのままにしておけ。もう腹いっぱいだろう。飲みつづけてはいけない、そのうちもどしてしまうぞ。適当に腹がくちたのなら、小屋に寝に行け。自分が幸福にひたっていることを実感するがいい。いかにも満足げな様子で喉に流しこんだ血球のおかげで、まる三日間は空腹の心配などあるまいからな。おい、レマン、⑼ほうきを取れ。私も手にしたいのだが、その力がない。力がないのだ、わかるだろう？　涙は鞘に納めたまえ。でないと、私にとってはすでに過去の夜に紛れてしまった刑罰が残したこの大きな傷跡を、おまえは冷静に見つめる勇気がないのだなと思ってしまうぞ。泉に行って、手桶に水を二杯汲んできてくれ。床を洗い終えたら、この下着類を隣の部屋に置いておくんだ。今晩、洗濯屋の女が来るはずだから、そうしたら渡しておいてくれ。だが、この一時間どしゃ降りだったし、まだ降りつづいているから、彼女が店から出てくるとは思えないな。それなら、明朝来るだろう。この血はいったいどうしたのかと訊かれても、答える必要はない。おお！　なんて私は弱っているんだ！　かまうものか、それでもペン軸をもちあげる体力はあるし、自分の思考を掘り下げる気力もある。私を子供扱いにして、雷をともなう暴風雨で私を苦しめてみたところで、〈創造主〉にはいったい何の得があったというんだ？　それでも私は、書くという決意を断固として保持している。この包帯はわずらわしいし、部屋の空気も血の匂いがするが……

〔3〕

ローエングリン[10]と私が、先を急ぐ二人の通行人のように、横に並んでたがいを見もせず、肘を触れ合わせて街路を歩いていく、そんな日がどうか訪れませんように！　おお！　こんな仮定からは永久に遠く逃れさせてほしい！　〈永遠者〉が世界を今あるように作ったのだ。女の頭を槌の一撃で打ち砕くのにちょうど必要な時間だけ、やつが恒星のような威厳をかなぐり捨てて、私たちの存在がそのただ中で船底の魚のように息を詰まらせている数々の神秘を明かしてみせたなら、大いに賢明さを示すことになろう。だが、やつは偉大で高貴だ。着想の力強さにおいて、私たちにまさっている。やつが人間たちと話し合ったなら、ありとあらゆる恥がその顔まで跳ね返ることだろう。だが……まったく情けないやつだな、おまえは！　どうして顔を赤らめない？　私たちを取り巻く肉体的・精神的苦痛の軍勢が生み出されただけでは、じゅうぶんではない。ぼろぼろになった私たちの運命の秘密は、まだ暴露されていないからな。私はやつを知っている、〈全能者〉を……そしてやつもまた、私を知っているにちがいない。たまたま同じ小径を歩くことがあれば、やつの鋭い視力は私が遠くからやってくるのを見て取る。やつは脇道に入り、自然が一枚の舌として私に与えた白金の三つ叉槍を避けるのだ！　おお〈創造主〉よ、私に感情をぶちまけさせてくれたらうれしいのだが。確固たる冷徹な手で恐ろしい皮肉の数々をあやつりながら、おまえに告げておくが、私の心には感情がたっぷりあるので、生命が尽きるまでおまえを攻撃するにはじゅうぶんだろう。おまえの空洞の骨格を殴りつけてやる。それも、力をこめて。そうしておまえが人間に与えたがらなかった知性の残滓を飛び出させてやる。だっておまえは人間が自分と同等になるのがねたましく、厚顔無恥にも腸の中にそれらの残滓を隠しておいたのだからな。狡猾な盗賊め、まるでいつの日か私が、常に見開いている眼でそれらを発見し、奪い取り、自分の同類者たちに分け与えることになろうとは思わなかったみたいじゃないか[11]。私は今話している通りにしてやった。だから今ではもう、彼らはおまえを恐れてなどいない。おまえと対等に話ができる。私に死を与えるがいい、おのれの無謀さを悔いさせるために。胸を広げ、かしこまってお待ちしよう。だから姿を現せ、永遠の懲罰の取るに足りない隊列よ！……過度に誇示された諸属性の仰々しい展開よ！　やつは自分をせせら嗤っている私の血の循環を止められないことを露呈した。それでも私には確証があるのだが、やつはほかの人間たちの息の根を、若さの盛りで、まだ人生の喜びを味わうか味わわないかのうちに、躊躇なく止めてしまう。残虐としか言いようがない。ただし、私の意見が弱気なだけの話だが！　私は見た、〈創造主〉が無益な残酷さを駆り立ててあちこちで火事を起こし、老人や子供たちが非業の死をとげていくのを！　攻撃をしかけたのは私ではない。やつのほうが、鋼鉄線のついた鞭で自分を独楽のようにきりきり舞いさせるよう、無理やり私に仕向けたのだ。自分への非難の種を提供しているのは、やつではないのか？　けっして枯渇したりしないぞ、私の恐るべき霊感は！　それは私の不眠の日々を苦しめる支離滅裂な悪夢から養分を吸っているんだからな。ここまで書いてきたのは、ローエングリンのためだ。だから彼の話に戻ろう。彼がいずれはほかの人間のようになってしまうのではないかと恐れて、私は最初、彼が無垢な年齢を過ぎたらナイフで刺し殺そうと心に決めていた。しかしよく考えて、賢明にもこの決意は未然に捨てた。自分の生命が十五分のあいだ危険にさらされていたとは、彼は夢にも思っていない。用意万端整えて、ナイフも買ってあったのだ。この短剣はかわいらしかったぞ、死の道具に至るまで上品で優雅なのが好きなのでね。しかし長くて尖ってもいた。頸動脈をどれか一本注意深く刺して首筋に傷ひとつ、それでじゅうぶんだったろう。自分の行動には満足している。決行していれば、あとで悔やんでいただろうから。だから、ローエングリンよ、君の好きなようにしてくれ、気に入るように振舞ってくれ。私を暗い牢獄に一生閉じこめてくれ、サソリたちを虜囚生活の友として。あるいは片眼をえぐり取って地面に捨ててくれ、けっして責めたりしないから。私は君のものだ、君の所有物だ、私はもう自分のために生きてるんじゃない。君が私に加える苦痛も、殺意に満ちた手で私を傷つけている者が同類者たちの本質よりも神々しい本質に浸されているのだと知る幸福には、比べようもあるまい！　そう、ひとりの人間に自分の生命を与え、そうして人間がみな邪悪なわけではないという希望を保持することは、今なお美しいことだ。私の苦い共感の不信に満ちた嫌悪感を力ずくでおのが身に引き付けることのできた者が、とにかくひとりはいたわけだから！……

〔4〕

午前零時。バスチーユからマドレーヌまで、もはや一台の乗合馬車も見えない。(12)いや勘違いだ。あそこに突然一台現れたぞ、地底から湧き出たみたいに。帰りが遅くなった数人の通行人が、じっと注目している。というのも、ほかのどんな馬車にも似ていないようなのだ。屋上席には、死んだ魚の眼のように動かない眼をした男が数人腰掛けている。ぎゅう詰めになり、生命を失ってしまったかのようだ。ただし、定員オーバーではない。御者が馬に鞭を入れるさまは、まるで鞭が彼の腕を動かしているかのようで、彼いったい何だというのか？　月の住人たちだろうか？　そう信じたくなる瞬間もある。だが、彼らはむしろ屍体に似ている。終点への到着を急ぐ乗合馬車は、空間をむさぼるように突っ走り、舗道をかたかた鳴らす……。馬車は逃げる！……だが、何か不定形の塊が必死にその後をついていく、馬車の轍の上を、埃にまみれて。「止まってよ、ねえお願いだから。止まってよ……一日じゅう歩いて、両脚がぱんぱんなんだ……昨日から何も食べていないし……両親に捨てられちゃって……もうどうしていいのかわからないよ……家に帰ると決めたんだ、席をひとつ空けてもらえれば、すぐにでも着けるのに……ぼくは八歳の子供だよ、みんなが頼りなんだ……」。馬車は逃げる！……馬車は逃げる！……だが、何か不定形の塊が必死にその後をついていく、馬車の轍の上を、埃にまみれて。冷たい眼をした例の男たちのひとりが、隣の男を肘で突っつき、耳に届いてくる銀の音色のうめき声に不満の意を表しているようだ。隣の男はわからないくらいかすかに頭を下げて同意すると、亀が甲羅に引っこむように、ふたたび不動のエゴイズムの中に引きこもる。ほかの乗客たちの顔つきにも、どう見ても最初の二人と同じ感情がうかがえる。叫び声はまだ二、三分聞こえ、時々刻々、ますます甲高くなっていく。大通りに面した窓がいくつか開き、おびえた人影が明りを手に現れては、車道に視線を投げかけると、荒々しく鎧戸を閉めて二度と姿を見せようとはしない……。馬車は逃げる！……馬車は逃げる!……だが、何か不定形の塊が必死にその後をついていく、馬車の轍の上を、埃にまみれて。これら石の人物たちの中で、夢想にふけっていたひとりの青年だけが、不幸な子供に憐憫の情を抱いている様子だ。痛む小さな脚で追いつけると信じている子供のために、彼はあえて声をあげようとはしない。ほかの男たちが侮蔑的で居丈高な視線を投げかけており、全員を敵に回しては何もできないとわかっているからだ。膝に肘をつき、頭を両手で抱えて、彼は茫然自失して自問する、これが本当にいわゆる人間愛というものなのかと。そしてこれがもはや詩歌用語辞典にも見つからない空しい言葉にすぎないことを認め、自分の誤りを率直に認める。彼はつぶやく、「じっさい、どうして小さな子供なんかに関心をもつ? うっちゃっておこうじゃないか」。とはいえ、神を呪ったばかりのこの青年の頬をひとしずくの熱い涙が流れた。彼はつらそうに手を額に当てる。不透明な曇りで知性を鈍らせている雲を追い払おうとするかのように。彼は自分が投げこまれた世紀の中で必死にもがいているのだが、それも空しい。そこが自分のいるべき場所でないと感じてはいても、脱出できないのだ。恐ろしい牢獄! おぞましい宿命! ロンバーノ[13]よ、この日以来、私は君に満足している! 私はずっと君のことを観察していたのだ、顔ではほかの乗客たちと同じ無関心を装っていたが。青年は憤怒に駆られて立ち上がり、たとえ自発的ではないにしても悪行に加わるのはやめようと、この場を立ち去ろうとする。私は彼に合図を送り、彼はまた隣に座る……。馬車は逃げる！……馬車は逃げる！……だが、何か不定形の塊が必死にその後をついていく、馬車の轍の上を、埃にまみれて。叫び声が不意にとぎれる。子供が突き出た舗石につまずいて、転んだ拍子に頭に怪我をしたのだ。乗合馬車は地平線に消え、もはや静まり返った街路しか見えない。……馬車は逃げる！……だが、不定形の塊はもう必死にその後をついてはいかない、馬車の轍の上を、埃にまみれて。あの通りがかりの屑屋[14]を見たまえ、手にした青白い角灯の上に身を屈めている彼を。彼の内には、乗合馬車にいた同類者たちの誰よりもよほど豊かな情がある。子供を抱き起こしたぞ。もう大丈夫、彼は手当てをしてやるだろうし、両親がしたように子供を捨てたりはしないだろう。馬車は逃げる！……馬車は逃げる！……だが、彼の立っている場所から、屑屋の鋭い視線が必死にその後をついていく、馬車の轍の上を、埃にまみれて！……愚劣にして阿呆な種族よ！　こんな振舞いをしたことを必ず後悔させてやるからな。この私がそう言っているのだ。後悔させてやるぞ、いいな！　後悔させてやるぞ。私の詩はもっぱら、人間というこの野獣と、こんな害虫を生み出すべきではなかった〈創造主〉を、あらゆる手段を用いて攻撃することだけを目的とするだろう。私の命が尽きるまで巻に巻を重ねていくだろうが、それでも常に私の意識に存在しているこの唯一の観念しか、そこには見られまい！

〔5〕

日々の散歩がてら、私は毎日、ある狭い路地を通っていた。毎日、十歳のほっそりした少女が、好意と好奇心に満ちたまぶたで私を見つめながら、この路地沿いに、距離を置いて恐る恐る私の後をついてきた。年齢のわりには長身で、すらりとした体つきだ。頭の上で左右に分けた豊かな黒髪が、それぞれ別個の三つ編みになって、大理石のような両肩に垂れかかっている。ある日、彼女はいつものように私の後をついてきた。すると下町女のたくましい腕が、旋風が木の葉をとらえるように少女の髪の毛をつかみ、誇り高い無言の頰に荒っぽい平手打ちを二発食らわしたかと思うと、この迷える良心を家の中に連れ戻したのである。私は素知らぬ顔をしていたが、無駄だった。少女の存在は間の悪いものになったが、それでも欠かさず私の後をついてきた。私が別の街路に足を踏み入れて歩きつづけると、彼女は必死に努力して路地の端で立ち止まり、〈沈黙〉の像のようにじっと動かぬまま、私が見えなくなるまでずっと前方を見つめているのだった。一度、この少女が私の先を行き、ぴったり前につけて歩いたことがある。追い越そうとして歩を速めると、彼女も等距離を保とうとして小走りになる。しかし彼女とのあいだにじゅうぶん間隔をあけようとして歩をゆるめると、彼女も歩をゆるめ、その様子がいかにも子供らしく愛嬌たっぷりなのだ。路地の端まで来ると、彼女はゆっくりと振り返り、行く手をさえぎった。逃げる余裕はなく、私は彼女の顔と向き合った。眼が赤く腫れあがっている。私に話しかけたいのだが、どうすればいいのかわからない様子が容易に見て取れた。不意に屍体のように青白くなって、彼女は尋ねた。「すみませんが、今何時でしょうか？」時計をもっていないと答え、私は急いで遠ざかった。不安で早熟な想像力をもった女の子よ、この日以来、君はこの路地で、重いサンダルを引きずって曲がりくねった辻々の舗石をやっとの思いで踏み鳴らしていた不思議な青年に、二度と会わなくなった。この燃え上がる彗星がふたたび出現し、失望させられた君の注意深いまなざしの正面入口に熱狂的な好奇心の悲しい対象として輝くことは、もはやあるまい。そして君はしょっちゅう、何度も何度も、たぶん寝ても覚めても、現世の悪も善も意に介さないように見えるこの男のことを考えるだろう。身の毛もよだつ死人の顔をして、髪を逆立てながら、ふらふらとした足取りであてもなくさまようあの男のことを。その両腕は、エーテルの皮肉な水の中を盲滅法に泳いでいる。あたかも、宇宙の果てしない諸圏域をよぎって、宿命という容赦のない吹雪に絶えず揺さぶられている、あの希望という血まみれの餌食をそこに探そうとするかのように。君はもう私に会うことはない、そして私も二度と君に会うことはない！……たぶんそうだろう？　この少女はおそらく、見かけ通りの娘ではなかったのだ。純情そうな外面の下に、きっと底知れない狡智と、十八年の重みと、悪徳の魅力を隠していたにちがいない。かつて、春をひさぐ女たちがイギリス諸島から嬉々として亡命し、海峡を渡ってきたことがある。(15)彼女たちはパリの照明を浴び、黄金色の集団をなして旋回しながら、翼を輝かせていた。あなたは彼女たちを見かけると、こう言ったものだ。「ちょっと、まだ子供じゃないか。せいぜい十歳か十二歳だろう」。だが実際は二十歳だったというわけだ。おお！　この仮定が本当ならば、この暗い路地の迷路は呪われるがいい！　忌まわしい！　なんて忌まわしいんだ！　そこで起こっていることは。母親は、少女が上手に商売ができなかったから叩いたのだろう。彼女はまだ子供なのかもしれない、とすれば母親のほうがもっと罪深いことになる。私としては、ひとつの仮説にすぎないこの推論を信じたくはない。むしろこの夢想的な性格の内にあって、あまりに早くヴェールを脱いだ魂を愛したいと思う……。ああ！　いいか、少女よ、万一私がこの狭い路地をまた通るようなことがあっても、私の眼の前にはもう現れないほうがいい。高くつくかもしれないからな！　すでに血と憎悪が煮えたぎる奔流となって、頭のほうに昇っているんだ。この私が、自分の同類者を愛するほど寛大だって！　まさか、まさか！　私は生まれたその日からそう決めたんだ！　やつらだって、私が好きじゃない！　私が人間の汚らわしい手に触れるより前に、幾多の世界が崩壊し、花崗岩が鵜のように波の上を滑るのが見られるだろう。のけてくれ……のけてくれ、その手を！……少女よ、君は天使じゃない。いずれはほかの女たちのようになる。だめだ、だめだ、頼むから、私の藪睨み気味のひそめた眉の前に二度と現れないでくれ。精神が錯乱しようものなら、君の両腕をつかみ、洗濯物をしぼるようにひねりあげるかもしれないし、二本の枯れ枝みたいにぼきぼき折って、力ずくで君に食べさせるかもしれないぞ。やさしく撫でるふりをして君の頭を両手ではさみ、貪欲な指を無垢な脳髄の頭葉に突っこんで、唇に薄ら笑いを浮かべながら、生涯つきまとう不眠に苦しむ私の眼を洗うのに有効な脂肪分を抜き取るかもしれない。針で君のまぶたを縫い合わせ、世界の眺めを奪い取って、進むべき道がわからなくさせてやるかもしれない。案内人役など務めてはやらないぞ。君の処女の体を鉄の腕でもちあげ、両脚をつかんで投石器のようにぶんぶん振り回し、最後の円周を描くときに腕力を集中させて、壁に向かって投げつけるかもしれない⑯。血の一滴一滴が人間の胸に飛び散って、人々を怯えさせ、私の邪悪さの実例を眼前に突きつけるだろう！　人々は休む間もなく、肉片また肉片を自分の体から引きはがすだろう。だが、血痕は消えないままずっと同じ場所に残り、ダイヤモンドのように輝くのだ。安心したまえ、私は半ダースの召使たちに命じて、君の体の敬うべき残骸を守らせ、がつがつした犬どもの空腹から保護させよう。おそらく、体は熟した梨のように壁に貼りついたままで、地面には落ちていない。しかし気をつけないと、犬どもはかなり高い跳躍をやってのけるものだ。

〔6〕

チュイルリー公園⑰のベンチに座っているあの子供の、なんとかわいいこと！　恐れを知らぬその両眼は、遥か空の彼方に、何か見えないものをじっと見据えている。まだ八歳にもならないだろうに、普通そうするように遊んではいない。ひとりでいないで、少なくとも笑ったり、誰か友達と歩き回ったりしてもよさそうなものだが、そんな性質ではないのだ。

チュイルリー公園のベンチに座っているあの子供の、なんとかわいいこと！ ひとりの男が、ひそかな意図に突き動かされて、怪しげな足取りで近づくと、同じベンチの彼の隣に腰を下ろす。何者かって？ 言うまでもなかろう。まわりくどい会話を聞けばおわかりだろうから。二人の言うことを聞こう、邪魔はすまい。

――何を考えてるの、坊や？

――天国のこと。

――天国のことなんか考えなくてもいいよ。地上のことを考えるだけでもじゅうぶんなんだから。生きることに疲れてるのかい、まだ生まれて間もない君が？

――ううん、でも誰だって天国のほうが地上より好きでしょう。

――でも、ぼくはちがうな。だって、天国も地上と同じで神様に作られたんだから、あそこでもこの世と同じ災いに出会うにちがいないよ。死んだ後も、自分がやった善行に応じて報われたりはしないんだ。だって、この地上であれこれ不当な仕打ちにあうのだったら（そのうち君も実際に経験するだろうけど）、来世でも不当な仕打ちにあわない保証はないじゃないか。君にできる最善のことはね、神様のことなんか考えずに、自分で自分に正しく報いることさ、誰もそうしてはくれないんだから。誰か友達に傷つけられたら、そいつを殺してやればすっとすると思わないかい？

――でも、禁じられてるんでしょう。

――君が思ってるほどじゃないよ。捕まらなければいいだけの話だ。法律がもたらす正義なんて、何の価値もない。大事なのはやられたほうの解釈なのさ。嫌いな友達がいたとして、いつもいつもそいつのことを眼の前に思い浮かべるなんて考えると、不愉快じゃないかい？

――それはそうだけど。

――とすると、そいつは君を一生不幸にするような友達のひとりというわけだ。だって、君の憎しみが受け身でしかないのがわかれば、相変わらず君を馬鹿にして、罰せられもせずに悪さをしつづけるだろうからね。だからこんな状態を終わりにするには、ひとつしか方法はない。敵を始末することさ。それが言いたかったんだ、今の社会がどんな基礎の上に成り立っているかわかってもらいたくてね。誰もが自分で自分に正しく報いなくてはいけない、でなければただの馬鹿者さ。同類者にたいして勝利を収める者は、いちばんずる賢くていちばん強いやつなんだ。いつの日か、同類者たちを支配したいとは思わないかい？

――思うよ、そう思う。

――だったら、いちばん強くていちばんずる賢い者になりたまえ。君はまだ、いちばん強くなるには幼すぎる。でも、天才たちのいちばんすばらしい道具である策略だったら、今日からでも使うことができるよ。羊飼いのダビデは投石器で投げた石を巨人ゴリアトの額に命中させたけど⒅、こんなことに気づいたらすてきじゃないかな、つまりこの場合、ダビデはもっぱら策略によって敵に勝ったのであって、もし逆に彼らが組み打ちをしていたら、巨人のほうが彼を蝿のようにひねりつぶしていただろうってことさ。君だって同じだ。真っ向からぶつかったのでは、意のままに支配したいと思っている相手に絶対勝てやしない。でも策略をもってすれば、ひとりで全員を相手に戦うことができる。君は富や、美しい宮殿や、名誉が欲しいんだろう？　それとも、こんな高尚な望みをあれこれ言ってみせて、ぼくをだましたのかい？

――ちがうよ、ちがうよ、だましたりなんかしてない。でも、自分の欲しいものは別のやり方で手に入れたいんだ。

――それじゃあ、何ひとつ手に入らないね。ご立派で馬鹿正直なやり方では、どうにもならないんだ。もっと強力な手段と、もっと賢いたくらみを活用しなくちゃ。君が徳の高さで有名になって目的に達する頃には、ほかの何人もの連中がゆうゆうと君の背中を飛び越えてお先に出世階段を昇りつめ、君の狭苦しい考え方が生きる場所はもう残されていないだろうよ。もっと大きく、現在という時の地平線を見渡せるようでないと。たとえば君は、勝利がもたらす大いなる名誉のことを聞いたことがないかい？　でもね、勝利はひとりでに得られるものじゃない。勝利を生み出して征服者の足もとに置くには、血を、それも大量の血を流さなければならないんだ。殺戮が手際よくおこなわれたあとの平原に散らばる屍体やばらばらの手足がなければ戦争はないだろうし、戦争がなければ勝利もないだろう。わかったかい、有名になりたかったら、大砲の餌食である兵士たちの流す血の大河の数々に、優雅に身を沈めなければいけないんだよ。目的のためには手段を選ばず。有名になるための第一条件は、お金があることだ。君はもっていないから、誰かを殺して手に入れなくちゃね。でも、君は短刀を扱えるほど強くないから、手足が大きく育つまでは泥棒でもやりたまえ。それから手足がもっと早く生長するように、一日二回、朝に一時間と夕方に一時間、体操をするといい。こんなふうにすれば、二十歳まで待つことはない、十五歳になったらすぐに犯罪を試してみても、結構うまくいくだろう。名誉愛のためにはすべてが正当化される。そしてたぶん、のちに同類者たちの主人となって、君は自分がはじめ彼らになしてきた悪とほとんど同じだけの善をなすことだろう！……

マルドロールは、幼い話し相手の頭で血が沸き返っているのに気づく。鼻孔はふくらみ、唇は白いかすかな泡を吹いている。彼は子供の脈をとってみる。搏動が速い。熱病がこの繊細な体を冒したのだ。彼は自分の言葉の結果がこわくなる。このあわれな男は、それ以上その子供と話が続けられなかったことを残念がりながら、そっと姿を消す。分別盛りの年齢に達してもなお、善と悪のあいだで揺れ動いて情熱を制御することがまことに困難なのであってみれば、まだ未熟きわまりない精神にあってはいかばかりだろう？　そして相対的にどれだけのエネルギーが、さらに加えて必要なことか？　この子供は、三日間寝こむだけで済むだろう。天に願わくは、母親との触れ合いが、美しい魂を包むもろい外皮であるこの感じやすい花に平穏をもたらさんことを！

〔7〕

あそこ、花々に囲まれた植え込みの中に、両性具有者《ヘルマフロディトス》(19)が眠っている、芝生の上で深くまどろみ、涙に濡れて。月は雲の塊からその円盤を現し、蒼白い光でこの少年のやさしい顔を愛撫する。その顔立ちは、この上なく男らしい活力とこの世ならぬ処女の優美さを同時に表している。彼にあっては何ひとつ自然には見えない。女性的な形態の調和のとれた輪郭を通して露出している、身体の筋肉でさえも。片腕を折り曲げて額に当て、もう一方の手は胸に押し当てている。あたかも、打ち明け話をいっさい受けつけずに永遠の秘密の重荷を背負いこんでいる心臓の鼓動を圧迫しようとするかのように。人生に疲れ、自分に似ていない存在たちの中を歩くのが恥ずかしくて、絶望に魂をとらえられた彼は、谷間の乞食のようにひとりでさまよう。どうやって生計をたてているのか？思いやりのある人々が彼に気づかれないように近くから見守り、見捨てずにいるのだ。彼はじつに善良だ！　じつに達観している！　時々彼は、感じ易い性質の人々と進んで話をすることがあるが、手に触れたりはせず、何か危険を思い描いて恐れ、距離を置いている。なぜ孤独を友に選んだのかと尋ねられると、両眼は天を仰ぎ、〈摂理〉にたいする非難の涙がこぼれるのを辛うじて抑えるのだ。だが、この不用意な質問には答えない。ただそのせいで、まぶたの雪のような白さの中に夜明けの薔薇の赤味が広がっていく。会話が長引くと不安になり、接近する見えない敵の存在から逃れようとするかのように地平線の四方を見回して、手ぶりで唐突に別れを告げると、目覚めた羞恥の翼に乗って遠ざかり、森の中に消えていく。彼はたいてい、狂人だと思われている。ある日、四人の覆面男が命令を受けて彼に飛びかかると、脚しか動かせないようにきつく縛りあげた。鞭のざらざらした革紐が背中に打ち下ろされ、男たちは彼に、直ちにビセートル[20]の精神病院に行く道に向かえと言った。彼は鞭打ちを受けながらも微笑みを浮かべると、じつに豊かな感情と知性を発揮して、自分が学んできた数々の人間学について語ったのだが、その学識たるや、まだ青春の敷居をまたいでもいない者の内にたいへんな教養が宿っていることを示すものであった。また人類のさまざまな運命についても語るうちに、彼は魂の詩的な高貴さを余すところなく披露したので、監守人たちは自分の犯した行為に血も凍るほど恐れおののき、彼の折れた手足のいましめを解くと、足もとに這いつくばって赦しを乞い、赦しが与えられると、人間には通常与えられないほどの崇敬の念を浮かべながら、その場を去って行った。ずいぶん評判になったこの事件以来、彼の秘密は誰もが知るところとなったが、人々は彼をそれ以上苦しめないように、知らぬふりをしている。そして政府は相当額の年金を支給し、あらかじめ確認せずに彼を一度は力ずくで精神病院に収容しようとしたことを忘れさせようとしている。彼はといえば、金の半分を使い、残りは貧民に与えているのだ。どこかプラタナスの小径を男女が散歩しているのを見ると、彼は自分の体が頭から爪先まで真っ二つに裂け、新しくできたそれぞれの半身が散歩者の一方を抱擁しに行こうとするのを感じる。[21] しかしそれは幻覚にすぎず、やがて理性が支配を取り戻す。そんなわけで、彼は男たちにも女たちにも交わらない。自分は化け物でしかないという考えのうちに表面化した過度の羞恥心のせいで、相手が誰であれ熱烈な共感を寄せることができないのだ。そんなことをすれば自分を冒瀆し、他人を冒瀆するような気がするだろう。自尊心から、「人みな自らの本性にとどまるべし」というあの格言が繰り返し彼の頭に浮かんでくる。自尊心と言ったのは、男と暮らしても女と暮らしても、遅かれ早かれ自分の身体器官の形態は重大な欠陥として非難されるのではないかと恐れているからだ。そこで彼は、まさに自分自身から出てきたこの不心得な仮定に傷ついて自己愛の殻に閉じこもり、数々の苦悩の中にたったひとりで、慰めもなく頑固にとどまりつづける。あそこ、花々に囲まれた植え込みの中に、両性具有者が眠っている、芝生の上で深くまどろみ、涙に濡れて。鳥たちは目を覚ますと、樹々の枝越しにこの憂いに満ちた顔をうっとりと眺め、ナイチンゲールはあの水晶の独唱曲《カヴァティーナ》を聞かせようともしない。不運な両性具有者が夜のあいだそこにいるおかげで、茂みは墓のようにおごそかになっている。おお迷える旅人よ、幼年期の初めに早くもおまえに父母を捨てさせた冒険心の名において、砂漠での渇きがおまえにもたらした苦痛の名において、見知らぬ国々に追放されて長いあいださまよった末にたぶんおまえが探し求めている祖国の名において、放浪気質からおまえが駆けめぐってきた追放生活と風雪の日々を共に耐えてきた忠実な友である駿馬の名において、また、極地の氷塊のただ中で、あるいは灼熱の太陽の照りつける下で、遥かな土地や未踏の海をさまよう旅が人間に与える威厳の名において、地面に広がって緑の草に絡まっているこの巻毛の頭髪に、微風のそよぎに揺られたようにして手を触れてはならぬ。そこから数歩離れたまえ、そのほうがいい。この頭髪は神聖だ。そう望んだのは両性具有者自身なのだ。彼は人間の唇が、山の息吹にかぐわしく香る髪にも、今この瞬間に天穹の星々さながらに輝いている額にも、うやうやしく接吻することを望んではいない。というよりむしろ、星自身が軌道を離れ、宇宙空間をよぎってこの荘重な額にまで降りてきて、ダイヤモンドの輝きで後光のようにこれを包んでいるのだと考えたほうがいい。夜はその悲しみを指で払いのけ、あらゆる魅惑をまとって、この羞恥心の化身、天使の無垢性の完璧な模像の眠りを祝福している。虫たちの羽音はさっきほど聞こえない。枝々は高く生い茂った葉むらを垂らして彼を夜露から守り、そよ風は美しい調べを奏でる竪琴の弦を響かせながら、宇宙の沈黙を横切って、伏せたまぶたのほうへ楽しげな和音を送っている。まぶたはじっと動かぬまま、中空に浮かぶ世界のリズム豊かなコンサートに聴き入っているかのようだ。彼は夢に見る、自分は幸福だ、体の性質が変わったのだと。あるいは少なくとも、紫雲に乗って自分と同じ性質をもった存在たちの住む別の天体に向かって飛び立ったのだと。ああ！　彼の幻想が曙光の目覚めまで続いてほしい！　彼は夢に見る、花々が狂った巨大な花輪のように周りで輪になって踊り、甘美な芳香で体をひたす一方、自分は魔術的な美をそなえた人間の腕に抱かれ、愛の賛歌を歌っているのを。しかし彼の両腕がかき抱くのは、薄明のもやにすぎない。目を覚ます頃には、もう抱いてはいないだろう。目を覚ますな、両性具有者よ。まだ目を覚まさないでくれ、お願いだから。どうして私を信じようとしないのだ？　眠れ……そのまま眠っていたまえ。君の胸が幸福という現実離れした希望を求めてふくれあがる、それはかまわない。だが、眼は開けないでくれ。ああ！　眼は開けないでくれ！　私はこのまま立ち去ろう、君の目覚めをまのあたりにしたくないから。たぶんいつの日か、私は分厚い書物に託して、感動的なページの中で君の物語を語るだろう。その物語が含んでいるものと、そこから抽出される教えに恐れおののきながら。今日まで、私にはそれができなかった。そうしようとするたびに、大量の涙が紙の上にこぼれ、老いのせいでもないのに指が震えてしまったのだ。だが、最後にはその勇気をもちたいと思う。腹立たしいことに、私には女ほどの神経しかなく、君のたいへんな不幸を思うたび、少女のように気を失ってしまうのだ。眠れ……そのまま眠っていたまえ。だが、眼は開けないでくれ。ああ！　眼は開けないでくれ！　さらば、両性具有者よ！　毎日私は、君のために欠かさず天に祈ろう（自分のためだったら、けっして天に祈ったりはしない）。平和が君の胸に宿らんことを！

〔8〕

女がソプラノで高らかに響く美しい旋律の音楽を歌いあげるとき、この人間的な階調を耳にすると、私の眼は表に現れない炎にあふれて苦しげな火花を放ち、耳の中では砲撃のような早鐘ががんがん打ち鳴らされるような気がする。人間に由来するいっさいのものにたいするこの深い厭悪の念は、いったいどこから来るのだろう？　楽器の琴線から美しい調べがたちのぼるのなら、大気の弾力的な波動を通して拍子をとりながら流れ出てくるこれらのスタッカートの音に、私は陶然として聴き入る。知覚能力は私の聴覚に、神経と思考をとろかすやさしさの印象しか伝えはしない。えもいわれぬまどろみが、私の感覚の活動的な力と、想像力の生き生きとした強さを、日光を濾過するヴェールのように魔法の罌粟《ケシ》(22)で包みこむ。人の話によれば、私は聾《ろう》なるものの腕に抱かれて生まれたとのこと(23)！　幼年時代のはじめごろ、私には人の言うことが聞こえなかった。さんざん苦労したあげく、ようやく周りが私に話すことを覚えさせたときも、誰かが紙きれに書いたことを読んでから、やっと自分の考えの筋道を相手に伝えることができたにすぎない。ある日、それは不吉な日だったが、私はますます美しく無垢になっていた。誰もがこの神々しい少年の知性と善良さを賛嘆するのだった。魂が玉座を据えていたその清澄な顔だちを見つめるたびに、多くの良心が赤面したものだ。近づく者はみな崇敬の念を抱かずにはいられなかった。少年の眼には天使のまなざしが見られたのだから。いやちがう、私は百も承知だった、少年時代の幸福な薔薇の花々も、母親という母親が夢中になって接吻する彼の慎み深い高貴な額の上に、気まぐれな花輪に編まれて永遠に咲き誇るはずがないということを。どうやら宇宙は、無感情で苛立たしい天球の数々を散りばめた穹窿をもってはいても、私が夢見ていた最も壮大なものではないらしいという気がしはじめていた。というわけで、ある日、地上の旅の険しい小径を踏みしめながら歩き、人生の暗い地下納骨堂を横切って酔っ払い(25)のようにふらふらさまようことに疲れた私は(24)、青味を帯びた大きな隈に縁どられた憂鬱な眼を蒼空の凹面に向けてゆっくりともちあげ、思い切って天の神秘を見抜こうとしたのだ、まだ若いこの私が！　探しているものが見つからず、狼狽したまぶたを高く、もっと高くもちあげていくと、ついに私は人間の糞便と黄金でできた玉座を眼にした。その上には愚かしくもいい気になって、病院の洗っていないシーツで作った経帷子で体を覆い、〈創造主〉とみずから称するやつがふんぞりかえっている！　そいつは死人の腐った胴体を手に握り、眼から鼻へ、鼻から口へと、代わる代わる運んでいた[26]。いったん口に届くと、それをどうしたかはお察しの通り。両足は煮えたぎる広大な血の沼につかり、沼の表面には突然、尿瓶の中身からサナダムシが出てくるように二、三の頭がおそるおそる浮上しては、矢のような速さですぐさま沈んでいく。足のひと蹴りが鼻骨に命中、これが別世界の空気が吸いたいという欲求が引き起こした規則違反への、あまねく知られた報いというわけだ。だって結局のところ、この連中は魚ではないのだから！　せいぜい両棲類がいいところだ。彼らはこの不潔きわまりない液体の中を、水面すれすれに泳いでいる！……やがて手に何もなくなった〈創造主〉が、足の親指と人差指の鉤爪で、やっとこでつかむように別の潜水者の首をつまみ、美味なソースである赤味がかった泥から引っ張り出して空中にもちあげるまでの話だが！　この男にも、やつはさっきの男と同じ仕打ちをする。最初に頭、次に脚と腕、最後に胴体をむさぼり食い、あとには何も残らない。なにしろ、骨までばりばりかじるのだから。以下同様に、やつの永遠の残り時間のあいだ、同じことが続けられる。時折やつは、こんなことを叫ぶのだった。「このおれがおまえたちを創造したのだ。だからおれには、おまえたちを好きにする権利がある。おまえたちはおれに何もしたわけじゃない、何かしたなんて言いはしないさ。おまえたちを苦しめてやるのはな、ただ自分の楽しみのためなのだ」。そしてやつは残酷な食事を再開するのだ、下顎を動かして、その下顎は脳味噌だらけの顎ひげを動かして。おお読者よ、この最後の描写を読むと、口に涎が湧いてはこないか？　欲しくても食べられるものじゃないぞ、とてもうまくてとびきり新鮮な、ほんの十五分前に魚たちの湖から釣り上げられたばかりのこんな脳味噌は。手足が麻痺して言葉も出せないまま、私はしばらくこの光景を見つめた。三度、私はあまりにも強烈な感情に襲われた者のように、仰向けに倒れそうになった。三度、なんとか踏んばってもちこたえた。体じゅうの繊維という繊維が、動かずにはいなかった。そして私は、火山内部の溶岩が鳴動するように、震えていた。とうとう胸がぎゅっと圧迫され、生命を与える空気をすばやく吐き出すことができなくなって、唇が半開きになり、私は叫び声をあげた……悲痛きわまりない叫び声だったので……私にはそれが聞こえた！　耳の障害が突然解き放たれ、鼓膜は勢いよく遠くへ押し出されたこの響き渡る空気の塊の衝撃を受けて鋭くきしみ、自然によって封印されていた器官に新しい現象が起こったのだ。私には今、音が聞こえた！　五番目の感覚が、私の内に姿を現したのだ！　だが、こんな発見をしたからといってどんな喜びが見出せただろう？それ以来、人間の声が耳に入ってくるたびに、私は大いなる不正にたいする憐憫の情から生まれる苦悩の感情を覚えずにはいられなかった。誰かが話しかけてくると、肉眼で見える球体群の上方にいつか自分が見たものを、そして押し殺した感情が激しい叫びとなって現れ、その音色が同類者たちのそれと同じだったことを、いつも思い出してしまうのだ！　私は相手に返事ができなかった。なぜなら、この緋色のおぞましい海の中で人間の弱さに課された刑罰が、皮を剝がれた象のように咆哮しながら私の額の前を通り過ぎ、炎の翼で頭髪をかすめて黒焦げにするのだから。あとで、もっと人類をよく知るようになると、私の憐憫の情にはあの邪険な母親たる雌虎への激しい怒りが加わった。この雌虎の子供たちときたら、心が酷薄になって、呪うことと悪をなすことしかできないのだ。なんと厚顔無恥な嘘だろう！　やつらは、悪は自分の中で例外的な状態でしかないなどと言っている！……もう、ずっと以前に終わったことだ。ずっと以前から、私は誰にも話しかけていない。おおあなた、あなたが誰であれ、私のそばに来たら、声門の靭帯がいかなる音声も洩らさないように。あなたの動かない喉頭が、ナイチンゲールを凌駕しようと努力したりしないように。そしてあなた自身も、言葉を使って自分の心の内を私に知らせようなどとは絶対にしないように。敬虔な沈黙を守りたまえ、何ものもそれを破ってはならぬ。両手を慎ましく胸の前で十字に組み、まぶたを伏せたまえ。さっきも言ったように、至高の真理を私に知らしめたあの光景を眼にして以来、幾多の悪夢が夜も昼も私の喉を貪欲に吸ってきたおかげで、その記憶で休みなく私を追い回していることの地獄のひとときに味わったあれこれの苦痛を、たとえ思考によってだけでも、もう一度よみがえらせるだけの気力は今なお残っているぞ。おお！　寒い山のいただきから雪崩が落ちてくる音、雌ライオンが乾いた砂漠で子供たちがいなくなったのを悲しむ声、嵐がその生涯をまっとうする音、死刑囚がギロチンにかけられる前夜に牢獄の中であげるうめき声、そして残忍な蛸が船乗りや遭難者にたいする勝利を海の波に語る声、そんな音を聞いたとき、どうだね、これらの荘重な声は人間の冷笑よりも美しいのではないか！

〔9〕

人間たちが自前で養っている昆虫がいる。何も借りがあるわけではないが、彼らはこいつを恐れている。葡萄酒は嫌いだが血を好むその虫は、当然の欲求を満たしてやらないと、隠れた能力を発揮して象と同じくらい大きくなり、人間たちを麦の穂のように踏みつぶしてしまいかねない。だからそいつがどんなに尊重され、犬が示すような敬意に包まれ、神の被造物たる動物たちの最高位に置かれているか(27)も、わかろうというものだ。玉座として人は頭を差し出し、虫のほうは威厳をもって頭髪の毛根に爪を立てる。いずれそいつが太って高齢になったら、古代の民の慣習にならって、老衰を感じなくて済むように殺してやるのだ(28)。英雄のように盛大な葬式が営まれ、そいつを墓の蓋まで直接運んでいく棺は、おもだった市民たちの肩に担がれる。墓掘り人夫が察しのいいシャベルで掘り返す湿った土の上では、魂の不死、人生の虚無、〈摂理〉の説明不可能な意思などについての多彩な言葉が次々と語られ、それから大理石の蓋が、もはや屍体でしかない存在、さんざん苦労して満たされてきたこの存在の上に、永遠に閉じられる。群衆は散り散りになり、やがて夜のとばりが墓地の壁を包みこむ。

だが、人類よ、この虫の痛ましい死に力を落とすんじゃない。ほら、そいつの無数の家族がやってくる。諸君の絶望が少しでも和らぎ、これら攻撃的な未熟児たちの心地よい存在によっていわば緩和されるようにと、あいつが気前よく与えてくれた家族だ。この未熟児たちはやがて、注目すべき美しさで飾られた堂々たる虱になるだろう、賢人の風格をそなえた化け物に。あいつは母親らしい羽で数ダースの大切な卵を諸君の頭髪の上で暖めたのだが、これら恐るべきよそ者たちに執拗に血を吸われたせいで、その髪はもうぱさぱさに乾いている。時期はすぐに訪れ、卵はかえった。何も恐れることはない、この哲学者然とした少年たちは束の間の生を通して、すぐに大きくなるだろう。じゅうぶん大きくなって、爪や吻管でそのことを感じさせることだろう。

諸君は知らない、なぜ連中が頭蓋骨を貪り食わずに、吸水管で血液の精髄を吸い上げるだけで満足しているのかを。ちょっと待ってくれ、教えてやるから。やつらにはその力がないからさ。もしやつらの顎がその無限の願望に釣り合うほどのものだったら、脳味噌も、眼の網膜も、脊柱も、諸君の体全体がそこにつぎこまれていることはまず間違いない。水滴みたいにね。街角の若い乞食の頭で仕事をしている虱を、顕微鏡で観察してみるがいい。私の言う通りだとわかるだろう。あいにく連中は小さいんだ、長髪に巣食うこの山賊どもは。徴兵するには向いていまい、法定身長に達していないからな。[29]やつらは上腿部の短い連中から成る小人族の世界に属していて、盲人たちはためらうことなく、やつらを無限小の種族に分類する。虱を相手どって闘うマッコウクジラに災いあれ。巨体であっても、またたく間に食われてしまうことだろう。その知らせをもたらす尻尾も残りはすまい。象は撫でてもじっとしているが、虱はちがう。そんな危険な真似はしないほうがいいぞ。諸君の手が毛深くても、骨と肉だけでできていても、気をつけるがいい。諸君の指はもうだめだ。拷問にかけられたみたいにぼきぼき折れるだろう。皮膚は奇妙な魔法によって消滅する。虱たちは、自分の想像力が思いつくだけの悪を犯すことができない。もし道中で一匹の虱に出会ったら、そのまま歩きつづけたまえ。そいつの舌の乳状突起を舐めたりするんじゃないぞ。何か災難が降りかかるだろうから。わかりきったことだが。まあどうでもいい、私はやつがおまえになしている大量の悪にはもう満足しているのだ、おお人類よ、ただ、もっとやってもらいたいだけなのさ。

おまえはいつまであの神への古くさい崇拝心を守るつもりなんだ、おまえの祈りや、おまえが贖罪の生贄としてささげる気前のいい供物にも心を動かすことのないあの神に？　そら見ろ、花輪でうやうやしく飾られたやつの祭壇に、おまえが大盃何杯もの血や脳味噌を惜しみなく捧げても、やつは感謝なんかしていないぞ、この恐ろしい精霊《マニトゥー》は[30]。やつは感謝なんかしていない……なぜなら、この世の始まり以来、数々の地震や嵐が絶えず猛威をふるいつづけているではないか[31]。それなのに、観察に値する眺めだが、神が無関心な様子を見せれば見せるほど、おまえはやつに感嘆するのだ。やつが隠している種々の属性を、おまえが警戒していることはわかる。おまえの推論が根拠にしているのはこんな考えだ、つまり並外れた力をそなえた神だけが、自分の宗教に追従する信者たちにあれほどの侮蔑を示すことができる、と。だからこそ、各国にはさまざまな神が存在するのだ、ここには鰐、あそこには売春婦といった具合に[32]。しかしこと虱に関する限り、この聖なる名前を耳にするとあらゆる民族がこぞっておのれを縛る鎖に接吻し、おごそかな寺院の前庭で、不格好で血を好む偶像の台座のもと、一斉にひざまずく。這いつくばりたいという自分自身の本能に従わず、反抗の姿勢を見せる民族がいたとしたら、容赦ない神の復讐によって滅ぼされ、秋の木の葉のように早晩地上から姿を消すだろう。

おお縮こまった瞳をした虱よ、大河の数々がその傾斜する水を海の深淵に流しこむ限り、星々がその軌道の小径を引力で回りつづける限り、もの言わぬ空無に地平線が見えない限り、人類が悲惨な戦争で自分自身の脇腹を引き裂く限り、神の正義がこの利己主義の地球に天罰の雷を投げ落とす限り、人間が自分の創造主の恩を忘れ、理由のないことではないが侮蔑の念もまじえながらそいつのことをあざ笑う限り、おまえは間違いなく宇宙に君臨し、おまえの王朝は世紀から世紀へとその環を広げていくだろう。おまえに敬礼を、昇る太陽、天上の解放者よ[33]、汝、人間の見えざる敵よ。絶えず不潔さにたいして言ってくれ、不純な抱擁で人間と合体するようにと、そして塵埃に書かれたのではない誓いの言葉によって、永遠に人間の忠実な愛人でありつづけることを誓うようにと。時々はこの偉大なる淫蕩女のドレスに口づけるがいい、彼女すなわち不潔さが、欠かさずおまえにしてくれる大事な奉仕行為を記念して。もし彼女がその好色な乳房で人間を誘惑しなかったら、おまえは間違いなく存在できないんだぞ、この合理的で筋の通った交合の産物であるおまえは。おお不潔さの息子よ！　母親に言うがいい、もし彼女が人間の寝床を放棄して、ひとりで支えもなく孤独な道を歩いていくなら、その存在は危険にさらされるであろうと。おまえを九か月のあいだ芳香のする内壁の中に身ごもっていた彼女の腹は、傷つきやすい果実がこれから経験するであろう危険の数々を思って、一瞬ぶるっと震えるのだと。その果実はじつにやさしく平静だが、すでに冷酷で残忍なところを見せている。不潔さよ、諸帝国の女王よ、私の憎悪の眼に、おまえの飢えた子供の筋肉が目に見えないほどわずかずつ成長していく眺めをずっと見せていてくれ。この目的を果たすには、知っての通り、人間の脇腹にもっとぴったり貼り付きさえすればいい。おまえならそれをしても、別に羞恥心に差し障りはあるまい。なにしろおまえたち二人は、もう夫婦となって久しいのだから。

　私はといえば、もしこの栄えある賛歌に二言三言付け加えることが許されるなら、面積四十平方里で、深さもそれ相応の穴を作らせたと言っておこう。そこには、虱の生ける鉱脈が不浄きわまる処女状態で眠っている。この鉱脈は穴の底を埋め尽くし、それから密度の高い広大な血管となって四方八方にくねくねと伸びている。私がこの人工の鉱脈を作ったやり方は以下の通り。まず人間の頭髪から雌の虱を一匹むしり取った。それから三晩続けてそいつと寝たあと、穴に投げこんだというわけだ。人間による授精は、別の同様のケースだったら実を結ばなかっただろうが、今回は運命によって受け入れられた。数日後、何千という化け物どもが、ぎゅっと詰まった物質でとぐろを巻いてひしめきながら、この世に生まれた。このおぞましいとぐろは、水銀のような液体の性質を獲得しながらも、時間がたつにつれてどんどん肥大し、数本に枝分かれして、今では自分自身を貪り食って生きている（出生率のほうが死亡率より高いからね）。母親に死ねばいいと思われている生まれたての私生児を、あるいは夜のあいだにクロロフォルム㉞を使って誰か少女の体から切り取ってきた腕を、私が餌として投げてやらないと、いつもそうなのだ。十五年ごとに、人間を食べて生きている虱の諸世代は顕著に数が減り、間近に迫っている完全な消滅の時期を自分自身で誤りなく予言する。というのも、敵より頭のいい人間は、ついには勝利を収めるのだから。そこで私は、力を補強してくれる地獄のシャベルで、あの無尽蔵の鉱脈から山のように巨大な虱の塊を掘り返し、斧で叩き割ると、夜陰に乗じて都市の動脈に運びこむ。そこで人間の体温に触れると、これらの塊は地下鉱脈の曲がりくねった回廊の中で形成されてきた最初の頃のように溶けだし、舗道の砂利に川床をうがつと、有害な悪霊のように人間の住居に小川となって広がっていく。家の番犬はかすかに吠える。未知の存在の軍勢が壁の穴を貫いて、人の眠る枕もとに恐怖をもたらすような気がするからだ。たぶん諸君も、少なくともこれまでに一度くらいは、この種の苦しげな長く尾を引く吠え声を耳にしたことがなくはあるまい。番犬は無力な眼で、夜の暗闇の向こうを見きわめようとする。犬の脳では、この事態が理解できないのだ。このざわめきに犬は苛立ち、自分が裏切られたと感じる。数百万の敵がこのようにして、イナゴの大群のように各都市に襲いかかる。これが十五年分だ。やつらは人間と戦い、ひりひりする傷を負わせる。この期間が過ぎたら、私はまた別の一群を送ろう。生きた物質の塊を砕いてみると、ある一片が別の一片より密度が高いことがある。その一片を構成する原子たちは、猛烈な勢いでその密集した塊を分離して、人類を苦しめに行こうとする。だが、凝集体は固まったままほぐれようとしない。そこで原子がこれ以上ないほど激しく痙攣し、すさまじい努力をふりしぼると、石はその生きた構成要素を散乱させることができず、火薬で発射されたようにそれ自体が空中高く飛び上がり、落下して地面に深々とめりこむのだ。時折、夢見がちな農民が、隕石が空間を垂直に切り裂いて、下方へ、トウモロコシ畑のほうへ落ちていくのを目にすることがある。その石がどこから来たのか、彼は知らない。諸君は今や、この現象の簡単明瞭な説明を聞いたことになる。

海岸が砂粒で覆われているように、もし大地が虱で覆われていたら、人類は恐ろしい苦痛の餌食となって消滅することだろう。なんという見世物だ！　私は天使の翼で空中にじっと浮かび、それを眺めてやるぞ。

〔10〕

おお峻厳な数学[35]よ、蜜よりも甘いその学問的な教えがさわやかな波動のように心にしみこんで以来、私はあなた方を忘れたことはない。幼少のみぎりから、私は本能的に、太陽よりも古いあなた方の泉を飲みたいと熱望していた。そして今なお、あなた方の荘厳な寺院の聖なる前庭を踏みしめつづけているのだ、あなた方の手ほどきを受けた最も忠実な信者であるこの私は。私の頭の中には何か漠然としたもの、煙のように濃くたちこめた得体の知れないものがあった。しかしあなた方の祭壇に通じる階段を崇敬の念をこめて渡ることができたので、あなた方はこの暗いヴェールを、風が豹紋蝶《ヒョウモンチョウ》を吹き飛ばすように吹き飛ばしてくれた。そして代わりに、この上ない冷徹さ、完璧な慎重さ、容赦のない論理を置いてくれたのだ。体を丈夫にしてくれるあなた方の乳のおかげで、私の知性は急速に成長し、真摯な愛情で自分を愛する人々にあなた方が惜しげもなく贈与するあの魅惑的な明快さに包まれて、たいへんな大きさになった。算数！　代数！　幾何！　堂々たる三位一体！　光り輝く三角形！　あなた方を知らずにいたやつは大馬鹿者だ！　最も厳しい刑罰の試練を受けるに値しよう。そいつの無知な呑気さには、盲目的な軽蔑が含まれているからだ。だが、あなた方を知って評価する者は、もはや地上の富など何も欲しない。あなた方の魔術的な快楽だけで満足する。そしてあなた方の暗色の翼に乗って軽やかに舞い上がり、上昇螺旋を描きながら天空の穹窿に向かって飛翔することしか望みはしないのだ。大地は道徳的な幻想や幻影しか示してはくれない。しかしあなた方は、おお簡潔な数学よ、強靭な命題の厳密な脈絡と鉄のように堅固な法則の一貫性によって、宇宙の秩序に刻印されているあの至高の真理の力強い反映を、眩しそうな眼の前に輝かせる。だが、とりわけピタゴラスの友である正方形の完璧な規則性㊱によって代表される、あなた方を取り巻く秩序は、さらにもっと偉大だ。なぜなら、カオスの奥底からあなた方の宝物である種々の定理や壮麗な栄光の数々を引き出すという記念すべき仕事のうちに、〈全能者〉がその身も種々の属性も含めて、完全に姿を現したのだから。古代においても現代においても、何人もの偉大な想像力をそなえた人物たちが、燃える紙の上に描かれたあなた方の象徴的な形象を凝視して自分の天分が恐れおののくのを見てきたのだが、それらの形象はいずれもひそかに息づいて生きている神秘的な記号として描かれており、世間の俗人には理解できないものの、じつは宇宙より前から存在し宇宙が滅びても残るであろう永遠の公理や象形文字の、明白な現れにすぎなかったのだ。偉大な想像力をそなえた人物は、宿命的な疑問符の深淵の上に屈みこんで自問する。数学を人間と比べたら、後者には見せかけの驕りと虚偽しか見出せないのに、いったいなぜ数学はあれほど堂々たる偉大さと、異論の余地のない真理を含んでいるのかと。そこでこの卓越した精神の持主は悲しくなり、あなた方の助言が気高くも親しみやすいのでますます人類の卑小さと比類のない愚かしさを感じさせられ、やせこけた手の上に真っ白になった頭を垂れて、じっと超自然的な瞑想にふけるのだ。彼はあなた方の前で膝を折り、その敬意はまるで〈全能者〉自身の像にそうするように、あなた方の神々しい顔をほめたたえる。子供の頃のこと、五月のある夜、月光を浴びて、緑なす草原の上、澄んだ小川のほとりで、あなた方は私の前に現れた。三者とも等しく優雅に恥じらいながら、三者とも女王のように威厳に満ちて。あなた方はもやのようにたなびく長いドレスで数歩近づくと、私をその誇り高い乳房のほうへ、祝福された息子のように引き寄せた。そこで私は大喜びで駆け寄ると、両手をあなた方の白い胸の上でぎゅっと握りしめたのだ。感謝をこめて、私はあなた方の豊饒な糧《マンナ》を口にし[37]、自分の内で人間性がより大きく、より良くなるのを感じた。このとき以来、おお、たがいに張り合う女神たちよ、私はあなた方を捨てたことはない。このとき以来、どれだけの力強い計画、大理石に刻むようにして自分の心のページに刻みつけたと思っていたどれだけの共感が、ちょうど夜明けの曙光が夜の暗闇をかき消すように、迷妄からさめた私の理性からその輪郭線をゆっくりと消してきたことか！　このとき以来、私は死が、墓をいっぱいにしようという肉眼でも見て取れる意図のもとに、戦場を荒らし回って人間の血で肥沃にし、累々たる屍体の骸骨の上に朝咲きの花を咲かせるのを見てきた。このとき以来、私はわれらが地球の幾多の天変地異に立ち会い、地震、燃える溶岩を噴き上げる火山、砂漠の熱風、嵐による難破などを、いつも無感動な観客として目にしてきた。このとき以来、私は数世代の人類が、朝には最後の変態を迎える蛹のような未経験の喜びをもって羽と両眼を空中に向けて上げ、夕方には嘆くような風の唸りに揺れるしおれた花のように頭を垂れて日没前に死ぬのを見てきた。けれどもあなた方は、常に同じままだ。いかなる変化、いかなる悪臭のする空気も、あなた方の自己同一性の切り立った岩や広大な渓谷をかすめはしない。あなた方の慎ましい角錐《ピラミッド》は、人間の愚かさと奴隷制度によって建てられた蟻塚であるエジプトのピラミッドよりも長続きすることだろう。諸世紀の終わりにもなお、時の廃墟の上に立って、あなた方の秘教的な数字や簡潔な方程式、彫刻のような線などが、〈全能者〉の右側、懲罰を下す義人の席[38]に陣取っているのを見るだろう。その一方で星々は絶望し、全世界を包む恐ろしい夜の永遠の底へ竜巻のように沈んでいき、人類は顔をしかめ、最後の審判を決済しようと考えるだろう。ありがとう、数えきれない奉仕をしてくれて。ありがとう、未知の資質の数々で私の知性を豊かにしてくれて。あなた方がいなければ、人間にたいする闘いで、私はおそらく打ち負かされていたことだろう。あなた方がいなければ、やつは私を砂に転がし、足の埃に接吻させていたことだろう。あなた方がいなければ、やつは油断のならない鉤爪で私の肉と骨をえぐっていたことだろう。しかし私は、熟練の闘技者のように警戒して身構えた。あなた方は私に、情念の支配を逃れた至高の思念から生まれる冷徹さを与えてくれた。私はそれを利用して、短い旅の束の間の享楽を侮蔑してしりぞけ、同類者たちの親切な、しかし欺瞞的な申し出の数々を門前払いした。あなた方は私に、分析・総合・演繹というすばらしい方法の一歩一歩に読み取れる頑迷な慎重さを与えてくれた。私はそれを利用して、不倶戴天の敵の危険な策略の数々をかわし、今度は自分のほうが巧みに相手を攻撃して、人間のはらわたに鋭い短刀を突き刺してやったのだ。短刀はこのままずっと、そいつの体に刺さったままだろう。なにしろ、立ち直れないほどの致命傷なのだから。あなた方は、叡智に満ちた数々の教えの神髄そのものともいうべき論理を与えてくれた。その錯綜した迷路がおかげでますます理解しやすいものになるその三段論法によって、私の知性は大胆な力が倍加するのを感じた。この恐るべき補助者に助けられて、深海に向かって泳いでいくうちに、憎悪の岩礁の正面で、私は人類の内に発見した、自己満足に浸りながら有毒な瘴気のただ中によどんでいる、黒くおぞましい邪悪さを。私がはじめて人類の胎内の闇に発見したのだ、あの有害な悪徳、人間にあっては善にまさっている、悪というやつを！　あなた方が貸してくれたこの毒を含んだ武器を使って、私は人間の卑劣さで建造された台座の上から〈創造主〉自身を引きずり下ろしてやった！　やつは歯ぎしりしながら、この不名誉な屈辱を耐え忍んだ。自分よりも強い者を敵に回していたからだ。だが、やつのことはひと巻きの紐のように脇にのけておき、飛行の高度を下げるとしよう……。思想家デカルトはかつて、あなた方の上に何も堅固なものは築かれなかったという考察をおこなった(39)。あなた方のはかり知れない価値は誰にでもただちに見出せるものではないということをわからせるには、巧妙なやり方だった。じっさい、ただひとつの王冠のように絡み合って、あなた方の巨大な建造物のおごそかな頂点にそびえ立つ、すでに名前を挙げたあの三つの主要な美質以上に堅固なものがあるだろうか？　その建造物は、あなた方のダイヤモンドの鉱脈から得られる日々の発見で、またあなた方のすばらしい領土の科学的な探索によって、絶えず大きくなっていくモニュメントだ。おお聖なる数学よ、あなた方との幾久しい交渉を通じて、私の残りの日々を、人間の邪悪さと〈万物神〉(40)の不正から慰めてはくれまいか！

〔11〕

「おお銀の火口《ほくち》をしたランプよ(41)、私の眼は聖堂の円天井の伴侶であるおまえを空中に認め、こうして宙吊りになっている理由を探し求める。噂によれば、おまえの輝きは夜のあいだ〈全能者〉を礼拝しにくる連中の集団を照らし、祭壇に向かう道を悔悛者たちに示してやるとか。なるほど、いかにもありそうなことだ。だが……何の借りもない連中にこんな奉仕をしてやる必要があるのか？　教会堂の列柱など、闇に沈んだままにしておくがいい。そして悪魔がその上に乗って空中に運ばれ旋回している一陣の嵐が、そいつと一緒に聖所に侵入して激しい恐怖をまき散らしたら、悪の王者の悪臭を放つ突風に勇敢に立ち向かったりせず、その熱っぽい息吹を浴びて不意に姿を消すのだ、そうして悪魔が人に見られずに、ひざまずいている信者たちの中から生贄を選び出せるようにしてやりたまえ。もしそうしてくれれば、私の幸福は今後すべておまえのおかげだと言ってもいいからな。おまえが曖昧な、しかしじゅうぶんな明るさをまき散らしながらこんなふうに輝くとき、私は自分の性格の勧めにはあえて従わず、聖なる柱廊の下で、私の復讐を逃れていく連中を半開きになった正面扉から見つめながら、〈主〉のふところにとどまろう。おお詩的なランプよ！　私のことが理解できたら友人にもなれるだろうおまえ、私の足が夜中に教会という教会の玄武岩を踏むとき、どうしておまえは、正直に言って私には異様とも思える様子で輝きはじめるのか？　おまえの明りはそのとき、電光(42)のような白い色合いを帯びる。眼はおまえを正視できない。そしておまえは、あたかも聖なる怒りにとらわれたかのように、さらに新たな力強い炎で〈創造主〉のあばら屋の隅々まで照らし出すのだ。やがて私が神を冒瀆して退場すると、おまえは正義の行為を完遂したことを確信し、ふたたび目立たず、控え目な、かすかな光になる。ちょっと聞かせてほしいのだが、おまえが寝ずの番をしている場所に私が現れたりすると、危険なやつがいるぞと急いで私を照らし出し、人間たちの敵が今しがた姿を見せたほうに礼拝者たちの注意を向けようとするのは、私の心の機微を熟知しているからなのか？　私はこの意見に傾いている。私のほうも、おまえを知りはじめているのでね。おまえが何者かはわかっているぞ、年老いた魔女よ、おまえの奇妙な主人が雄鶏のとさかのように気取って歩いている聖なる回教寺院《モスク》(43)を、じつにしっかり監視しているな。用心深い守衛よ、途方もない使命を引き受けたものだ。警告しよう。おまえが燐光の輝きを増して私を同類者たちの注意の的にしようものなら、私はこの光学現象が好きではないし、だいいちこんな現象のことはどんな物理学の本にも書いてないので、ただちにおまえの胸の皮膚をつかみ、白癬病みの首筋の痂皮《かひ》(44)に爪を立てて、セーヌ河に投げこんでやる。私は何もしていないのに、おまえのほうがわざと私に害をなすべく振舞っているなどと言うつもりはない。さあ、私がいい気持ちでいられる範囲でなら輝いてもいいぞ。さあ、消しがたい微笑を浮かべて私を嘲弄するがいい。さあ、おまえの犯罪的な油の無力さが納得できたら、それを苦々しく放尿するがいい」。こんなふうに語った後も、マルドロールは寺院から出ず、聖所のランプにじっと眼を凝らしている……。そこにあるのが邪魔なので彼を最高度に苛立たせるこのランプの態度には、一種の挑発が見られるような気がする。彼が思うに、もし何かの魂がこのランプに宿っているのなら、正々堂々たる攻撃にたいして真剣に応えないのは卑怯ではないか。彼はたくましい両腕で空気をかきまぜ、ランプが人間に変身すればいいのにと願う。そうすれば、必ずつらい試練の時を味わわせてやる。だが、ランプが人間に変化する手立てとなると、ひとりでにはいかない。彼はあきらめず、みすぼらしい東洋寺院《パゴダ》の前庭に、縁の細く尖った平らな小石を探しに行く。そしてそれを力いっぱい空中に投げる……草が鎌で切られるように、鎖は真ん中からぷっつり切れ、礼拝の道具は床に落ちて油を敷石の上にぶちまける……。彼はランプをつかんで外へ持ち出そうとするが、ランプは抵抗し、むくむくと大きくなる。脇腹には羽らしきものが見え、上半部は天使の上半身の形をまとう。全体が空中に上昇して飛び立とうとするが、彼は手でしっかりとそれを押さえる。一体をなすランプと天使、これはめったに見られるものではない。(45)彼はランプの形を認める。天使の形も認める。だが、頭の中で両者を分割することができない。じっさい現実に、両者はたがいにぴったりくっついて、独立した自由な身体を構成しているのだ。しかし彼は、何か雲みたいなものが眼を覆い、視覚の優秀さをいささか損なわせているのだと思う。それでも勇敢に闘う準備には怠りがない。なにしろ相手は恐れを知らないようだから。素朴な人々が自分の言葉を信じてくれる相手に語るところでは、聖なる正面扉は蝶番を苦しげにきしませながら回転してひとりでに閉まり、この不敬虔な闘いに誰も立ち会えないようにしたという。その山場はまさに、侵害された聖域の内部で展開しようとしていた。マントの男[46]は、目に見えない剣で深傷を負いながらも、自分の口に天使の顔を近づけようとする。そのことしか考えず、全努力はこの目的に向けられる。天使は力を失い、運命を予感したらしい。もう弱々しく闘うだけで、もし男がそう望むなら思いのままに天使に接吻できる時が来そうな気配だ。さあ、時は訪れた。彼は筋肉を使って天使の首を絞め、呼吸できないようにすると、自分の醜悪な胸に相手を押しつけながら、顔をあお向けにさせる。できれば喜んで友人にもなりたかったこの天上の存在を待ち受けている運命に、彼は一瞬心を動かされる。だが、こいつは〈主〉の使者なのだと思うと、憤怒を抑えることができない。もうだめだ。何か恐ろしいものが、時間の檻に入りこもうとしている！　彼は身をかがめ、唾液で湿った舌を、哀願するようなまなざしを投げかけるこの天使の清らかな頬にもっていく。そしてしばらくのあいだ、この頬の上に舌を這い回らせる。おお！　……見たまえ！……ほら見たまえ！……白と薔薇色の頬が黒くなったぞ、木炭みたいに[47]！　腐敗した瘴気を発散している。壊疽だ。もはや疑う余地はない。侵蝕性の病毒が顔全体に広がり、そこから下半身へと猛烈な勢いで進んでいく。やがて全身が、巨大な不潔きわまりない傷痕と化す。彼自身も恐怖にかられて（なにしろ自分の舌がこれほどの激毒を含んでいるとは思いもしなかったから）、ランプを拾うと、教会から逃げ出す。外に出ると、空中に、羽を燃え上がらせた黒っぽい影がやっとのことで天の領域に向かって飛んでいくのが見える。彼らはたがいに見つめ合いながら、天使は善の平穏な高みへ上昇し、彼、マルドロールのほうは反対に、悪のめくるめく深淵へと下降していく……。なんという視線！　六〇世紀もの昔から人類が考えてきたすべて、そしてこれからの諸世紀に人類が考えるであろうすべてが、そこには容易に含まれうるであろう。それほどにも多くのことがらを彼らは語り合ったのだ、この至高の訣別のうちに！　だが、それが人間の知性からほとばしる思いよりも高度な思いであったことは理解できる。まずは二人の人物ゆえに、次にはこの状況ゆえに。この視線は、彼らを永遠の友情で結びつけたのだ。〈創造主〉がこれほど高貴な魂の伝道者たちを擁していることに、彼は驚く。一瞬、自分は道を誤ったのだと思い、本当にこれまでしてきたように悪の道をたどるべきだったのかと自問する。だが、動揺は去った。彼は決意を変えはしない。それに彼によれば、遅かれ早かれ〈万物神〉に打ち勝って、代わりに全宇宙と、こんなにも美しい天使の軍団に君臨することは、誉れ高いことなのだ。天使は自分が天に昇るにつれて最初の形に戻るであろうことを、言葉で語らずに彼にわからせる。涙をひと粒流し、それが壊疽をもたらした男の額をさわやかに濡らす。そして雲に包まれて上昇しながら、禿鷹のように少しずつ消えていく。事の張本人は、ここまでの事態の原因であるランプを見つめる。そして狂人のように街路をいくつも駆け抜けると、セーヌ河に向かい、欄干越しにランプを投げこむ。それはしばらくのあいだくるくると回転し、ついには泥水の底に沈んでしまう。この日から毎晩、日が暮れると、輝くランプが姿を現し、取っ手の代わりに二枚のかわいらしい天使の羽をつけて、ナポレオン橋のあたりで優美に河面に浮かんでいるのが見える。それは水面をゆっくりと進み、ラ・ガール橋とオーステルリッツ橋のアーチをくぐると、セーヌ河の上を静かに航行しつづけ、アルマ橋までやってくる。(48) いったんこの場所に着くと、ランプは難なく川の流れをさかのぼり、四時間後には出発点に戻ってくる。以下同様に、ひと晩じゅう繰り返すのだ。(49) その光は、電光のように白く、河の両岸に沿って並ぶガス灯の明りをかき消してしまう。そして両岸のあいだを、ランプは女王のように進んでいく。孤独に、近寄りがたい様子で、消しがたい微笑を浮かべ、油を苦々しくぶちまけることもなく。はじめのうちは、行き交う船がこれを追いかけていた。しかしランプはこのむなしい努力の裏をかき、あらゆる追跡を逃れて、男の気を引く女のようにふと沈んでは、ずっと離れた場所にまた姿を現すのだった。今では、迷信深い船乗りたちはこのランプを目にすると、反対方向に船を漕ぎ、舟歌も控えている。夜中にどこかの橋を渡るときには、よく注意してみるがい。必ずや、ここかしこにランプが輝いているのが見えるはずだ。だが、噂によれば誰にでも姿を見せるわけではないらしい。何か良心に疚しいところのある人物が橋を渡ると、ランプはただちに明りを消すので、その通行人は恐怖にかられ、必死の視線で河の水面と泥土をむなしく探し回る。彼はそれが何を意味しているか知っている。できれば天上の輝きを見たのだと信じたい。だが、光は船の舳先から、あるいはガス灯の反射から来たものだと、彼は思う。確かにその通り……。この消滅の原因が自分であることを、彼は知っている。そして悲しい思いに沈んで、家路を急ぐ。すると銀の火口をもったランプはふたたび水面に現れ、優雅で気紛れなアラベスク模様を描きながら航行を続けるのだ。

〔12〕

子供の頃、私が目覚めるたびに考えていたことを聞いてくれ、赤い陰茎をもつ人類よ。「今、目が覚めた。でも、頭はまだ半分眠っている。毎朝、頭におもりが埋まっているみたいだ。夜、ゆっくり休めることはめったにない。やっと眠りこんだと思うと、恐ろしい夢がぼくを苦しめるんだもの。昼間、眼が空中をあてどもなくさまよっているうちに、ぼくの思いは奇妙な妄想にひたって疲れ果ててしまう。そして夜になると、眠れない。いつ眠ったらいいんだ？　それでも、自然の欲求は権利を主張せずにはいられない。ぼくが無視するので、そいつはぼくの顔を青白くさせ、眼を熱病みたいにぎらぎらした炎で輝かせる。だいいち、いつも物を考えて頭をくたくたにさせずに済んだら、それだけでもありがたいんだけれど。でも、そう望んでいるわけじゃないのに、打ちひしがれたぼくの感情は、どうしてもそんな方向にぼくを引きずっていく。ほかの子供たちも自分と同じだということに、ぼくは気づいた。ところが彼らはもっと青白いし、ぼくたちの兄である大人の男たちみたいに眉をひそめている。おお宇宙の〈創造主〉よ、今朝は忘れずに、ぼくの子供らしい祈りのお香をささげよう。[50]時々忘れてしまうけれど、そんなときには普段より幸福に感じることに、ぼくは気がついた。胸はあらゆる束縛から自由になって花開き、野原のかぐわしい空気がいつもよりやすやすと吸いこめる。でも両親に命令されて、あなたに毎日賛美歌を捧げるというつらいお務めを果たすときには、苦心してその歌をひねりだすたびに必ず憂鬱な気持ちが一緒に湧いてきて、あとは一日じゅう悲しくていらいらするんだ。だって心にもないことを口にするなんて、理にかなった自然なこととは思えないじゃないか。それでぼくは、限りのない孤独をなんとか追い払おうとする。ぼくの心はどうしてこんな奇妙な状態にあるのかと、孤独にたいして説明を求めても、答えてはくれない。ぼくはあなたを愛したいし、崇拝もしたい。でも、あなたはあまりに強すぎて、ぼくの賛歌には恐れが混じってしまう。あなたが思いをちょっとちらつかせるだけでいくつもの世界を破壊したり創造したりできるのなら、ぼくの弱々しい祈りなんか何の役にも立ちはしないだろう。[51]あなたが好きなときにコレラを送って都市を荒らし回らせたり、死を送って老若男女の見境なしに爪でとらえて運び去らせたりするのなら、そんな恐ろしい友人とつきあうのはまっぴらごめんだ。憎しみがぼくの理屈の糸を導いているわけじゃない。むしろ逆に、あなた自身の憎しみがこわいんだ。気紛れな命令によってあなたの心から飛び出して、アンデス山脈のコンドルが羽を広げたみたいに巨大になるかもしれない憎しみが。あなたの怪しげな楽しみはぼくの理解を越えていて、きっとぼくはその最初の犠牲者になるだろう。あなたは〈全能者〉だ。この肩書に異議は唱えないさ。なにしろ、あなただけがそれを称する権利があるんだし、あなたの欲望は、もたらす結果が不幸であっても幸福であっても、あなた自身以外には限界をもたないんだから。それだからこそ、今は奴隷としてでなくても、そのうち奴隷になるかもしれない者としてあなたの残酷なサファイア色のチュニカ[52]の横を歩いたとしたら、ぼくはさぞつらいだろうと思う。確かに、あなたが自分自身の内に降りてきて自分の至高の行状がどんなものか調べてみるとき、いつもいちばん忠実な友としてあなたに従ってきたこの不幸な人類にたいして犯された過去の不正の亡霊が、あなたの前で、復讐をもくろむ脊柱の不動の椎骨をまっすぐに伸ばしたとしたら、あなたの血走った眼は、手遅れの悔恨にさいなまれて恐怖の涙を流すことだろう。そしてそのときあなたは、髪の毛を逆立てて、自分でも本気で決意しようと思うだろう——嘆かわしいものにならなければ滑稽なものになっていたにちがいない自分の虎のような想像力の途方もない働きを、虚無の藪に永遠に宙吊りにしようと。けれどもぼくは、こんなことも知っている。あなたの骨の中には、恒久不変な性格が、粘り強い骨髄みたいに終《つい》の棲家の銛を打ちこみはしなかったこと。また、あなたもあなたの考えも、錯誤という黒いレプラに覆われて、暗い呪いの陰鬱な湖にしょっちゅう沈みこむということ。ぼくとしては、これらの呪いは無意識的なもので（それでも致命的な毒を秘めてはいるけれど）、悪と善はひとつに合わさり、岩を打つ奔流のように、盲目的な力がもつ秘密の魅力によって、壊疽にかかったあなたの立派な胸から激しく跳ね回りながらまき散らされるのだと、そう信じたいのに、その証拠を見せてくれるものは何もない。あなたの汚らわしい歯が激怒にかたかた鳴って、時間の苔に覆われたいかめしい顔が、人間たちが犯した何かほんの些細な過ちのせいで、燃え上がる石炭のように赤くなるのを飽きるほど見てきたおかげで、ぼくはもうこれ以上、このおめでたい仮説の道標の前に立ち止まってはいられないんだ。毎日、両手を組み合わせて、あなたに向けて慎ましい祈りの声をあげよう。そうしなければいけないんだから。でもお願いだから、あなたの摂理がぼくのことを考えたりしないでほしい。放っておいてくれないか、地面の下を這うミミズみたいに。わかってほしいんだ、熱帯の波がその泡立つふところに包んでこのあたりの海域へと運んでくる、見たこともない未開の島々の海洋植物にむしゃぶりつくほうがまだましなんだよ、あなたがぼくのことを観察し、ぼくの意識に冷笑するメスを入れるのがわかるくらいならね。意識はぼくの思いを一から十まで明かしてしまったんだから、慎重をもってなるあなたのほうだって、それらの思いが消えない痕跡をとどめている良識というやつを、気軽に称賛してくれてもいいじゃないか。あなたとのあいだに保持しなければいけない多少なりとも内密な関係がどういう種類のものか、その点に関しては以上のような留保をつけておくとして、ぼくの口は一日じゅういつでも、あなたの虚栄心が人間のひとりひとりに無理やりつかせている洪水のような嘘を、わざとらしく息を吐くように吐き出す準備ができている。このぼくが善への愛に駆りたてられて善良さを探し求めるように、曙が青味を帯びて、薄く明けていく繻子の襞の中に光を求めながら姿を現し次第、一日じゅういつでもね。まだ何年も生きてきたわけじゃないけれど、それでもぼくはもう、善良さなんてただの音節の組み合わせにすぎないと感じている。そんなものはどこにも見つからなかった。あなたは自分の性質を見抜かせすぎだよ。もっとうまく隠しておかなくちゃ。もっとも、たぶんぼくは間違っていて、あなたはわざとやっているんだろうな。だって、自分がどう振舞うべきか、誰よりもご存じなんだから。人間たちはといえば、あなたの真似をするのを誇りにしている。だからこそ聖なる善良さは、彼らの凶暴な眼の中に、自分が納まるべき聖櫃を見出せないのだ。この父にしてこの子あり、さ。あなたの知性をどう考えるべきであるにしても、ぼくはそれについて、公平な批評家としてしか語らない。誤りに陥らされたら本望というもの。あなたにたいして抱いている、愛娘のように愛情こめてあたためている憎しみは、見せたくない。それは見えないよう隠しておいて、あなたの前では、不純な行為を点検する役目を負った厳しい監察官みたいな顔をするだけにしたほうがいいからな。そうすればあなたは、ぼくの憎しみと積極的に関わるのをいっさいやめて、それを忘れ、あなたの肝臓をかじるこの貪欲な南京虫を完全に撲滅するだろう。むしろあなたには、夢のような甘い言葉を聞かせてやりたい……。そう、世界とそれが含むすべてを創造したのはあなただ。あなたは完璧さ。いかなる美徳も欠けてはいない。あなたはじつに強力だ、誰もがそれを知っている。宇宙全体が、あらゆる時にあなたを称える永遠の賛歌を歌い出しますように！　鳥たちは野原に飛び立ち、あなたを祝福する。星たちはあなたのもの……。そうでありますように！」始まりはこんなふうだったのに、私が今のようになったのを見て、諸君よ驚くがいい！

〔13〕

私は自分に似ている魂を探していたが、見つけることができずにいた。地上の隅々まで くまなく探し回ったが、そんな根気強い努力も無駄だった。それでも、ひとりきりでいることはできない。誰か私の性格を認めてくれる者が必要だった。私と同じ考えをもった者が必要だったのだ。朝のこと。太陽があふれる壮麗さで水平線に昇り、私の眼にはふと、ひとりの青年がすっと現れるのが見えた。彼がいるだけで、その通り道には花々が咲き乱れる。彼は私に近づくと、手を差し出しながら、「ぼくは君のところに来たんだよ、ぼくを探していたんだろう。この幸福な日を祝おうじゃないか」。しかし私は、「行ってくれ。君を呼んだ覚えはないぞ。君の友情なんか必要じゃない……」。夕方のこと。夜が自然の上に黒いヴェールを広げはじめていた。やっと見分けられるくらいのひとりの美女が、私の上にうっとりするような魅力をふりまき、同情をこめて私を見つめていた。だが、話しかけてこようとはしない。私は言った。「近くに来てくれ、君の顔の特徴がもっとはっきり見分けられるように。星明りが足りなくて、この距離ではよく見えないんだ」。すると慎ましい歩みで、眼を伏せたまま、彼女は芝生を踏んで私のほうへ向かってきた。彼女を見るとすぐに、「善良さと正義感が君の心に住みついているのがわかる。ぼくたちは一緒に生きられそうもない。今でこそ、何人もの女たちの心を揺さぶってきたぼくの美しさに、君は見とれている。でも遅かれ早かれ、ぼくに愛を捧げたことを後悔するだろう。だって、ぼくの魂を知らないんだから。けっしてぼくが不実だというわけじゃない。こんなに全面的に信頼しきって身をゆだねてくれた女性には、ぼくだって同じくらい全面的に信頼しきって身をゆだねるさ。でも、このことを頭に入れておいてくれ[53]、けっして忘れないように。狼と子羊は、やさしい眼で見つめ合ったりはしないものだ」。いったい私には何が必要だったというのか、人類のうち最も美しいものを、こんなにも嫌悪をこめてしりぞけてしまったこの私には！　私に必要だったもの、それは言おうにも言えなかっただろう。私はまだ、哲学が勧めるさまざまな方法を用いて、自分の精神の諸現象を厳密に理解することに慣れていなかった。海辺の岩の上に、私は腰を下ろした。一隻の船が、今しも帆をいっぱいに広げて、この海域から遠ざかろうとしていた。ほとんど見えないほどの点が水平線に現れ、突風に押されて少しずつ近づき、急速に大きくなってくる。嵐は攻撃を始めようとしており、すでに空はかき曇って、ほとんど人間の心と同じくらい醜悪な黒色になっていた[54]。例の船は、大きな戦艦で、沿岸の岩礁の上に運び去られないよう、錨を全部下ろしたところだ。風は東西南北からひゅうひゅうと荒々しく吹きつけ、帆をずたずたにする。雷鳴が稲光のただ中にとどろくが、動く墳墓と化した土台のないこの家から聞こえてくる嘆きの悲鳴にかき消されてしまう。この大量の水の横揺れも、錨の鎖を断ち切るには至らなかった。しかしその揺れは、すでに船の左右の横腹に水の通路をうがっていた。巨大な裂け目だ。なにしろ備えのポンプだけでは、泡立ちながら山のように甲板に襲いかかってくる大量の海水をかき出すのにとても足りないのだから。難破船は救助を求めて何度も大砲を打つ。だが、ゆっくりと沈んでいく……おごそかに。暴風雨のただ中、稲光の合間に、この上なく深い闇の中で、乗組員たちが諸君もご存知のあの絶望に打ちひしがれているうちに船が沈んでいくのを見たことがない者は、人生の変事というものを知らない人だ。海は恐るべき攻撃をさらに倍加し、とうとう、船の両脇腹のあいだから凄まじい苦痛の叫びが一斉に洩れてくる。それは人間の力を放棄したために押し出された叫びだ。誰もが諦念のマントに身を包み、神の手に運命をゆだねる。人々は羊の群のように追い詰められている。難破船は救助を求めて何度も大砲を打つ。だが、ゆっくりと沈んでいく……おごそかに。彼らは一日じゅう、ポンプを作動させた。無駄な努力だ。夜の闇が濃密に、容赦なく訪れ、この無料の見世物もいよいよ大詰めを迎える。いったん水中に落ちてしまったらもう息ができないぞと、誰もが心で思う。なにしろ記憶をたどる限り、先祖に魚なんかいなかったのだから。それでも自分を励まして、できるだけ長く息を止めていようとする、二秒でも三秒でも生きながらえるために。それこそが、死に向けて投げかけてやりたい復讐のアイロニーなのだ……。難破船は救助を求めて何度も大砲を打つ。だが、ゆっくりと沈んでいく……おごそかに。船が沈むとき、波のうねりがくるくると回って強烈な渦巻が生じることを、誰も知らない。泥土が濁った水と入り混じっていることも、また上方で猛威をふるっている嵐の反動で下方から湧いてきた力が、水という要素に不規則で神経質な動きを刻印していることも。そんなわけで、未来の溺死者は、前もって冷静さを集めてたくわえてはみても、もっとじっくり考えてみると、深淵の渦の中で、たっぷり見積もっても普通に呼吸する時間の半分くらい生きながらえたならば、自分は幸せだと感じなければなるまい。だから彼にとっては、死に平然と向き合うという至高の願いをかなえることは不可能だろう。難破船は救助を求めて何度も大砲を打つ。だが、ゆっくりと沈んでいく……おごそかに。いや、それは違う。船はもう大砲を打っていないし、沈んでもいない。クルミの殻みたいな船体は完全に呑みこまれてしまった。お天よ！　これほどの快楽を味わった後、どうやって生きていけよう！　同類者たちの何人かの断末魔に証人として立ち会う機会が、今、私に与えられたのだ。時々刻々、私は彼らの苦悶の波乱に富んだ展開を追ってきた。あるときは、恐怖で気が狂ったどこかの老婆のわめき声が市場で人気を博していた。あるときは、乳飲み児の金切り声が聞こえただけで、作業の号令が聞こえなくなった。船はもう遠すぎて、突風が運んでくるうめき声ははっきり聞き分けられない。しかし私は意志の力でそれを引き寄せたし、眼の錯覚は完璧だった。十五分ごとに、ほかの風よりも強い一陣の風が、怯えたミズナギドリ[55]たちの鳴声をよぎって沈痛な音調を発しながら、船を縦方向にばりばりと解体し、これから生贄として死に捧げられる連中の嘆き声を増幅すると、私は鉄剣の尖った先端を頬に突き刺して、心ひそかに「彼らはもっと苦しんでいる！」と考えるのだった。私は少なくとも、こんなふうに比較の対象はもっていたわけだ。岸辺から、私は彼らに呼びかけ、呪詛や脅迫の言葉を投げつけた。どうやら聞こえたらしい！　私の憎悪も私の言葉も、距離を乗り越えて音の物理法則を無に帰せしめ、怒り狂う大洋の怒号に聾されていた彼らの耳にも、はっきりと届いたようだ！　彼らは私のことを思い、復讐を無力な怒りとして吐き出していたにちがいない！　時折、私は陸地で眠っている数々の都市のほうに視線を投げかけた。そして誰ひとり、岸辺から数海里のところで、猛禽類を冠に戴き、腹をすかせた水の巨人たちを台座として、一隻の船が今にも沈もうとしているとは夢にも思っていないのを見て取ると、勇気を取り戻し、希望がよみがえってくるのだった。これでやつらの破滅は確実だ！　もう逃れられまい！　念には念を入れて、私は自分の二連発銃を取ってくると、誰か遭難者が差し迫った死を逃れるべく泳いで岩礁にたどり着こうとしたら、そいつの肩に一発撃ちこんで腕を砕き、目的を果たせないようにしてやることにした。嵐が最高潮に達したとき、髪の毛を逆立たせたひとつの力強い頭が、必死にもがきながら水面を泳いでくるのが見えた。その男は何リットルもの水を飲み、コルクのように揺れながら深淵に沈んでいく。だが、しばらくすると、髪から水をしたたらせてふたたび水面に現れてくる。そして岸辺をにらみつけ、死に挑戦するかのような態度をとるのだった。その冷静さは見上げたものだ。どこかの隠れた暗礁の尖端に引っかけてできた血まみれの大きな傷が、彼の大胆で高潔な顔にぱっくり口を開けていた。まだ十六歳を越えてはいまい(56)。夜を照らし出す稲光を通して、唇の上に桃のような産毛がかすかに見えるくらいだから。そして今や、彼は断崖からほんの二百メートルしか離れていない。もうその顔はたやすく凝視できる。なんという勇気！　なんという不屈の精神！　彼の頭はじっと動かず、進む先になかなか畝溝を開こうとしない波を力強く切り裂きながら、運命に平然と立ち向かっているようではないか！……私は前もって決めていた。自分にたいして約束は守らなければならぬ。全員にとって最期の時が打ったのだ、誰ひとり逃れることはできない。これが私の決断だ。何もそれを変えることはあるまい……。乾いた音が響くと、頭はただちに沈み、二度と浮上してこなかった。私はこの殺害行為に、人が思うほどの快楽は覚えなかった。それはまさに私が殺人に飽きていたからで、爾後、それなしではいられないものの、ほんのわずかな悦楽しかもたらさない単なる習慣として、人殺しをするようになっていたからだ。感覚は麻痺し、無反応になっている。ひとたび船が沈めば、やがて百人以上もの連中が大波を相手に最後の闘いを挑むありさまが見世物として提供されるというのに、こんな人間の死を前にして、いったいどんな快楽が感じられよう？　この死には、危険の魅惑さえ覚えはしなかった。人間の正義は、この恐ろしい夜の暴風雨に揺られながら、目と鼻の先の家々で眠っていたからだ。幾多の歳月が体にのしかかっている今日、至高の厳粛な真実として、このことは真剣に言っておこう。私はその後、人々のあいだで語り伝えられてきたほど残酷ではなかった。ところが折に触れて、彼らの邪悪さが何年間にもわたって執拗な暴虐行為をしかけてきたのだ。そこで私は、もう憤怒に歯止めがかけられなくなった。残酷さの発作に襲われ、自分の血走った眼に近寄ってくる者にとって、私は恐るべき存在となった。もしそいつが私と同じ種族に属していればの話だが。馬か犬だったら、見逃してやったものだ。今言ったことが聞こえたかい？　あいにく、この嵐の夜、私はその種の発作に襲われていて、理性がどこかに飛び去っていたのだ（普段も私は同じくらい残酷だったが、もっと慎重だった)。今回、私の手に落ちるものはすべて死滅する運命にある。自分の間違いを弁解しようとは思わない。全面的に私の同類者たちに非があるわけではないのだ。私はありのままを確認しているにすぎない、今から首筋をむず痒くさせる最後の審判を待ちながら……。最後の審判がなんだ！　私の理性は飛び去ってなんかいないぞ、さっきはそう言って諸君を騙したが。そう、罪を犯すとき、自分が何をしているかはちゃんとわかっている。ほかのことなんかしたくなかった！　岩礁の上に立ち、暴風雨に髪とマントを激しく叩きつけられながら、星のない空の下で船に襲いかかる嵐の猛威に、私はうっとりと見入っていた。勝ち誇った態度で、私はこのドラマの一部始終を眼で追った。船が錨を下ろしたその瞬間から、それが水中に呑みこまれ、運命的な衣服として、マントのようにそれをまとっていた連中を海の腹わたに引きずりこんでいく瞬間まで。だが、いよいよ私自身が、混乱のきわみにある自然のこれらの場面に、役者として参加するべき時が近づいていた。船が闘いにもちこたえていた場所が、ついにその船が日々の残りを海底で過ごしに行ったことをはっきり示したとき、大波に運び去られていた連中の一部が、水面にふたたび現れた。彼らは二人ずつ、あるいは三人ずつ、たがいの体にしがみついた。そんなことをすれば命は助からない。動きが不自由になり、彼らは穴のあいた水差しみたいに沈んでしまった……。波を猛スピードで切り裂いてくる、あの海の化け物の一群は何だ？　六匹いるぞ。その鰭は力強く、逆巻く波を割って進路を切り開いていく。この不安定な大陸で手足をばたつかせているあれらの人間たちを、鮫どもはやがて全部まとめて卵ぬきのオムレツにし、弱肉強食の法則⑰に従って分かち合う。血が水に混じり、水が血に混じる。彼らの残忍な眼が、この殺戮場面をはっきり照らしだしている……。だが、あそこ、水平線に、またしても現れた水のざわめきはいったい何だ？　まるで竜巻が近づいてくるみたいだぞ。なんと力強いオールさばき！　何だかわかった。巨大な雌鮫が、鴨のレバーペーストの分け前にあずかろうと、冷たい屑肉を食べにやってきたのだ。そいつは荒れ狂っている。腹をすかせてきたからだ。赤いクリームの表面に無言のままあちこち漂っている、ぴくぴく痙攣する何本かの手足をめぐって、そいつと他の鮫どものあいだで争奪戦が始まる。右に左に、雌鮫は歯で嚙みつき、次々と致命傷を与える。しかし生き残った三匹の鮫がまだ取り囲んでいるので、四方八方に体の向きを変え、連中の策略をうまくかわさなければならない。それまで経験したことのない感情の高揚を覚え、見物人は、岩礁の上に陣取ったまま、この新種の海戦の成り行きを追う。彼の視線は、きわめて強力な歯をもつこの勇敢な雌鮫にじっと注がれている。彼はもはやためらわず、銃を肩にかつぐと、鮫の群の一匹が波の上に姿を現した瞬間、いつもながらの熟練の腕で、そいつの鰓めがけて二発目の弾丸を撃ちこむ。残るは二匹、この事態を見てますます荒れ狂う一方だ。岩礁の高みから、塩辛い唾液をした男は海に飛びこみ、彼の身から片時も離れないあの鋼鉄のナイフを手に、心地よい色に染まった絨毯のほうへ泳いでいく。これで、二匹の鮫はそれぞれひとりずつ敵を相手にすることになる。男は疲れた敵のほうへ進むと、ゆっくり時間をかけて、鋭い刃を相手の腹に突き立てる。動く要塞のほうは、簡単に最後の敵を片付ける……。泳ぎ手と彼に救われた雌鮫は、たがいに対峙する。数分間、彼らはじっと見つめ合った。そして相手の視線の内にこれほどの残忍さが宿っているのを見て、双方とも驚愕した。彼らは円を描いてぐるぐると泳ぎ回り、たがいに見失わないようにしながら、心中ひそかにこう言い合う。「私はこれまで間違っていた。ここにもっと邪悪なやつがいる」。そこで彼らは双方一致して、水面すれすれに、たがいに賛嘆の念をこめて相手のほうへ滑り寄って行った。雌鮫は鰭で水をかき分けながら、マルドロールは両腕で波を叩きながら。そして両者とも、生まれてはじめて自分の生き写しの存在を見つめようと、深い敬意を抱きながら息を止めた。苦もなく三メートルの距離まで達すると、彼らは二つの磁石のようにいきなり体を密着させ、誇りと感謝をこめて、兄か妹がする抱擁のようにやさしく抱き合って接吻した。この友情表明のあとには、ただちに肉欲が訪れた。たくましい二本の太腿は、二匹の蛭のように、化け物のねばねばした皮膚にぴったり貼りついた。そして腕と鰭は、いとしげに抱きしめている愛する対象の体に絡みつき、やがて彼らの喉や胸は、もはや海藻の匂いを発散する青緑色の量塊でしかなくなっていた。猛威をふるいつづける嵐のただ中、稲光を浴びながら、泡立つ波を婚姻のしとねとして、揺籠に揺られるように海底の潮流に運ばれ、深淵の知られざる深みに向かってくるくる回転して沈みながら、彼らは長く、純潔で、醜悪な交合で結ばれた![58]……とうとう、私は自分に似た者を見つけたのだ! これでもう、私はひとりぼっちではない! こいつは私と同じ考えをもっていた!……これこそまさに私の初恋だったのだ!

〔14〕

セーヌ河が人間の死体をひとつ押し流していく。こんな場合、河の流れは荘重な様子を見せる。ふくれあがった屍骸は、水面に浮かんでいる。橋のアーチの下でそれは姿を消すが、やがて先のほうでふたたび現れ、水車の車輪のようにゆっくりと回転しながら、時折水中に没したりする。ひとりの船頭が通りがかりに竿を使ってそれを引っかけ、陸に上げる。死体公示所[59]に運ぶ前に、息を吹き返させようと、しばらくこの死体を土手に置いておく。屍骸の周りには黒山の人だかりができる。後方にいてよく見えない連中は、前方の連中をできるだけ押しのけようとする。誰もが心中ひそかに思う、「私だったら河に身を投げたりしなかっただろう」と。人々は自殺した青年に同情する。感嘆はするが、真似はしない[60]。とはいえ、彼は自死をとげることがまったく自然だと思ったのだ、地上の何ものも自分を満足させることができないと判断し、もっと高みを渇望して。顔立ちは上品だし、身なりも裕福に見える。まだ十七歳くらいだろうか？　まさに夭折だ！　身じろぎもできなくなった群集は、依然として視線をじっと彼の上に投げかけている……。日が暮れた。皆は無言で姿を消していく。誰ひとり、溺死者をひっくり返して、体にいっぱいたまっている水を吐き出させてやろうとはしない。感じやすい人間と思われるのがこわくて、誰もが自分のシャツの襟に閉じこもり、動こうとしなかったのだ。場違いなチロリエンヌ(61)を口笛で甲高く吹きながら、ひとりが立ち去る。別のひとりが、カスタネットのように指をぱちぱち鳴らす……。いつもの暗い思念にさいなまれ、マルドロールが馬を駆って、稲妻のような速さでこの場所の近くを通りかかる。彼は溺死者をちらりと眼にした。それでじゅうぶんだ。ただちに彼は駿馬を止め、鐙《あぶみ》を踏んで馬から降りた。いやな顔もせずに青年を抱き起こすと、大量の水を吐き出させてやる。生気のないこの体が自分の手でよみがえるかもしれないと思うと、このすばらしい感動に心がはずむようで、勇気が倍増するのだった。むなしい努力だ！　むなしい努力と私は言ったが、それは本当だ。屍骸は生気がない状態で、あらゆる方向に向けられるがままになっている。マルドロールはそのこめかみをさする。こちらの手、あちらの足と、摩擦してやる。一時間ものあいだ、見知らぬ青年の唇に自分の唇を押しつけて、口から息を吹きこんでやる。胸に当てた手の下で、とうとうかすかな鼓動が感じられたようだ。溺れた者が生き返ったこの至高の瞬間に、数本の皺が騎士の額から消え、彼を十歳も若返らせたのが見て取れた。だが、なんということだ！　皺はたぶん明日、いやセーヌ河の岸辺から彼が遠ざかるやいなや、戻ってくるだろう。今のところ、溺れた者はよどんだ眼を開き、力のない微笑を浮かべて命の恩人に感謝する。しかし彼はまだ弱々しく、まったく身動きできない。誰かの命を救うこと、それはなんと美しいことだろう！　この行為はどれほどの過ちを贖ってくれることか！　青銅の唇をした男[62]は、それまで青年を死から引き離すことに専念していたが、もっと注意深く彼を見つめてみると、その顔だちに見覚えがあるような気がする。彼は思う、窒息していた金髪の男とオルゼール[63]のあいだには、それほど違いがないぞと。ほら見えるだろうか、彼らがどれほど感激もあらわに抱き合っているか！　別にいいではないか！　碧玉の瞳をした男は、相変わらず厳しい役割を演じる様子を変えようとしない。何も言わずに、彼は友人を抱えて馬の尻に乗せ、駿馬はギャロップで遠ざかっていく。おお君、オルゼールよ、自分はとても分別があって強い人間だと思っていたようだが、絶望の発作に襲われてもなおご自慢の冷静さを保つことがいかにむずかしいか、自分自身の例でよくわかったのじゃないか？　もう私にこんな悲しみを与えないでほしい、私のほうも、けっして自害を図ったりしないと君に約束したのだから。

〔15〕

虱だらけの髪をした人間が、眼を据えて、空間の緑の膜に野獣のような視線を投げかける、そんな時間が人生にはある。というのも、彼には亡霊の皮肉な罵声が前方に聞こえるような気がするからだ。彼はよろめき、頭を傾ける。聞こえたのは良心の声[64]なのだ。そこで彼は、狂人のようなスピードで家から飛び出し、呆然自失状態でたまたま最初に向かった方向に進むと、田園地帯の岩だらけの野原を突進していく。だが、黄色い亡霊は彼を見失うことなく、同じスピードで後を追いかけてくる。時折、雷雨の夜に、遠くから見ると鴉に似ている羽の生えた蛸の軍勢が、雲の上を滑空しながら、行いを改めるようにと警告する使命を担って、人類の住む幾多の都市へと硬いオールさばきで向かっていくようなとき、暗い眼をした小石は、二人の人物が相前後して稲光に照らされながら通り過ぎるのを見る。そして、凍ったまぶたから流れるひそかな同情の涙をぬぐいながら、こう叫ぶのだ。「確かにあいつは、こんな目にあっても仕方がない。これぞ正義というもの」。そう言ってから、小石はまた頑な態度に戻り、神経質に震えながら見つめつづけるのだ、この人間狩りを、また巨大な暗い精虫の大群が絶えずそこから大河のように流れ出し、陰鬱な天空に飛び立って、蝙蝠のような翼を大きくいっぱいに広げて自然全体を覆い隠す、闇の膣の大陰唇を、そしてこれらの言い表しようのないかすかな閃光を見て活気を失った、蛸の孤独な軍勢を。しかしそのあいだにも、この障害物競走《ステイープル・チェイス》[65]は二人の疲れを知らない走者のあいだで続けられ、亡霊は口から奔流のような火を吹きつけて、人間レイヨウ[66]の背中を焦がす。この義務を果たすにあたって、もし行く手をさえぎる憐憫というやつに途中で出会ったら、亡霊はいやいやながらもその懇願を聞き入れ、人間を逃してやる。追跡をやめようと自分に言い聞かせるように舌打ちすると、亡霊はとりあえず自分の犬小屋のほうに戻っていく。その受刑者のような声は、宇宙空間の最も遠い層にまで聞こえ渡る。そしてその身の毛もよだつ叫び声が人間の心に侵入するとき、その心は、悔恨を息子にするくらいなら、むしろ死を母親にするほうを選ぶだろうと言われている。人間の心は、穴のごちゃごちゃした土の中に、頭を肩まで突っこんでいる。だが、良心はこの駝鳥の策略[67]を雲散霧消させてしまう。くぼみはエーテルのしずくとなって、蒸発してしまうのだ。日光が光線のお供を引き連れて、ラヴェンダーの上に舞い降りるダイシャクシギの飛行のように現れる[68]。そして人間は青白く眼を見開いて、ふたたび自分自身と向かい合う。私は見た、彼が海のほうへ向かい、泡の眉毛に叩かれてぎざぎざになった岬にのぼるのを、そして矢のように波の中に身を投げるのを。奇跡が起きた。屍骸は翌日海面に現れ、大洋がこの肉の漂流物を岸辺まで運んできたのだ。その人間は体が砂に掘っていた鋳型から離れると、濡れた髪から水気をしぼり、無言の額を傾けて、人生の道をふたたび歩きはじめた。良心は私たちの最も内密な思考や行為を厳格に裁き、誤ることがない。ただし悪を予見することはできないことが多いので、絶えず人間を狐のように狩りたてているのだ、特に夜のあいだは。無知な科学が流星と呼んでいる懲罰の眼が、鉛色の炎をまき散らし、くるくる回転しながら通過して、神秘の言葉を発する……人間にはそれがわかるのだ！　するとその枕もとは自分の体の揺れで押しつぶされ、不眠の重みに押しひしがれて、彼は夜のかすかなざわめきの陰気な息遣いを耳にする。眠りの天使自身も、見知らぬ石で額に致命傷を負い、使命を放棄して天上に戻っていく。さて、私は人間を擁護するためにやって来たのだぞ、今回は。あらゆる美徳を軽蔑するこの私、あの栄光の日以来、〈創造主〉が忘れることのできなかった者である、この私がだ。あの日、何かよくわからない卑劣な不正手段によってやつの権力とやつの永遠性が記録されていた天の年代記を、私は土台からくつがえし、四百の吸盤をやつの腋の下にぴったり押しつけて、恐ろしい叫び声を何度もあげさせてやったのだ……。その声はやつの口から出ると蝮に姿を変え、茂みの中に、また廃墟となった城壁の中に身を隠し、昼も夜も様子をうかがっている。これらの叫び声は、地を這い、無数の環節を授かり、小さく平らな頭と信用ならない眼をして、人間の無垢に出会ったらその前で立ち止まろうと誓った。そして人間の無垢は、錯綜した密林《マキ》[69]の中を、あるいは斜堤の裏側や砂丘の砂の上をさまよっていると、さっさと考えを変えてしまうのだ。まだ間に合えばの話だが。というのも、人間は、もときた道を引き返して安全な場所にたどりつく余裕もないうちに、ほとんど気づかないほどの嚙み傷から毒が脚の血管に侵入してくるのを、折に触れて感じているのだから。そんなわけで〈創造主〉は、ひどい激痛に襲われてもなおみごとな冷静さを保ちつつ、地上の住民たちにとって有害な芽を彼ら自身の胸から取り除くすべを知っている。やつの驚きはいかばかりだったろう、マルドロールが蛸に姿を変えて、一本一本が堅い革紐となって惑星の周囲を容易にぐるりと取り巻くこともできそうな化け物じみた八本の脚を、自分の体に向けて伸ばしてくるのを見たときには。不意をつかれて、やつはこの粘っこい抱擁を振りほどこうとしばらくもがき苦しんだが、それはどんどんきつく締めあげてくる……。私はやつから何か危険な反撃を受けるのがこわかったので、この聖なる血の血球を腹いっぱい飲みこんでから、やつの威厳に満ちた体からさっと離れ、とある洞窟の中に身を隠した。それ以来、そこが私の棲家になったというわけだ。たび重なる捜索も実らず、結局やつは私がそこにいるのを見つけられなかった。あれからずいぶんになる。だが、今ではやつも私の棲家がどこか知っていると思う。それでそこに入らないよう気をつけているのだ。私たちは二人とも、隣り合う二国の君主のように生きている。たがいの力量を知り、いずれも勝利を収められぬまま、過去の無益な闘いに疲弊している。やつは私を恐れ、私はやつを恐れている。双方とも、打ち負かされはしないが、相手の手ごわい攻撃を経験し、今のところ膠着状態だ。それでも私は、やつが望むならいつでも闘いを再開する用意はできている。ただし、やつにはひそかな計略をしかける好機をうかがったりはさせないぞ。やつをじっと見張り、常に警戒は怠るまい。やつにはこれ以上、良心とその責め苦を地上に送らないでもらいたいものだ。私は人間たちに、良心を相手に有利に闘える武器を教えてやった。彼らはまだ良心になじんでいない。しかし君も知っての通り、私にとって良心など、風に飛ばされる藁みたいなものだ。同じくらいには大事に思っているよ。こうした詩的な議論を細かく展開するせっかくの機会を生かすつもりが私にあれば、良心よりも藁のほうが大事だとさえ思っていると付け加えたいところだがね。藁はそれを反芻する牛にとっては有用だが、良心ときたら、鋼鉄の爪くらいしかむき出しにするものがないのだから。その爪は、私の前に突き出されたとき、手ひどい挫折に見舞われた。良心は〈創造主〉に遣わされたのだから、私はそいつに行く手をさえぎられないほうがいいと思ったのだ。もし良心がおのれの分にふさわしく、謙虚に慎ましく姿を現したのだったら、そしてその姿勢をけっして失うことがなかったら、言い分に耳を傾けもしただろう。そいつの思い上がりがいやだったのだ。私は片手を伸ばし、指でその爪をつぶしてやった。この新種のすり鉢にぎゅうぎゅう押しつぶされて、爪は粉々に砕け落ちた。私はもう一方の手を伸ばし、そいつの頭をもぎ取った。それからこの女を鞭で叩いて家から追い出し、二度と見ていない。勝利の記念に、彼女の頭はとっておいた……。頭を手に、頭蓋骨をかじりながら、山腹にうがたれた断崖の縁に、私はアオサギのように片足で立った。私が谷間に降りていくのが目撃されたが、そのあいだも私の胸の皮膚は微動だにせず平静だった、墓の蓋みたいに！　頭を手に、頭蓋骨をかじりながら、私は危険きわまりない深淵を泳ぎ、死をもたらす暗礁に沿って進み、潮流よりも深く潜ると、海の化け物たちの闘争を異邦人のように眺めた。岸辺は遠ざかり、見通しのきく私の眼にももう見えなくなっていた。そしておぞましい痙攣が、体を麻痺させる磁気を発しながら、たくましい動きで波を割っていく私の手足の周りを、近づくでもなくうろついていた。私が無事に浜辺に戻ってくるのが目撃されたが、そのあいだも私の胸の皮膚は微動だにせず平静だった、墓の蓋みたいに！　頭を手に、頭蓋骨をかじりながら、私は高くそびえる塔の階段をのぼっていった。足を棒にして、目も眩むほどの展望台にたどり着いた。私は田園を、海を見た。太陽を、蒼穹を見た。足で花崗岩を蹴ってみたが後ろに下がらなかったので、私は最後の罵声をあげて死と天罰に挑みかかると、一枚の敷石のように空間の口の中へ身を投げた。人間たちは、私が落下中に手放した良心の頭が地面とぶつかって、痛そうな衝撃音を響かせるのを耳にした。私が鳥のようにゆっくりと、見えない雲に運ばれて降りていき、自分がまさにその日に犯すはずだった三重の罪の証人に無理やり仕立てあげるべく、その頭を拾いあげるのが目撃されたが、そのあいだも私の胸の皮膚は微動だにせず平静だった、墓の蓋みたいに！　頭を手に、頭蓋骨をかじりながら、私はギロチンを支える柱が立っている場所に向かった。そして刃の下に、三人の娘たちの甘美な優雅さをそなえた首を置いた。死刑執行人として、私は生涯ずっと経験を積んできたかのような手つきで綱を放した。すると三角形の鉄具は斜めに落下して、私をやさしく見つめていた三つの頭を切断した。それから私は自分の頭を重たい剃刀の下に置き、執行人は義務を果たす準備をした。三回、刃は溝のあいだを、そのつど勢いも新たに落下した。三回、私の物質としての骨格は、とりわけ首のあたりで土台まで揺り動かされた。ちょうど夢の中で、崩れる家に押しつぶされるときのように。人々は仰天して道をあけ、私をこの葬いの場所から追い払おうとした。私が揺れる人波を肘でかき分け、元気いっぱいにまっすぐに頭をもたげて前進していくのが目撃されたが、そのあいだも私の胸の皮膚は微動だにせず平静だった、墓の蓋みたいに！今回は人間を擁護するためにやってきたと、さっき私は言ったのだった。だが、私が弁明しても真実を表現できないのではないかと心配だ。したがって、黙っていることにしよう。人類はこの措置に、感謝の念をもって拍手することだろう！

〔16〕

私の霊感にブレーキをかけ、しばしのあいだ、女の膣を見つめるときのように、途中で立ち止まるべき時が来た。たどってきた道程をよく吟味して、手足を休めてから、猛烈な勢いで突進するのがいい。道のりを一息に踏破するのは容易ではないし、希望も悔恨もなしに高く飛翔してきたおかげで、翼も相当疲れている。いけない……この不敬虔な歌の爆発しかねない鉱脈をよぎって、鶴嘴と掘削の凶暴な猟犬の群をこれ以上深く進めていくのはよそう！　鰐は自分の頭蓋骨の下から噴出した嘔吐物を、ひとことたりとも変えはすまい。何か人目を忍ぶ影が、私によって不当にも攻撃された人類の仇を討つという見上げた目的に駆り立てられて、鷗の翼のように壁をかすめながら私の部屋の扉をこっそり開き、天の漂流物の略奪者の脇腹に短刀を突き刺すようなことがあっても、それは仕方がない！　同じことなのだ、粘土がみずからの原子を分解するのがそのやり方であろうと、別のやり方であろうと。

第二歌終わり

第三歌

〔1〕

天使の本性をそなえた、あの想像上の存在たちの名前を呼び戻そうではないか、第二歌のあいだ、彼ら自身から発する微光で輝くひとつの脳から私のペンが引き出した、あの存在たちの名前を。彼らは生まれるや否や、あまりに素早く消えてしまうのでなかなか眼で追えないあの火花のように、燃える紙の上で死んでいく。レマン！……ローエングリン！……ロンバーノ！……オルゼール！……一瞬、君たちは青春の標章に包まれて、私の眩惑された地平に姿を現した。しかし私は君たちを、釣鐘型潜水器[1]のように、カオスの中にまた沈ませてしまった。二度とそこから浮上してはこられまい。君たちの思い出を抱いているだけでじゅうぶんだ。君たちは別の実体たちに場所を譲らなければならない、たぶん君たちほど美しくはないが、人類の前では渇きを癒すまいと決意した愛の、嵐のような氾濫から生み落とされるであろう実体たちに。飢えた愛、それは天上の虚構のうちに食物を求めるのでなければ、自分自身をむさぼり食うことだろう。そしていつかは水滴の中にひしめく昆虫よりも多数の熾天使でピラミッドを作り、その天使たちを楕円形に絡み合わせて、自分の周りをぐるぐると回らせることだろう。そのあいだ、瀑布の光景に立ち止まった旅人は、顔を上げれば、遥か彼方でひとりの人間が、生きた椿の花環によって地獄の墓穴へと運ばれていくのを眼にすることだろう！　だが……静かに！　五番目の空想的存在の浮遊する姿が、北極のオーロラのおぼろげな襞のように、私の知性のぼんやりかすんだ平面にゆっくりと描き出され、しだいに明瞭な確かさを帯びてくる……。マリオ[2]と私は、砂浜に沿って進んでいた。私たちの馬は、首をまっすぐ伸ばして空間の膜を切り裂き、海岸の砂利から火花を散らしていた。顔にまともに吹きつける北風はマントに流れこみ、私たちの双子のような頭の髪を後ろになびかせていた。鷗はその鳴き声と翼の動きで、私たちに嵐が近いかもしれないことを警告しようと無駄な努力をし、こう叫んでいた。「彼らはどこへ行くんだろう、狂ったみたいに馬をギャロップさせて？」私たちは何も言わなかった。夢想に沈みながら、この荒々しい疾走の翼に運ばれるまま身をまかせていた。漁師は、私たちがアホウドリのようなスピードで通り過ぎるのを見ると、二人の謎の兄弟――いつも一緒にいるのでこんなふうに呼ばれていた――が前方に遠ざかっていくのを眼にしたと思って、慌てて十字を切り、身動きできなくなった犬を連れて、どこかの深い岩陰に身を隠すのだった。沿岸の住民は、これら二人の人物について奇妙なことがらが語られるのを耳にしていたが、それによればば、彼らは大いなる災厄の時代になると、恐ろしい戦争が敵対する二国の胸に銛を打ちこもうとするとき、あるいはコレラが今にも投石器で幾多の都市全体に腐敗と死を投げこもうとするとき、いつも雲に包まれて地上に姿を現したという。最長老の漂流物略奪者たちは、深刻そうな様子で眉をひそめると、こう断言するのだった。暴風雨の折に、砂州や暗礁の上に黒い翼をいっぱいに広げるのを誰もが眼にしてきたこれら二人の亡霊たちは、大地の精と海の精なのだと。(3)彼らは自然の大変動が起こっているあいだ、永遠の友情に結ばれて大気のただ中に威厳に満ちた姿をさまよわせるのであり、その友情の稀少性と栄光は、果てしなく続く諸世代の驚きを生み出してきたのだと。また噂によれば、彼らはアンデス山脈の二羽のコンドルのように並んで飛翔しながら、同心円を描いて太陽に近い大気圏の中を好んで滑空し、その周辺で陽光の最も純粋なエッセンスを吸いこむのだという。(4)けれどもなかなか意を決してその垂直飛行の傾きを下げ、錯乱した人間の地球が回っている恐怖におびえた軌道に向かっていくことができない。その地球には残酷な精神の持主どもが住んでいて、戦闘が咆哮する野原でたがいに虐殺し合い(都市のただ中で、憎悪や野心という短刀でこっそり相手を欺いて殺し合うのでない場合には)、自分と同じくらい活力に満ちてはいるが、存在の階梯においては何段階か下位に置かれている存在どもを食って生きているのだから。あるいはまた、おのれの預言を歌う詩節によって人間たちを後悔へと駆り立てるために、恒星の諸領域――そこでは一個の惑星が、悪臭を放つ蒸気のようにみずからの醜悪な地表からたちのぼる吝嗇と、傲慢と、呪詛と、嘲笑の濃密な発散物に包まれて動いているのだが、それは球のように小さく見え、遠く離れているせいでほとんど見えない――に向かって、大きく腕をかきながら泳いでいこうと堅い決意をしてみても、彼ら二人は必ず、自分の好意が無視され踏みにじられて苦々しく後悔する機会を見出す結果になり、火山の底に隠れては、地球の中心にある地下道の桶で沸きたっている消えない火と会話をしたり、海の底に隠れては、人類の私生児に比べればやさしさの模範とも思える深淵の最も残忍な化け物たちを眺め、幻滅した視線を心地よく休ませたりするのだった。夜が好都合な闇を連れて訪れると、彼らは斑岩の頂上をもつ噴火口から、また海底の潮流から飛び出して、人間鸚鵡どもの便秘した肛門が必死にいきんでいる石ころだらけの室内便器を遥か背後に残したまま、汚らわしい惑星の宙吊りになったシルエットが見分けられなくなるまで遠ざかっていく。それから、自分たちの試みが実を結ばなかったことを悲しんで、彼らの苦しみに同情する星々のただ中、神の視線の下で、大地の天使と海の天使は、泣きながら抱き合うのだった！……マリオとその傍らで馬をギャロップさせている男は、沿岸の漁師たちが夜の語らいに、扉も窓も閉めきって、暖炉の周りでささやくようにして語っていた曖昧で迷信深い噂話を、知らないわけではなかった。その話のあいだ、夜の風は、暖まりたいと願って藁小屋の周りでひゅうひゅうと音をたて、打ち寄せる波の消え行くうねりが運んできた貝殻の破片で土台の部分を囲まれたあれらの脆弱な城壁を、その激しい勢いで揺さぶるのだ。私たちは言葉を交わさなかった。愛し合う二つの心が、たがいに何を言うことがあろう？　何も。それでも眼がすべてを語っていた。私は彼に、マントをもっとぴったり体にまとうように注意し、彼は私に、馬が彼の馬から離れすぎていると指摘する。二人とも、自分自身の生命と同じくらい相手の生命を気遣っている。私たちは笑わなかった。彼は微笑みかけようと努力するのだが、私の見たところその顔には、人間たちの知性の大きな不安を横目で道に迷わせるスフィンクスのことをいつも考えているせいで彫りこまれた、恐ろしい刻印の重みが現れている。自分の試みが無駄であることがわかると、彼は眼をそらし、激高の泡を浮かべながら地上の轡を噛んで、私たちが近づくにつれて遠ざかっていく水平線を見つめる。今度は私が、女王のように快楽の宮殿を次々と進んでいくことしか求めない黄金の青春時代を、彼に思い出させようと努める。けれども彼は気づくのだ、私の言葉はげっそりした口からかろうじて出ているのであり、私自身の春の歳月は悲しく凍てついていて、饗宴の食卓の上に、また黄金のきらめきで代価を支払われる青白い娼婦がまどろむ繻子の寝台の上に、幻滅の苦い悦楽や、老いの悪臭を放つ皺や、孤独の怯えや、苦痛の炎などをさまよわせる呵責のない夢さながら、過ぎ去ってしまったのだということに。自分の試みが無駄であることがわかっても、私は彼を幸福にしてやれないことに驚きはしない。〈全能者〉は私の前に、拷問道具を身にまとい、恐怖の輝かしい後光に包まれて現れた。私は眼をそらし、私たちが近づくにつれて遠ざかっていく水平線を見つめる……。私たちの馬は岸辺に沿ってギャロップしていた、人間の眼を逃れるかのように……。マリオは私より年少だ。湿気が多い上に、私たちのところまで塩辛い泡が飛んでくるので、彼の唇は寒気と触れ合うことになる。私は彼に言う、「気をつけて！……気をつけて！……唇を閉じるんだ、ぴったりくっつけて。君の皮膚を切り裂いてひりひりする傷をつける、あのあかぎれの尖った爪が見えないのか？」彼は私の額を見つめ、舌を動かして答えた。「見えるとも、あの緑色の爪が。でも、やつらを追い払うために、わざわざ自分の口の自然な状態を乱そうとは思わない。見てくれ、ぼくが嘘をついているかどうか。どうやらこれが〈摂理〉の意思らしいから、それに従うつもりだよ。もっと良い意思であってもよかったけれどね」。そこで私は叫んだ。「すばらしいよ、この堂々たる復讐は」。私は髪の毛をむしりたいと思った。しかし彼が厳しいまなざしで禁じたので、敬意をこめて従った。夜が更け、鷲は岩礁のくぼみにうがたれた巣に戻っていく。彼は私に言った。「マントを貸してあげよう、寒くないように。ぼくには必要ないから」。私は答えた。「とんでもないことだ、そんなことをするなんて。ぼくは他人が自分の代わりに苦しんだりしてほしくないのさ、特に君にはね」。彼は答えなかった、私が正しかったから。しかし私は、自分の言葉の調子がきつすぎたので、彼を慰めはじめた……。私たちの馬は岸辺に沿ってギャロップしていた、人間の眼を逃れるかのように……。私は大波にもちあげられた船の舳先のように頭を上げると、彼に言った。「泣いているのかい？　尋ねているんだよ、雪と霧の王様。サボテンの花のように美しい君の顔に涙は見えないし、君のまぶたは奔流の河床のように乾いている。でも君の眼の奥には、血を満たした桶があって、大型種のサソリ(5)に首筋を嚙まれた君の無垢がその中で煮えたぎっているのがわかるよ。釜を熱する火に突風が吹きつけて、暗い炎を君の聖なる眼窩の外にまでまき散らしている。髪の毛を君の薔薇色の額に近づけてみると、焦げた匂いがする。焼けてしまったんだ。眼を閉じたまえ。さもないと、君の顔は火山の溶岩みたいに黒焦げになって、ぼくの掌に灰となって落ちるだろう」。すると彼は、握っている手綱にも無頓着に私の方を振り返ると、愛情をこめてじっと私を見つめながら、百合のまぶたを潮の満干のようにゆっくりと上下させるのだった。そして私のぶしつけな質問に答えてくれたのだが、その中身は以下の通り。「ぼくのことは気にしないで。大河から発散する蒸気が丘の中腹を這いのぼり、頂上に達すると雲になって大気中に飛び出していくのと同じように、ぼくに関する君の心配は、正当な理由もなしにいつのまにかふくれあがり、君の想像力を越えて、荒涼たる蜃気楼の人目を欺く本体を形づくってしまうのだ。大丈夫、ぼくの眼には火なんか燃えていないよ。確かに、燃えさかる石炭の兜の中に頭蓋骨を突っこんだのと同じような感じはするけれど。ぼくの無垢の肉が桶の中で煮えたぎっているなんて、どうして思うんだい。ぼくには頭上を通り過ぎていく風のうめき声としか思えないような、とても弱々しくてはっきりしない叫び声しか聞こえないというのに。サソリがぼくの眼窩の奥に住みついて、尖った鋏で肉を刻んでいるなんてありえないことだ。むしろ強力なやっとこが、視神経を引きちぎっているんだと思う。それでも、桶を満たしている血が、昨夜眠っているあいだに見えない死刑執行人によってぼくの血管から抜き取られたものだという点については、ぼくも君と同意見さ。君を長いこと待っていたんだ、大洋の愛息よ。そしてぼくのまどろむ両腕は、わが家の玄関に侵入してきた〈あいつ〉とむなしく闘いはじめた……。そう、ぼくは感じている、ぼくの魂は体の中に監禁されていて、そこから脱出できないのだと。だから人間の海が打ち寄せる岸辺から遠く逃れて、果てしのない衰弱の窪地や深淵を横切って休みなく人間シャモア[6]どもを追いかけている、あの青白い群なす幾多の不幸の光景をもう眺めなくても済むようにはなれないのだと。でも、不平は言うまい。ぼくは生を傷のように受け入れ[7]、自殺にたいしては傷口を癒すことを禁じたのだ。〈創造主〉には、永遠のひとときひとときに、ぱっくり口を開けたその裂け目[8]を見つめてもらいたい。それがやつにぼくが与える懲罰だ。ぼくたちの駿馬は青銅の足の速度をゆるめていく。その胴体は、ペッカリー[9]の一群に出くわした猟師のように震えている。彼らがぼくたちの言っていることに耳を傾けはじめるとまずいぞ。注意を集中すれば、彼らの知性は成長し、たぶんぼくたちの言葉を理解できるようになるだろう。かわいそうに。だって、彼らはもっと苦しむだろうから！　じっさい、人類という仔猪のことだけ考えてみるがいい。この連中を他の被造物から分かつ知能程度というのは、莫大な苦痛という取り返しのつかない代価を払ってはじめて、彼らに付与されたもののようには思われないだろうか？　ぼくのする通りにしたまえ、銀の拍車を君の駿馬の横腹に蹴りこむんだ……」。私たちの馬は岸辺に沿ってギャロップしていた、人間の眼を逃れるかのように。

〔2〕

そら、狂った女が踊りながら通っていくぞ、ぼんやりと何か思い出しているふうだ。子供たちは石を投げて女を追い回す、まるでツグミを追い回すみたいに。女は棒を振りかざして彼らを追いかける様子を見せ、それからまた進んでいく。途中で片方の靴が脱げるが、気づきもしない。長い蜘蛛の脚が首筋に絡みついているが、それは彼女の髪の毛にほかならない。顔はもはや人間の顔とも見えず、時折ハイエナのように高笑いする。切れ切れに言葉を洩らしはするが、それらをつなぎ合わせても、はっきりした意味を見出せる者はほとんどいまい。何箇所も穴のあいた服は、骨ばった泥だらけの脚のまわりで不規則に動いている。彼女は前に向かって進む、彼女自身、破壊された知性のもやを通して自分の青春やもろもろの幻想や過去の幸福を眼に浮かべつつ、自分でも意識しない諸能力の渦巻によってポプラの葉のように運ばれながら。かつての優雅さも美しさもなくしてしまった。足取りは下品で、息は火酒くさい。もしこの地上で人間たちが幸福だったとしたら、それこそ驚かねばなるまい。狂女は何も責めたりはしない。不平を洩らすには誇りが高すぎるのだ。彼女に興味がある連中にも、秘密を明かすことなく死んでいくだろう。興味があっても絶対に自分に話しかけないでくれと、彼らに禁じていたのだから。子供たちは石を投げて女を追い回す、まるでツグミを追い回すみたいに。女は胸もとからひと巻きの紙を落とした。見知らぬ男が拾いあげると、ひと晩じゅう自室に閉じこもり、その手稿を読む。内容は次の通り。「何年も子供ができなかった後、〈摂理〉なる神様は女の子を授けてくださいました。三日間、わたしはいくつもの教会でひざまずき、ついに願いをかなえてくださった〈あの方〉の偉大な御名に何度も感謝をささげました。わたしは命よりも大事なこの子を自分の乳で育て、娘は心も体もあらゆる美質に恵まれて、すくすくと成長していきました。娘はこんなことを言ったものです。『あたし、一緒に遊べる妹がほしいな。授けてくださいって、神様にお願いしてよ。その代わりに、神様のために菫とハッカとジェラニウムの花環を編むから』。返事の代わりに、わたしはいつも彼女を胸に抱き上げ、愛情こめてキスしてやりました。娘は早くも動物に興味を覚え、どうして燕は人間の藁葺き小屋を羽でかすめるだけで、中に入ろうとしないのと尋ねるのでした。でもわたしは、この重大な質問については黙っていなさいと言わんばかりに、指を口にあてました。この質問が含んでいる色々な要素は、まだ娘に教えたくなかったのです。あまり感情を高ぶらせて、子供っぽい想像力を刺激してはいけませんので。それからわたしは、神様の創りたもうたほかの動物たちの上に不当な支配を広げてきた種族に属する者なら誰だって扱いにくいこの主題から、慌てて話をそらそうとしました。あの子が墓地のお墓の話をして、そこの空気は糸杉や麦藁菊[10]のいい香りがすると言ったときには、反対せずにおきました。でも、わたしはこんなことを言ったものです。あそこは鳥さんたちの町なのよ、そこでは鳥さんたちが夜明けから日暮れまで歌っているの、お墓は鳥さんたちの巣で、夜は大理石の蓋をもちあげて家族と一緒にそこで眠るのよって。娘を包んでいたかわいらしい服は、みんなわたしが縫ったものでした。晴れ着用の、アラベスク模様がいっぱいついたとっておきのレース飾りも。冬になると、あの子はいつも大きな暖炉のまわりにお決まりの席を占めたものです。自分がちゃんとした一人前の人間だと思っていたのですね。夏のあいだ、あの子が籐の先につけた絹の網をもって、自由に飛び回る蜂鳥や、挑発するみたいにジグザグに飛ぶ蝶々を危なっかしく追いかけていくと、草原は娘の歩みの甘美な重みをそれと察するのでした。『何をしてるの、小さな放浪者さん？　もう一時間も前からスープが待っているのよ、首を長くしたスプーンと一緒に』。でも、あの子はわたしの首に飛びついて、もうあんな場所には行かないわ、と叫ぶのです。それでいて翌日になると、また飛び出していくのでした。マーガレットや木犀草のあいだを突っ切って、太陽の光が降り注いで命短い昆虫がぐるぐる飛び回る中を、人生のプリズムみたいな断面しか知らずに、まだ苦汁を味わったこともなく、自分がシジュウカラ[11]よりも大きいので嬉しくなって、ナイチンゲールほど上手に鳴けないヨシキリを馬鹿にしながら、自分のことを父親のように見つめる嫌な鴉にこっそり舌を出して、若い猫のように優美な姿で。でもわたしには、あの子の存在をそれ以上楽しむことは許されていませんでした。その時が近づいていたのです、娘が予想もしない仕方で、人生の魅惑に訣れを告げるべき時が。キジバトや雷鳥やアオカワラヒワ[12]との仲間づきあいも、チューリップやアネモネのおしゃべりも、沼地の草の忠告も、蛙たちの辛辣な機知も、小川の爽やかさも、永遠に置き去りにして。何が起こったのかは人づてに聞きました。娘の死を引き起こしたこの事件には、居合わせなかったものですから。もしその場にいたら、自分の血と引き換えにでもこの天使を守ったことでしょう……。マルドロールがブルドッグを連れて通りかかったのです[13]。プラタナスの木陰で眠っている少女を眼にして、はじめは薔薇の花だと思いました。彼の頭の中で、この子を見たのと、その結果として決意が生まれたのと、どちらが先に起こったのかわからないくらいです。彼は手早く服を脱ぎ捨てました。これからやろうとしていることを心得ている男のように。素っ裸になると、少女の体の上に襲いかかり、服をはぎ取って無理やり犯そうとしたのです……白昼堂々！　遠慮なんかするものですか、まさかあの男が！……この汚らわしい行動についてはもうやめましょう。満たされない思いで急いで服を着けると、あいつは埃っぽい道路に用心深い一瞥を投げかけ、誰も通りかからないので、ブルドッグをけしかけ、血まみれの少女を上下の顎にはさんで嚙み殺させたのです。あいつはこの山岳犬に、苦しみ悶える犠牲者が息をして唸っている場所を指し示すと、自分はそこから離れ、尖った歯が薔薇色の血管に食いこむのを目撃しないようにしました。この命令を遂行するのは、ブルドッグには過酷なことに思えたのかもしれません。すでにやってしまったことがまた要求されたのだと思いこんで、化け物のような鼻面をしたこの狼は、今度は自分がこのいたいけな女の子の処女を犯すだけで満足しました。引き裂かれた腹部から、またしても血が両脚に沿って野原へと流れ出します。娘のうめき声が、動物の涙と入り交じります。少女は首を飾っていた黄金の十字架を犬に見せて、何とか助けてほしいと頼みました。最初に幼い自分の弱さにつけこんでやろうと考えたあの男の凶暴な眼前には、とてもそれを差し出す気にはなれなかったのです。でも犬は、もし主人の命令に従わなかったら、袖の下からナイフが飛んできて、予告もなしにいきなり自分のおなかに穴をあけるだろうということを百も承知でした。マルドロール（この名前を口に出すのはなんておぞましいことでしょう！）は断末魔の苦しみを耳にして、犠牲者がまだ死んでいないとはなんとしぶとい生命力の持主かと、驚いていました。彼は供犠の祭壇に近寄ると、自分のブルドッグの所業に眼をやります。その犬は下劣な性向に身を任せたあげく、難破船の遭難者が怒り狂う波の上に頭をもたげるように、少女の上に頭をもたげています。彼は犬をひと蹴りすると、片眼を切り裂きました。犬は怒り狂って野原に逃げ去りましたが、どんなに短くても常に長すぎると感じられる道のりのあいだじゅう、少女の体を背後にぶら下げて引きずっていて、それは逃げ去るときのぎくしゃくした動きのおかげでようやく離れたのでした。それでも犬は主人を攻撃するのがこわくて、二度と主人の眼に触れることはありません。あいつはポケットからアメリカ製のナイフを取り出しました。さまざまな用途に使える十枚から十二枚の刃がついたやつを。それからこの鋼鉄製ヒュドラ[14]の角張った脚を開きました。こんな手術刀を手にして、あんなに大量に流された血の色にまだ芝生が完全に染まりきっていないのを見て取ると、あいつは顔色ひとつ変えずに、大胆にも、あわれな女の子の膣をいよいよ抉りにかかったのです。広げられたこの穴から、次々と体内の臓器を引っ張り出します[15]。腸、肺臓、肝臓、そして最後に心臓そのものまでが根こそぎもぎ取られ、身の毛もよだつ開口部から白日のもとにさらされました。供犠の祭司は、はらわたを抜かれた若鶏同然のこの少女が、もうずっと前から死んでいることに気づきました。彼はますます執拗さを増していく暴虐な振舞いを止めると、屍骸をプラタナスの木陰にまた眠らせてやります。数歩離れたところに捨てられていたナイフが拾いあげられました。ひとりの羊飼いがこの犯行を目撃しましたが、犯人は見つからず、彼がやっとその話を人にしたのはずっと後になって、犯罪者はすでに無事国境に達した頃だから、ばらしたら必ず仕返ししてやるぞという脅しの言葉を恐れる必要はもうないはずだと確信できてからでした。立法者も予想しなかった前代未聞の大罪を犯したこの狂人を、わたしは憐れみました。憐れんだのですよ、だって三を四倍した数の刃をもつ短刀を使って内臓の壁を隅々まで抉ったとき、彼は理性の正しい用い方を見失っていたにちがいありませんもの。わたしは憐れみました、だって罪もない子供――それが娘だったわけですが――の肉や血管にあんなに激しく襲いかかるなんて、もし狂人でなかったとしたら、彼の恥ずべき行いには同類者へのたいへん強い憎しみが宿っていたにちがいありませんもの。人間のこんな残骸の埋葬に、わたしは黙ったままあきらめて立ち会いました。そして毎日、お墓の上に祈りにやってくるのです」。読み終わると、見知らぬ男はもはや力を保つことができず、気絶する。やがて正気を取り戻すと、手稿を焼却する。彼はこの青年時代の思い出を忘れていたのだ（習慣は記憶を鈍らせる！）。そして二十年ぶりに、この宿命の国に帰って来たのだ。彼はブルドッグを買わないだろう！……羊飼いたちとは会話を交わすまい！……プラタナスの木陰で眠ったりはしないだろう！……子供たちは石を投げて女を追い回す、まるでツグミを追い回すみたいに。

〔3〕

トレムダル(16)は、自らの意思で去っていく男の手を、これを限りとばかりに握った。絶えず人間の姿が追いかけてくるので、絶えず先へ先へと逃れていく男の手を。このさまよえるユダヤ人(17)は心の中で思う、もし大地の支配権が鰐の種族に属していたなら、こんなふうに逃げたりはしないだろうにと。トレムダルは谷間に立って、両眼の前に片手をかざし、陽光を集めてもっと遠くまではっきり見通せるようにした。もう一方の手は、腕全体を水平にして動かさないまま、空間の胸もとをまさぐっている。前屈みになり、友情の彫像となった彼は、海のように神秘的な眼で、旅人のゲートルが石突きのついた杖を頼りに丘の斜面をよじのぼっていくのを見つめる。大地が足もとで崩れるようだ。たとえそうしたいと思っても、彼にはおそらく涙と感情の高揚を抑えることができまい。「彼はもう遠ざかった。シルエットが狭い小径を進んでいくのが見える。どこへ行くんだ、あの重い足取りで？　彼自身にもわからない……。だが、ぼくはけっして眠ってなんかいないぞ。いったい何だ、近づいてきてマルドロールを迎え撃とうとしているのは？　なんて大きいんだろう、あの竜は(18)！……樫の木以上だぞ！　強固な靭帯でつながれている白っぽい翼は、まるで鋼鉄の腱を備えているみたいだ。それほどやすやすと大気を切り裂いていく。体は上半身が虎で始まり、蛇の長い尻尾で終わっている。めったに見たことがない代物だ。額にあるのは何だろう？　象徴的な言葉で、ぼくには解読できない単語が書いてある。最後の羽ばたきで、そいつはぼくが声色を知っている男のそばにやってきた。そして言うには、『私はおまえを待っていた。おまえもそうだな。時は来た。さあ、私はここにいる。額の上に、象形文字で書かれた私の名前[19]を読むがいい』。だが男のほうは、敵がやってくるのを見るが早いか、巨大な鷲に姿を変え、湾曲したくちばしを満足げにかちかち鳴らして闘いに備える。そのしぐさで、竜の尻の方は自分ひとりで食ってやるぞと言いたいのだ。両者はぐるぐると同心円を描きながら半径を縮め、闘う前にたがいの力量を探り合っている。もっともなやり方だ。竜の方が強そうだな。こいつが鷲に勝ってくれればいいのに。ぼくの存在の一部が関わっているこの見世物を見ていると、かなり気持ちが高ぶりそうだ。力強い竜よ、必要とあれば大声で励ましてやるぞ。負けたほうが鷲のためだからな。彼らはどうしてなかなか攻撃を始めようとしない？　もう不安で胸がつぶれそうだ。さあ、竜よ、君から攻撃をしかけたまえ。まず鉤爪でやつに軽く一発食らわしたな。悪くないぞ。鷲のやつ、こたえたにちがいない。血に染まった美しい羽根が風に運ばれていく。ああ！　鷲がくちばしで君の片眼を抉り取ったぞ、君の方は相手の皮膚しか剝ぎ取っていないのに。こいつには注意すべきだった。いいぞ、仕返しだ、翼をへし折ってやれ。言うまでもないが、君の虎の牙はとても丈夫だからな。鷲のやつが下方の野原に向かって投げ出され、空中でくるくる回転しているうちに、なんとか接近できればいいのだが！　そうか、たとえ落下中でも、この鷲には警戒心を促すものがあるんだな。やつは地上に落ちた。たぶん起き上がれまい。ぱっくり口を開けたこれらの傷を見ると、いい気分だ。地面すれすれにやつの周りを飛んで、できれば鱗に覆われた蛇の尻尾を何度か叩きつけてとどめを刺してやれ。頑張るんだ、美しい竜よ。君の強靭な鉤爪を突き立ててやれ、血が血に混じり、水のない小川となって流れるように。言うは易く、行うは難し。鷲は、この忘れがたい闘いで不利な状況に置かれたことを踏まえて、今や新たな防御作戦を立て直した。慎重なやつだ。残った片翼と、二つの太腿と、それまでは舵の役をしていた尻尾を支えとして、ゆるぎない姿勢でどっかりと座りこんだぞ。これまで自分を攻撃すべく注がれてきた努力より、もっと途方もない努力に挑んでいる。あるときは虎のような素早さでぐるぐる回り、疲れた様子も見せない。かと思うと、二本の強靭な脚を虚空に投げ出してあお向けに横たわり、落ち着き払って相手を皮肉な目でじっと見つめる。どちらが勝者となるのか、最終的に見届けなければなるまい。闘いは永遠に続くはずもないからな。いったい結果はどうなるのだろう！　鷲は恐るべし、大きく跳びはねて大地を揺るがしている、まるで飛び立とうとするかのように。だが、そんなことは不可能だとやつにはわかっている。竜はそれに油断せず、眼を抉り取られた方の側から、今にも鷲が襲いかかってくるのではないかと思っている……。なんてことだ！　まさにその通りになったぞ。どうして竜は胸をつかまれてしまったんだ？　策略も腕力も役に立たない。そら、手足を総動員して蛭のようにぴったり貼りついている鷲が、ますます深くくちばしを突き刺して、新たに傷を負うのも構わずに、竜の腹の中に首の付け根まで埋めこんでいく。もう胴体しか見えない。気持ちがいいのか、なかなか出てこないぞ。たぶん何か探しているんだろう。その間、虎の頭をした竜は、森という森を目覚めさせるようなうめき声をあげている。さあ、鷲がこの洞窟から出てきたぞ。鷲よ、君はなんてひどい状態なんだ！　血の池よりも真っ赤じゃないか！　たくましいくちばしにぴくぴく動く心臓をくわえてはいるが、全身傷だらけで、羽毛で覆われた脚で立っているのもやっとというありさま、すさまじい断末魔のうちに息絶えていく竜の傍らで、くちばしはゆるめずに、ふらふらよろめいている。困難な勝利だった。いいじゃないか、君はそれを勝ち取ったんだから。少なくとも、真実は言っておかなくては……。君の行動は理性の規則にかなっているよ、竜の屍骸から遠ざかりながら鷲の姿を脱ぎ捨てるとはね。というわけで、マルドロールよ、[20]君は勝利者となった！　というわけで、マルドロールよ、君は〈希望〉に打ち勝ったのだ！　これからは、絶望が君の最も純粋な実質を栄養として育つことだろう！　これから君は、決然とした足取りで悪の道に戻るのだ！　ぼくは、いわば苦痛には辟易しているけれど、君が竜に加えた最後の一撃は、自分の内部でも確かに感じられたよ。ぼくが苦しんでいるかどうかは、自分で判断してくれ！　だが、ぼくには君がこわい。見たまえ、見たまえ、遥か彼方を逃げ去っていくあの男を。すばらしい土壌である彼の上に、呪いが葉叢をびっしりと生い茂らせた。彼は呪われ、呪う。君はサンダルをどこへ向けているのか？　どこへ行くんだ、屋根の上の夢遊病者みたいにためらいながら？　君の邪悪な運命が達成されんことを！　マルドロールよ、さらば！　さらばだ、永遠に。未来永劫、ぼくたちはもう二度と出会うことはあるまい！」

〔4〕

春のある日中のこと。鳥たちはさえずりながら賛美歌をまき散らし、人間たちはさまざまな務めを果たして聖なる疲労にひたっていた。万物がみずからの運命に専心していた、樹々も、星々も、鮫たちも。万物が、ただ〈創造主〉を除いては！　彼はぼろぼろの衣服をまとい、路上に寝そべっていた。下唇は眠気を誘う張り綱[21]のように垂れ下がっている。歯は磨かれておらず、埃が波打つ金髪に混じっていた。深いまどろみにぐったりして、小石に押しつけられてつぶれた体は、起き上がろうと無駄な努力をしていた。体力はとうに消えうせて、彼はミミズのように弱々しく、樹皮のように無感覚に、そこに横たわっている。肩が神経質に何度もびくっと震えてうがった幾筋かの轍に、大量の葡萄酒があふれていた。豚の鼻面をした痴呆というやつが、保護するように翼で彼を覆い、恋する視線を投げかけている。筋肉のたるんだ両脚は、二本の盲目の帆柱みたいに地面を掃いていた。両の鼻孔からは血が流れている。転んだとき、顔面を杭に打ちつけたのだ……。彼は酔っ払っていた！　ぐでんぐでんに酔っ払っていた！　夜中に三樽分もの血を飲み干した南京虫みたいに酔っ払っていた！　支離滅裂な言葉をあたり一面に響き渡らせていたが、ここでそれを繰り返すのはやめておこう。この最高の酔っ払いが体面を重んじなくても、私としては人間たちに敬意を払わなければならないからな。知っていたかい、〈創造主〉が……酔っ払ってるなんて！　狂気じみた酒宴の杯で汚れたこの唇を、お許しあれ！　ハリネズミが通りかかり、彼の背中に棘を突き刺して、こう言った。「これでも食らえ。お天道様はまだ道のりの半分だぞ。働けよ、怠け者め、人さまのパンを食うんじゃない。ちょっと待ってろ、鉤形のくちばしをした鸚鵡をすぐ呼んできてやるからな」。アオゲラとフクロウが通りかかり、彼の腹にくちばし全体を突っこんで、こう言った。「これでも食らえ。おまえはこの地上に何しに来た？　この陰気な喜劇を動物たちに見せるためか？　だがな、モグラも、ヒクイドリも、フラミンゴも、おまえの真似なんかしやしないぞ、断言してもいい」。驢馬が通りかかり、彼のこめかみにひと蹴りくれると、こう言った。「これでも食らえ。いったい何の恨みがあって、こんなに長い耳にしてくれた？　コオロギまでがおれを馬鹿にするじゃないか」。ヒキガエルが通りかかり、彼の額に唾を吐きかけると、こう言った。「これでも食らえ。こんなぎょろ眼にされていなければ、おまえが今みたいな状態にあるのを見たらキンポウゲや忘れな草や椿の花を雨と降らせ、おまえの美しい手足をつつましく隠して、誰にも見えないようにしてやったのにな」。ライオンが通りかかり、王様然とした顔をかしげると、こう言った。「私としては、彼を敬っている。その威光は今のところ、確かにかげっているようだが。おまえたちは、思い上がった顔をしているが、じつは卑怯者にすぎないぞ。なにしろ彼が眠っているすきに攻撃したんだからな。もし彼の立場にあって、おまえたちが容赦なく浴びせかけたような侮辱を通りがかりの連中から受けたとしたら、果たしてうれしいかね？」人間が通りかかり、見るかげもない〈創造主〉の前に立ち止まった。そして毛虱と蝮の喝采を受けて、三日のあいだ、彼のいかめしい顔の上に糞を垂れた！　こんな侮辱を加えた以上、人間に災いあれ。というのも、泥と血と酒の混じった上に大の字になった敵に敬意を払わなかったのだから。無防備で、ほとんど生気もないというのに！……さて至高なる神は、これらのいじましい侮辱の数々にようやく目を覚ますと、なんとか立ち上がった。よろめきながら、肺病患者の二つの睾丸のように両腕をぶらぶらさせて、石のところまで行って腰を下ろした。そして、かつては彼のものであった自然全体に、輝きのないどんよりした視線を投げかけた。[23]おお人類よ、諸君は恐るべき子供たちだ。だがお願いだから、この偉大な存在を大目に見てやろうではないか。そいつはまだ不浄の飲物の酔いから醒めきっておらず、まっすぐに姿勢を保つ余力も残っていないので、旅人のように座りこんだあの岩の上で、またどすんと倒れてしまった。通りかかったあの乞食にご注目あれ。彼はこの托鉢僧[24]が飢えた腕を差し出すのを見ると、自分が誰に施しをしているのかも知らずに、慈悲を乞うその手にパンをひと切れ投げてやったぞ。〈創造主〉は頭を振って感謝の念を表した。おお！　四六時中宇宙の手綱を握っていることがどんなに困難になってしまったか、諸君にはけっしてわかるまい！　時には血が頭にのぼることだってあるさ、無から最後の彗星を新種の精神たちと一緒に引き出すことに熱中していれば。知性もあまり徹底的に揺り動かされると、敗者のように身を引いて、一生に一度は、諸君が目撃したような錯乱状態におちいりかねないのだ！

〔5〕

悪徳の旗印である赤い角灯(25)が、横木の先端に吊り下げられ、どっしりした虫食いだらけの門の上で、四方から吹きつける風に鞭打たれて骨組みを揺らしていた。人間の太腿の匂いがする不潔な回廊が中庭に面しており、そこでは自分の羽根よりも痩せこけた雄鶏や雌鶏が餌をあさっている。中庭を囲んで西側にあたる壁にはいくつかの出入口が慎ましく設けられ、格子戸で閉ざされていた。苔がこの母屋を覆っている。おそらく昔は修道院だったのだが、今では建物の他の部分とともに、毎日、訪れる連中にわずかばかりの金と引き換えに膣の内部を見せる、あの女たちの棲家となっているのだ。私は環状の堀の泥水に橋脚が浸っている、ある橋の上に立っていた。高くなっているその面上から、老朽化して傾いているこの建物と、内部構造のこまごました細部までを、野原の中に見つめていた。時折、戸口の格子がきしみながらひとりでにもちあがる。まるで誰かの手が上方に力を加えて、鉄本来の性質を無理やり従わせたかのように。するとひとりの男が、半開きになった出入口から頭をのぞかせた。彼が両肩を進めると、鱗状に剝がれた石膏がぼろぼろ降りかかる。苦労してくぐり抜けるべく、男は続いて蜘蛛の巣だらけの体を現した。両手を王冠よろしく、地面をその重みで圧迫している種々雑多な汚物の上に置き、片脚はまだねじれた格子のあいだに差しこんだまま、彼はこうして本来の姿勢に戻ると、幾世代もの浮き沈みを目にしてきた石鹼水が入っているいびつな手桶に両手を浸しにいき、それから一刻も早くこの場末の小路から遠ざかって、澄んだ空気を呼吸しようと、中心街のほうへ向かうのだった。客が帰ると、真っ裸の女がひとり同じように外に出てきて、同じ手桶のほうへ向かっていく。すると雄鶏や雌鶏が、精液の匂いに引き寄せられて中庭のあちこちから一斉に駆け寄り、激しい抵抗もものともせずに女を地面に押し倒すと、体の表面を堆肥のように踏みつけ、膨れあがった膣のぶよぶよした陰唇を血が出るまでくちばしで突っついて、ずたずたにするのだった。雌鶏や雄鶏は、すっかり喉を満足させると、中庭の草をついばみに戻る。女は清潔になり、まるで悪夢から醒めたように、震えながら、傷だらけでふたたび立ち上がった。そして脚を拭くためにもってきた雑巾を落とした。もう共同の手桶は必要ないので、彼女は出てきた通りに自分の巣窟に戻ると、次の常連客を待つ。この光景を見て、私は自分もこの家に入りたいと思った！　橋を降りていくと、一本の柱の上部装飾《エンタブラチユア》のところに、ヘブライ文字でこんな銘文が刻まれているのが見えた。「汝、この橋を渡る者よ。彼処《かしこ》に赴くなかれ。彼処には犯罪、悪徳と同居せり[26]。ある日、宿命の門をくぐりしひとりの若者ありて、友らその帰りを待てども、むなしかりき」。好奇心が不安に打ち勝った。しばらくして、私は戸口の前にやってきた。格子には何本ものがっちりした桟があって、ぴったり組み合わさっている。目の詰まったこの篩越しに、私は中を覗こうとした。最初は何も見えなかった。しかし輝きを弱めてまもなく地平線に沈もうとしている太陽光線のおかげで、暗い部屋の中にある物体がすぐに見分けられるようになった。私の視野にまず飛びこんできた唯一のものは、いくつかの円錐を組み合わせてたがいに嵌めこんだような、金色の棒だった[27]。この棒は動いていた！　部屋の中を歩いていた！　その振動はじつに強烈で、床がぐらついている。棒は両方の先端で壁にいくつもの巨大な穴をあけていて、攻囲されている都市の城門に打ちつける破城槌のように見えた。だが棒の努力は無駄だった。四囲の壁は切り石で作られており、棒が壁面にぶつかっても、見ていると鋼鉄の刃のようにたわんで、ゴムまりみたいに跳ね返ってしまうのだ。この棒はしてみると、木でできているのではないのか！　次に私は、それが鰻のようにやすやすと丸まったりほどけたりするのに気がついた。人間と同じくらい背丈があるのに、まっすぐ立っていられないのだ。時折そうしようと試みて、先端の一方を戸口の格子の前に見せる。激しく跳びはねてはまた床に落ち、障害物を突き破ることができない。ますます注意深く見つめていると、それが髪の毛であることがわかった！　牢獄のように自分を取り巻いている物質と大格闘したあげく、そいつはこの部屋にあったベッドのところに来て寄りかかった。毛根は絨毯の上に休ませ、毛先は枕もとにもたせかけて。しばらくの静寂があり、その間もとぎれとぎれに啜り泣きが聞こえてきたが、それからそいつは、声を高めて以下のように語った。「主人はぼくをこの部屋に置き忘れていったんだ。探しに来てもくれない。彼はぼくがもたれているこのベッドから起き上がると、香水をつけた髪をとかしたけれど、その前にぼくが床に落ちていたなんて思いもしなかった。ただし拾い上げてくれたとしても、まったく当然のことで、驚くほどのことじゃないと思っただろう。彼はぼくをこの閉ざされた部屋に置き去りにしたのさ、女の腕に抱かれた後で。しかも、なんて女の！　シーツは二人のなま暖かい感触でまだじっとりしていて、その乱れた様子には愛欲のうちに過ごした一夜の痕跡が残っている……」。そこで私は、こいつの主人とはいったい何者なのかと自問した！　すると私の眼は、ますます強く格子に貼りつくのだった！……「自然全体が純潔のうちにまどろんでいるというのに、彼ときたら、淫蕩で不純な抱擁をかわして、堕落した女と交わったんだ。習慣化した恥ずべき行為にふける軽蔑すべき頬、生気を失ってしなびた頬が、自分のいかめしい顔に寄ってくるのを平気で受け入れるまでに、身を落としたんだよ。彼は顔を赤らめもしなかったけれど、ぼくは彼のために赤面した。こんな一夜妻と一緒に寝られて、彼が喜んでいたことはまちがいない。女はこの客の威厳ある風貌に驚いて、どうやら比類のない快楽を感じたらしく、無我夢中で彼の首にかじりついていた」。そこで私は、こいつの主人とはいったい何者なのかと自問した！　すると私の眼は、ますます強く格子に貼りつくのだった！……「ぼくはそのあいだ感じていた、彼がいつになく肉の悦楽に熱意を燃やしたために、悪化した膿疱がどんどん増殖して、致命的な毒汁で毛根を取り囲むと、ぼくの生命を産み出す養分を吸盤で吸い取るのを。二人が我を忘れて常軌を逸した動きにふければふけるほど、ぼくはますます力が萎えていくのを感じていた。肉欲が狂乱の絶頂に達したそのとき、自分の根っこが弾丸で負傷した兵士のようにがっくり折れるのがわかった。内部で生命の炎が燃え尽きて、枯れ枝のように、名高い彼の頭から抜け落ちてしまったんだ。気力も、体力も、活力もなく、ぼくは床に落ちた。それでも、自分が属していた者への深い憐れみは抱いていたよ。みずから選んだ彼の錯乱ぶりに、永遠に消えない苦しみを感じてもいたさ！……」そこで私は、こいつの主人とはいったい何者なのかと自問した！　すると私の眼は、ますます強く格子に貼りつくのだった！……「せめて彼が、処女の無垢な胸を自分の魂で包んでいたら。そうすればあの女も、もっと彼にふさわしくなっていただろうし、これほど堕落もしなかっただろうに。彼ときたら、男たちが埃だらけの踵で踏みつけていった泥まみれのあの額に口づけたんだ！……恥知らずの鼻の穴で、この湿った二つの腋の下から発散する匂いを吸いこんだんだ！……腋の下の膜が恥ずかしさで縮みあがるのが見えたし、鼻の穴は鼻の穴で、このおぞましい匂いを嗅ぐまいと拒否していた。けれど彼も彼女も、腋の下の厳粛な警告や、鼻の穴の滅入ったような青ざめた反撥に、まったく注意を払いはしなかった。女はますます両腕を上げ、彼はますます強く、顔をその窪みに埋めこんでいった。ぼくはこの冒瀆行為の共犯者にならざるをえなかった。途方もない腰の動きの目撃者にならざるをえなかった。はかり知れない深淵がさまざまな性質を分けているこれら二つの存在の、無理やり強行された結合に立ち会わざるをえなかった……」。そこで私は、こいつの主人とはいったい何者なのかと自問した！　すると私の眼は、ますます強く格子に貼りつくのだった！……「この女の匂いを嗅ぎあきると、彼はその筋肉を一本一本むしり取りたいと思った。でも相手が女だったので許してやり、むしろ同性の誰かを苦しめることにした。そこで、この種の女とくつろいだひとときを過ごそうと思って館を訪れていたひとりの青年を隣の小部屋に呼ぶと、自分の眼の前に来るよう命令したんだ。ぼくはもう、だいぶ前から床に横たわったままだった。ひりひりする毛根を支えにして立ち上がる力はなかったので、彼らが何をしたのかは見えなかった。わかっているのは、青年が彼の手の届くところに来るが早いか、肉の切れ端がいくつかベッドの足もとに落ちて、ぼくの横に転がったということだ。その切れ端たちが小声で語るには、ぼくの主人の爪が若者の両肩から彼らを引きちぎったんだと。若者は何時間ものあいだ自分よりも強い力の持主と闘ったあげく、ベッドから立ち上がると、堂々と部屋を出ていった。文字通り、爪先から頭のてっぺんまで皮を剝がれていたよ。(28) 部屋のタイルの上に、裏返しになった皮膚を引きずっていた。彼は内心思った——ぼくの性格は善良さであふれている。同類者たちも善良だと信じたい。だからこそ、ぼくを呼びつけたあの上品な見知らぬ男の願いにも応じたんだ。でもまさか、万が一にも、冷血漢によって拷問にかけられるとは思ってもみなかった——と。それもあんな冷血漢に、と彼はちょっと間を置いてから付け加えた。ようやく彼が戸口に向かうと、外皮を剝がれたこの体が現れるのを見て、扉は憐れみ深く地面すれすれまで開いた。せいぜいが外套代わりであっても、まだ使える皮膚は捨てずに、彼はこの伏魔殿から立ち去ろうとした。部屋から遠ざかった後、彼が出口までたどり着けたかどうかは見届けていない。おお！　雌鶏や雄鶏たちは、腹をすかせているのに、地面にしみこんだあの長々と続く血の跡から、なんと敬意をこめて身を引いたことだろう！」そこで私は、こいつの主人とはいったい何者なのかと自問した！　すると私の眼は、ますます強く格子に貼りつくのだった！……「それから、自分の威厳と徳義のことをもっと考えるべきだった者は、疲れた肘をついて、やっとの思いで立ち上がった。ひとりきりで、心は沈み、うんざりして、見るも忌まわしい様子で！……彼はゆっくりと服を着た。修道院の地下納骨堂に何世紀も前から埋葬されていた尼僧たちが、地下墓地の上にある小部屋に反響するこのおぞましい夜の物音にびくっとして目覚めると、手に手を取って、彼の周りで死の輪舞を踊りだした。[29] 彼が昔の栄光の残骸を探し求めたり、両手を唾で洗ってから髪の毛で拭いたりしているあいだ（まるまる一夜を悪徳と犯罪のうちに過ごした後では、まったく手を洗わないよりは唾で洗うほうがまだましだったのさ）、尼僧たちは死者のための悲痛な祈りを歌いはじめたけれど、そのとき誰かが墓に降りてきた。じっさい、例の青年は神の手によって加えられたあの拷問に耐えて生き延びられたはずもなく、その断末魔の苦しみは、尼僧たちの歌が聞こえているあいだに終わりを告げたのだった……」。私は柱の銘文を思い出した。そして理解した、姿を消してからも友人たちがなお毎日待っている、あの思春期の夢想家がどうなったのかを……。そこで私は、こいつの主人とはいったい何者なのかと自問した！　すると私の眼は、ますます強く格子に貼りつく[30]のだった！……「壁は左右に割れて彼を通してやった。尼僧たちは、彼がエメラルドの服の下にそれまで隠していた翼で空高く舞い上がるのを見ると、黙って墓の蓋の下に戻っていった。彼は天の住居に行ってしまったんだ、ぼくをここに残して。不公平じゃないか。ほかの髪の毛は彼の頭に残っているのに、ぼくときたらこの陰惨な部屋で、固まった血と乾いた肉の切れ端で覆われた床の上に横たわっているんだから。この部屋は彼が入りこんで以来、呪われている。誰ひとり入ってこない。

それなのに、ぼくはそこに閉じこめられている。もうだめだ！　天使の軍団が密集した隊列を組んで行進するのも、星々が階調の庭園を散策するのも、もう見られないだろう。まあいい……不幸だったらあきらめれば我慢できる。でも人間たちには、この小部屋で起こったことをどうしても言っておかなくては。彼らには、不要な服を脱ぎ捨てるみたいに自分の威厳なんか放棄してもいいんだぞと言ってやろう、だってぼくの主人というお手本があるんだから。犯罪の陰茎をしゃぶるがいいと勧めてやろう、だって別の誰かがもうそうしてしまったんだから……」。髪の毛は口をつぐんだ……。そこで私は、このつの主人とはいったい何者なのかと自問した！　すると私の眼は、ますます強く格子に貼りつくのだった！　と、そのとき、雷鳴がとどろいて、燐光が部屋に侵入してきた。どんな本能の警告によってか、私は思わず後ずさりした。戸口からは離れていたのに、私には別の声が聞こえた。ただしそれは誰かに聞かれるのを恐れて、卑屈で甘ったるい声だった。「そんなに跳ね回るんじゃない！　黙れ……黙れ……誰かに聞かれたらどうする！　おまえはほかの髪の毛たちの中に戻してやるさ。だが、まずは太陽が地平線に沈むのを待て、夜がおまえの歩みを包んでくれるように……。おまえを忘れたわけじゃない。しかしおまえが出ていくのを見られていたら、私が悪く言われていただろう。おお！　あのとき以来、私がどんなに苦しんだかわかってもらえたらな！　天に戻ると、大天使たちが好奇心もあらわに私を取り囲んだ。どうして留守にしていたかは、尋ねようともしなかった。彼ら、これまで一度も私の方へ視線を上げたことなどなかった連中が、謎を見抜こうとして、憔悴した私の顔に呆気にとられたような視線を投げかけていたのだ。もっとももこの不思議なできごとの真相には気がつかず、私のうちに何か常ならぬ変化が起こったのではないかという不安の気持ちを、小声でたがいに交わし合っていたがね。彼らは静かな涙を流して泣いていた。私がもはや以前と同じではなく、本来の自分よりも劣った者になってしまったことを、漠然と感じていたのだ。できるものなら、どんな不吉な決断によって私が天の境界線を踏み越え、地上に降り立って、彼ら自身が深く軽蔑している束の間の快楽を味わうことになったのかを知りたかったことだろう。連中は私の額の上に、一滴の精液と一滴の血がついているのに気がついた。(31) 精液のほうは娼婦の尻からほとばしったものだ！　血のほうは犠牲者の血管から噴き出したものだ！　いまわしい烙印！　動かしがたい薔薇模様！　大天使たちは、私のオパール色のチュニカの燃え上がる残骸が天空の叢林にぶら下がって、呆然と見上げる諸国民の上に漂っているのを見つけた。彼らはその衣をもとの状態に戻せなかったので、私の体は彼らの無垢な視線を前にして今なお裸のままだ。美徳を放棄したことへの、記憶すべき懲罰。生気のない私の頬にひとすじの河床を描いた、数本の溝を見るがいい。精液のしずくと血のしずくが、乾いた皺に沿ってゆっくりとにじみ出てくるのだ。上唇に達すると、それらはたいそう苦労したあげく、抵抗できない喉に磁石さながら引き寄せられて、私の口の聖域に侵入してくる。息が詰まりそうだぞ、この二滴の容赦ないしずくは。私はこれまで、自分が〈全能者〉だと信じてきた。だが、違っていた。『おまえは哀れな男にすぎぬ！』と叫ぶ悔恨の前に、私は首を垂れねばならない。そんなに跳ね回るんじゃない！　黙れ……黙れ……誰かに聞かれたらどうする！　おまえはほかの髪の毛たちの中に戻してやるさ。だが、まずは太陽が地平線に沈むのを待て、夜がおまえの歩みを包んでくれるように……。私は見た、仇敵のサタンが、複雑に入り組んだ骨格を幼虫のような冬眠状態からまっすぐに立て直すと、立ち上がり、勝ち誇って、高らかに、集結した軍団に演説をぶつのを。そしてそうされても仕方がないのだが、私を嘲弄するのを。やつは言った、ずっとひそかな監視を続けていたのがやっと実を結んで、思い上がった好敵手は現行犯で取り押さえられたが、天空の暗礁を横切って長い旅をするあいだに、そいつがこうして人間の姿をした放蕩のドレスに接吻するまで身を落とすとは、そして人類の一員にさんざん苦痛を味わわせたあげく非業の死をとげさせるとは、まったく驚いたと。やつは言った、かの青年は、そいつの工夫を凝らした拷問の歯車につぶされてしまったが、生きていればおそらく天才的な知性の持主になり、詩と勇気のすばらしい歌で、この地上で人間たちを不運の攻撃から慰めることもできただろうにと。やつは言った、修道院娼窟の尼僧たちは、二度と眠りにつかず、自動人形のように体を動かして、足でキンポウゲやリラの花を踏みつけながら中庭を徘徊しているが、憤怒のあまり気が狂っているとはいえ、それほどひどいわけでもなく、自分たちの頭の中にこの病気を生みだした原因を思い出せないことはないのだと……（そら彼女たちが進んでくるぞ、白い経帷子に身を包んで。たがいに口をきかず、手をつないでいる。髪は乱れてむき出しの肩に垂れかかり、黒い花束が胸の上にもたせかけてある。尼僧たちよ、地下納骨堂に戻るがいい。まだ完全には夜になっていないぞ。やっと黄昏になったばかりだ……おお髪の毛よ、おまえにもわかるだろう。四方八方から、私は自分の堕落という狂おしい感情に攻めたてられているのだ！）やつは言った、存在するものすべての〈摂理〉であると自負していた〈創造主〉も、星々を散りばめた諸世界にこんな見世物を提供してしまうとは、控え目に言ってもまったく軽率な行動だったと。というのも、やつははっきりとこう断言したのだ、そいつがおのれの広大な諸王国において、自分自身が手本となって美徳と善良さをどのようにして維持しているのか、円軌道を描く惑星の数々に報告しに行くつもりだと。やつは言った、いとも高貴な敵にたいしておれが抱いていた高い評価は今や想像力から飛び去ってしまった、血と精液の入り混じった三重の層で覆われているそいつの顔に唾するくらいなら、だらだら流れる唾を汚さないように、忌まわしくも邪悪な行為ではあるが、少女の胸を手で触るほうがまだましだと。やつは言った、おれは当然ながらそいつにまさっていると思うが、それは悪徳においてではなく美徳と羞恥において、犯罪においてではなく正義においてなのだと。やつは言った、数えきれない過ちを犯してきたかどでそいつを刑罰用の簀子《すのこ》(32)に縛りつけておかねばならぬ、燃えさかる炎で少しずつ焼いて、それから海に投げこんでやるのだ、もっとも海のほうで受け入れてくれればの話だがと。深刻な結果をもたらしたわけでもない軽微な反抗ゆえにこのおれを永遠の罰に処しておきながら、自分は正しいと自負しているからには、そいつは自分自身にも厳しく報いるべきだし、不正に満ちた自分の良心を公平に裁くべきだと……。そんなに跳ね回るんじゃない！　黙れ……黙れ……誰かに聞かれたらどうする！おまえはほかの髪の毛たちの中に戻してやるさ。だが、まずは太陽が地平線に沈むのを待て、夜がおまえの歩みを包んでくれるように……」。彼は一瞬言葉を止めた。姿はまったく見えなかったが、この休止時間が必要だったことから、渦巻くサイクロンが鯨の一家をもちあげるように、激しい感情のうねりが彼の胸をもちあげていることがわかった。ある日、慎みのない女の乳房との苦々しい接触によって汚れてしまった、神の胸！　忘却のひとときに、放蕩という蟹、性格の弱さという蛸、個人の低劣さという鮫、道徳の欠如というボア(33)、愚かしさという化け物めいた蝸牛に身をゆだねた、王の魂！　髪の毛とその主人は、久しぶりに再会した二人の親友のようにひっしと抱き合った。〈創造主〉は、自分自身の法廷に再出頭した被告として言葉を続けた。「さて人間たちは、かつては私をずいぶん高く見てくれていたものだが、私が血迷った行いをしたこと、物質の泥だらけの迷路を私のサンダルがためらいがちに歩いていったこと、そして、暗色の脚をした犯罪が霧に包まれて青ざめ唸り声をあげている、そんな池のよどんだ水と湿ったイグサを踏み越えて、私が暗闇の道を進んでいったことを知ったら、いったいどう思うだろう！……彼らの尊敬を取り戻すには、これから先、大いに名誉挽回に努めなければなるまい。私は〈万物神〉だ。それなのに一方では、自分がわずかばかりの砂で作った人間たちより劣っている！　彼らには思い切った嘘をついてやれ、私は一度も天から出たことはなく、玉座を気にしながら、自分の宮殿の大理石と彫像とモザイクのあいだにずっと閉じこもったままだったと言ってやれ。私は人類という天なる息子たちの前に姿を現した。そして言った。『汝らの藁葺き小屋から悪を追い払い、善の外套を家庭に入れよ。同類者たちのひとりに手を伸ばし、凶刃で胸に致命傷を負わせる者は、私の慈悲の恵みなど期待せず、正義の天秤を恐れるべし。その者は悲しみを森に隠しに行く。だが、葉のざわめきは林間の空地を横切って、耳に悔恨のバラードを歌い聞かせるであろう。そして茨やヒイラギや青アザミに腰を突き刺され、しなやかな蔓に絡まれたりサソリに噛みつかれたりして急ぎ足をもつれさせながら、その一帯から逃げだすであろう。その者は浜辺の砂利に向かっていく。しかし上げ潮が波しぶきをあげて危険に打ち寄せ、おまえの過去はよくわかっているぞと語りかけるであろう。そこで盲滅法に断崖の上に突進していくと、ひゅうひゅうと鳴る彼岸《パンパ》の風が、入江の天然洞窟や音の響き渡る岩山の壁面にうがたれた石切り場に流れこみ、大草原の水牛の大群のように唸り声をあげるであろう。沿岸の灯台はあざけるような反射光で北の最果てまで彼を追い、燃えあがるただの蒸気にすぎない湿原《マレンマ》[34]の狐火は、幻想的なダンスを踊って彼の毛穴という毛穴の体毛を逆立たせ、両眼の虹彩を緑色に染めるであろう。羞恥心が汝らの小屋を好み、汝らの畑の陰に守られて安住せんことを。そうすれば汝らの息子たちは美しく育ち、感謝の念をもって両親に服従するであろう。さもなければ、虚弱になり、図書館の羊皮紙のように生長不良のまま、みずからの誕生の日と不潔な母親の陰核に逆らいつつ、反抗に導かれながら大股で進むことであろう』。どうして人間たちがこれらの厳しい法に従おうなどと思うだろうか、立法者自身が率先してそれを遵守することを拒否しているのであれば？……それで私の恥は、永遠と同じくらい果てしがないのだ！」髪の毛が、閉じこめられていたことはもういいと、彼を謹んで許すのが聞こえた。主人の振舞いは慎重さゆえであって、軽率さゆえではなかったからだ。私のまぶたを照らしていた青白い最後の陽光が、山あいの峡谷から姿を消した。髪の毛のほうを振り向くと、経帷子のように折り畳まれるのが見えた……。黙れ……黙れ……誰かに聞かれたらどうする！　彼がおまえをほかの髪の毛たちの中に戻してくれるさ。そして、今や太陽が地平線に沈んだのだから、破廉恥な老人とやさしい髪の毛よ、夜が修道院の上に影を広げ、おまえたちのひそかな歩みが長く伸びて平原を進んでいくのを包んでいる[35]あいだに、二人とも娼窟から遠くへ這っていくがいい。……そのとき、虱が私の耳の岬角の後ろから突然出てきて、爪を立てながら言った。「君、これをどう思う?」だが、答えたくなかった。私はその場を去り、例の橋の上まで来た。そして最初に書いてあった銘文を消すと、次のように書き換えた。「かかる秘密を心中に短刀の如く守りおくは苦痛なり。されど我は誓う、はじめてこの恐るべき城塔に入りし折に目撃せしことは、ゆめゆめ人には明かすまじと」。私は欄干越しに、文字を刻むのに使った小刀を投げ捨てた。そして幼年時代の〈創造主〉の性格に素早くあれこれ思いをめぐらせたのだが、彼はまだ、ああ! これからもずっと、残酷な仕打ちを加えたり、大いなる悪徳が引き起こす下疳の汚らしいありさまを見せたりして人類を苦しめるにちがいなく(永遠とは長いものだ)、こんなやつを敵にしているのかという思いに、私は酔った男のように眼を閉じて、悲しみを抱きながら、迷路のように入り組んだ街路を通ってまた歩きはじめた。

第三歌終わり

第四歌

〔1〕

第四歌を始めようとしているのは、人間、あるいは石、あるいは木だ。足が蛙を踏みつけて滑ると、嫌悪感を覚える。ところが人間の体にほんのわずかでも手で触れると、雲母の塊を槌で砕いてできる剝片のように、指の皮膚が割れてしまう。そして一時間前に息絶えた鮫の心臓が強靭な生命力でまだ甲板の上でぴくぴく動いているように、私たちの内臓もまた、人間に触れてからずいぶんたってもまだ激しく動いている。こんなにも人間は、自分自身の同類者をぞっとさせるのだ！　こんなことを言いたてるのは、たぶん間違っているのだろう。しかしまた、当たっているかもしれない。人間の奇妙な性質について長々と思いをめぐらせていると両眼が腫れあがってしまうが、それよりも恐ろしい病気を私は知っているし、頭に浮かべてもいる。だが、今でもそれを探しているのに……まだ見つけられない！　私は他人より頭が悪いとは思わないが、それでも自分が探究に成功したなんて、誰がきっぱり言いおおせるだろう？　そいつの口からは、なんという嘘が吐き出されることか！　デンデラーの古代神殿[1]は、ナイル河の左岸から一時間半のところにある。今日では、雀蜂の大群が壁面の溝や軒蛇腹を占領している。雀蜂どもは列柱の周りを、黒髪が密集して波打つように飛び回っている。寒い柱廊の唯一の住民である彼らは、まるで先祖代々の権利のように拝殿の入口を守っているのだ。その金属的な羽のぶんぶん唸る音は、極地の海の解氷期に氷塊がたがいにぶつかり合ってたてる絶え間ない衝突音にもたとえられる。だが、摂理がこの地上での玉座を与えた者の行状を思うとき、わが苦痛の三枚の鰭はもっと大きなざわめきを響かせるのだ！　夜間、彗星が突然、八十年ぶりに天空の一角に現れると、地上の住民やコオロギたちに、おぼろに輝く尾を見せる。おそらく彗星は、この長い旅を自覚してはいまい。だが私はそうではない。乾いた陰気な地平線のぎざぎざの稜線が私の魂を背景にくっきりと浮かび上がるあいだ、ベッドの枕元に肘をついて、私は憐憫の夢想にひたり、人間のために顔を赤らめるのだ！　寒風に身を二つに切られながら夜間の当直を終えると、水夫は急いでハンモックに戻る。こんな慰めが、どうして私には与えられないのか？　自分は進んで同類者たちと同レベルにまで身を落としたのだ、だから惑星の堅くなった表皮につながれたままのわれらが運命についても、われらの堕落した魂の本質についても、他人ほど不満を洩らす権利はないのだという思いが、火で鍛えた鉄釘のように心に刺さってくる。かつて、炭坑内のガス爆発でいくつもの家族が全滅したことがあった。だが、死の苦しみを味わったのはほんの一瞬だった。瓦礫と有毒ガスに包まれて、ほとんど即死だったからだ。私はといえば……玄武岩のように相変わらず生きている！　人生の半ばにおいても初めと同様、天使たちは自分自身に似ているものだが、私が自分に似なくなってから久しいではないか！　人間と私は、よく環礁湖が珊瑚礁に囲まれているように、自分の知性の限界内に閉じこめられて、偶然と不運から身を守ろうとたがいに力を合わせるどころか、憎悪に身を震わせながら、あたかも短剣の切っ先で相手を傷つけ合ったかのように、正反対の道を進んで離れていく！　まるで双方とも、自分が相手に催させる侮蔑の念を理解しているかのようだ。相互の尊厳という動機に突き動かされて、私たちは慌てて自分の敵を誤りに導き入れないようにする。めいめいが自分の立場にとどまっており、和平を宣言してみても維持することなど不可能であることは百も承知だ。まあよかろう！　人間にたいする私の闘争が永遠に続かんことを、なにしろ各々が相手の内に自分自身の堕落を認めているのだから……両者は不倶戴天の敵なのだから。私が惨澹たる状態で勝利を収めるにせよ、屈服するにせよ、闘争は見応えがあるだろう。私が、たったひとりで、人類を相手にするのだから。木や鉄でできた武器は用いないぞ。大地から引っ張り出された鉱物層など、足で蹴りとばしてやる。竪琴[2]の力強い天使的な響きは、私の指に奏でられて恐るべき護符となるだろう。人間というこの最高級の猿は、あちこちで待ち伏せして、すでに斑岩の槍で私の胸に穴をあけた。だが兵士というのは、どんなに名誉の傷であっても、自分の傷を見せたりはしないものだ。この恐るべき戦争は、双方の陣営に苦痛をふりまくだろう。二人の友が執拗に相手を滅ぼし合おうとするとは、なんというドラマだ！

〔2〕

二本の柱、バオバブ樹(3)と取り違えることは困難でないし、ましてや不可能ではない二本の柱が、二本のピンよりも大きく、谷間に見えていた。実際は、二つの巨大な塔だった。(4)そして、二本のバオバブ樹は一見したところ二本のピンにも、二つの塔にさえ似ていないが、それでも慎重さの糸を巧みに操るなら、誤りを危惧せずにこう断言できる（というのも、この断言が一片でも危惧の念をともなっていれば、もはや断言とは言えないだろうから――かなり際立った性質を示しているので軽率に混同される恐れはないこれら二つの精神現象を、同じひとつの名詞が表してはいるが）、つまりバオバブ樹は柱と比べて、両者の建築学的……あるいは幾何学的……あるいはその両方の……あるいはそのいずれでもない……あるいはむしろ背が高くてどっしりした形態のあいだで、比較が禁じられているほど異なってはいないと。私は今、柱とバオバブ樹という実詞にふさわしい付加形容詞を見出したのだ、そうでないと言うつもりはないぞ。夜ならば蠟燭が燃えているあいだ、昼ならば太陽が照らしているあいだ、まぶたをもちあげてから、これらのページに目を通そうというまことに称賛すべき決心をした人々にこのことを指摘するとき、まさに誇らしさの混じった喜びを覚えるということを、よくご承知いただきたいものだ。そしてさらに、たとえ上位の権力がこの上なく明快にして正確な言葉で、誰もがきっとこれまで咎めだてされずに味わえた適切な比較をカオスの深淵に捨て去るよう私たちに命じたとしても、そのときでさえ、またとりわけそのときにこそ、以下の主要公理を見失わないでもらいたいのだが、歳月、書物、同類者たちとの接触、そして急速に生長して開花する各人固有の性格などによって身についた種々の習慣は、一部の人々は蔑んでいるが多くの人々はほめそやしている修辞学的技法の犯罪的な（犯罪的、というのは一時的にみずから進んで上位権力の視点に身を置けばの話だが）使用にあたって、再犯という取り返しのつかない烙印を人間の精神に押すことだろう。もし読者がこの文を長すぎると思われたなら、どうかお許し願いたい。だが、私が卑屈な態度をとるだろうとは期待なさらぬように。自分の過ちを認めるにやぶさかではないが、臆病さゆえにそれらの過ちをもっと深刻にするわけにはいかないのだ。私の推論は時として、狂気の鈴⑸や、結局はグロテスクとしか言いようのないものの謹厳な外観（ある哲学者たちによれば、人生それ自体が喜劇的なドラマもしくはドラマチックな喜劇なのだから、滑稽なものと憂鬱なものを区別することはなかなか困難ではあるのだが⑹）にぶつかることだろう。とはいえ、あまりに難儀な仕事から逃れて時々休息をとるためとあれば、蠅を、さらには犀を殺すことでさえ、誰にでも許されている。蠅を殺すには以下のようにするのがいちばん手っ取り早いぞ、最善の方法ではないが。手の親指と人差指のあいだでつぶすのさ。この主題を徹底的に探究した物書きたちの大半は、[7]いかにもしたり顔で、場合によっては蠅の頭をちぎってしまうほうがいいと推論した。私が根本的にくだらない話題について語るようにピンの話をするといって非難する人がいたら、どうか先入観ぬきで、最大の結果はしばしば最小の原因から生み出されたということに注意していただきたい。そして、この紙片の枠からこれ以上はみ出さないために言っておけば、この章節の初めから私が構成しつつある手のこんだ文学的断片は、もし化学とか内科病理学とかの厄介な問題のうちに根拠を見出していたら、たぶんこれほど味わってもらえてはいないだろうということが、おわかりではあるまいか？　そもそも、この世にはあらゆる好みの人がいるのだから。[8]そして私は、最初にあれほど正確に柱をピンに比較したとき（確かに、いずれそのことを非難される羽目になろうとは思わなかったが）、視線が対象から遠ざかれば遠ざかるほど像は網膜の中でだんだん小さく映るということを証明した、あの光学法則にのっとっていたのである。

そんなわけで、何でも冗談めかそうとする私たちの精神の傾向がくだらない機知の現れとみなしているものも、たいていの場合、当の本人の頭の中では、おごそかに主張された重要な真実にほかならないのだ！　おお！　驢馬が無花果《いちじく》を食べるのを見て大笑いした、あの無分別な哲学者よ[9]！　別にでまかせを言っているわけじゃない。古代の書物は微に入り細にわたって、人間の尊厳のこうした自発的な恥ずべき放棄について語ってきた。私はといえば、笑うすべを知らない。一度も笑えたためしがないのだ、何度かそうしようと試みてはみたのだが。笑い方を覚えるのはじつにむずかしい。あるいはむしろ、この醜悪な行為への嫌悪の感情が、私の性格の本質的な特徴を形づくっているのだと思う。それはそうと、私はもっとすごいものを目撃したぞ。無花果が驢馬を食べるのを見たんだ！　だが、それでも笑わなかった。正直言って、口のいかなる部分も動かなかったのだ。泣きたいという欲求が強烈に私をとらえ、両眼からは涙がこぼれた。「自然よ！　自然よ！」と私は泣きじゃくりながら叫んだ。「ハイタカ[10]が雀を引き裂き、無花果が驢馬を食べ、サナダムシが人間をむさぼり食うとは！」これ以上話を進める決心もつかないので、心の中で自問してみるのだが、蠅の殺し方については話しただろうか。話したよな？　でも、犀の撲滅については確かにまだ話していなかった！　もし何人かの友がそんなことはないと主張しても、私は耳を貸さないだろうし、称賛とお世辞は二つの大きな躓きの石だということを思い出すだろう。とはいえ、できるだけ自分の良心を満足させるために、私としては指摘せずにはいられないのだが、犀についてのこうした論述は忍耐と冷静さの限界を越えたところまで私を連れ去るだろうし、そうなればおそらく（さらには大胆に、間違いなくと言ってもいい）、現存する諸世代の勇気をくじくことだろう。蝿の後に犀の話をしなかったとは！　少なくとも、納得してもらえる言い訳として、わざとやったのではないこの言い落としについて即座に言及しておくべきだった（私はそれをしなかった！）。人間の脳葉に住みついている説明できない現実的な矛盾の数々を深く研究した人々ならば、こんな言い落としに驚きはしないだろうがね。偉大で単純な知性にとっては、価値のないものなど何もない。自然のどんなに小さな現象でも、そこに不思議があるならば、賢人にとっては汲めど尽きせぬ省察の材料となるであろう。誰か驢馬が無花果を食べるのを、あるいは無花果が驢馬を食べるのを見た者がいたら（これら二つの状況は、詩の中でもなければめったにお目にかかれるものではないが）、そいつは間違いなく、いかなる行動をとるべきか二、三分熟考した末に、美徳の道を進むことはあきらめて、雄鶏のように笑いだすことだろう！　もっとも、雄鶏が人間の真似をしてぎこちない顰め面をするべく、くちばしを意図的に開くのだということは、正確に証明されているわけではない。私は人類において顰め面と呼ばれているものを、鳥についてもそう呼んでいるだけのこと！　雄鶏はそうできないからというより、むしろ誇り高いがゆえに、自分の本性の外には出ようとしないのだ。やつらに読むことを教えてやりたまえ、反発するだろうから。そいつは鸚鵡ではない、鸚鵡だったら無知で許しがたい自分の弱点を前にして、うっとりするだろうがね！　おお！　忌まわしい品性の堕落！　笑うとき、人はなんと山羊に似ることか！　額の冷静さは消え去って、代わりに二つの巨大な魚の眼が現れ、それは（嘆かわしいことではないか？）……それは……それは灯台のように輝きはじめる！　私はこれからもしばしば、いとも滑稽な命題をおごそかな口調で話すことがあるだろう……それが口を広げる決定的に十分な理由になるとは思わないが！　笑わずにはいられないんだ、とあなたは答えるかもしれない。この馬鹿げた説明は受け入れておくが、ただその場合は、憂鬱な笑いであってほしいものだ。笑いたまえ、けれども同時に泣きたまえ。眼で泣けなければ、口で泣きたまえ。それもできなければ、小便をしたまえ。しかし言っておくが、何らかの液体がここでは必要なのだ、耳のところまで裂けた笑いが内部にかかえている乾きを和らげるために。この私は、自分の性格に似ていない性格を見るといつも何か文句を言わずにはいられない連中の、雄鶏みたいに珍妙な鳴き声や牛のように風変わりな鳴き声にうろたえたりはしないぞ。なぜならそうした性格も、神が最初の原型から逸脱することなく、種々の骨格を支配していくために創造した無数の知的変異のひとつなのだから。私たちの時代まで、詩は誤った道をたどってきた。天まで昇ったり地を這ったりしながら、それはおのれの存在原理を見誤り、当然のことながら、まともな紳士諸氏からいつも嘲笑されてきた。詩は謙虚でなかった……それは不完全な存在のうちにも存在すべき最高の美質なのに！　私だって、自分の美質の数々を示してやりたい。だが、おのれの悪徳を隠すほど偽善者ではないぞ！(11) 笑い、悪、傲慢、狂気、それらは感受性と正義愛とのあいだに入れ替わり立ち代わり現れ、人間の驚愕にとって手本として役立つだろう。誰もがそこに自分の姿を、あるべきものとしてではなく、現にあるがままの形で見出すだろう。(12)そしておそらく私の想像力が思いついたこの単純な理想は、それでもなお、詩がこれまでに見出した最も壮大で最も神聖なものすべてを凌駕するだろう。というのも、これらのページから種々の悪徳を発散すれば、人はますますそこで私が輝かせる美徳を信じる一方になるだろうし、それらの美徳の光輪を高々と掲げてやれば、未来の最も偉大な天才たちも私に心からの感謝を捧げるだろうから。そんなわけで、偽善は私の住居からはきっぱりと追放されるだろう。私の歌には、一般通念をこんなふうに軽蔑するための、堂々たる力の証拠が見られるだろう。彼が歌うのはただ自分だけのためであって、同類者たちのためではない。自分の霊感の尺度を、人間の秤の中には置いていないのだ。嵐のごとく自由な彼は、ある日、その恐るべき意志の制御しがたい浜辺に打ち上げられた！ 彼は何ものも恐れはしない、ただ自分自身を除いては！ 超自然的な闘争において、彼は人間と〈創造主〉を優勢に攻撃するだろう、ちょうどメカジキがその剣を鯨の腹に突き立てるように。笑いという容赦ないカンガルーやカリカチュアという大胆な虱をどうしても理解しようとしない者は、おのれの子供たちと私のやせこけた手によって呪われるがいい！……二つの巨大な塔が谷間に見えていた。そのことは最初に言った。

それを二で乗じると、積は四になった……しかし私にはこの演算の必然性がよくわからなかった。私は顔を熱でほてらせながら歩きつづけ、絶え間なくこう叫んだ。「いや……いや……私にはこの演算の必然性がよくわからない！」鎖のきしむ音と、苦痛のうめき声が聞こえていた。この場所を通りかかる者がいても、塔を二で乗じて四という積を得ることが可能だなどとは、誰も思わないように！　私があたかも生みの母親のように人類を愛していて、九か月のあいだ、芳香漂う胎内に身ごもっていたのではないかと疑っている連中がいる。だからこそ、私は被乗数の二つの単位が立っているあの谷間を、もう二度と通らないのだ！

〔3〕

一本の絞首台が地面に立っていた。地上一メートルのところにひとりの男が髪の毛で吊るされ、両腕は後ろ手に縛られていた。⑬苦痛を増大させ、両腕を縛られてさえいなければという思いを強くさせるために、両脚は自由にされている。吊り下げられた重みで額の皮膚はひきつり、その状況ゆえに自然な表情ができなくなっている顔は、まるで鍾乳石が硬く凝固したかのようだった。三日前から、男はこの刑罰を受けているのだ。彼は叫んでいた。「誰か腕の紐をほどいてくれないか？　誰か髪の毛をほどいてくれないか？　身動きすれば体がばらばらになるし、頭から毛根がますます引きはがされるばかりだ。眠れないのは、渇きや飢えがおもな理由じゃない。おれの命は、あと一時間以上はとてももちこたえられないんだ。誰か、尖った小石で喉を切り裂いてくれ！」一語一語を発する前にも後にも、激しいわめき声がともなうのだった。私は身を隠していた茂みから飛び出すと、天井に吊るされたこの操り人形、あるいは脂肪の塊の方へ進んでいった。ところがそのとき、反対側から、二人の酔っ払った女が踊りながらやってきた。ひとりは袋をひとつと、鉛の紐のついた鞭を二本、もうひとりはタールを満たした樽をひとつと、刷毛を二本もっている。年上の女の白髪まじりの髪は、ぼろぼろになった帆の切れ端のように風にたなびき、もう一方の女のくるぶしは、船尾の甲板を叩きつけるマグロの尾のようにぶつかり合って音をたてていた。彼女たちの眼はあまりに黒く強烈な輝きで燃え上がっていたため、はじめはこれら二人の女が自分と同じ種族に属するとは思えなかったくらいだ。彼女たちはまことに自分勝手な厚かましさで笑っており、その顔つきを見ているとひどくむかついたので、自分が人類の中で最も醜悪な二つの見本をまのあたりにしているのだということを、私はただの一瞬たりとも疑わなかった。また茂みの背後に身を隠し、巣から頭しか外に見せないカミキリムシの一種、アカントフォルス・セラティコルニス(14)よろしく、じっとしていた。女たちは潮が満ちるような速さで近づいてきた。地面に耳をつけてみると、はっきり足音が聞こえ、彼女たちの足取りが叙情的に揺れている様子が伝わってくる。二匹の雌オランウータンは絞首台までやってくると、数秒のあいだ空気をくんくんと嗅いだ。そしてこの場所で何ひとつ変化していないことに気づいたとき、自分たちの経験から得られた驚きがじつに大きなものであったことを、奇妙なしぐさで示してみせた。彼女たちの願いにかなう死という結末は、訪れていなかったのだ。わざわざ頭をおあげあそばして、このモルタデラソーセージ(15)がまだ同じ位置にあるかどうかを確かめることもしなかった。一方の女が言った。「あんたがまだ息をしているとはねえ？　生命力の強い人ね、愛する旦那さま」。「二人の聖歌隊員が聖堂で交互に詩篇の唱句を歌いだすように、もう一人の女が応じた。「おまえはそれじゃあ死にたくないんだね、かわいい息子や？　それなら言ってごらん、おまえはどうやって（おおかた何かの呪文でも使ったんだろうがね）禿鷹どもを驚かせたんだい？　本当に、骨格がずいぶん痩せこけてしまったこと！　そよ風で角灯みたいに揺れているじゃないか」。めいめいが刷毛を手に取り、吊るされた男の体にタールを塗った(16)……めいめいが鞭を手に取り、腕を振り上げた……。私は感嘆して見つめていた（私のようにしないことは絶対に不可能だった）、黒人と格闘すると、相手の髪の毛をつかもうとしても手が滑って、悪夢にはつきものの徒労に終わってしまうものだが、金属の刃身がそのように表面を滑るのではなく、タールのおかげで肉の内側まで食いこみ、骨が邪魔になってさすがにこれ以上はくぼめなくなるまで深く溝を刻んでいく、その力強い正確さがいかばかりであるかを。この上なく興味深いが、当然期待してもいいほどには滑稽でないこの見世物に快楽を見出したくなる誘惑を、私はなんとかこらえた。とはいうものの、あらかじめこうした正しい決意をしていたとはいえ、この女たちの力を、またその腕の筋力を、どうして認めずにいられよう？　彼女たちの巧妙さは、顔や下腹部のように最も敏感な部分を鞭打つところにあったが、私が全き真実を語りたいという野心を抱いているのでもない限り、そのことには言及するまい！　私が上下の唇を、特に水平方向にぴったり閉じ合わせて（だが、それがこの圧力を生み出す最も普通の方法であることは誰もがご承知だ）、涙と秘密ではちきれそうな沈黙――それが苦しげに表面化してしまうと、言葉と同じくらいに、いやそればかりか言葉以上に（というのも、私は間違っているとは思わないからだ、確かに原則としては、如才なさの最も基本的な規則に違反することになってしまうので、誤っているかもしれない可能性を否定すべきではないのだが）、乾いた掌の中手骨《ちゅうしゅこつ》(17)と頑丈な腕の関節を動かす激情によって引き起こされた致命的な結果を隠しきれないであろう――を守るほうを選ぶのでなければ、また、よしんば公平な観察者や経験豊かな道徳家の観点には立たないとしても（多かれ少なかれ欺瞞的なこの留保を、少なくとも全面的には自分が認めていないということを私が知ることは、かなり重要であると言っていい）、この点に関する疑念は、根を広げるだけの力はもつまいし――というのも、今のところそれが超自然的な力の手中にあるとは思われないので――、栄養を供給し有害物質は含まないという二条件を同時に満たす樹液がない以上、たぶんすぐにではないにせよ、いずれは必ず消滅することだろう。おわかりの通り――そうでなければ私の文章を読まないでいただきたい――私は自分の意見の控えめな性質を登場させているだけなのだ。とはいえ、異論の余地のないもろもろの権利を放棄するなんて、とんでもない！　確かに私の意図は、理解し合うにはもっと簡単な方法があるという、確実さの基準が輝いているあの主張に異を唱えることではない。その方法をほんの二言三言で、ただし千語以上にも値する二言三言で言い表すならば、議論しないことにあると言えよう。一般大衆が普通思いたがっている以上に、それを実行に移すのはむずかしい。議論するというのは文法的な言葉であり、多くの人々は、山のような証拠書類がなければ私が今しがた紙面に書きつけたことに反論してはならないと思われることだろう。だが、もし自分自身の本能がその稀な明敏さを慎重さのために用いることが許されるなら、法螺話すれすれの岸辺に沿った大胆さで判断を下すにあたって事態は顕著に異なり、それらの判断は、請け合ってもいいが、違って見えることだろう。このちょっとした余談、それはどうしようもなく嘆かわしいと同時に、致命的なまでに興味津々の軽率さによって、表面にまといつく不純物をみずから脱ぎ捨てたのだったが（最新の記憶によく耳を傾けてみれば、誰にでも必ずそのことは確かめられるはずだ）、この余談にきりをつけるには、以下のようにするのがいい、もし完全にバランスのとれた諸能力をもっているなら、あるいはこう言ったほうがよければ、理性の高貴にして立派な諸属性が載っている台皿よりも愚かさの天秤のほうがそれほど重くないのなら、ということはつまり、もっとはっきり言えば(というのも、これまでのところ私は簡潔そのものだったのだ、文章が長いせいでそれを認めない人々もいくらかはいるだろうが、その長さは想像上のものにすぎない、なにしろ姿を見せてはすぐに消えてしまう真実を分析のメスで狩りたて、最後の砦まで追い詰めるという目的を、ちゃんと果たしているのだから)、習慣と自然と教育がさまざまな欠点の重みの下に知性を部分的に押しつぶしてしまったにしても、もし知性がそれらの欠点にじゅうぶん優越しているのなら、以下のようにするのがいい、と繰り返すのはこれが二度目にして最後だ、というのも繰り返しすぎるともはや理解されなくなってしまうからで、たいていの場合それは間違っていないのだが、つまり尻尾を垂らして(もっとも私に尻尾があるというのが本当ならの話だが)、この章節の中でセメント漬けになっていた劇的な主題に立ち戻るのがいい。仕事の続きにとりかかる前に、水を一杯飲んでおくのは効果がある。私としては、飲まずに済ませるより、二杯飲むほうがいい。たとえば、森を横切って逃亡した黒人奴隷[18]を追いかけるとき、合意が得られた時点で、追跡隊の隊員たちはそれぞれ銃を蔓にぶら下げ、茂みの陰に寄り集まって渇きを癒し、飢えを満たす。だが、休憩はほんの束の間でしかなく、追跡はふたたび熱心に続けられ、まもなく合図の呼び声が響き渡るのだ。そして酸素が、別にそれが自慢というわけではないのだが、まだ数箇所に火が残っているマッチをもう一度燃えあがらせるという特性をもっていることでそれと認知されるのと同様、私が熱心にもとの問題に立ち戻ろうとしているのを見れば、義務が遂行されていることは認めていただけよう。雌どもは、鞭を握っていられなくなり、疲労のあまり手から落としてしまうと、二時間近くも続けていた体操の作業に賢明にも終止符を打ち、立ち去って行ったが、その嬉しそうな様子には、いずれまた戻ってくるぞという脅しがちゃんと含まれていた。私は、凍りついたような眼で助けを求めている者のほうへ向かうと（というのも、彼はおびただしい失血量で衰弱のあまり口がきけず、医者ではないが私の所見によれば、出血は顔面と下腹部にはっきり認められた）、両腕のいましめを解いてから、鋏で髪の毛を切ってやった。彼の話によれば、ある晩、母親が彼を部屋に呼び、服を脱いで自分とベッドで一夜を共にするよう命じたという。そして何の返事も聞かないうちに、母なる存在は彼の眼前で一糸まとわぬ裸になり、この上なくみだらな動作をあれこれ絡み合わせてみせたというのだ。そこで彼は、部屋から退いた。しかも、ずっと拒否しつづけたせいで、妻の怒りまで買ってしまった。妻は、夫が老女の肉欲に体をゆだねるよううまく仕向けられれば何か褒美がもらえるのではないかと、淡い期待を抱いていたのだ。彼女たちは共謀して、訪れる者とてないどこかの場所にあらかじめ準備しておいた絞首台に男を吊り下げ、彼があらゆる苦痛とあらゆる危険にさらされて、少しずつじわじわと死んでいくのにまかせようと決心した。彼女たちが結局この手のこんだ刑罰を選ぶに至ったのは、ほとんど克服しがたい困難に満ちた入念な熟考をあれこれ重ねた上でのことで、私が介入して予期せぬ救助をもたらしたおかげではじめて、刑期は終了を迎えたのだった。この上なく熱烈な感謝のしるしが表情のひとつひとつを引き立てていて、彼の打ち明け話に少なからぬ価値を与えていた。私は男を、いちばん近い藁葺き農家に運んだ。気絶してしまったからだ。百姓たちに怪我人の世話をするよう頼んで財布を渡し、この不幸な男にたいして自分の息子のように根気強い同情のしるしを惜しみなく与えるよう約束させるまで、彼らのもとを辞去しなかった。今度は私が事の次第を彼らに語って聞かせ、それから戸口に歩み寄ってふたたび小径に足を踏み出した。ところが百メートルばかり行ったところで、機械的に取って返し、もう一度農家に入ると、その素朴な持主たちに向かってこう叫んだ。「いや、いや……私が驚いているなんて思わないでくれよ！」今度こそ、私は立ち去ってもう戻らなかった。だが、足の裏がしっかり地につかない。他人は気づかなかっただろうが！　狼は、ある春の日にひとりの妻とひとりの母親が手に手を絡めて立てた絞首台の下を、もう二度と通らない。眩惑された自分の想像力に、幻の食事へと向かう道をとらせたときのようにしては。風に揺られるこの黒髪を地平線に見ると、狼はみずからの慣性力を奮い起こそうとはせず、比類のない速さで逃げ出していく！　この心理現象のうちには、哺乳類の通常の本能にもまさる知性を見るべきだろうか？　何も確認せず、何も予見することさえなしに、どうやらこの動物は、罪とは何であるかを理解したらしい！　どうしてそれを理解しないはずがあろう、(19)人間たち自身が、言葉では表せないまでに理性の帝国を放棄し、王位を追われたこの女王の代わりに、凶暴な復讐だけを存続させているのであってみれば！

〔4〕

私は汚い。虱たちが私を齧る。豚どもは私を見るとゲロを吐く。レプラのかさぶたと痂皮《かひ》が皮膚を鱗状に覆っていて、黄ばんだ膿だらけだ。大河の水も雲の露も、私は知らない。首筋には堆肥の上みたいに、散形花序の花梗《かこう》(20)のついた巨大なキノコが生えている。不恰好な家具の上に座って、私はこの四世紀というもの手足を動かしていない。両足は地面に根を生やし、腹部のところまで醜悪な寄生植物でいっぱいの多年生の植生らしきものを形づくっており、それはまだ植物を派生させてはいないが、もはや人間の肉ではない。それでも、心臓は脈打っている。だが、もし私の屍体（あえて身体とは言わない）が腐敗してガスを発散し、それが心臓にたっぷり栄養を与えていなかったら、どうして脈打てよう？　左の腋の下にはヒキガエルの家族が居を定めていて、その一匹が動くとくすぐったい。そこから一匹飛び出して、あなたの耳の内側を口で引っかきに行ったりしないよう、気をつけたまえ。その後で脳味噌に入りこむかもしれないからな。右の腋の下には一匹のカメレオンがいて、飢え死にしないようヒキガエルどもを絶えず追い回している。誰しも生きなければならないのだ。だが、一方が完全に相手の策略を頓挫させたりすれば、両者はたがいに邪魔しないに越したことはないと考え、私の脇腹を覆っているデリケートな脂肪を吸う。もう慣れてしまったがね。一匹の凶悪な蝮が陰茎をむさぼり喰い、これに取って代わった。私を去勢しやがったのだ、こいつめは。おお！　麻痺した両腕で自分を守ることができていたらな。しかしどちらかといえば、腕は薪になってしまったみたいだ[21]。いずれにせよ、確認しておくことが肝心だが、血はもはやその赤い色をそこにめぐらせには来ない。成長を止めた二匹のハリネズミが、私の睾丸の中身を犬に投げてやり、犬もそれを拒まなかった。表皮のほうはといえば、念入りに洗って、ハリネズミどもが中に住みついた。肛門は一匹の蟹に塞がれている。私が身動きできないのをいいことに鋏で入口を守っているのだが、ひどい痛さだ！　二匹のクラゲが、さっそく期待を抱いて海を渡ってきたが、それは裏切られなかった。やつらは人間の臀部を形づくっている二つの尻たぶを注意深く見つめると、凸形に盛り上がった美しい曲線にしがみつき、一定の圧力を加えつづけてぎゅっと押しつぶしたので、二つの肉塊は消滅する一方、色も、形も、残忍さも対等の、粘液の王国から出てきた二匹の化け物が後に残った[22]。私の脊柱のことは話題にしないでくれ、一本の剣なのだから。わかった、わかった……気がつかなかったよ……あなたの要求はもっともだ。どうしてそいつが私の腰に垂直に植えこまれているのか知りたいんだね？　私自身、あまりはっきりは覚えていない。それでも、たぶん夢にすぎないものを記憶と思いこむ決心をするなら、事情は以下の通り。私が〈創造主〉に打ち勝つまでは病気と不動性とともに生きようと誓ったのを知ったとき、人間が私の背後から爪先立ちで近づいてきた。ただしそれほど忍び足でもなかったので、音は聞こえたがね。その後、何も感じられなくなったが、ほんの一瞬のことで、長くは続かなかった。この鋭い短刀は、祭儀用の雄牛の両肩のあいだに柄のところまでずぶりと突き刺さり、雄牛の骨格は地震のように激しく震えた。刀身が体にぴったりくっついてしまったので、今日まで誰も抜き取れなかったというわけさ。闘技士、機械工、哲学者、医師などが、入れ替わり立ち代わり色々な手段をあれこれ試してみた。人間がなした悪はもはや取り返しがつかないということを、連中は知らなかったのだ！　私は彼らの生まれもった無知の深さを許してやり、まぶたを動かして挨拶してやった。旅人よ、私の近くを通るときは、頼むからいっさい慰めの言葉などかけないでくれ。勇気がくじけてしまうから。みずから望んだ殉教の炎で、不屈の心をもう一度かきたてさせてくれ。立ち去るんだ……。おまえに憐憫の情などこれっぽっちも催させたくない。憎悪というのは、おまえが思っている以上に奇妙なものだ。その振舞いは、水に差しこんだ棒が折れて見えるのと同じように、説明がつかない。おまえが見ているままの状態で、私は今なお殺人者軍団の先頭に立って天の城壁まで遠征しては、舞い戻ってこの姿勢をとり、あらためて復讐という高貴な計画について思いをめぐらせることもできる。さらばだ、これ以上は引き止めまい。そして物事を学び身を守るために、おそらくは善良に生まれたこの私を反抗へと導いた宿命的な境遇のことを考えてみたまえ！ 自分の見たことを、息子に語って聞かせるがいい。そして彼の手を取り、星々の美しさや宇宙の驚異を、駒鳥の巣や〈主〉の寺院の数々を、じっくり嘆賞させてやるのだ。息子が父親の助言にこれほど素直に従うのを見ておまえは驚き、ご褒美に微笑みを返してやることだろう。だが、自分が見られていないとわかったときの彼に眼を向けてみるがいい。美徳に唾を吐きかけるのが見られることだろう。彼はおまえをだましたのだ、人類の末裔であるこいつは。だが、もうおまえをだますことはない。彼が将来どうなるか、今ではおまえもわかっているだろうから。おお不幸な父親よ、老年の歩みの道連れに、早熟な犯罪者の首をはねてくれるあの不滅の死刑台と、墓につながる道をおまえに示してくれる苦痛とを準備するがいい。

〔5〕

私の部屋の壁に、いったい何の亡霊が、こわばったシルエットの夢幻的な影像を比類のない力強さで描き出しているのか？ この妄想めいた無言の問いを心に抱くとき、文体がこんなふうに控え目になってしまうのは、形式の威厳を保つためというよりも、現実の光景を描くためだ。おまえが誰であれ、身を守るがいい。私はこれから、恐るべき告発の投石器をおまえに向けるからな。その眼はおまえのものじゃない……どこで取ってきた？　ある日私は、金髪の女が前を通りかかるのを見たが、おまえのと同じような眼をしていたぞ。彼女から抉り取ったんだな。おまえが自分の美しさを信じさせたがっているのはわかる。しかし誰もだまされたりするものか、ましてやこの私は。おまえに馬鹿者だなどと思われないように、そう言っておく。他者の肉の愛好者であり、追跡の有効性の擁護者である、アーカンサス州のパノッコの葉を摘む骸骨たちのように美しい[23]猛禽類の一群が一列になって、従順な公認の召使のようにおまえの額のまわりを飛び回っている。だが、それは額なのかね？　そう信じるのには大いに躊躇を覚えてしまうな。あんまり低い額なので、そのはっきりしない存在を示す証拠は数えあげてもきわめて少なく、確かめることができないのだ。別にふざけてこんなことを言っているんじゃないぞ。たぶんおまえには額がないんだろう、壁の上に、幻想的な舞踊を映し出す不鮮明な象徴として、熱に浮かされたようにふらふら揺れる腰椎の動きをさまよわせているおまえには。いったい誰がおまえの頭の皮を剥いだ？　もしそれが人間であって、おまえが二十年のあいだ牢獄に閉じこめたために、逃げ出して仕返しにふさわしい復讐をもくろんでいたのだとすれば、そいつはすべきことをしたわけだから、喝采を贈ろう。ただ、ひとつだけ言うなら、厳しさが足りなかったが。今やおまえは囚われのアメリカインディアン(24)さながらだ、少なくとも（あらかじめ注意しておこう）頭髪のあからさまな欠如を見れば。髪が二度と生えないというわけじゃない、なにしろ生理学者たちの発見によれば、動物にあっては脳を取り去ってもいずれは再生するのだから。けれども私の思考は、単純な事実確認にとどまっていて、わずかに見て取れる限りではそこにも並外れた快楽がないわけではないのだが、たとえ最も大胆な筋道をたどったとしても、おまえの治癒を願うというぎりぎりのところまでは達さず、それどころか、きわめて疑わしい中立性とやらを働かせることで、おまえにとっては頭を覆う皮膚の一時的な喪失でしかありえないものを、より大きな種々の不幸の予兆とみなす（あるいは少なくともそう願う）根拠を依然としてもっているのだ。私の言うことがわかってもらえただろうね。そしてさらに、もしおまえが偶然にも、馬鹿げているが時として理屈の通らない奇跡によって、敵が勝利の陶然たる思い出として細心の警戒心からとっておいたこの貴重な皮膚を見つけられたなら、以下のことは大いにありうる話なのだが、たとえ数学的見地からしか確率の法則を学んでいなかったとしても（ところで、周知の通りこの法則は、類推によって知性の他の分野にたやすく移し変えて応用できる）、頭の一部分または全体が冷えてしまうのではないかという、もっともではあるがいささか大げさな心配をおまえが抱いている以上、特に冬のあいだは、生まれつきのものなのだから当然おまえの所有物であるかぶり物によって脳のさまざまな部分を大気との接触から守るという、唐突ではあるがきわめて好都合なタイミングで差し出されるであろう重要な、唯一と言ってもいい機会を拒否したりしないであろうし、その上（おまえがこれを否定するとしたらとうてい理解しがたいが）このかぶり物を頭の上にいつも載せていたとしても、基本的な礼儀の最も単純な規則に違反するという、常に不愉快な危険を冒す恐れはないであろう。おまえはちゃんと、私の言うことに注意深く耳を傾けているな？　これ以上耳を傾けているると、おまえの悲しみは赤い鼻孔の内部からけっして剝がれ落ちはしないぞ。だが、私は非常に公平だし、本来そうすべきほどにはおまえのことを嫌っていないので（もし間違っていたら言ってくれたまえ）、おまえは何か上位の力に突き動かされたように、心ならずも私の話に耳を貸してしまうのだ。私はおまえほど邪悪ではない。だからこそ、おまえの天分は私の天分を前にしておのずと頭を垂れるのだ……。そうとも、私はおまえほど邪悪ではない！　おまえはさっき、あの山の中腹に建設された都市に一瞥を投げかけたな。そして今、何が見える？……住民が全員、死んでしまったぞ！　私にも人並みに自尊心はあるが、たぶんこれ以上自尊心をもてば、またひとつ悪徳が増えてしまう。さあ、聞くがいい……聞くがいい、アフリカ大陸沿岸の海底潮流の中、半世紀のあいだ鮫の姿で生きてきた記憶をもつひとりの男の告白が、おまえの関心に強く訴えて、つらい気持ちでとは言わないが、少なくとも私が催させる嫌悪の念をあらわにするという取り返しのつかない過ちは犯すことなく、その言葉に注意を傾けてみようと思うならば。

私はおまえの足もとに美徳の仮面を投げ捨てて、あるがままの自分をその眼にさらしたりはするまい。そんな仮面など一度もつけたことはないのだから（もっとも、これが言い訳になればの話だが）。そして、そもそもの最初から私の顔立ちに注意深く目を注いでいれば、私が背徳に関してはおまえを崇敬する弟子であって、恐るべきライヴァルなどではないことがわかるだろう。この私が悪の栄冠をおまえと競わないのだから、ほかの誰かがそうするとは思えない。その前に私と肩を並べなければなるまいし、それは容易なことではないからな……。聞くがいい、おまえが霧のうっすらした凝集でないならば（おまえは体をどこかに隠していて、私はそれに出会えない）。ある朝、薔薇色の睡蓮の花を摘もうとして湖に屈みこんでいる少女を私は見たが、彼女は幼くして経験豊かに、足場をしっかり固めていた。水面に屈みこんだそのとき、その眼が私の視線と出会った（じっさい、私の方はそうたくらんでいなかったわけではない）。と思うと、少女は岩の周りで潮の流れが生み出す渦巻のようによろめき、両脚ががっくり折れて、見ていて驚嘆したことに、私がおまえと話しているのと同じくらいの真実性でこの現象は生じたのだが、湖の底まで落下してしまったのだ。その奇妙な結果として、彼女はもはや睡蓮をいっさい摘まない。水底でいったい何をしているのだろう？……調べてみたこともない。おそらく彼女の意志は、解放の旗の下に馳せ参じて、腐敗にたいして熾烈な闘争を挑んでいるにちがいない！　だがおまえ、おお、わが師匠よ、おまえの視線の下で、都市という都市の住民たちは一気に滅ぼされてしまうのだ、まるで象の踵に踏みつぶされる蟻塚のように。それを証明する例を、私はたった今目撃したのではなかったか？見よ……山はもはや楽しげではない……老人のように孤立している。なるほど、家々は存在している。しかし、小声でこう断言しても別に逆説にはならないはずだが、おまえには、そこにもはや存在しない連中についても同じことを言うことはできない。すでに、屍骸から発散する死臭が私のところまで漂っている。匂わないか？　あの猛禽どもを見るがいい、この盛大な食事にとりかかろうと、われわれが遠ざかるのを待っているぞ。地平線の四方から、切れ目のない雲となって押し寄せてくる。なんてことだ！　やつらはもう来ている、だって見えたのだ、その貪欲な羽が、早く罪を犯せとせきたてるかのように、おまえの上に螺旋のモニュメントを描いているのが。おまえの嗅覚はいったい、全然臭気を感じないのか？　それこそまさにペテン師だ……。おまえの嗅覚神経は、ついに芳香の粒子を知覚して揺さぶられているな。それは滅亡した都市からたちのぼってくるのだ、わざわざ教えてやるまでもないが……。おまえの両足を抱いてやりたいが、私の腕は透明なもやをかき抱くばかり。あの見つからない体を探そう、私の眼には見えるのだから。そいつは私から数えきれないほどの真剣な賛嘆のしるしを受けるに値する。亡霊は私をからかっているな。自分の体を探す手伝いをするじゃないか。その場でじっとしているよう合図すると、そら、やつも同じ合図を返してよこす……。秘密はわかったぞ。しかしそれは、率直に言って、あまり満足すべきものじゃない。すべては明らかになった、大から小まで、あらゆる細部が。これらの細部は、たとえば金髪女の両眼を抉り取ったことのように、ことさら心に思い起こすほどのことじゃない。そんなことはほとんど無に等しいのだ！……いったい私は、自分もまた頭の皮を剝がれたことを思い出していたのじゃなかったか？　もっとも、私のような存在には与えられるべきでない友情を正当にも拒んだからという理由で、ひとりの人間を牢獄に閉じこめ、そいつが苦しむ様子を眺めていたのは、たった五年間（正確な年数は忘れてしまった）のことにすぎなかったのだが。私は、自分の視線が宇宙を回る惑星の数々にも死をもたらしうることを知らぬふりをしているので、私には想起する能力がないと主張するやつがいても、そいつは間違っていることにはなるまい。あとすべきことは、石を使ってこの鏡を粉々に打ち砕くことだ……。記憶の一時的な喪失という悪夢が私の想像力に居を定めるのはこれがはじめてではない、曲げることのできない視覚法則によって、自分自身の像を見間違えるという事態に直面するようなときには！

〔6〕

私は断崖の上で眠りこんでいた。一日じゅう砂漠を横切って駝鳥を追いかけながらも、ついに追いつけなかった者は、食物を口にしたり眼を閉じたりする暇がなかった。私の文章を読んでいるのがその人物なら、どんな眠気が私の上にのしかかっているか、辛うじて推察できよう。だが、嵐がその掌で一艘の船を垂直に海底まで押しやったあげく、筏の上にはもはや全乗組員のうちただひとり、疲労に打ちひしがれ無一物となった男しか残っていないのであれば、また波がその男を、人間の一生よりも長いあいだ漂流物のように揺り動かしているのであれば、そして一隻のフリゲート艦[25]が、やがてひびの入った船底でこの災厄の海域に航跡を描いて通りかかり、痩せ細った骸骨を大海にさまよわせているこの不幸な男を見かけて、もう少しで手遅れになるところだった救助の手をさしのべたとしたならば、この遭難者は、私の五感のまどろみがどれほどの段階にまで達していたかをもっとよく推察できるだろう。動物磁気とクロロフォルムは、その手間さえかければ、時としてこうした嗜眠性の硬直状態を同じように生み出すことができる。この状態は、死とは似ても似つかない。似ているなどと言えば大嘘になるだろう。しかしただちに夢のことに移るとしよう、こらえ性のない連中が、この種の話が読みたくてじりじりするあまり、妊娠した雌をめぐってたがいに喧嘩する巨頭マッコウクジラの群のように吠えはじめるといけないからな。私はこんな夢を見ていた。豚の体内に入りこんで[26]、そこからなかなか抜け出せずに、一面泥だらけの沼地で毛皮のまま転がっていたのだ。ご褒美みたいなものだったのか？　願いかなって、私はもはや人類には属していなかった！　私としてはこんなふうに解釈し、この上なく深い喜びを覚えたものだ。もっとも、どんな美徳の行為をなしたおかげで〈摂理〉の側からこうした格別の好意を受けることになったのか、あれこれ詮索してはみた。花崗岩の腹に押しつけられて恐ろしいほど平らにつぶれていた時間、そのあいだ潮汐は私の気づかぬうちに、死んだ物質と生きた肉からなる還元不能な混合物の上に二度押し寄せたのだったが、そんな時間のさまざまな段階を記憶の中で反芻してみた今、この転落はまず間違いなく神の正義によって私にもたらされた罰でしかなかったと言明することは、おそらく無駄ではあるまい。だが、自分の内的欲求や腐臭を放つ歓喜の因って来《きた》るところを、いったい誰が知ろう？変身はこれまで私の眼に、長いあいだ待ち望んでいた完全な幸福の高らかで大らかな反響としてしか現れたことはなかった。ついに訪れたのだ、私が豚になるその日が！樹皮を嚙んで、歯を試してみた。鼻面を、うっとり眺めてもみた。神性のひとかけらも残ってはいない。私は自分の魂を、このえもいわれぬ悦楽の極度の高みにまで押し上げることができたのだ。さあ私の言うことを聞いてくれ、そして赤面するんじゃない、美の汲めど尽きせぬカリカチュアどもよ、君たちはこの上もなく軽蔑すべき自分の魂の滑稽なわめき声を真に受けていて、〈全能者〉がなぜ、めったに見せない見事な道化ぶりをある瞬間に発揮して——もっともそれは間違いなく、グロテスクなものの大きな一般法則を越えてはいないのだが——、ある日ひとつの惑星に、人類と呼ばれる、真紅の珊瑚に似た材質の奇妙で微小な存在たちを住まわせるという夢のような楽しみを実行したのか、理解していない。確かに君たちには骨や脂肪まで赤くなるだけの理由があるが、しかし聞いてくれ。君たちの知性に訴えているのではない。そいつは君たちに嫌悪感を示しているので、君たちはそのせいで知性に血を吐き出させたりもしかねまい。そいつのことは忘れるんだ、そして自分自身で一貫した筋を通したまえ……。そら、もう遠慮はいらない。私は、殺したいときに殺したものだ。それもしょっちゅうのことで、誰も私を止められなかった。私としては、いとも平然と見捨ててしまったこの種族を攻撃してなどいなかったのだが、それでも人間の法律は、復讐しようとなおも追いかけてきた。ただし私の良心は、何の非難もしなかったがね。一日じゅう、私は新たな同類者たちと闘い、地面には数えきれない凝固した血の層があちこちに散らばった。私のほうが強者で、あらゆる勝利を勝ち取った。ひりひりする傷が体じゅうにできたが、気づかないふりをしていた。地上の動物たちは遠ざかり、私はたったひとり、輝かしい栄光のうちにとどまっていた。自分の猛威で住民が姿を消してしまった地域を離れ、ほかの地方に足を伸ばしてそこに殺人と殺戮の習慣を植え付けようと、大河を泳いで渡った後で、この花咲く岸辺に歩を進めようとしたとき、私の驚きはいかばかりだったか。両足が麻痺してしまったのだ。この強いられた不動性という事実は、いかなる動きによってもくつがえされなかった。なおも進もうとして途方もない努力をしている最中、そのときまさに私は目覚め、自分が人間に戻ったのを感じた。〈摂理〉はこうして、たとえ夢の中であっても、私の崇高な計画が達成されることはお望みでないということを、納得のいく仕方で私に理解させたのだ。最初の姿に戻ることは私にとって大変な苦痛だったので、それからは来る夜も来る夜も泣き暮らしている。シーツはいつも水に浸したみたいに濡れていて、毎日替えさせている。信じられなければ、会いに来たまえ。自分自身の身をもって、私の主張が真実らしいかどうかではなく、まさに真実そのものであるかどうかを確かめてみるがいい。満天の星の下、断崖の上で過ごしたあの夜以来、私はいったい幾たび豚の群に紛れこみ、損なわれた変身をひとつの権利として取り戻そうとしたことか！　あれらの輝かしい思い出に別れを告げる時が来た。それらがひとしきり過ぎた後には、永遠の悔恨の青白い銀河しか残りはしない。

〔7〕

自然法則の潜在的または顕在的運行における異常な逸脱の目撃者になることは、ありえないことではない。じっさい、もし各人が自分の人生のさまざまな段階を念入りに吟味してみるという労をとったなら（ただのひとつも忘れずにだ、なぜならその一段階こそが、私が主張していることの証拠を提供するはずだったかもしれないのだから）、ほかの場合だったら滑稽になりかねないある種の驚きなしには、以下のことを思い出さないだろう。つまり、まず第一に客観的な事柄について話すなら、ある日、観察と実験によってもたらされる既知の諸概念を越えるように思われ実際に越えてもいる何らかの現象、たとえばヒキガエルの雨(27)といった、その魔法のような光景が最初は学者たちに理解されなかったにちがいない現象を、自分が目撃したということ。そして二番目にして最後に主観的な事柄について話すなら、別のある日、自分の魂が、心理学の探るようなまなざしの前に、理性の錯乱とまでは言わないが（もっとも、それもやはり興味深いことに変わりはあるまいし、それどころか、もっと興味深いかもしれないのだが）、少なくとも、私の大仰な物言いが生み出す明白な愚作をけっして許してはくれないであろう冷静な一部の人々にたいして難解ぶらない言い方をするならば、異例の状態、多くの場合は非常に深刻な状態を提示したということ――その状態が示しているのは、良識によって想像力に与えられた限界は時として、これら二つの力のあいだで交わされた束の間の契約にもかかわらず、意志の強烈な圧力によって不幸にも踏み越えられてしまうが、しかしまた大半の場合、意志の実効的な協力の不在によっても踏み越えられてしまうということである。いくつかの例を証拠として挙げよう。それらが当を得たものであることを見て取るのはむずかしくない。もっとも、注意深い節度を伴侶としてもてばの話だが。二つ提示しておく。怒りの熱狂と、傲慢の病だ。私を読んでいる者に警告しておくが、文章の展開があまりに速すぎるからといって、私が摘み取っている文学の美の数々について曖昧な、ましてや誤った観念を抱かないよう注意していただきたい。ああ！　私だって自分の推論や比較をじっくりと、大いなる壮麗さで繰り広げたいものだ（しかし誰が自分の時間を自由に使えよう？）、以下の光景を目撃したときの私の、恐怖とは言わないまでも、激しい驚きを、誰もがもっと理解できるように。ある夏の夕べのこと、太陽が水平線に沈むかに見えたとき、私は見た、四肢の先端にアヒルの大きな水かきをもち、イルカの鰭と比べても同じくらい長くて尖った背鰭をつけた筋骨たくましいひとりの人間が、海面を泳いでいるのを。その後にはおびただしい魚群が、最大級の賛嘆をこれ見よがしに示しながら付き従っていた（このお供の行列には、数ある海の住民の中でも、シビレエイ、グリーンランド・アナルナック[28]、オニカサゴ[29]などの姿が認められた）。この人間は時々潜ったかと思うと、ほとんど瞬時のうちに、二百メートル先にその粘液質の体をまた現すのだった。ネズミイルカ[30]は、私見ではみごとな泳ぎ手としての評判にたがわぬ連中だが、それでもこの新種の両棲人間[31]には遠くからついていくのがやっとだった。読者が私の話に、愚かな軽信という有害な障害物ではなく、深い信頼というこの上ないサービスを提供したとしても、けっして後悔することはあるまい。この信頼心はもろもろの詩的神秘について、ひそかな共感を抱きながらもしかるべき手続きに従って検討するわけだが、詩的神秘とは読者自身の意見によるとたいへん稀少なもので、機会があればそのつど、それを彼に明かしてやるのが私の役目なのだ。ちょうど今日、湧き起こった北風が、游禽類の種族の明確な特徴を自己所有化した一匹の化け物を宿していることの章節内に運びこむ、あの水生植物の刺激性の匂いにどっぷり浸されて、そんな機会が思いがけず訪れたように。誰だ、自己所有化《アプロプリアシオン》なんて言葉をここで口にするのは？よく承知しておいてもらいたいのだが、人間というのはその多様で複雑な本性からして、みずからの限界をさらに拡大するすべを心得ていないわけではない。水中では、タツノオトシゴのように生きる。大気の上層部を横切るときは、オジロワシのように。そして地下ではモグラやワラジムシ、崇高なる蛆虫のように。私が心中に生み出そうと努力していた非常に元気づけられる慰めの正確な根拠は、多かれ少なかれ（少なかれというよりは、多かれの方だが）簡潔な形で示せば以上の通りだが、そのとき私が思っていたのは、最高の鵜でもかつて見せたことがないほどのみごとさで、四肢を駆使して遥か遠くの波の表面を泳いでいるのを私が目にしたあの人間は、おそらく両腕両脚の先端の新たな変化を、もっぱら何か知られざる罪を贖う懲罰として受け取ったのだろうということだった。しかしわざわざ頭を悩ませて、憐れみという憂鬱な丸薬をあらかじめ作っておくには及ばなかった。というのも、両腕が苦い波を交互に叩き、いっぽう両脚はイッカク(32)の螺旋状の牙がもつ力に匹敵する力強さで水の層を後方に押しやっているあの人間が、この異常な形態をみずから進んで自己所有化したわけでもなければ、刑罰として押し付けられたわけでもないということを、私は知らなかったのだから。後で知ったところによれば、真実は単純にも以下の通り。この流動物質内での生活が長く続いたために、石ころだらけの諸大陸から自分で亡命してきたこの人間の内に、重要な、しかし本質的ではない変化がほんの少しずつもたらされたのであり、私が見て取ったのもそうした変化なのだが、視線がかなり混乱していたせいで、そいつが姿を現した最初の瞬間から(あきれ果てた軽率さによって——その常軌を逸したひどさはまことに慙愧に耐えないが、心理学者たちや慎重さを愛する人々ならこのつらい気持ちを容易にわかってくれるだろう)、この物体はてっきり、まだ博物学者の分類には記載されていないが、おそらく彼らの死後に残された著作には載っているかもしれない——もっとも私は、あまりにも不確実な条件のもとに想像された後者のような仮定に荷担しようなどという、容認できる野心はもちあわせていなかったが——奇妙な形をした魚だと思いこんでしまったというわけだ。じっさいこの両棲人間は(なにしろ両棲人間なるものは確かにいるのであって、いないと主張することはできないのだから)、魚類や鯨類を別にすれば、私の眼にしか見えなかった。なぜなら、私は気づいたのだが、数人の農夫が立ち止まって、この超自然現象にうろたえている私の顔をじっと見つめ、自分たちにはあらゆる種類の魚から成る目算可能な一定量の魚群しか見分けられない海のある一点に、どうして私の眼が不屈にも思える根気強さで——実際には不屈でもなかったのだが——ずっと釘付けになっているのか理解しようとむなしく努力しながら、その巨大な口を、たぶん鯨と同じくらい大きく開けていたのである。「あいつを見るとわしらはくすっと笑っちまうが、おまえさんみたいに青ざめたりはせんぞ」と、彼らは風変わりな御国言葉で言った。「それにわしらだって馬鹿じゃないからな、おまえさんが、魚どもがのんびり動き回っておる様子を見ておるわけじゃなくて、もっとずっと前の方に目を向けておることくらい、ちゃんと気づいておるわい」。そんなわけで、私はといえば、目を見張るほど大開きになったこれらの力強い口のほうへ機械的に視線を向けながら、心中ひそかにこう思っていた。山のように大きな、あるいは少なくとも岬のように大きなペリカン（一歩たりとも譲らぬこの留保表現の巧緻さを、どうか嘆賞していただきたい）を全宇宙の中から見つけだしてでもこない限り、どんな猛禽のくちばしも、どんな野獣の下顎も、これらのぽっかり開いた、しかしあまりにも沈痛な噴火口のひとつひとつを凌駕することはおろか、これに匹敵することさえけっしてかなわぬであろうと。とはいえ、隠喩の好ましい使用法はまだ相当量たくわえてあるものの（この修辞法は、先入観や誤った考え——要するに同じことだが——に浸されている連中が普通思い描こうとしている以上に、無限を志向する人間の憧憬にとっては遥かにずっと役に立つ）、これらの農夫の滑稽な口が、今なお三頭のマッコウクジラを呑みこめるほど大きく開いたままであるということは、やはり本当なのだ。もっとわれわれの思考を短縮しよう、まじめになって、生まれたばかりの三頭の仔象で我慢しておこうじゃないか。たったひとかきで、両棲人間は一キロメートルもの泡立つ航跡を残していった。前方に伸ばした腕が空中に浮いたまま、ふたたび水中に沈むまでのほんのわずかな瞬間、水かき状の皮膚の襞でつながれている大きく広げた指は、あたかも空の高みに向かってすっと伸び、星をつかむかに見えた。岩の上に立ち、両手をメガホン代わりに使って、私は大声で叫んだが、そのあいだに蟹やザリガニたちは、最も目立たない岩の割れ目の暗がりへと逃げていくのだった。「おおい君、その泳ぎっぷりは軍艦鳥(33)の長い翼の飛翔にもまさっているが、人類が自分の内なる思いをありのままに語ろうとして力いっぱい投げかけている大きなわめき声の意味がまだ理解できるなら、どうかその素速い前進をしばし止めて、君の真実の物語がどんな具合に展開してきたのか、ざっと聞かせてくれないか。ただし言っておくが、もし君が大胆にも友情と尊敬を私の内に生み出してやろうともくろんでいるのなら、声をかけるには及ばないぞ。君が鮫の優雅さと力強さで困難な一直線の巡礼を達成するのをはじめて目にしたとき、すでに私は君への友情と尊敬を感じたのだから」。ため息がひとつ、私の骨を凍らせ、足の裏を載せていた岩をぐらつかせて（こんな絶望の叫びを耳に運んできた音波の荒々しい侵入によって、私自身がぐらついたのでなかったらの話だが）、地の底まで響き渡り、魚たちは雪崩のように音をたてて、波の下に潜りこんだ。両棲人間はあえて岸辺にあまり近づこうとはしなかったが、自分の声がかなりはっきり私の鼓膜まで届くことを確認すると、水かきのついた手足の動きを弱め、とどろく波浪の上に海藻に覆われた上半身を出して支えるようにした。彼が額をかしげるのが見えた。あたかも厳粛な命令によって、さまよう記憶の一群を呼び出そうとするかのように。神聖なまでに考古学的なこの作業のあいだ、あえて彼の邪魔はしなかった。過去への思いに沈んだ彼は、暗礁に似ていた。彼はようやく、次のようなことを話しはじめた。「オオムカデは敵に事欠かない。数えきれないその脚の幻想的な美しさは、動物たちの好意を引きつけるどころか、たぶん彼らにとっては、妬ましい苛立ちを激しくかきたてるものでしかない。だからこの虫が強烈この上ない憎悪の的になっているとわかっても、驚きはしないだろう。ぼくがどこで生まれたかは言わずにおくよ、身の上話にとってはどうでもいいことだから。でも、家族に恥が降りかかるとしたら、ぼくの義務にとっては重要なことだ。父と母は（神よ、彼らを赦したまえ！）一年間待ったあげく、天に願いをかなえられた。兄とぼくの双子がこの世に現れたのだ。だからなおのこと、たがいに愛し合うはずだった。でもそうはならなかった。ぼくのほうが美しく、頭もよかったので、兄はぼくを憎み、その気持ちを隠そうともしなかった。それで、父も母も愛情の大半をぼくに注いだのだが、いっぽうぼくは真摯で変わることのない友愛をもって、同じ肉から生まれた者にたいして反発する権利をもっていない魂をなだめようと努力した。すると、兄はもはや怒りに歯止めがかけられず、まったくありそうにもない中傷をあれこれ吹きこんで、二人に共通の両親の心にあったぼくの信用をすっかり失墜させてしまったのだ。十五年間、ぼくは幼虫と泥水だけを糧に、牢屋で暮らしてきた。この長期にわたる不当な幽閉生活で味わってきた信じがたい苦しみについて、詳しくは語るまい。時折、日中のある時刻に、三人の拷問者のひとりが交替で、ペンチにやっとこ、その他いろいろな責め道具をかかえて突然入ってくるのだった。拷問を受けてぼくがしぼり出す叫び声を聞いても、やつらは平然としていた。大量の血が流れるのを見て、薄笑いを浮かべていた。おお、兄さん、ぼくはもう赦しているんだよ、ぼくのあらゆる苦痛の第一原因であるあなたを！　盲目的な激情も、最後にはみずからの眼を開くということは、ありえないものか！　永遠の牢獄の中で、ぼくはいろいろな省察をめぐらせた。人類にたいするぼくの全般的な憎悪がどれほどのものになったか、君ならわかるだろう。だんだん衰弱し、身も心も孤独にさいなまれてはいたけれど、まだ理性をすっかり失ってしまったわけではなく、いつも愛していた人々に怨恨を抱きつづけるところまでは行っていなかった。三重の桎梏に、ぼくはつながれていたんだ。策略を用いて、ぼくはようやく自由を取り戻した！　ぼくの同類者を名乗ってはいるが、これまで全然似ているとは思えなかった大陸の住民たち（もし自分たちに似ていると思うのだったら、どうして彼らはぼくを苦しめたりするのか？）に嫌気がさして、ぼくは砂利の浜辺に向かって走っていった。宿命として送った生涯のおぼろげな前世の記憶を海がもたらしてくれるものなら、みずから死を選ぼうと固く決意して。君は自分の眼が信じられるかい？　父の家から逃げ出したその日以来、ぼくは海とその水晶の洞窟[34]に住んでいることを、君が思うほど嘆いてはいないのだ。ごらんの通り、〈摂理〉が白鳥の器官を一部与えてくれたのでね。魚たちとは仲良く暮らしているよ。まるでぼくが君主であるみたいに、必要な食物はもってきてくれる。君さえいやでなかったら特別の合図を吹いてみようか、そうすれば連中がまた現れてくるのが見られるから」。彼が予言した通りのことが起こった。お供の家来たちに囲まれて、彼はまた王者らしく堂々と泳ぎはじめた。そして数秒後には完全に私の視界から消えてしまったが、望遠鏡を使うと、遥か水平線の果てにまだその姿を見分けることができた。彼は片手で泳ぎ、もう一方の手で眼を拭っていた。陸地に接近したせいで恐ろしい緊張に見舞われ、眼が充血していたのだ。私を喜ばせようとして、そうしてくれたのだった。私は切り立った断崖めがけて、見えないものを見せてくれる道具を投げ捨てた。それは岩から岩へ飛び跳ねて、散り散りになった破片は波に呑みこまれた。これこそが、高貴で不運な知性を前にして夢の中のように私が頭を垂れた、その最後の表明にして、至高の訣れの挨拶だったのだ！　とはいえ、この夏の夜に起こったことはすべて現実だったのである。

〔8〕

毎晩、(35)翼をいっぱいに広げて消滅寸前の記憶にひたしながら、私はファルメールの思い出を呼び起こしていた……毎晩。その金髪、卵形の顔、おごそかな表情は、まだ私の想像力に焼きついていた……消えることなく……特にその金髪が。あっちへやりたまえ、さあ、あっちへやりたまえ、亀の甲羅みたいにすべすべした髪の毛のないその頭を。彼は十四歳だった、そして私は一歳しか年上でなかった。この陰鬱な声には黙ってもらいたい。どうしてその声は私を告発しにくる？　だが、しゃべっているのは私自身だ。自分自身の舌を使って考えを述べながら、私は唇が動いていること、そしてしゃべっているのが私自身であることに気づく。そう、私自身なのだ、自分の青春の話を語りながら、悔恨が心にしみこむのを感じて……私自身なのだ、思い違いでなければ……しゃべっているのは私自身なのだ。私は一歳しか年上でなかった。いったい私がほのめかしているのは誰のことなのか？　それは過ぎ去った昔に私がもっていた友人だ、きっと。そう、そう、彼の名前はもう言った……もう一度あの六文字の綴り[36]を一字ずつ口にしたくはない、だめだ、だめだ。私が一歳しか年上でなかったと繰り返すことも、役には立たない。たぶんそうだろう？　それでも繰り返しておこう、ただし苦しげにつぶやきながら――私は一歳しか年上でなかった。たとえそうであっても、私の体力がまさっていることは、どちらかといえば私に身をゆだねた者が人生の険しい小径を通っていくのを支えてやる動機であって、自分より見るからに弱い存在を虐待する理由にはならなかった。ところで、じっさい彼は私より弱かったと思う……。たとえそうであっても。それは過ぎ去った昔に私がもっていた友人だ、きっと。私の体力がまさっていることは……毎晩……。

特にその金髪が。禿げあがった頭を見たことのある人間はひとりやふたりではない。老化、病気、苦痛（三つ一緒でも別々でも）が、この否定的な現象に満足のいく説明を与えてくれる。こんなところが、少なくとも、この現象について学者に尋ねたら返ってくるであろう答えだ。老化、病気、苦痛。しかし私は知らないわけではない（私も学者なのだ）、ある日、女の胸を刺そうとして短刀を振り上げた瞬間に彼が私の手を止めたので、私が鉄の腕で彼の髪の毛をつかみ、すさまじい速さでぶんぶん空中で振り回した結果、頭髪だけが手に残って、彼の体は遠心力で放り出され、樫の木の幹に激突したのだということを[37]……。私は知らないわけではない、ある日、彼の頭髪だけが手に残ったということを。私も学者なのだ。そう、そう、彼の名前はもう言った。私も知らないわけではない、ある日、自分が忌まわしい行為をなしとげ、彼の体が遠心力で放り出されたことを。彼は十四歳だった。私が精神異常の発作に襲われて、崇拝する聖遺物のように長いあいだ保存している血まみれの物を胸に押し付けながら、野原を横切って走るとき、私を追いかけてくる子供たちが……石を投げながら私を追いかけてくる子供たちや老女たちが、こんな痛ましいうめき声を洩らす。「あれはファルメールの髪の毛なんだよ」。あっちへやりたまえ、さあ、あっちへやりたまえ、亀の甲羅みたいにすべすべした髪の毛のないその頭を……。血まみれの物。だが、しゃべっているのは私自身だ。彼の卵形の顔、おごそかな表情。ところで、じっさい彼は私より弱かったと思う。老女たちと子供たち。ところで、じっさい……何を言おうとしていたんだっけ？……ところで、じっさい彼は私より弱かったと思う。鉄の腕で。あの衝撃、あの衝撃が彼を殺したのか？彼の骨は木にぶつかって折れてしまったのか……取り返しのつかないほど？　彼を殺したのか、闘技士の強い腕力が生み出したあの衝撃が？　彼は一命をとりとめたのか、骨が取り返しのつかないほど折れてしまったのに……取り返しのつかないほど？　あの衝撃が彼を殺したのか？　眼を閉じていたせいで目撃できなかったことを知るのがこわい。じっさい……。特にその金髪が。じっさい、それ以来容赦がなくなった良心を抱いて、私は遠くへ逃げる。彼は十四歳だった。それ以来容赦がなくなった良心を抱いて。毎晩。栄光を夢見るひとりの青年[38]が、とある六階の部屋で、真夜中の静まり返った時刻、仕事机に屈みこんで、何のものだかわからないかすかな物音を耳にすると、瞑想と埃まみれの原稿で重くなった頭を四方八方に回してみる。だが、何も見えない。いかなる手がかりも見つからず、ほんのかすかに聞こえるものの原因はわからない。それでも確かに聞こえるのだが。彼はようやく、蠟燭の煙が天井に向かってたちのぼり、部屋の空気を横切って、壁に打ちこんだ釘に引っ掛けられている一枚の紙片を、ほとんど感知できないほどかすかに震わせていることに気づく。とある六階の部屋で。栄光を夢見るひとりの青年が、何のものだかわからないかすかな物音を耳にするのと同じように、私は美しい調べの声が耳にささやきかけてくるのを聞く。「マルドロール！」だが、勘違いに気がつくまでは、彼は蚊の羽音が聞こえていると思っていたのだ……仕事机に屈みこんで。とはいえ、私は夢を見ているのではない。繻子のベッドに横たわっているからといって、それがどうした？　私は冷静に鋭い指摘をしておくが、今は薔薇色の頭巾をかぶって仮装舞踏会[39]に出かける時刻だというのに、私は眼を開けている。一度もない……おお！　そうとも、一度もない！……死のように陰鬱な声が、あれほどにも苦しげな優雅さで私の名前の音節を発音しながら、この天使のような響きを聞かせたことは！　蚊の羽音……。彼の声はなんとやさしいことか。すると彼は、私を赦してくれたのだろうか？　彼の体は樫の木の幹に激突した……「マルドロール！」

第四歌終わり

第五歌

〔1〕

私の散文がお気に召さないとしても、どうか読者が私に腹を立てたりなさらぬように。私の考えはともかく奇妙だと、君は主張する。君の言うことは、尊敬すべき御仁よ、なるほど真実だ。ただし、偏った真実にすぎない。ところで、およそ偏った真実というものは、なんと多くの錯誤や侮蔑を生み出す源泉ではなかろうか！　椋鳥《むくどり》の群団は独特の飛び方をもっていて、統一的で規則的な戦術に従っているように見える。たったひとりの隊長の声に正確に従う、よく訓練された軍隊の戦術であれば、こんなふうであろうと思われるように。椋鳥たちが従っているのは本能の声であり、その本能によって彼らは常に集団の中心に近づこうとするのだが、いっぽう飛行の速度は彼らを絶えず外側へと運んでいく。その結果、この多数の鳥たちは磁気を帯びた同じ一点に向かおうとする共通の傾向によって結ばれ、絶えず行き来し、縦横無尽に循環し交差しながら、激しく動き回る一種の渦巻を形づくるのであり、その集団全体は明確な方向をめざすことなく、全体としてその場で自転運動をするかに見えるが、それは各部分がそれぞれ独自の循環運動をする結果生じるもので、その内部では、中心が常に外側に広がろうとしているものの、この自転運動に圧力をかける周囲の隊列の反作用に押し返されて絶えず圧縮されているため、これらの隊列のどれよりも恒常的に密度が高く、またそれらの隊列自体も、中心に近づくほど密度が高くなっている。(1) こうした奇妙な旋回の仕方をしながらも、椋鳥たちはたぐいまれな速度で周囲の空気を切り裂き、一秒一秒、彼らの疲労の終点にして巡礼の目的地に向けて、貴重な距離をかせいで着実に進んでいくのである。君も同じように、私がこれらの章節の各々を歌う奇妙な仕方など気にしないでくれたまえ。ただし、信じていただきたいが、詩の基本的な調子はそれでもやはり、私の知性にたいする本来の権利を保持している。例外的な事実を一般化するのはよそうじゃないか、それが何よりだ。もっとも私の性格にしたって、ありうる事柄に属する種類のものだが。おそらく、君が考えている文学と私の文学という両極端のあいだには無数の中間項があって、区分をさらに増やそうと思えばいくらでもできるだろう。だが、そんなことをしても何の役にも立つまいし、高度に哲学的な文学概念に何か偏狭で誤ったものを与えてしまう危険もあるだろう。そうした文学概念は、それがはじめ思い描かれた通りに、つまり広い意味で解釈されなくなったが最後、合理的ではなくなってしまうからだ。君は熱狂状態と内面の冷静さを結びつけるすべを心得ているな、感情を表に出さない性質《たち》の観察者よ。つまるところ、私から見れば、君は完璧だと思う……。でも君は、私を理解しようとしない！　もし調子が悪いのなら、私の助言に従って（これは君に提供できる最善の助言だ）、ちょっと野原を散歩してきたまえ。くだらない埋め合わせだが、どうだろう？　空気を吸ったら、戻ってきなよ。五感は前より落ち着いているはずだ。泣くのはやめて。君を苦しめるつもりはなかった。ねえ君、ある程度まで、私の歌にたいしては君の共感が得られているのじゃないか？　となると、それ以上の段階を踏み越えさせないようにしているのは誰なんだ？　君の嗜好と私の嗜好の境界線は目に見えない。君にはけっしてとらえられまい。ということは、そんな境界線自体が存在しないという証拠だよ。だから考えてみたまえ、その場合には（ここでは問題に触れるだけにしておくが）、あの雄騾馬の感じのいい娘であり(2)不寛容の豊かな源泉である強情さとの同盟条約に君が署名したということだって、ありえなくはないだろう。君が馬鹿ではないことを知らなかったら、こんな非難を浴びせたりはしないさ。動かしがたいと信じている公理の軟骨質の外殻に閉じこもってみても、君にとっては無駄なこと。ほかにいくらでも動かしがたい公理があって、君の公理と並行しているのだからね。君がカラメルへの顕著な好みをもっていても（自然のすばらしい冗談だ）、誰もそれを罪とは思うまい。だが、もっと力強く、もっと大きなことのできる知性を備えていて、その知性が胡椒や砒素のほうを好む人々は、そう振舞うだけの正当な理由をもっているのであり、トガリネズミあるいは立方体の面の雄弁な表情(3)を前にして恐怖で震えるような人々にたいして、穏やかな支配を押しつけようとする意図があるわけではなかろう。私は経験から語っているのであって、ここで挑発者の役割を果たすつもりはない(4)。そして、輪虫類や緩歩類は沸点に近い温度で熱せられても生命を必ずしも失わないが、私の興味深い労作が引き起こす苛立ちからゆっくりとしみ出してくる、あの舌を刺す化膿性の漿液を用心深く同化するすべを心得ているなら、君についても同じことが言えるだろう。なにしろほら、生きた鼠の背中に別の鼠の死体から切り取った尻尾を移植できるようになったじゃないか(5)？　だから同じように、わが死体の理性のさまざまな変形物を君の想像力に移し変えようとしてみたまえ。だが、慎重にな。私が書くときには、新たな戦慄が知の大気を走り抜ける。それを正面から見つめる勇気をもちさえすればいいのさ。どうしてそんな顰め面をするんだね？　しかも、長期間習った後でなければとうてい真似できそうにない身振りまで付け加えて。信じてもらいたいが、何事につけ慣れが必要なんだ。そして、最初のページからもうはっきり現れていた本能的な反感が、読書に熱中するのに反比例して、切開された癤《せつ》(6)のようにずいぶん浅くなってきたからには、頭はまだ病気であるにしても、君の治癒は必ずや、遠からずその最終段階にさしかかるであろうと期待すべきだよ。私の見るところ、君がすでに回復期の真っ只中を進んでいることは疑う余地がない。それなのに、顔はまだまだ痩せこけているな、やれやれ！　だが……元気を出せ！　君の中にはたぐいまれな精神がある。君が好きだ、私は君の完全な解放をあきらめてはいない。君が何か薬効のある物質を飲みさえすればの話だがね、それは病の最終的な症状の消滅をひたすら早めてくれることだろう。収斂性があり強壮作用をもつ食物として、まずは母親（まだ健在ならの話だが）の両腕をもぎ取り、こま切れにして、たった一日で食べてしまうんだ、それも感情の動きをいっさい表情に現さないようにして。母親が年寄りすぎるなら、誰かほかの外科手術被験者を選ぶがいい、もっと若くて生きがよくて、骨膜剝離子(7)を掛けやすく、歩くときに足根骨(8)が上下運動の支点を容易に見つけられるようなやつ、たとえば君の妹とかね。彼女の運命には同情せずにいられない。私は、冷えきった熱狂が善良さを装っているだけの、そんな連中の仲間ではないからな。君と私は、彼女のため、このいとしい処女（もっとも彼女が処女であると主張するだけの証拠はないが）のために、抑えがたい二粒の涙、二粒の鉛の涙をこぼすことだろう。それでおしまい。君にお薦めの最も鎮静作用のある水薬は、核をもった淋菌性の膿をいっぱい満たした鉢に、卵巣の毛嚢胞と、胞状下疳と、嵌頓《かんとん》包茎のせいで亀頭の後方に裏返されて炎(9)症を起こした包皮と、三匹の赤いナメクジを、あらかじめ溶かしこんでおいたものだ。君が私の処方(10)に従えば、私の詩は大喜びで君を迎え入れることだろう、虱が接吻で毛根を切除するときのように。

〔2〕

前方の丘の上に、ある物体が立っているのが見えていた。頭部はしかと見分けられなかったが、早くも私は、輪郭の正確な比率は特定できないまでも、それが普通の形状ではないことを見て取っていた。その動かぬ円柱にはあえて近づこうとしなかった。たとえ三千匹以上の蟹の歩脚（食物の捕捉と咀嚼に役立つ脚のことは数に入れてもいない）を自由に使えたとしても、依然その場にとどまっていたことだろう。もしそれ自体はまったく取るに足りぬあるできごとが、私の好奇心から重い租税を取り立てて、その堤防を決壊させてしまわなかったならば。一匹のスカラベ(11)が、主成分が糞便でできている球をひとつ口吻と触角で地面に転がしながら、この方向に向かうのだという意志をはっきり示そうと躍起になって、件の丘のほうへ急ぎ足で進んでいたのである。この節足動物は、牝牛よりも断然大きかったわけではない！　私の言うことを疑うのならこっちへ来るがいい、正直な証人たちの証言で、いちばん疑い深い連中でも満足させてやろうじゃないか。好奇心まるだしで、私はそいつの後を遠くからついていった。あの大きな黒い球をどうするつもりなのか？　おお読者よ、いつも鋭い洞察力を鼻にかけている（それも間違いじゃない）君だが、それを私に言えるかね？　だが、謎にたいする君の名高い情熱を厳しい試練にかけるつもりはない。ただ、これだけ知っておいてくれればいいのだが、君に科すことのできるいちばん甘い罰とは、やはりこの秘密が後になって、人生の終わりに、枕もとに訪れた臨終とのあいだに哲学的な議論を始めるときにならなければ君に明かされないであろう(明かされはするだろうが)と指摘することなのだ……まあこの章節の終わりに明かされるかもしれないが。スカラベは丘のふもとに達していた。私はやつの通った跡をぴったりついていったが、まだ事件の舞台からはかなり離れていた。というのも、いつも飢えているかのように落ち着きのない鳥であるトウゾクカモメ(12)が、南北両極を浸す海洋地帯を好み、温帯には偶然やってくるにすぎないのと同じく、私もやはり平静ではいられず、ひどくゆっくりと脚を進めていたからだ。だが、私の行く手にあるあの人体のような物質は、いったい何なのか? ペリカン科の仲間には相異なる四つの種族が含まれることを、私は知っていた。カツオドリ、ペリカン、鵜、それに軍艦鳥だ(13)。姿を現した灰色っぽい形状は、カツオドリではなかった。垣間見える変形自在の塊は、軍艦鳥ではなかった。私が見つめている結晶化した肉は、鵜ではなかった。私はやっとわかったぞ、あれは脳に輪状隆起(14)の欠けている人間だ! 記憶の襞の中に、私は漠然と探していた。どんな灼熱の、あるいは厳寒の地方で、かつて目にしたことがあったのか——長々とした、幅広で、凸形の、穹窿状になった、骨の目立つ、爪の形の、中央部がふくらみ、先端が鋭く鉤型に折れ曲がっている、あのくちばしを。ぎざぎざした、直線状のあの縁を。先端の近くまで枝分かれした、あの下顎を。膜質の皮膚で覆われた、あの間隙部を。喉全体を占めていて、かなり大きく伸張できる、黄色い嚢状のあの広い袋を。そして基底溝に沿ってうがたれた、ほとんど目に見えない、縦長の、あの非常に小さな鼻孔を！(15) 単純肺呼吸をし、体毛に覆われているこの生き物が、肩の上だけでなく、足の裏まですっかり鳥だったなら、そいつが何者かを見分けるのはこれほどむずかしくなかっただろう。そんなことは朝飯前だ、あなたがやがて自分の目でご覧になるように。ただ、今回は差し控えておく。証明を明快にするには、たとえ剥製でもいいから、この種の鳥を一羽、仕事机に置いておかねばなるまい。ところが、それを入手するだけのお金がないのでね。最前の仮説を一歩一歩たどっていたら、私も彼の本性を直ちにつきとめ、病弱な姿勢のうちにも高貴さを見て感嘆を捧げていた相手にたいして、博物誌の枠組みの中にひとつの場所を見つけていたことだろう。その二重の身体組織の秘密をまったく知らないわけではないことにどれほど満足し、それについてもっと知りたいとどれほど熱望しながら、私は持続的な変身を遂げている彼をじっと凝視していたことか！　人間の顔をしてはいなかったが、彼は昆虫の触手の形をした二本の長い繊維状器官のように美しく見えた。あるいはむしろ、慌しい埋葬のように。あるいはさらに、切断された器官の再生法則のように。そしてとりわけ、著しく腐敗しやすい液体のように！(16) だが、周囲で起こっていることにはまったく注意を払わずに、この異人はペリカンの頭部をして、相変わらず前方を見つめていたのだ！　いずれ後日、この物語の続きを話そう。それでも、陰気な熱意をもって、私の語りは続けようと思う。というのも、あなたとしては私の想像力が結局どこへ行き着こうとしているのか知りたくてじりじりしているだろうが（天に願わくは、じっさいそれが単なる想像力であってほしい！）、私としては、あなたに言うべきことをたった一度で（二度に分けてではないぞ！）言い終えようと決意したのだから。もっとも、勇気が足りないといって私を責める権利は誰にもないのだがね。だが、このような状況に直面すれば、掌に心臓がどきどき脈打つのを感じるのはひとりやふたりではない。最近、ブルターニュの小さな港町で、沿岸運輸船の船長である老水夫がほとんど人知れず亡くなったが、彼こそは恐るべき物語の主人公であった。彼はその当時、遠洋航海の船長をつとめ、サン＝マロ(17)の船主に雇われて航海に出ていた。さて、十三か月ぶりにわが家に戻ってみると、妻はまだ床に臥していて、彼の跡継ぎを生んだばかりだったのだが、その認知に関して、彼にはいかなる権利も自分にあるとは思えなかった。船長は驚きも怒りもいっさい顔に出さず、妻に、服を着て町の城壁の上を一緒に散歩するよう冷静に求めた。季節は一月。サン＝マロの城壁は高く、北風が吹きすさぶと、命知らずの連中でも尻ごみをする。不運な女は平静に観念して従った。家に戻ると、精神に錯乱をきたした。(18)彼女は夜のうちに息を引き取った。だが、彼女はしょせん、女にすぎない。いっぽう私はといえば、男でありながら、これに劣らず大きなドラマを前にして自分自身を抑制し、顔の筋肉一本動かさずにいられたかどうか、心もとない限りだ！　スカラベが丘のふもとに達するや、例の人間は片腕を西のほうに上げ（まさにこの方角で、子羊禿鷹[19]とヴァージニア・ワシミミズク[20]が空中で闘いを開始していた）、くちばしを長く伝ってダイヤモンドのような光彩で輝く一粒の涙を拭うと、スカラベに言った。「かわいそうな球だ！　かなり長いこと転がしたんじゃないのか？　おまえの復讐はまだ満たされないのだな。でも、すでにこの女は、おまえが真珠の首飾りで両腕両脚を縛り、形の定まらない多面体に仕立てあげて、谷を越え道を通って茨や小石の上を脚先で引きずり回したために（それがまだ彼女であるかどうか近くで見せてくれ！）、骨は傷で穴だらけ、手足は回転摩擦の力学法則によってつるつるに磨かれ、混じり合ってひとかたまりに凝固し、体は最初の輪郭と本来の曲線を失って、押しつぶされたさまざまな部分が入り混じって球体の塊に酷似した均質な唯一の全体となり、その単調な外観を見せているというありさまじゃないか！　彼女はもうとっくに死んでいる。残骸は地面に放っておけ、そしておまえを憔悴させている激怒の感情を取り返しのつかない比率で増大させないよう、気をつけるがいい。これはもはや正義ではないぞ。なにしろ、おまえの額の外皮に隠されたエゴイズムが、亡霊のようにゆっくりと、みずからを覆っている垂れ布をもち上げているのだからな」。子羊禿鷹とヴァージニア・ワシミミズクは、闘いの急展開によっていつのまにか移動し、私たちに近づいていた。スカラベは予期せぬこれらの言葉を聞いて震えたが、別の機会だったら無意味な動きだったであろうことが、このたびはもはやとどまるところを知らぬ激怒を明示するしるしとなった。というのも、そいつは後足の腿を鞘翅《さやばね》の縁に恐ろしいほどこすりつけ、甲高い物音をたてたからだ。「いったい何者なんだ、あんたは？　この臆病者め。どうやらあんたは、過去の奇妙ないきさつを少々忘れてしまったみたいだな。記憶にとどめていないのかい、兄貴。この女はおれたちを裏切ったんだぞ、次々と。最初が兄貴で、二番目がおれだった。思うに、この侮辱はそんなにたやすく記憶から消えるはずがない（はずがない！）。そんなにたやすく！　兄貴、あんたは寛大な性質だからつい赦してしまうのさ。でもどうだろう、練り桶のパン生地状態にされたこの女の原子が異常な状況にあるとはいっても（ちょっと調べてみたところでは、この体が相当量の密度を加えられたのはおれの猛烈な情熱の作用よりも、むしろ二つの強力な車輪の歯車装置のせいと思われてしまうのではないか、といったことはさしあたり問題ではない）、彼女はまだ生きているのじゃないか？　いいから黙って、おれに復讐させてくれ」。スカラべは転がす作業を再開し、球を前方に押しながら遠ざかった。そいつが去ってしまうと、ペリカンは叫んだ。「あの女は、魔力によっておれに游禽類の頭部を与え、弟をスカラべに変えてしまった。[21]たぶん今しがた数えあげた仕打ちより、もっとひどい仕打ちにも値する女だ」。そして私は、夢ではないという確信はなかったが、自分が耳にしたことから、上方で血まみれの闘いを繰り広げている子羊禿鷹とヴァージニア・ワシミミズクをつないでいる敵対関係の性格を見抜いて、フードのように頭を後方に投げ出し、両肺の働きに可能な限りの自在性と弾力性をもたせるようにすると、両眼を上空に向けながら、両者に叫んだ。「君たち、争いはやめたまえ。二人とも正しいんだ。だって、あの女はどちらにも愛を誓ったのだから。つまり、二人まとめて裏切ったわけさ。でも、君たちだけじゃない。その上彼女は、君たちから人間の姿を奪い、君たちの最も神聖な苦痛を残酷にも笑いものにした。これでも、ぼくの言うことが信じられないのか！　それに、あの女はもう死んでしまった。それでスカラベは彼女に、消せない痕跡を残すという懲罰を与えたわけさ。最初に裏切られたほうは憐れみをかけたのにね」。この言葉を聞いて、両者は喧嘩に終止符を打ち、羽や肉片をむしり合うのをやめた。そうした[22]のは正しかった。飼い主の後を追って走る犬が描く曲線についての論文のように美しいヴァージニア・ワシミミズクは、廃墟となった修道院の割れ目の中にもぐりこんでいった。成長への傾向が組織体の取りこむ分子量には比例していない成人における胸部の発育停止の法則のように美しい[23]子羊禿鷹は、大気の高層部へと消えてしまった。ペリカンはといえば、その寛大な赦しは当然のものとは思えなかったので大いに私を感動させたのだった[24]が、まるで人類という航海者たちに、自分という実例に注意を払い、陰鬱な魔女たちの愛からおのれの運命を守りたまえと警告するかのように、丘の上で灯台のようにおごそかな冷静さを取り戻し、相変わらず前方を見つめていた。アルコール中毒にかかった両手の震えのように美しい(25)スカラベは、地平線に消えつつあった。こうしてまた四つの存在が、生命の書物から抹消できたわけだ。私は左腕から筋肉をまるごと一本むしり取った。もう自分が何をしているのかわからなかったのだ。それほどにも、この四重の不幸を前にして私は心を動かされていた。それなのに私ときたら、あれが糞便だと思いこんでいたのだ。なんて大馬鹿なんだ、まったく。

〔3〕

人間的能力の断続的な消滅——あなたの思考が何を想定しようとしたとしても、これは単なる言葉ではない。少なくとも、どこにでもある言葉ではない。誰か拷問者に自分の生皮を剝いでくれと頼んで、正しい行いをしたと思いこむような者がいたら、手を挙げてもらいたい。死の銃弾にみずから進んで胸を差し出すような者がいたら、恍惚たる微笑を浮かべて頭を上げてほしいものだ。私の眼が傷の痕跡を探すだろう。十本の指が全神経を集中して、この変わり者の肉に注意深く触れてみるだろう。私は飛び散った脳漿が自分のすべすべした額に跳ね返ったことを確かめるだろう。こんな殉教を愛する人間は、きっと世界じゅうのどこにも見つからないのではないか？　私は確かに、笑いとは何であるかを知らない。自分で一度も経験したことがないのでね。しかしながら、どこかにそんな人間が存在すると言い張る人物を見る機会が得られたとしても、私の両唇は広がらないであろうなどと主張するのは、なんとも軽はずみなことではあるまいか？誰ひとり自分自身の生存のために望まないようなことが、不公平な運命によってこの私に降りかかってきたのだ。といっても、体が苦痛の湖を泳いでいるというわけではない。それならまだいい。そうではなく、凝縮され絶えず緊張している思考のせいで、精神がひからびてしまったのだ。そいつは、貪婪なフラミンゴと飢えたアオサギの群が岸辺のイグサの上に舞い降りてきたときの沼地の蛙[26]どものように、わめきたてている。ケワタガモ[27]の胸部からむしり取った羽根のベッドで、自分の心中があらわになっていることにも気づかずに穏やかに眠る者は、幸いなるかな！　三十年以上、私はまだ眠ったことがない。口には出せないあの誕生の日以来、眠気を誘う板[28]にたいして癒しがたい憎悪を誓ったのだ。私がそう望んだのだから、誰も責められるいわれはない。さあ早く、お流れになった疑念なんか捨て去りたまえ。私の額に、この青白い花冠が見えるかね？　痩せこけた指でそれを編んだのは、頑固さというやつさ。燃える樹液の残滓が溶けた金属の奔流のように骨の中を流れている限り、私はけっして眠るまい。毎夜、私は蒼白の眼に無理強いして、窓ガラス越しに星々を見つめさせている。もっと安心できるように、腫れあがった両のまぶたを一枚の木片で上下に広げている。夜明けが訪れても、私は依然として体を直立させて冷たい壁の石膏にもたせかけたまま、同じ位置にとどまっている。もっとも、時には私だって夢を見るのだが、それでも自分の人格を感じる根強い気持ちと自由に動く能力は、一瞬たりとも失うことはない。いいかね、暗がりで燐光を放つ片隅にひそんでいる悪夢、先端部の欠損した腕で私の顔を探る熱病、血まみれの鉤爪を立てる不浄の動物の一匹一匹——みずからの永続的な活動に安定した食料を供給するために、こいつらを輪になってぐるぐる回らせているのは、そう、私の意志なんだよ。じっさい、極度に弱りきっても勢いを盛り返す原子である自由意志というやつは、絶大なる権威をもって、痴呆状態など自分の息子の数には入れていないと断言してはばからない。つまり眠る者は、前日に去勢された動物以下なのだ。すでに糸杉の匂いを発散している[29]これらの筋肉を、不眠が墓穴の深みに導いてはいても、私の知性の白い地下納骨堂《カタコンベ》は、その聖域をけっして〈創造主〉の眼に開いて見せたりはしないぞ。ある秘められた気高い正義があって、その差し出された腕の方へ私は本能的に身を投げ出すのだが、それが私に、この卑劣な罰を休みなく狩りたてるよう命令するのだ。わが不用意な魂の恐るべき敵として、私は沿岸に灯火のともる頃、自分の不運な腰に、芝生の露の上に横たわることを禁じる。勝利者として、私は偽善の罌粟の仕掛けた罠[30]を斥ける。だから確かに、この奇妙な闘争によって私の心はその意図を覆い隠したのだ、飢えて自分自身を喰いながら。巨人たちのように不可解な私は、いつも両眼を精一杯見開いて生きてきた。少なくともはっきりしているのは、昼のあいだは誰もが〈大いなる外的客体〉にたいして有効な抵抗を突きつけられるということだ。昼間なら、意志がめざましい熱心さで自衛に努めているから。けれども夜のもやのヴェールが、まもなく絞首刑になる死刑囚の上にまで広がってくるや、おお！　おのれの知性が異人の冒瀆的な手にとらわれるのを見ることになる。容赦のないメスが、その深い茂みを探る。意識は長い呪いの喘ぎを吐き出す。羞恥のヴェールが痛々しく引き裂かれるからだ。(31)屈辱だ！　私たちの扉は、〈天の強盗〉の獰猛な好奇心にたいして開け放たれている。こんな忌まわしい責め苦を受けるいわれはないぞ、おまえ、私の因果律をうかがう醜悪なスパイめ！　私が存在しているからには、私は他者ではない。(32)自分の中にこんな曖昧な複数性など許容しないぞ。私は自分の内密な論理性の中に、ひとりきりで住みたいのだ。自律性を……さもなければ私を河馬に変えてもらいたい。地下にもぐってしまえ、おお名もなき瘢痕よ、そして私の凶暴な憤怒の前に二度と姿を見せるな。私の主体性と〈創造主〉、これではひとつの脳に収まりきらない。夜が時間の流れを暗くするとき、凍るような汗に濡れた寝床の中で眠りの作用と闘わなかった者がいるだろうか？　消えなんとする諸能力を胸もとに引き寄せるこのベッドは、四角く切った樅の板でできた墓にほかならない。意志は少しずつ退いていく、見えない力を前にしたように。ねばねばするタールが眼の水晶体を厚く覆う。両のまぶたは二人の友人のように相手を求め合う。体はもはや、呼吸する屍骸にすぎない。とうとう四本の巨大な杭が、マットレスの上に手足のすべてを釘付けにする。そしてどうか気づいていただきたい、結局のところシーツは経帷子にほかならないことに。そら、これが諸宗教[33]の香が焚かれる香炉だ。永遠が遥かな海鳴りのように唸り声をあげ、大股で近づいてくる。アパルトマンは消えてしまった。ひれ伏すがいい、人類よ、遺体仮安置所で！　時折、最も重い眠りの真っ只中で身体組織の欠陥の数々を克服しようと無駄な努力を試みながら、動物磁気によって催眠術にかけられた感覚は、自分がもはやひとかたまりの墓石にすぎないことに気づいて驚き、比類のない緻密さに支えられてみごとな推論を展開する。「この寝床から出るのは、思った以上にむずかしい問題[34]だ。囚人護送馬車に座らされて、私はギロチンの二本柱に向かって引きたてられていく。奇妙なことに、ぐったりした腕は切り株のような硬直[35]を巧みに獲得してしまった。死刑台に向かって歩く夢を見るなんて、まったくいやな気分だ」。血が大量に顔面を流れる。胸は何度もぴくぴく震え、ひゅうひゅうという音をたててふくれあがる。オベリスク[36]の重みが、激情が湧きあがろうとするのを押さえこむ。半睡状態で見ていた夢を、現実がぶちこわしたのだ！　誇りに満ちた自我と強硬症の恐るべき進行とのあいだで闘争が長々と続くとき、幻覚にとらわれた精神が判断力を失うということを知らぬ者があろうか？　絶望にむしばまれて、精神はみずからの病に喜びを見出し、やがては本性に打ち勝つまでになり、睡眠のほうは餌食が逃れていくのを見ると、苛立たしく恥ずかしげに羽ばたきしながら、相手の心から遠く去って二度と戻ってこない。燃えさかる私の眼窩に灰を少しばかり投げかけてくれ。けっして閉じることのない私の眼を凝視しないでくれ。私がどれほどの苦しみに耐えているかおわかりだろうか？（それでも、自尊心は満たされているのだ。）夜が人類を休息へといざなうや否や、私の知っているひとりの人間が大股で田園を歩いていく。私の決意は老年の衰えに屈してしまうのではなかろうか。早く来い、私が眠る宿命の日よ！　目覚めのときには、剃刀が首筋に一本の道を切り開き、じっさい、これ以上に現実的なことはなかったのだと証明するだろう。

〔4〕

――いったい誰だ！……いったい誰なんだ、ここで、陰謀家のように、体の環節を私の黒い胸の方へ引きずってくるのは？　おまえが誰であろうと、風変わりなニシキヘビ[37]よ、自分の滑稽な存在をどんな口実で言い訳するつもりなんだ？　おまえをさいなんでいるのは大いなる悔恨なのか？　というのも、いいか、ボアよ、おまえの野生の威厳といえども、思うに、私がそれを犯罪者の顔だちと比較するのを免れようなどという途方もない野望を抱いてはいないだろうからな。その泡立つ白っぽい涎は、私には激怒のしるしと見えるぞ。まあ聞け。おまえの眼にはおよそ天の光線など注がれはしないことがわかっているのか？　忘れるなよ、おまえの思い上がった脳味噌がもし、私がおまえに何か慰めの言葉をかけることができると思いこんだとしても、それは人相学的知識[38]をまったく欠いた無知のなせるわざでしかないということを。しばらくは、もちろん、心ゆ

くまで、私が人並みに自分の顔と呼ぶ権利をもっているものの方へ眼の光を向けるがい
い。それがどんなに泣いているか、わからないか？　相手を間違えたな、バシリスク[39]よ。
情けないほどわずかな量の安堵が欲しければ、ほかをあたってみることだ。私の善意が
何度も異議を唱えているのに、私の根本的な無力さはそれをおまえから取り上げてしま
うから。おお！　どんな力が、表現可能な文章の形をとって、おまえを宿命的に破滅へ
と導いたのか？　私は赤く染まった芝生の上におまえの三角形の頭部の反り返った曲線
を踵で踏みつけ、サヴァンナの草と圧しつぶされた者の肉で、名付けようのないパテを
こねあげることもできようが、そのことがおまえには理解できないという理屈には、ま
ったくもってなじめそうもない。

——一刻も早く遠くへ消えてくれ、青白い顔をした罪びとよ！　激しい恐怖の生み出
す偽りの蜃気楼が、おまえに自分自身の亡霊を見せたのだ！　無礼な疑いは[40]一掃するが
いい、もし今度は私のほうがおまえを告発し、爬虫類を捕食するヘビクイワシの判断で
もきっと賛同を得るにちがいない非難の言葉を投げかけるのがいやだったらな。想像力
のなんという奇怪な異常のせいで、おまえには私が誰だかわからなくなっていること
か！　するとおまえは、私がもたらした数々の重要な奉仕を覚えていないのか、カオス
から存在を浮上させるという恩恵を与えてやったではないか、そしておまえのほうも、
私の旗のもとから去ることなく、死ぬまで私に忠実でいようという、永遠に忘れがたい

誓いをたてたではないか？　子供の頃（おまえの知性は当時、最盛期にあった）、おまえはピレネーシャモアの速さで真っ先に丘に登り、小さな手を振って、黎明の色彩豊かな光線に挨拶を送ったものだ。おまえの声の調べは、よく響く喉頭からダイヤモンドの輝きを放つ真珠のようにほとばしり、それぞれの個性を寄せ集めて溶かし合っては、長い礼拝の賛歌のヴィブラートする集合体をなすのだった。それなのに今おまえは、私があまりにも長いあいだ示してきた辛抱強さを、まるで泥まみれのぼろ切れのように足もとに投げ捨てている。感謝の念は、沼の底のように、根っこがひからびてしまった。ところがその代わりに、形容するのもつらいほどの割合で野心が増長したのだ。私の話に耳を傾けているこいつはいったい何者なのだ、自分自身の弱味につけこまれてもこれほど自信満々でいるなんて？

——おまえこそ何者なんだ、厚かましい実体よ？　いや！……いや！……私は間違っていない。それに、おまえがいくらさまざまな変身という手段に訴えてみても、蛇の形をしたその頭は依然として、永遠の不正義と残酷な支配を表す灯台のように私の眼前で輝くことだろう！　こいつは指揮の手綱を握りたいと思ったのだが、統治するすべを知らない！　あらゆる被造物にとって恐怖の対象になりたいと思い、それには成功した。自分だけが宇宙の君主だと証明したがり、その点で間違った。おお哀れなやつ！　おまえは今この時になってようやく、不平のざわめきと陰謀の数々が諸天体の表面から一斉に湧き起こり、破れかねないおまえの鼓膜の、乳頭状突起に覆われた縁[41]を荒々しい羽ばたきでかすめるのを耳にしたのか？　もうすぐやってくるぞ、私の腕がおまえの息で毒を吹きこまれた埃の中におまえを倒し、内臓から有害な生命を引きずり出してから、全身がよじれたおまえの屍骸を道端に捨て[42]、びっくり仰天した旅人に、その眼をひどく驚かせ物言わぬ舌を口蓋に釘付けにするこのぴくぴく震える肉が、冷静さを保って考えればもはや朽ちて倒れた樫の木の腐った幹にしかたとえようがないということを教えてやる、そんな日が！　どんな憐憫の思いが、おまえを前にして私を押しとどめているのか？　おまえのほうも、私を前にしてむしろ退け[43]、いいな、そして生まれたばかりの赤ん坊の血で、はかり知れない自分の恥を洗い清めるんだ。それがおまえの習慣だからな。おまえにはふさわしい。さあ……そのまま前へ進め。おまえには流浪の刑を宣告する[44]。天涯孤独の刑を宣告する。休まずに進むのだ、両脚がおまえを支えるのを拒否するようになるまで。世界の終末が虚無の中に星々を呑みこんでしまうまで、砂漠の砂を横切っていけ。おまえが虎の巣窟の近くを通ると、完璧な背徳という台座の上に載せられたおのれの性格を鏡の中のように見なくて済むように、虎は慌てて逃げ出すだろう。だが、どうしようもない疲労が私の宮殿の茨とアザミで覆われたタイルの前で歩みを止めるようおまえに命じたら、ぼろぼろになったサンダルに気をつけて、爪先立ちで優雅な玄関広間を次々と越えていくのだ。これは無駄な助言ではない。古城の土台に沿った鉛色の地下墓所に眠る私の若い妻と幼い息子を目覚めさせかねないからな。(45) あらかじめ用心しておかないと、彼らは地下からの叫喚でおまえを青ざめさせるかもしれないぞ。おまえのうかがい知れない意志に生命を奪われたときも、彼らはおまえの力が恐るべきものであることくらい百も承知だったし、この点についてはいかなる疑いも抱いてはいなかった。だが、彼らは予想だにしていなかったのだ（最後の別れの言葉で二人の信頼の強さが確信できた）、おまえの〈摂理〉がこれほどにも無慈悲に振舞おうとは！　何はともあれ、打ち棄てられて静まり返ったこれらの部屋をさっさと通り抜けるがいい、エメラルドの内装で飾られてはいるが、紋章は色あせてしまった、わが祖先の栄えある彫像が休んでいるこれらの部屋を。これら大理石の像たちは、おまえに腹を立てているぞ。彼らのどんよりした視線を避けたまえ。この忠告は、彼らの唯一にして最後の子孫の舌がおまえに与えているのだ。見たまえ、どんなに彼らの腕が挑発的な防御の姿勢でもちあげられ、頭が毅然とそらされているか。確かに彼らは、おまえが私になした悪を見抜いたのだ。そして、これらの彫刻された石塊を支えている冷え冷えとした台座から手の届くところをおまえが通れば、そこには復讐が待っている。身を守るために何か私に反論すべきことがあるのなら、言うがいい。今や泣くには遅すぎる。もっとしかるべきときに、ちょうどいい機会が得られたときに泣いておくべきだったな。ついに眼が開かれたなら、自分の行いがどんな結果を引き起こしたか、自分で判断してみるがいい。さらばだ！　私は断崖のそよ風を呼吸しに行く。半ば息が詰まった私の肺は、おまえよりもっと穏やかでもっと気高いものが見たいと、大声で求めているから！

〔5〕

おお不可解な男色者たちよ、[46]君たちの大いなる堕落に侮辱の言葉を浴びせようとしているのは、私ではない。君たちの漏斗状の肛門に侮蔑を投げかけようとしているのは、私ではない。君たちを攻めたてる恥ずかしい、ほとんど治療不能な病気の数々が、避けがたい懲罰をともなっていればそれでじゅうぶんだ。馬鹿げた諸制度の制定者にして、偏狭な道徳の発明者どもよ、あっちへ行ってくれ、私は公明正大な魂の持主なのだから。そして君たち少年、あるいはむしろ少女たちよ、説明してくれないか（ただし適当な距離は保っておくがいい、この私だって自分の熱情には逆らえないのだから）、人類の横腹にこんな傷の環をつけるなんて、いったいどんなふうに、またどんな理由で、復讐は君たちの心に芽生えたんだ。君たちはその品行（私はそれを敬っているのだが！）によって、人類を自分の息子たちのことで赤面させる。君たちの売春行為は、相手かまわず提供され、この上なく深い思想家たちの論理を行使しているし、君たちの度を越した感受性ときたら、女自身でさえ啞然とするくらいの過剰ぶりだ。君たちの本性は同類者たちのそれよりも地上的でないのか、それともより地上的なのか？　私たちには欠けている第六の感覚をもっているのだろうか？　嘘をつかずに、思う通りを言ってくれ。別に尋問しているわけじゃない。君たちの堂々たる知性の崇高さに観察者として親しむようになって以来、どうすればいいかは心得ているからね。私の左手で祝福されたまえ、私の右手で聖化されたまえ、わが普遍の愛に守られた天使たちよ。私は君たちの顔に接吻し、胸に接吻し、甘美な唇で、調和のとれたかぐわしい体のさまざまな部分に接吻する。どうして自分が何者であるかをすぐに言ってくれなかったんだ、至上の精神的な美の結晶たちよ？　胸苦しい君たちの心臓の鼓動が隠している優しさと純潔さの数えきれない宝物を、私は自分で見つけなければならなかった。薔薇とベチベルソウ[47]の花輪で飾られた胸。君たちをよく知るために、その両脚を押し開き、羞恥の標章に口を押しつけなければならなかった。でも（大事な注意だが）、毎日局部の皮膚をお湯で洗うのを忘れないように。さもないと、性病による下疳が間違いなく、満たされない私の唇の上下に割れた接合部に生じるだろうから。おお！　もし宇宙が地獄ではなく、巨大な天の肛門にすぎなかったら、私が下腹部のほうでどんな動作をするかよく見るがいい。そうとも、血まみれの括約筋深く陰茎を突き立て、猛烈に動かして、骨盤の内壁そのものをばりばりと砕いてやったことだろう！　そうすれば、不幸は私の盲いた眼に、流砂の砂丘をまるごといくつも吹き寄せたりはしなかっただろう。私は眠れる真実の横たわる地下の場所を発見し、私のねばねばした精液の大河はそんなふうにして、注ぎこむべき大海を見出したことだろう！　だが、どうして私は想像上の、そして今後もけっして実現の印章を押されることがない状況を残念がってなどいるのか？　はかなく消えてしまう仮説など、わざわざ仕立てあげるのはよそうじゃないか。さしあたり、私とベッドを共にしたいという熱意に燃える者は会いに来てもらいたい。だが、もてなすにあたってはひとつ厳しい条件がある。十五歳を越えていてはならない。彼のほうでも私が三十歳だなんて思わないように。だったらどうだというんだ？　年をとっても感情の強さは減ったりしないぞ、とんでもない話だ。それに、私の髪は雪のように真っ白になってしまったが、それは老いのせいではない。むしろ逆に、君たちもご存知の理由のせいだ。この私は、女が好きではない！　両性具有者《ヘルマフロディトス》でさえ！　私には自分に似ている存在たちが必要なのだ、人間の高貴さがもっと明瞭な消えない文字で額にしるされているような存在たちが！　長い髪をした女たちが私と同じ本性の持主だなんて、本当にそう思うかい？　私はそうは思わないし、自分の意見を捨てるつもりはないね。塩辛い唾液が口から流れ出す。どうしてだろう。誰か吸い取ってきれいにしてくれないか？　こみあげてくる……どんどんこみあげてくる！　それが何かはわかっているぞ。気づいたのだが、私は横に寝た連中の血をごくごく飲んでは（私のことを吸血鬼だと思うのは間違っている、そう呼ばれるのは墓から出てきた死者たちだからな。でもこの私は、ちゃんと生きている）、翌日その一部を口から吐き出しているのだ。唾液が悪臭を放つのはそのためさ。私にどうしろというのだ、悪癖がたたって弱った諸器官が、栄養摂取機能の遂行を拒否しているからといって？　だが、私の打ち明け話は誰にも暴露しないように。私のために言っているのじゃない。あなた自身およびその他の人々のために言っているのだ、この秘密がもつ威厳が、未知なるものの電磁気に引かれて私の真似をしてみたくなった連中を義務と美徳の限界内に引き止められるようにね。私の口をどうかよくご覧いただきたい（さしあたりこれ以上長い丁寧表現を使っている余裕はない）。一見してその構造の外観には驚かされるぞ、蛇をもちだして比較するまでもなく。筋肉組織をこれ以上縮まなくなるまで緊張させて、自分が冷たい性格の持主だと思わせようとしているわけだ。ご承知の通り、百八十度反対の性格なのだが。なぜこれらの天使的なページを通して、私の文章を読んでいる者の顔を見ることができないのか。もし思春期を過ぎていないなら、こっちへ来てもらいたい。きつく抱き締めてくれよ、痛くないかなんて思わなくていいから。私たちの筋肉のつながりをだんだんきつくしていこうじゃないか。もっとだ。いくら言っても無駄のような気がするな。この紙片のいくつかの点で注目すべき不透明性は、私たちの完全な結合という操作を妨げる最も顕著な支障のひとつになっている。この私は、中学校《コレージュ》の青白い少年たちや工場のひ弱な子供たちにたいして、いつも忌まわしい気紛れな恋心を抱いてきた！(48)　私の言葉は夢のおぼろげな記憶ではないし、苦悩に満ちた自分の主張の真実性を確証してくれるようなできごとの数々を君たちの眼前に示さなければならない事態になったとしたら、きっとあまりに多くの思い出を解きほぐさなければなるまい。人間の正義は、異論の余地なく巧妙な配下を擁してはいるが、まだ私を現行犯でとらえたことはない。私は自分の情熱にじゅうぶん身をゆだねなかった男色者を殺害したことさえある（そう昔のことではない！）。屍骸は廃れた井戸に投げ捨てたので、決定的な証拠はつかまれていない。どうして恐怖に震えているんだね、私の文章を読んでいる少年よ？　あなたにたいしても同じことをしたがっていると思うのかい？　とんでもなく不当な態度だな……。でもあなたは正しい。私を信用するなよ、特にあなたが美しければ。私の局部は恒常的に、勃起という陰鬱な眺めを見せている。そこが通常の穏やかな状態にあるのを見たと主張できる者は誰もいないのさ（それにしても何と多くの連中が近づいてきたことか！）、狂気に駆られた瞬間にナイフの一撃を私の局部に加えた靴磨きの男でさえ。(49)恩知らずめ！　私は週に二回服を着替えるが、そう決めたのは別に清潔さが主要な動機ではない。もしそうしなかったら、人類の面々は相変わらず闘いつづけて、数日後には消滅してしまうだろう。じっさい、どんな土地にいようと、彼らは絶えず姿を現して私にしつこくつきまとい、両足の表面を舐めにやってくる。それにしても、嗅覚神経によって呼吸するすべてのものを自分の方へ引きつけるとは、私の精液のしずくはいったいどんな力をもっているのか！　彼らはアマゾン河の岸辺からやってくる、ガンジス河の流れる渓谷を横切ってくる、極地の地衣類を見捨ててくる。そうして私を求める長い旅をなしとげると、不動の都市の数々にこう尋ねるのだ。聖なる精液でいくつもの山や湖を、ヒースの茂みや森を、岬や広大無辺の海をかぐわしく香りたたせるあの男が、一瞬、城壁沿いに通り過ぎるのを目にしなかったかと！私に会えないことに絶望して（私は彼らの熱望をかきたてるために、最も近寄りにくい場所にひっそり身を隠している）、彼らはとんでもなく嘆かわしい行為に走る。両陣営に三十万ずつ分かれると、大砲の轟音が戦闘の前奏曲となる。両翼全体が同時に揺れ動き、まるでただひとりの戦士のようだ。方陣があちこちにできては崩れ、二度と起き上がらない。おびえた馬どもが四方八方に逃げていく。砲弾が容赦のない流星のように注ぎ、地面を耕して穴だらけにする。夜がその存在を現し、静かな月が雲の切れ間から顔を出す頃になると、闘いの劇場はもはや広大な殺戮の場でしかない(50)。累々たる屍骸に覆われた数里にわたる空間を指差しながら、おぼろにかすむ三日月は私に、〈摂理〉が私に与えたもうた不可思議な魔力が引き起こす悲惨な結果を、しばらくのあいだ、深く瞑想しつつ考察すべき主題として取り上げるよう命令する。残念なことに、私の仕掛けた陰険な罠によって人類が全滅するまでには、なお何世紀の歳月が必要なことだろう！このようにして、巧妙ではあるがうぬぼれることのない精神は、その目的を果たすために、最初は克服しがたい障害をもたらすかに見える手段そのものを用いるのだ。常に私の知性はこの重くのしかかる問題のほうへ上昇していくのであり、あなた自身がご覧になったように、最初扱おうと思っていた慎ましい主題にとどまることなどもはやできない。最後にひとこと……冬の夜だった。北風が樅の木々のあいだをひゅうひゅう吹きすさぶ中、〈創造主〉が闇の只中で扉を開き、ひとりの男色者を迎え入れた。

〔6〕

静かに！　あなたの脇を葬列が通る。一対の膝蓋骨を地面に向けて折り、墓の彼方の歌を歌い出したまえ。（私の言葉を、場違いな厳命というより、むしろ単なる命令形ととってもらえば、あなたは機知を、それも最高の機知を示すことになろう）。そうすれば、墓穴へ人生の疲れを癒しに行く死者の魂をこの上なく喜ばせることができるかもしれぬ。そのことは、私にとっては確実でさえある。注意してほしいのだが、あなたの意見がある程度まで私の意見と対立することなどありえないと言っているのではない。そうではなくて、何よりまず重要なのは、道徳の基盤について正しい観念をもち、自分がしてほしいとおそらく思っていることを他人にもするように命じるあの戒律(51)を、誰もが肝に銘じられるようにすることなのだ。諸宗教の僧侶が、平和のしるしである白旗を手に行進の先頭に立ち、もう一方の手には男女の局部をかたどった黄金の標章をもっている。それはあたかも、人々がこれらの肉体器官を用いるにあたって、私たちの不幸のほとんどすべてを引き起こす周知の情熱にたいしてしかるべき反応を示すことなく、たがいに競合する多様な目的のために盲滅法に扱ったりすると、多くの場合、いっさいの比喩ぬきで、それらの器官は彼らの手にあってきわめて危険な道具となるということを示そうとしているかのようだ。僧侶の背中の下部には、ふさふさした毛の生えた馬の尻尾が（もちろん人工的に）つけられていて、地面の埃を掃いている。それは、悪い行いによって動物の地位にまで落ちてしまわぬよう気をつけろという意味なのだ。棺は行くべき道を知っており、慰める者である僧侶のゆったりした寛衣の後について進む。故人の縁者や友人たちは、自分たちの位置をはっきり示すべく、行列の最後尾につけることにした。行列は海のただ中を切り裂く船のように堂々と進み、沈没という現象を恐れてはいない。というのも、今のところ嵐も暗礁も、説明可能なそれらの不在以外の何かによって徴候が見られることはないからだ。コオロギやヒキガエルたちが数歩離れて葬儀についていく。この連中もまた、誰のであれ葬式に慎ましく参列しておけば、いつの日かちゃんと数に入れてもらえるだろうということはよくわかっているのだ。彼らは風変わりな言葉を使って（私心のない助言をここでさせていただきたいのだが、自分だけが頭にある感情を表現する貴重な能力を備えているなどとうぬぼれたりしないように）、小声で話し合っている。緑なす草原をよぎって走り、砂地の入江に寄せる青みがかった波の中に手足の汗を浸すのを、一度ならず目にしたことのある者のことを。はじめ、人生は下心なく彼に微笑みかけたように見えた。そして壮麗に、彼を花の冠で飾りもした。

けれどもあなたの知性自身が、彼が幼年期の境目で止まってしまったことに気づいているというか、それを見抜いている以上、本当の意味で前言撤回が必要になるまでは、私の厳密な証明の序論を続ける必要はない。十歳。手の指の数を、間違えそうなほど正確に写し取った数だ。少なくもあり、多くもある。しかしながら目下のケースでは、真実にたいするあなたの愛情をよりどころとして、あなたが私と一緒に一秒たりとも遅れることなく、少ないと口にできるように願っておこう。そして、ひとりの人間が蠅かトンボのように簡単に地上から姿を消してしまい、戻ってくる希望ももてないという、この謎めいた神秘に手早く思いをめぐらせるとき、私は間違いなくそれほど長くは生きられないので、自分でも理解するつもりのないことをあなたにちゃんと説明してあげる時間はないという痛恨の思いを、ふと抱いてしまうのだ。だが、私が恐怖に満たされて前の文を書き始めたあの遥かな時以来、まだ命を失ってはいないということが途方もない偶然によって証明されたからには、頭の中で計算してみるに、自分の根本的な無力さの完全な告白を構築することも、とりわけ現在のように圧倒的で近づきがたい問題が提起されている場合、ここでは無駄ではあるまい。たがいにまったく対立し、好感のもてる奇妙さを備えたこの種の結合をおこなうには時として一見最も不向きなもろもろの対象が、その自然な本性のうちに隠しもっているさまざまな類似と差異――誓って言うが、それらはこうした個人的な満足を進んで味わう作家の文体に、永遠にまじめなミミズクの考えられないような忘れがたい相貌を優雅に与えるものでもある——を探求する（それから表現する）よう私たちを仕向ける魅力的な傾向は、一般的に言って奇妙なものではある。だから私たちを運んでいく流れに従おうではないか。アカトビはノスリよりも相対的に長い羽をもち、ずっと容易に飛ぶことができる。だから空中で生涯を過ごす。ほとんど休むことはなく、毎日広大な空間を飛び回る。そしてこの大きな運動は、狩の訓練でもなければ、獲物の追跡でもなく、何かを見つけようというのでさえない。この鳥は、狩はしないのだから。そうではなくて、飛行はその自然状態であり、お気に入りの状況であるらしい。その飛び方には、感嘆を禁じえない。長くてほっそりした羽は、動かないように見える。方向転換をすべて指示していると思っているのは尾であり、尾は間違っていない。絶えず動き回っている。この鳥はやすやすと舞い上がり、斜面を滑るように舞い降りる。飛ぶというよりは、泳いでいるようだ。飛行を加速し、減速し、停止しては、同じ場所に宙吊りにされたか固定されたかのように、何時間もじっととどまっている。羽にはいかなる動きも見て取ることができない。あなたが両眼をかまどの扉のように見開いてみたところで、開くだけ無駄なこと。誰しも簡単に（若干不承不承ではあれ）次のように告白するだけの良識をもちあわせている。つまりアカトビの飛行の美しさと、水面から顔を出す睡蓮さながら、蓋の開いた棺の上にそっと浮かび上がってくる子供の顔の美しさとのあいだには、いかに遠いものであれ関係があると私は思うのだが、その関係に最初は気がつかないというのだ。そしてまさしくこの点に、人が進んで甘んじている無知に関して相変わらず悔悟の念が欠如しているという状況が引き起こす、許しがたい過ちが存しているのである。私の皮肉めいた比較の二項間にあるこうした静かな威厳という関係は、すでにまったくありふれたものでしかないし、かなりわかりやすい象徴になっているので、通俗性という性格――それに冒された対象や光景については、何であれ不当な無関心という深い感情を呼びさます、あのいつも同じ通俗性という性格――しか唯一の言い訳としてもちえないようなものに、私としてはこれ以上驚いてはいられない。あたかも日常的に見えているものであっても、やはり私たちの注意を呼び覚まし、感嘆させるはずであると言わんばかりではないか！　墓地の入口に到着すると、行列はただちに止まる。それ以上進むつもりはないからだ。墓掘り人夫が墓穴を掘り終える。このような場合に払われるあらゆる注意を払って、棺がその中に置かれる。シャベル数杯分の土が不意にかけられ、子供の遺体を覆う。諸宗教の僧侶は、参列者たちの想像の中に死者をもっとちゃんと葬るために、感動している聴衆の只中で少しばかりの言葉を述べる。「彼は言います、こんな取るに足りない行為のために、人々がこれほど大量の涙をこうやって流すのには驚いたと。彼の言葉そのままです。けれども彼は、ほかならぬ自分が異論の余地のない幸福だと主張していることが何であるか、じゅうぶん定義できていないのではないかと心配しています。死とはその本来の性質においてこんなにも好意的でないものだと思ったのなら、彼は故人の数多い縁者や友人たちのもっともな苦しみをさらに増大させないように、自分にゆだねられた務めをきっと放棄していたことでしょう。しかしひそかな声が、それらの人々に何がしかの慰めを与えなさいと彼に告げています。それらの慰めは無駄ではないでしょう、たとえそれが、死んだ者と生き残った人々がいずれ天国で再会できるという希望を垣間見せるような慰めでしかなかったとしても」。マルドロールが全速力で馬を駆って逃げていたが、走る方向を墓地の壁に向けるように見えた。彼の駿馬のひづめは、主人の周りに埃でできた偽の冠をもうもうとたちのぼらせていた。諸君、君たちはこの騎士の名前を知るはずもない。だが、この私は知っている。彼はどんどん近づいてきた。プラチナの顔が見分けられるようになってきた。下の部分は、読者が記憶から取り除かないよう気をつけてきたマントに完全に覆われて、眼しか見えない。説教の最中に、諸宗教の僧侶は突然青ざめる。主人からけっして離れなかったあの名高い白馬(54)の不規則なギャロップを、耳がそれと聞き分けたからだ。「そうです」と、彼はふたたび付け加えて言った。「私はこの来《きた》るべき再会に全幅の信頼を寄せています。そのとき人々は、霊魂と肉体の一時的な分離にいかなる意味を付与すべきであったかを、以前よりもよく理解することでしょう。この地上に生きていると信じる者は、はかない幻想を抱いているのであって、それは速やかに霧消させることが肝要でありましょう」。ギャロップの音はますます高まってきた。そして、地平線を抱き締めるようにして、墓地の正門が囲っている視野の中に、渦巻くサイクロンのような速さで騎士が姿を現すと、諸宗教の僧侶はさらに重々しく言葉を続けた。「あなた方はどうやら、病気のせいでやむなく人生の最初の時期しか知らぬまま、墓穴が今しもその懐に受け入れたこの者が、疑う余地のない生者であると思ってはおられないようです。しかし、少なくともご承知いただきたい。たくましい馬に運ばれていく曖昧なシルエットをあなた方が目にしているあの男、すでに点でしかなく、まもなくヒースの茂みに消えていこうとしているので、できるだけ早く眼を向けてご覧になるようお勧めするあの男は、ずいぶん長く生きてきたにもかかわらず、ただひとり本物の死者なのです(55)」。

〔7〕

「毎夜、眠りが最高の強度に達した時刻に、大型種の年老いた蜘蛛が一匹、部屋の角が交わる一隅の床にあいた穴からゆっくりと頭を出す。そいつは、何かのかすかな物音がまだ大気中で口器を動かしているかどうか、注意深く耳を澄ます。昆虫の形態をしているからには、そいつがもしみごとな擬人法の数々で文学の宝を増やしたいと思ったら、どうしても物音に口器をつけざるをえないわけだ。周囲を静寂が支配していることを確かめると、蜘蛛は巣の奥深くから、熟慮の助けも借りずに体の色々な部分を次々に引っ張り出し、慎重な足取りで私の寝床のほうへ進んでくる。こいつは驚いた！　眠りも悪夢も尻込みさせるこの私が、繻子のベッドの黒檀でできた脚に沿ってそいつがよじ登ってくると、全身が麻痺してしまう感じがする。蜘蛛は何本もの脚で私の喉を締めつけ、腹部で血を吸う。じつに淡々と！　もっと立派な理由にふさわしい執拗さでこの同じ術策を弄するようになって以来、あなたも名前をご承知の緋色の液体を、そいつはいったい何リットル飲んだことか！　こんな目にあわされるようなことを、私は何かしただろうか。うっかり脚を一本折ってしまったとか？　子供たちを取り上げたとか？　これら二つの仮説は疑わしく、まじめな検討にはとても耐えられない。私に肩をすくめさせたり苦笑を浮かべさせたりするのさえむずかしくないくらいだ、誰も馬鹿にすべきではないが。気をつけるがいい、黒いタランチュラコモリグモ[56]よ。おまえの行動が反論の余地のない三段論法を口実としているのでなければ、いつの夜か、私は死に瀕した意志力を最後に振り絞ってびくっと目を覚まし、手足を金縛りにしている魔法を解いて、指の骨のあいだにおまえをはさんでぐにゃぐにゃにした物質のかけらみたいにつぶしてやるぞ。しかし、そういえば私は、おまえの脚が私の花開いた胸の上によじのぼり、そこから顔を覆っている皮膚までやってくる許可を与えたのだったかな。となれば、おまえを拘束する権利はないわけだ。おお！　混乱した記憶を誰か解きほぐしてくれないか！　褒美として私の血の残りをやろう。最後の一滴も含めれば、少なくとも狂宴の杯を半分満たすくらいはある」。彼はしゃべりながらも、次々と服を脱いでいく。片脚をマットレスに押し当て、もう一方の脚でサファイアの寄せ木床を踏んで体をもちあげると、水平の姿勢で横たわる。覚悟して敵を待ち構えるために、眼を閉じない決意をしたのだ。だが、同じ決意をするたびに、宿命的な約束の説明しがたいイメージが浮かんできて、いつもくじけてしまうのではなかったか？　彼はもう何も言わず、苦悩しながら運命を甘受する。彼にとって、誓いは神聖なものだから。絹の襞におごそかに身を包み、カーテンの留め紐の金色の房はあえて絡み合わせず、黒い長髪の波打つ巻き毛をビロードのクッションの房飾りにもたせかけて、タランチュラコモリグモが第二の棲家として居を定める習わしになった首の大きな傷口を手で探ってみるのだが[57]、一方で顔には満足そうな表情が浮かんでいる。彼は期待しているのだ（彼とともに期待したまえ！）、今日のこの夜が、長大な吸血劇の最終上演となるであろうことを。というのも、彼の唯一の願いとは、拷問者が彼の存在に決着をつけてくれることらしいのだ。死を、そうすれば満足だろう。この大型種の年老いた蜘蛛を見たまえ、そいつは部屋の角が交わる一隅の床にあいた穴からゆっくりと頭を出す。私たちはもはや物語《ナラシオン》の中にいるのではない。そいつは、何かのかすかな物音がまだ大気中で口器を動かしているかどうか、注意深く耳を澄ます。ああ！　タランチュラコモリグモに関しては、私たちは今や現実の中に到達したのだ。各文が終わるたびに感嘆符をつけることもできようが、だからといってこの現実をまぬがれるわけにはいくまい！　蜘蛛は周囲を静寂が支配していることを確かめた。そして、ほら、巣の奥深くから、熟慮の助けも借りずに体の色々な部分を次々に引っ張り出し、慎重な足取りで孤独な男の寝床のほうへ進んでくる。一瞬、そいつは立ち止まる。しかし、このためらいの時間は短い。まだ責め苦をやめる時ではなく、罪人には刑罰が終身と決定されたもっともらしい理由をあらかじめ知らせておかねばならないと、心中思っているのだ。そいつは眠っている者の耳の脇に這い上がった。もしそいつがこれから言うことをひとことも聞き逃したくないなら、あなたの精神の柱廊を塞いでいる無関係なことがらは切り捨てたまえ、そして少なくとも、私があなたに示している関心について感謝してもらいたいものだ。あなたの本物の注意をかきたてるに値すると思われる、劇的な場面に立ち会わせてあげようというのだからね。だって私は、今語っているできごとを自分だけのためにとっておいたっていいはずじゃないか？「目を覚ませ、古き日々の愛の炎、肉のこけた骸骨よ。正義の手を止める時がやってきた。君が望んでいる説明は、まもなく聞かせてあげよう。ぼくたちの言うことを聞いているね？　だが、手足を動かすんじゃない。君は今日もまだぼくたちの動物磁気による催眠術(58)の支配下にあって、脳の活動停止状態は続いている。これで最後だが。エルスヌールの顔は、君の想像力にどんな印象を与える？　忘れてしまったのか！　そして誇り高い足取りのあのレジナルド(59)、その顔つきを君は忠実な脳髄に刻みこんだかい？　カーテンの襞に隠れている彼を見るがいい。その口は君の額の方へ傾げられている。だが、あえて君に話しかけようとはしない。ぼくよりも臆病だからね。君の青春時代のエピソードを話してやろう、そして君を記憶への道に置き直してやろう……」。ずっと前から蜘蛛は腹部を開き、青い服を着てそれぞれ燃える剣を手にした二人の少年がそこから飛び出していた。彼らはこれから眠りの祭壇を守ろうとするかのように、ベッドのそばに場所を占めていた。

「こちらの少年、君をとても愛したので今でも君を見つめつづけている彼が、ぼくたち二人のうち最初に君が愛を与えた者だった。だが、君はしばしばぶっきらぼうな態度をとって、彼を苦しめた。彼のほうは、君に不平の種を提供しないよう、いつも努力を怠らなかった。天使にだってそんなことはできなかっただろう。ある日、君は彼に、一緒に海辺へ水浴びに行かないかと誘った。二人は二羽の白鳥のように、切り立った岩の上から同時に飛びこんだ。すぐれた潜り手である君たちは、二羽の白鳥のように、腕を頭のあいだに伸ばし、手に手を取って、水の塊の中を滑っていく。しばらくのあいだ、二つの潮流をぬって泳いだ。それからずっと遠くにふたたび姿を現すと、君たちの髪の毛はたがいに絡み合い、塩辛い液体をしたたらせていた。だが、いったいどんな不思議なことが水面下で起こったのだろう、波のまにまにひとすじの血の跡が長く尾を引いているなんて？　水面に戻ると、君はなおも泳ぎつづけ、連れがどんどん弱っていくのにも気づかぬふりをしていた。彼は急速に力尽きたが、君はそれでも大きく腕をかいて、もやがかかって前方にぼんやりかすむ水平線めざして進んでいく。怪我人は苦痛の叫び声をあげるが、君は聞こえないふりをする。レジナルドは三度にわたって君の名前の音節を鋭く響かせ、君は三度にわたって悦楽の叫びで応えた。岸辺からは遠すぎて戻れないので、彼は君の通った跡をたどり、なんとか追いついて君の肩にひととき手を休ませようとするが、それもむなしい。実りのない追跡は一時間も続く。彼は力を失い、君は自分の力が増すのを感じながら。君の速度に追いつくのをあきらめて、彼は〈主〉に短い祈りを捧げて加護を求めると、浮き身をするときのように仰向けになり、胸の下で心臓が激しく鼓動しているのが見えるようにして、それ以上待たなくても済むように、死が訪れるのを待った。このとき、君のたくましい手足は遥か彼方にあって、繰り出される測鉛のような速さでなおも遠ざかっていた。沖合いに網を仕掛けて帰る途中の舟が一艘、この海域を通りかかった。漁師たちはレジナルドを遭難者と思い、気を失った彼をボートに引き上げる。右脇腹に傷があるのが確認された。これら熟練の水夫たちは口々に、どんな尖った暗礁や岩の破片も、こんなに小さくかつ深い穴をあけることはありえないという意見を述べた。刃物のたぐい、たとえば最も切れ味の鋭い短剣のような凶器だけが、これほどにも微細な傷の生みの親としての権利をわがものにできる。彼は、大海のはらわたの只中にこうして飛びこんだときのさまざまな経緯をけっして語ろうとせず、この秘密を今日まで守ってきた。今、涙が少しばかり色あせた彼の頬を伝って、君のシーツの上にこぼれている。思い出は時として、物事そのものよりも苦いものだ。(60) だがぼくは、同情なんか抱きはしないぞ。それでは君に敬意を表しすぎることになる。怒りに燃えたその眼を眼窩の中できょろきょろ動かすのはよせ。それよりも冷静でいたまえ。動けないことはわかっているだろう。それに、話もまだ終わっていない。――剣を上げろよ、レジナルド、そんなに簡単に復讐を忘れるんじゃない。そう、たぶんいつの日か、復讐はおまえを非難しにやってくるかもしれないぞ。――後になって君は悔悟の念にかられたが、長続きするはずもない。罪を贖おうと決意して、君は別の友人を選び、これを祝福しほめたたえることにした。この贖罪の手段によって過去の汚点を洗い流し、二番目の犠牲者となった者の上に、もうひとりにたいしては示すことのできなかった共感を注いだのだ。むなしい希望さ。性格は一日や二日で変わるものではなく、君の意志は相変わらずもとのままだった。このぼく、エルスヌールは、君とはじめて出会い、そのとき以来君を忘れることができなかった。ぼくたちはしばらく見つめあい、君は微笑んだ。ぼくは眼を伏せたよ、君の眼には超自然的な炎が見えたからね。君は夜の闇にまぎれて、どこかの星の表面からぼくたちのところまでひそかに降り立ってきたのではなかろうかと、そんなことを思っていた。だって、今日ではもう隠しておく必要がないので告白するけれど、君は人類という仔猪には似ていなかったからね。それどころか、きらめく光輪が額の周囲を取り巻いていた。できるものなら親密な関係を結びたいと思ったよ。でもこの異様な気品の驚くべき新しさを前にして、ぼくはとても近づけなかったし、根強い恐怖が周りをうろついていた。どうしてこの良心の警告に耳を貸さなかったのだろう？　根拠のある予感だったのに。ぼくがためらっているのを見て、今度は君が顔を赤らめ、手をさしのべてきた。勇気を奮って手を君の手に重ねると、そのしぐさの後で、自分が前より強くなった気がした。それ以来、君の知性の息吹がぼくの中に吹きこんだのだ。髪を風にたなびかせ、そよ風の吐息を吸いこみながら、ぼくたちはしばらくのあいだ歩いていった、ピスタチオ、ジャスミン、ザクロ、オレンジなどの生い茂った木立の中を、その香りに酔いしれて。一頭の猪が全速力でぼくたちの衣服をかすめて過ぎ、ぼくが君と一緒にいるのを見ると、眼から一粒の涙をこぼした。そう振舞った理由はわからない。ぼくたちは日の暮れる頃、とあるにぎやかな都市の門前にたどり着いた。円屋根の輪郭、回教寺院の尖塔、あずまやの大理石球などが、闇を通して、空の強烈な青色の上にぎざぎざ模様をくっきりと浮かび上がらせている。(61)でも、君はこの場所で休もうとはしなかった。二人とも疲労困憊していたのに。ぼくたちは外周の城塞の下部に沿って、夜行性のジャッカルのように進んだ。見張りに立っている歩哨たちに出くわさないようにした。そしてようやく反対側の城門を通って、ビーバーのように行儀のいい理性的な動物たちの住むこのおごそかな集団から遠ざかった。ランタンビワハゴロモ(62)が飛び回り、乾燥した草がかさかさと音をたて、遠くで狼か何かがとぎれとぎれに吠え声をあげる——それが田園を横切って闇を進むぼくたちのおぼつかない歩みの道連れだった。いったいどんなしかるべき理由があって、君は人間の密集する巣箱から逃れていくのだろう？　こう自問しながら、ぼくはある種の不安を覚えていた。しかも両脚は、あまりにも長時間使用されて、それ以上歩くことを拒否しはじめていた。ぼくたちはとうとう鬱蒼とした森のはずれにやってきた。その樹々は、もつれ合った背の高い蔓植物、寄生植物、巨大なとげのあるサボテンなどの雑多な集まりによって、たがいに絡み合っている。君は一本の樺の木の前で立ち止まった。そしてぼくに、ひざまずいて死ぬ覚悟をしろと言ったのだ。この世を去る前に、十五分の猶予をくれた。長い行程のあいだ、こちらが見ていないときに時々こっそりぼくに投げかけてきた盗み見るような視線や、リズムも動きも不自然なことに気づいていたいくつかの動作が、開かれた本のページのように、ただちに記憶によみがえってきた。ぼくの疑念は確証されたわけだ。君と闘うには弱すぎるぼくを、君は暴風がヤマナラシ[63]の葉を叩きつけるようにして地面になぎ倒した。一方の膝をぼくの胸にのせ、もう一方を湿った草の上に押しつけながら、片手でぼくの二本の腕を万力のようにかかえこみ、他方の手でベルトに吊るした鞘から一本のナイフを抜くのが見えた。抵抗はほとんど功を奏さず、ぼくは眼を閉じた。牛の群が地面を踏み鳴らす足音が、少し離れたところから風に運ばれて聞こえてきた。その群は牧人の突き棒と犬の両顎に駆り立てられて、機関車のように進んでくる。もはや一刻の猶予もない、そして君もそのことを理解した。予期せぬ救援の接近によってぼくの筋力が倍増していたために目的を達成できないことを恐れ、また一度に一本しかぼくの腕の動きを封じられないことに気づいて、君は鋼鉄の刃を素早く動かし、ぼくの右手首を切り落とすだけにしておいた。みごとに切り離された部位は、ぽとりと地面に落ちた。君は逃げ去り、ぼくは苦痛のあまり茫然としていた。牧人がどうやって助けに来てくれたか、君には語るまい。傷が癒えるのにどれだけの時間が必要だったかも。ただ、予期せぬこの裏切りのせいで、ぼくが死を望むようになったことだけ知ってもらえばいい。戦闘があればみずから赴いて、胸を銃弾にさらした。戦場では栄光をかちえたよ。ぼくの名前は命知らずの勇士たちにさえ恐れられた。ぼくの鉄の義手はそれほどにも、敵軍の中に殺戮と破壊をふりまいたのだ。そうこうするうち、ある日のこと、砲弾がいつにも増して激しくとどろき渡り、基地から切り離されたいくつかの中隊が死のサイクロンにあおられて藁のように渦を巻いていたとき、ひとりの騎士が大胆な足取りでぼくの前に進み出て、勝利の栄冠を争おうではないかと申し出た。両軍の兵士は動きを止め、身じろぎもせずにぼくたちを黙って見守っている。二人は長時間にわたって闘い、体は傷だらけ、兜はぼろぼろになった。たがいの合意のもとに戦闘を中断し、休息して体力を回復してからまた再開した。相手にたいする賛嘆の念に満ちて、二人はそれぞれ兜の面頬を上げる。「エルスヌール！……」「レジナルド！……」息を切らしたぼくたちの喉が同時に発した言葉は、ただこれだけだった。レジナルドは、慰めようのない悲しみに暮れて絶望し、ぼくと同じく軍隊生活に入ったのだが、銃弾には当たらずに生き延びてきたのだった。何という状況でぼくたちは再会したことだろう！　しかし君の名前は口に出なかったぞ！　彼とぼく、二人は永遠の友情を誓いあった。ただし、もちろん、君が主役だったはじめの二つとは違う友情だ！　大天使が天から降り立ち、〈主〉の使者としてこう命じた、ただ一体の蜘蛛に姿を変え、天から命令が下って懲罰の進行に終止符を打つまで、毎夜君のところに来て喉から血を吸うようにと。十年近くにわたって、ぼくたちは君の寝床を足しげく訪れてきた。今日から、君はぼくたちの責め苦から解放される。君が話していたあの漠然とした約束は、ぼくたちにしたものではなく、君よりも強い〈存在〉にたいしてしたものだ。君自身、この取り消せない神命には従っておいたほうがいいとわかっていたのだろう。目を覚ませ、マルドロール！　十年間の夜々、君の脳脊髄系にのしかかってきた催眠術の魔力は、今消え去る」。命令された通りに目を覚ますと、二つの天上的な姿が腕を組んで空中に消えていくのが見える。彼はもう一度眠りにつこうとはしない。ゆっくりと、手足を一本ずつ寝床の外に出す。冷えきった肌を、ゴチック風の暖炉の燃えさしをかきたてた火で暖めに行く。体を覆っているのはシャツだけだ。乾いた口蓋を湿らせようと、クリスタルの水差しを眼で探す。窓のよろい戸を開く。下枠にもたれかかる。彼の胸に恍惚たる円錐状の光線を注いでいる月を眺める。その光の中では、えもいわれぬやさしさをたたえた銀の原子が尺蛾(64)のように揺らめいている。彼は朝の薄明(65)が訪れて舞台装置を転換し、動転した心にわずかばかりの安堵をもたらしてくれるのを待つ。

第五歌終わり

第六歌

〔1〕

あなたよ、うらやましいその冷静さもせいぜいご面相を美しくするのが関の山だが、今度もまた十四行か十五行の章節の中で、第四学級(1)の生徒よろしく、場違いと思われそうな叫び声をあげたり、その手間をかけさえすれば想像できそうなほどグロテスクな、コーチン種の雌鶏のよく通るコッコッという鳴き声を出したりするつもりなのだとは思わないように。だが、命題を主張するからには事実によって証明するほうがいい。いったいあなたは、私がちゃんと説明のつく誇張法を用いて人間と〈創造主〉と自分自身をいともやすやすと侮辱したようだから、私の使命は完遂されたとでも言いたいのだろうか？　そんなことはない。私の仕事の最も重要な部分は今なお、これから果たすべき任務として残っている。これからは小説の操り糸が、先に名を挙げた三人の登場人物を動かすだろう。そうすれば彼らには、より抽象的でない力が伝えられるだろう。生命力は彼らの循環器の奔流にみごとに広がるだろう。そしてあなたは、最初は純粋な思弁の領分に属する漠然とした観念的存在しか見えないと思っていたところに、一方では枝分かれした神経と粘膜をそなえた身体組織、他方では肉体の生理的機能をつかさどる精神的原理を見出して、自分がどんなに驚かされるかおわかりになることだろう。それらは活発な生命をそなえた存在で、腕組みをして胸を張り、あなたの顔の前、ほんの数歩のところで散文的なポーズをとるだろう（だが、効果がきわめて詩的なものになることは請け合いだ）。そうすると、はじめは屋根の瓦や煙突の蓋に降り注いでいた太陽の光も、次いで明らかに彼らの地上的で物質的な髪の毛に反射するようになるだろう。しかし彼らはもはや、笑いを引き起こす特技の持主である呪われた連中ではないはずだ。また、作者の頭の中にとどまっていたほうがよかった虚構の人物でも、普通の存在を遥か越えたところに位置する悪夢でもないはずだ。いいかね、それゆえにこそ、私の詩はいやましに美しくなるのだよ。両手で上行大動脈や副腎[2]に触れてみるがいい、それからもろもろの感情にも！　はじめの五つの物語は無駄ではなかった。それらは私の作品の前扉であり、建造物の土台であり、わが未来の詩学の予備説明だったのだ。そして私は、荷造りをして想像力の国々めざして歩き出す前に、明快かつ正確に一般化したことがらを手早く素描しておくことで、自分が追求しようと決意した目的を文学のまじめな愛好者たちに知らせておく義務を、自分自身にたいして負っていたのである。したがって、私見では、今や私の作品の総合的な部分は完了し、じゅうぶんに敷衍されたものと思う。この部分を通してあなたは知ったのだ、私が人間とそれを創造した〈あいつ〉を攻撃しようと思ったことを。目下のところ、また今後も、これ以上知る必要はない！　新たな考察など、私には余計なものに思える。せいぜい、今日という日の終わりには最初の展開が見られることになる命題の内容を、確かにより広汎ではあるが、結局は同一と言っていい別の形で繰り返すだけのことなのだから。ここまでの所見から、私の意図はこれから分析的な部分に取りかかることにあるという結論が導かれる。これはまことに真実なので、私はほんの数分前、あなたが私の皮膚の汗腺に閉じこめられて、私が主張していることの誠実さを事情承知の上で確かめてもらいたいという、熱烈な願望を表明したくらいだ。わかっているさ、私の定理に含まれている論法は多数の証拠によって補強しなければならないことくらい。いいとも、そうした証拠はそろっているし、あなただって、私がちゃんとした理由もなく誰も攻撃したりしないことはご存知のはずだ！　私が自分もその一員である（この指摘だけでも私は正当化されるだろう！）人類と〈摂理〉に手厳しい非難を浴びせているからといって、あなたが私を責めていると思うと、大口あけて笑ってしまうな。自分の言葉を撤回するつもりはない。ただし、これから私が目にしたものを語るにあたっては、真実を示す以外の野心はないので、それらの言葉を正当化することはむずかしくあるまい。今日、私は三十ページの短い小説を制作しようと思っている。この長さは今後もほとんど変わらないだろう。いつの日か、自分の諸理論が公認されて何らかの文学形式に受け入れられるのがすぐにでも見られると期待しながら、あれこれ模索した結果、私はついに自分の決定的な表現形態を見出したのだ。それは最高の形態である。だって小説なのだから！　異なる要素の混在したこの序文は、まずもってどこに連れて行かれるのかよくわからない読者をいわば不意打ちにするという意味では、確かにあまり自然とは思われないかもしれないやり方で提示された。だが、この注目すべき驚愕の感情、書物や仮綴じ本を読んで時間を過ごしている連中には一般に味わわせないようにしなければならない感情を、私は全努力を傾けて生み出そうとしてきたのだ。じっさい、善意にはあふれていながらも、私にはそうするしかなかった。後になって、何冊かの小説が出版されたとき、あなたははじめて、煤けた顔をした背教者の序文をもっとよく理解することだろう。

〔2〕

本題に入る前に言っておくが、自分の傍に蓋を開けたインク壺と擦り切れていない紙片を数枚置いておくことが必要だというのは、馬鹿げていると思う（誰もが必ずしも私と同じ意見ではあるまい、私の思い違いでなければ）。だがそうすることで、私は作りたくてうずうずしている一連の教訓的な詩篇を、愛情こめてこの第六歌から始めることができるだろう。仮借のない有用性をそなえた、数々の劇的なエピソード！　われらが主人公は、洞窟に出入りし、近寄りがたい場所を隠れ家としているうちに、自分が論理の規則に違反していて、悪循環に陥っていることに気づいた。なぜなら、一方ではこうして人里離れた孤独を代償として人間たちへの嫌悪感をつのらせ、生長不良の灌木や茨や野葡萄(3)の中に自分の狭い行動範囲を限定して事足れりとしていたのに、他方で彼の活動は、邪悪な本能という牛頭人身獣《ミノタウロス》(4)を養ういかなる食料も、もはや見つけられなかったのだから。そんなわけで、彼は人間が集まって住む場所に近づく決心をした。おあつらえむきの犠牲者がこんなにたくさんいる中でなら、自分の多様な情熱は満足できる相手をいくらでも見つけられるだろうと確信して。彼は知っていた、警察というあの文明の盾が何年も前から執拗に自分を探していること、またじつに大勢の官憲とスパイがいつも自分を追跡していることを。もっとも、彼に出くわすには至らなかったが。彼はそれほどにも驚くような巧妙さで立ち回り、功を奏するという点ではまったく異論の余地のない計略や、この上なく賢明に考え抜かれた命令をも、絶妙の巧みさでかわすのだった。彼は熟練の眼でも見間違えかねない色々な姿をまとう特殊能力をそなえていた。芸術家風に言えば、最高の変装！　道徳のことを考えるなら、じつに効果のぱっとしない風体。この点に関して、彼はほとんど天才の域に達していた。あなたは眼にとめなかっただろうか、一匹のかわいいコオロギが、パリの下水道(5)を敏捷に動き回る華奢な姿を？　あいつしかいない。マルドロールだったのさ！　彼は花咲く首都の数々を有害な動物磁気の霊気で催眠術にかけては昏睡状態に陥れるので、首都はしかるべき監視体制をとることができない。彼に嫌疑がかかっていないだけに、なおのこと危険な状態だ。今日、彼はマドリッドにいる。明日はサンクト＝ペテルブルグにいるだろう。昨日は北京にいた。だが、この詩的なロカンボール(6)の所業の数々が恐怖で満たしている現在の場所を正確に断言することは、私の鈍い推論にとって可能な力を越えた作業だ。この悪漢は、この国から七百里離れたところにいるかもしれないし、あなたの目と鼻の先にいるかもしれない。人間を全滅させることは容易ではないし、法律というものもある。しかし我慢強くやれば、人類という蟻の群を一匹一匹と皆殺しにすることはできる。ところで、まだ罠を張ることにも不慣れな状態でわれらが種族の最初の先祖たちとともに生きていた誕生の頃から、また巧みに変身しながらさまざまな時代に地上の諸国を征服と殺戮で荒らし回り、市民たちのあいだに内戦を広めていた、歴史の彼方に位置する太古の昔から、私はすでに、何世代もの人々をひとりずつ、あるいはまとめて、そっくり踵の下に踏みつぶしてきたのではなかったか？　その数えきれぬほどの数字を思い描くのは、むずかしくあるまい。光り輝く過去は、未来への輝かしい約束をした。それは守られるだろう。文章をかき集めるために、私は未開人にまで後戻りして彼らから教えを乞うという、自然な方法をどうしても用いることになる。簡素で威厳に満ちた紳士《ジェントルマン》である彼らの優雅な口は、入墨をしたその唇から流れ出るものすべてを気高くする。私は今しがた、この惑星にあって嗤うべきものなど何もないことを証明した。滑稽な、しかしすばらしい惑星。素朴と感じる人もいると思われる文体（じつは非常に深いのに）をわがものとした上で、私はこれを、あいにく崇高とは見えないかもしれない諸観念を解釈するのに役立てるとしよう！　まさにそれによって、通常の会話の軽薄で懐疑的な調子を捨て去り、じゅうぶん慎重に振舞って気取ったりはせず……何を言おうとしていたのかわからなくなってしまった、この文の始まりが思い出せないので。しかし、わかってもらいたいのだが、アヒルの顔をした人間の愚かしくもからかうような薄笑いのないところなら、詩はどこにでも見つかるものだ。まずは涙でもかもう、その必要があるのでね。それから、手に力強く助けられて、私の指が落としていたペン軸をもう一度取るとしよう。いかにしてカルーゼル橋(7)は、袋があげたように思える胸を引き裂くような悲鳴を聞いたときも、その中立性を変わらずに保つことができたのであろうか(8)！

〔3〕

I

ヴィヴィエンヌ通り(9)の店並は、感嘆に見開かれた人々の眼に、豪奢な品々を誇示している。数知れぬガス灯に照らされて、マホガニーの宝石箱や金時計が、ショーウィンドウ越しに眩しい光の束をまき散らしている。証券取引所の大時計が八時を打った。まだ遅い時刻ではない！　時計の槌が打つ最後の一撃が聞こえたかと思うと、今しがた名前を挙げたこの街路は震えだし、ロワイヤル広場からモンマルトル大通りまで、(10)その土台をぐらぐらと揺り動かす。道行く人々は歩みを速め、考えに沈みながら自宅に引きこもる。ひとりの女が気を失い、アスファルトの上に倒れこむ。誰ひとり彼女を起こそうとはしない。誰もがこの界隈から一刻も早く遠ざかりたいのだ。鎧戸は荒々しく閉ざされ、住民たちは毛布にもぐりこむ。アジア産のペストが存在を明らかにしたかのようだ。かくして、都市の大部分がこれから夜の祭りの歓楽にふけろうとしているあいだ、ヴィヴィエンヌ通りはさながら石と化したかのように、突然凍りつく。愛することをやめた心のように、この街路は生命が尽きてしまったのだ。だが、やがてこの現象の知らせは他の階層の住民にも広がり、陰鬱な沈黙がおごそかな首都の上に漂う。ガス灯はどこに行ってしまったのか？　春をひさぐ女たちはどうなったのか？　何もない……孤独と暗闇のみ！　一羽のフクロウ、一直線に飛び、(11)片脚が折れているフクロウが、マドレーヌ寺院の上を通過して(12)トローヌ市門のほうへ、「不幸な事件が起こるぞ」と叫びながら飛び去っていく。さて、私のペン（私の相棒を務めてくれる、この真の友）が今しも神秘的に描いたこの場所で、もしあなたがコルベール通りがヴィヴィエンヌ通りに突き当たるあたり[13]に目をやったなら、二本の道が交差してできた角のところにひとりの人物がシルエットを現し、ブルヴァール[14]のほうへ軽やかな歩みを進めていくのが見えるだろう。だが、この通行人の注意を自分に引き付けないようにしてさらに近寄ってみると、心地良い驚きとともに気づくのだ、彼が若いことに！　遠くからだと、確かに成人と見まがうばかりなのだが。信頼できる人物の知的能力を評価するにあたっては、生きてきた日数はもはや問題ではない。私は額の人相学的な線のうちに年齢を読み取る術にたけている。彼は十六歳と四か月だ[15]！　彼は美しい、猛禽類の爪の伸縮性のように。あるいはまた、後頸部の柔らかい部分の傷口における、筋肉の動きの不確かさのように。あるいはむしろ、捕獲された鼠によって絶えず仕掛け直されるので、この齧歯目の動物を自動的に際限なく捕らえることができ、藁の下に隠されていても機能できる、あの永久鼠捕り器のように。そしてとりわけ、解剖台の上での、ミシンと雨傘との偶発的な出会いのように[16]！　メルヴィンヌ[17]という、この金髪なる英国の息子は、教師の家でフェンシングのレッスンを受けてきたばかりで、タータンチェックの服に身を包み、両親のもとへ帰るところだ。時刻は八時半、九時には自宅に着けるだろうと、彼は思っている。未来を知っていると確信しているような顔をするなんて、彼としてはとんでもない思い上がりだ。何か予期せぬ障害が、彼の行く手を阻むかもしれないではないか？　そしてそうした状況は、彼があえてこれを例外と考えなければならないほど、めったに起こらないものだろうか？　どうして彼は、これまで自分が不安も覚えず、いわば幸福だと感じてこられたという僥倖をむしろ異常な事態と考えないのか？　いったい何の権利があって、彼は無事に自宅までたどり着けるつもりでいるのか？　何者かが彼の様子をうかがい、そのうち餌食にしようと、背後から尾行しているというのに（私がまさに終えようとしているこの文の直前に並べたいくつかの限定的疑問文を、少なくとも前面に押し出さないようだったら、通俗作家としての仕事をほとんど心得ていないことになろう）。あなたは見て取った、長いあいだその個性の圧力で私の不幸な知性を打ち砕いてきた、あの想像上の主人公を！　マルドロールは、あるときはメルヴィンヌに近づき、この少年の顔立ちを記憶に刻みこもうとする。またあるときは体を後方にのけぞらせ、軌道の後半に入ったオーストラリアのブーメランのように、あるいはむしろ仕掛け爆弾のように、自分の来た道を引き返す。何をすべきか、決心がつかないままに。しかし彼の良心は、あなたは誤ってそう思いかねないが、じつはかすかな情動の芽生えのいかなる徴候も感じてはいない。私は彼が一瞬、反対方向に遠ざかっていくのを見た。悔悟の念にさいなまれたのか？　だが、彼はまた執念を新たにして舞い戻ってきた。メルヴィンヌは、なぜ自分のこめかみの血管が強く脈打つのかわからず、彼にもあなたにも原因がどうしてもつきとめられない恐怖に憑かれ、歩を速める。謎を解こうとする彼の熱心さは、尊重しなければなるまい。どうして彼は振り向こうとしないのか？　すべてが理解できるだろうに。憂慮すべき状態に終止符を打つ最も簡単な方法を、人は考えてみることがあるのだろうか？　市門付近を徘徊するごろつき[18]が、ボール一杯分の白葡萄酒で喉を潤し、ぼろぼろの上っ張り姿で郊外の場末を横切っていくとき、縁石の隅のところで、私たちの父親が経験したいくつかの革命[19]と時代を共にする一匹のたくましい年老いた猫が、眠りこんだ平地に降り注ぐ月の光を物憂げに凝視しているのを、見かけたとしよう。彼はふらふらと曲線を描いて前進し、それから一匹のX脚の犬に合図を送る、すると犬は襲いかかる。猫族の高貴な動物は勇敢に敵を迎え討ち、最後まで闘って命を落とす。明日はどこかの屑屋が、電気を帯びやすい毛皮を買い取ることだろう。いったい猫はなぜ逃げなかったのか？　いとも容易だったのに。しかし目下のところ私たちの関心事であるケースでは、メルヴィンヌが自分自身の無知ゆえに、危険をいっそう厄介なものにしている。彼には何かひらめきのようなもの、きわめて稀有なひらめきのようなものがある、それは確かだ。それを覆い隠している曖昧なものを明らかにするには及ぶまい。しかしながら、彼には現実を見抜くことは不可能だ。彼は予言者ではない、それは否定できない事実だし、彼だって自分が予言者たりうる能力をもっているとは思っていない。幹線道路にたどり着くと、彼は右に曲ってポワソニエール大通りとボンヌ・ヌーヴェル大通り[20]を抜けていく。この地点まで来ると、彼はフォブール・サン゠ドニ通りに入り、ストラスブール鉄道の停車場[21]を通り過ぎてから、ラファイエット通りが直角に重なり合う場所[22]に達する手前の、高い正面扉の前で立ち止まる。このあたりで第一章節を終えるようにとあなたが助言するので、このたびはお望みに従っておくとしよう。ひとりの狂人の手で石の下に隠された鉄の環のことを思うとき、抑えがたい戦慄が私の頭髪を走るのを、あなたはご存じであろうか？

〔4〕

Ⅱ

彼が銅製の取っ手を引くと、近代的な邸宅の扉が蝶番をきしませて開く。細かい砂をまいた中庭を大股で横切り、玄関前の八段のステップをのぼる。二体の彫像がこの貴族館の番人よろしく左右に置かれているが、彼の行く手をさえぎりはしない。父も、母も、〈摂理〉も、愛も、理想も、すべてを否認して、もはや自分のことしか考えないようになった男は、前を行く歩みの後をここまでしっかり追ってきた。紅玉髄(23)の板張りになっている一階の広々とした居間に少年が入っていくのを、男は見届けた。良家の御曹司はソファーに身を投げ出すが、感情が高ぶっていてしゃべれない。長くすそを引くドレスをまとった母親がまめまめしく彼の世話をやき、両腕で抱き寄せる。弟たちは、重い体を載せたソファーの周りに集まる。まだ人生経験が豊かでないので、目の前で何が起こっているのかはっきりわからないのだ。最後に父親がステッキをもちあげ、威厳に満ちたまなざしで一同を見下ろす。肘掛け椅子の肘に手首をついて、いつもの席から離れると、寄る年波で衰えてはいるが、長男のじっと動かない体の方へ不安げに歩み寄る。彼は外国語[24]で話し、誰もが敬意をこめて集中しながらそれに聞き入る。「誰がこの子をこんな状態にしたのだ？　霧に煙るテームズ河は、わしの力が完全に尽き果てるまでに、まだ相当な量の泥土を運ぶだろう。外国人に不親切なこの国には、どうやら犯罪予防のための法律は存在していないらしい。もし犯人がわかったら、わしの腕力のほどを思い知らせてやるのだがな。一線を退いて海戦から遠ざかったとはいえ、壁に掛かっているわしの艦隊指揮官《コモドア》[25]の剣は、まだ錆びついてはおらぬ。それに、刃を研ぎ直すのも容易なこと。マーヴィン、安心するがいい。使用人たちに命じてやつの足取りを見つけ、これから居場所を探りだして、この手で息の根を止めてやるからな。妻よ、そこからどいて、部屋の隅でじっとしていなさい。おまえの眼を見ているとこっちまでほろりとくる。おまえの涙腺の導管を締め直したほうがよさそうだぞ。息子よ、頼むから感覚をよみがえらせて、家族の顔を思い出してくれ。話しかけているのはお父さんだぞ……」。母親は息子から離れ、主人の言いつけに従うべく、一冊の本を手に取って、腹を痛めた息子が立ち向かっている危険を前に、落ち着きを保とうと努力する。「……子供たち、公園に行って遊んできなさい。白鳥が泳いでいるのに見とれて、池に落ちないよう気をつけるのだぞ……」。弟たちは手をだらりと垂らして、押し黙っている。全員がカロライナの夜鷹[26]の翼からむしり取った羽根を載せた縁なし帽をかぶり、膝までしかないビロードのズボンと赤い絹の長靴下をはいて、黒檀の床を踏みしめないよう爪先立ちになり、手をつないで居間から出ていく。私が思うに、彼らは遊んだりせず、プラタナスの並木道を深刻そうに歩き回るにちがいない。知性が早熟なのだ。結構なことではないか。「……手当ての甲斐もない、腕に抱いて揺すってやっても、わしの懇願には応えてくれぬ。頭をあげてはくれまいか？　必要とあれば膝を抱いてやるぞ。いやだめだ……また頭は力なく垂れてしまった」。——「やさしい旦那さま、もしあなたの奴隷であるわたしにお許しいただけるなら、自分の部屋に行ってテレビン油の入った小壜を取って参りますわ。いつも使っているんですのよ、お芝居から帰って頭痛がこめかみに広がったときや、ご先祖様の騎士道物語が書かれているイギリス年代記に記録された感動的なお話を読んで、わたしの夢見がちな思いがまどろみの泥炭地に投げこまれたりした折には」。——「妻よ、しゃべっていいとは言っておらんぞ。おまえにそんな権利はなかったのだ。わしらが正式に結ばれて以来、一点の曇りも二人のあいだに入りこんだことはない。おまえには満足しているよ、これまでまったく非の打ち所もなかったからな。おたがいにだ。部屋に行ってテレビン油の入った小壜を取ってきなさい。おまえの簞笥の引出しに入っているのは知っているから、わざわざ知らせに来なくてもかまわんぞ。早く螺旋階段をのぼって、満足した顔で帰っておいで」。しかしこの感じやすいロンドン女が最初の段に足をかけるかかけないかのうちに（彼女は下層階級の人間ほど足は速くないのだ）、早くも着付け係の侍女のひとりが、頰を汗で真っ赤にして、どうやら気付け用の水薬が入っているらしいクリスタルの小壜をもって二階から降りてくる[27]。侍女は優雅にお辞儀してそれを差し出し、母親は堂々たる歩調で、彼女の愛情にとって唯一の気がかりの対象であるソファーを縁取っている房飾りの方へ進んだ。艦隊指揮官は尊大ながらも思いやりあるしぐさで、妻の手から小壜を受け取る。インド製のスカーフがそこに浸され、メルヴィンヌの頭には絹の環がぐるぐると巻かれる。彼は気付け薬を嗅ぎ、片腕を動かす。ふたたび血行がよくなり、窓枠にとまっていたフィリピン産の鸚鵡の嬉しそうな鳴き声が聞こえる。「そこを行くのは誰？……ぼくを止めないで……。ここはどこ？　重くなった手足を支えているのはお墓なの？　板は柔らかい感じだけれど……。お母さんの肖像が入ったロケットは、まだ首に下がっているかな？……あっちへ行けよ、ぼさぼさの髪をした悪党め。こいつはぼくに手をかけられなくて、指のあいだに胴衣のすそだけが残ったんだ。ブルドッグの鎖を外しておいてください、だって今夜は、ぼくたちが眠りに沈んでいるあいだに、見覚えのある泥棒が家に押し入ってくるかもしれないから。お父様、お母様、ちゃんとお顔はわかります、手当てをしてくれてありがとう。弟たちを呼んでください。あの子たちのためにアーモンド・ボンボンを買っておいたんだ。それに、おやすみのキスもしてやりたいから」。こう言うと、彼は深い昏睡状態に陥る。大急ぎで呼ばれた医者が、もみ手をして大声で言う。「峠は越えました。すべて順調です。明日、息子さんは元気に目を覚ますでしょう。皆さん、どなたもご自分のベッドにお引き取りください、命令ですよ。私がひとりで病人についていますから。夜が明けてナイチンゲールが歌いだすまでね」。扉の背後に隠れていたマルドロールは、ひとことも聞き逃さなかった。今や邸宅の住民の性格はわかっているので、それに応じて行動するだろう。メルヴィンヌがどこに住んでいるかもわかったから、それ以上知りたいとは思わない。手帳に街路の名前と建物の番地を控えた。それが肝要だ。まず忘れることはあるまい。彼はハイエナのように人に見られずに進み、中庭の脇に沿っていく。敏捷に鉄格子をよじのぼるが、一瞬、柵の剣先に引っかかる。それからひと跳びに道路に降り立ち、忍び足で立ち去っていく。「あいつはおれを悪党扱いしやがった」と、彼は叫ぶ。「まったく、馬鹿なやつさ。あの病人がおれに向けた非難を逃れられるような男がいたら、お目にかかりたいものだ。あいつの胴衣からすそなんか引きちぎっちゃいないぞ、あいつはそう言っていたが。恐怖が引き起こした単なる入眠時幻覚[28]だ。今日のところは、あいつを拉致するつもりはなかった。この内気な少年にたいしては、ほかにこれからもくろみがあるからな」。白鳥の湖があるあたりに足を向けてみたまえ。そうしたらあとでお話ししよう、なぜ群の中に全身真っ黒なやつが一羽紛れこみ、その体がイチョウガニ[29]の腐敗した屍骸を載せた鉄床《かなとこ》を支えているせいで、ほかの水鳥仲間たちに当然ながら警戒の念を起こさせているのかを。

〔5〕

Ⅲ

メルヴィンヌは自室にいる。彼は一通の書簡を受け取った。いったい誰が手紙なんか書いてくるのだろう? 動揺のあまり、郵便配達夫に御礼を言い忘れてしまった。封筒には黒い縁取りがあり、言葉は走り書きだ。この手紙は父親に見せに行くべきだろうか? でも署名人がそれをはっきり禁じていたとしたら? 不安でいっぱいになり、彼は窓を開けて外気の匂いを吸いこむ。太陽光線がプリズム状の輝きを注ぎ、ヴェネチア製の鏡や西洋緞子《ダマスク》のカーテンに反射させている。勉強机の表面を覆う打ち出し細工の革張りの上に散らかっている金装小口本や螺鈿表紙のアルバムのあいだに、彼は書簡を放り出す。ピアノの蓋を開け、ほっそりした指を象牙の鍵盤の上に走らせる。真鍮の弦はまったく音を響かせなかった。この間接的な警告を受けて、彼はふたたび上質ヴェラム紙(30)の手紙を手に取る。ところがそれは、まるで宛名人が躊躇したのに気を悪くしたかのように後ずさりした。この罠にはまって、メルヴィンヌは好奇心をそそられ、読まれる準備のできている紙きれを開く。彼はそのときまで、自分自身の筆跡しか見ていなかった。「若い人よ、私はあなたに関心があります。あなたを幸福にしてあげたい。あなたを伴侶として、オセアニアの島々に長い遍歴の旅をしよう。メルヴィンヌ、知っての通りぼくは君を愛している。証明するまでもないことだ。君もぼくに友情を捧げてくれるね、そう確信しているよ。ぼくのことをもっと知れば、信頼を寄せても後悔はしないはずだ。経験不足ゆえに冒しかねない危険からも、守ってあげよう。君の兄代わりとなって、いくらでも適切な助言をしてあげよう。もっと詳しく説明してほしければ、明後日の明け方五時、カルーゼル橋に来たまえ。ぼくがまだ着いていなかったら、待っていてくれ。時間通りに行くつもりだけれどね。君も同じようにするんだぞ。英国人たるもの、自分の問題をはっきり見通せる機会をあっさり手放したりはしないものだ。若い人よ、ではまた、近いうちに。この手紙は誰にも見せてはいけない」。——「署名の代わりに三ツ星だ(31)」と、メルヴィンヌは叫ぶ。「それに、便箋の下の方には血のしみが！」彼の眼がむさぼり読んだ、そして彼の精神に不確かで新しい地平の無限の領野を切り開いてみせる奇妙な文章の上に、大量の涙が流れ落ちる。彼には（今しがた手紙を読み終えてからにすぎないが）父親が少し厳しすぎ、母親はあまりにも気取っているように思える。また私の知るところとはなっておらず、したがってあなたにお伝えしようにもできないいくつかの理由があって、彼は弟たちも気に入らないと匂わせている。彼は手紙を胸に隠す。家庭教師たちは、彼がその日はいつもの彼らしくないことに気づいた。眼が異常に暗く沈み、過剰な物思いのヴェールが眼窩の周辺部に降りている。どの教師も、自分がこの生徒の高い知的水準に及ばないのではないかと恐れて恥じていたのだが、その生徒がはじめて宿題をさぼり、勉強をしなかったのだ。夜、家族は古い肖像画が何枚か掛かっているダイニングに集まった。メルヴィンヌは汁気たっぷりの肉が載った皿と芳香を放つ果物に眼を見張るが、食べようとはしない。ライン産のワインが極彩色に輝き、シャンペンがルビー色に泡だって、細くて背の高いボヘミアングラスにつがれているが、それには目もくれない。食卓に肘をつき、夢遊病者のように自分の思いにふけっている。海水のしぶきで顔が日焼けした艦隊指揮官は、妻の耳もとに屈みこんで言う。「長男はあの発作の日から性格が変わってしまったな。前から馬鹿げた考えに走りがちな子ではあったが。今日はいつにもまして夢想にふけっている。いやはや、あの年頃にはわしはあんなふうではなかったぞ。何も気がつかないふりをしていなさい。こんなときこそ、物質的であれ精神的であれ、まさによく効く薬[32]の出番というものだ。マーヴィン、おまえは旅行記や博物学の本を読むのが好きだったな。気に入りそうなお話を読んであげよう。みんな、一生懸命聴くんだぞ。それぞれ役に立つところが見つかるはずだ、わしをはじめとして。いいかね、子供たち、わしの言葉に注意深く耳を傾けて、自分の文章の書き方に磨きをかけること、そして著者のちょっとした意図もちゃんと理解することを学びなさい」[33]。あたかもひとつの腹から生まれたこの愛らしいちびたちに、修辞学の何たるかが理解できるとでもいうかのように！　彼がこう言うと、その手の合図で弟のひとりが父親の書斎に行き、一冊の本を小脇に抱えて戻ってくる。そのあいだに食器類や銀器は下げられ、父親は書物を手に取る。旅行という、この奮い立たせるような名詞を耳にして、メルヴィンヌは頭を上げ、時宜を得ない瞑想に終止符を打とうと努力する。書物の真中あたりが開かれ、艦隊指揮官の金属的な声が、栄光に満ちた若き日々と同様、彼が今もなお狂乱状態の男たちや嵐を統御できる力をもっていることを証明する。この朗読が終わるだいぶ前から、メルヴィンヌは段階的に過ぎていく文章の論理的な展開にも、数々の強引な比喩の石鹸のような上滑りにもこれ以上ついていけなくなり、また肘をついた。父親は大声で言う。「この本には興味がもてないようだな。別のものを読もう。妻よ、おまえが読んでくれ。息子の日々の悲しみを追い払うには、おまえのほうが向いていそうだ」。母親はもはや希望をもっていないが、それでも別の書物を手に取った。そのソプラノの声音は、彼女の懐胎の産物である息子の耳に美しい調べを響かせる。しかし二言三言読んだところで無力感に襲われ、自分から文学作品の朗読をやめてしまう。長男は大声で言う。「寝てきます」。冷たくすわった眼を伏せて、彼はダイニングを出ていき、それ以上は何も言わない。犬が沈痛な声で吠えはじめる。この振舞いが自然でないと思ったからだ。戸外の風が、窓の縦方向の割れ目から不規則に吹きこみ、青銅のランプの、薔薇色がかったクリスタル製の丸い笠を二つかぶせた炎を揺らす。母親は両手を額にあてがい、父親は天を仰いでいる。子供たちはおびえた視線を老いた海兵に投げかける。メルヴィンヌは部屋の鍵を二重に回してドアを閉め、手を素早く紙の上に走らせる。「お手紙は真昼に受け取りました。すぐにお返事を出せなくて申し訳ありません。あなたのことは個人的には存じ上げませんので、お手紙を書くべきかどうかわからなかったのです。でも、失礼なことをしてはいけないというのがわが家の決まりなので、決心してペンを執り、未知の者に示してくださったご関心に心から感謝申し上げることにしました。あなたがぼくに注いでくださるあふれんばかりのご好意に感謝しないなどということが、どうかありませんように。ぼくは自分の欠点を知っていますが、だからといって得意がるつもりもありません。でも、もし年上の方の友情を受け入れることが礼儀にかなっているとすれば、ぼくたちの性格が同じではないということをその方にわかってもらうことも、やはり礼儀にかなっています。じっさい、ぼくのことを若い人と呼んでいらっしゃるからには、あなたはどうやら年上のようですが、でもあなたの本当の年齢については相変わらず疑いを抱いています。だって、あなたの厳密な論法の冷静さと、そこから出てくる情熱を、いったいどう折り合わせたらいいのでしょうか？ぼくはけっして、自分の生まれた場所を捨ててあなたと一緒に遠い国々へ旅立ったりはしないでしょう。そんなことは、ぼくを生んでくれた両親にあらかじめ許可を求めて今か今かと待ちわびるのでない限り、できない相談です。でも、精神的に不可解なこの件については（言葉を三乗したくらい強い意味での）秘密を守るようにとあなたが厳命なさったので、ぼくは異論の余地のないあなたの賢さにさっそく従うことにします。どうやらこの件は、明るい光に喜んで向き合いたがってはいないようですね。ぼくがあなたという人間自身を信頼することをお望みのようですから（見当違いの願望ではないと、喜んで告白しておきましょう）、どうかぼくにたいしても同様の信頼をお寄せください。そしてぼくがあなたとはずいぶん意見を異にしていて、明後日の朝、指定の時刻ぴったりに約束の場所に行かないだろうなどとは、どうか間違ってもお思いにならないように。庭の囲い壁は乗り越えるつもりです、門の格子は閉まっているでしょうから。誰もぼくが出て行ったことには気づかないでしょう。率直に言って、あなたのためになら何でもするつもりです。あなたの説明できない愛着の気持ちはただちに明らかになって、ぼくの眼は眩惑され、これほどのやさしさのしるしにすっかり驚いたのでした。まさかこんなにやさしくしてもらえるなんて、思ってもいなかったのです。なにしろあなたのことなど知らなかったのですから。今では存じ上げています。カルーゼル橋の上を歩き回っているという、ぼくになさった約束をお忘れにならないように。ぼくがそこを通ったら、必ずあなたに出会い、その手に触れるにちがいないと、これ以上ないほど強く確信しています。つい昨日までは羞恥の祭壇を前にひれ伏していた少年のこうした無垢な意思表示が、その敬意に満ちたなれなれしさのせいで、あなたの気を悪くさせたりさえしなければの話ですが。でも、なれなれしさというのは、堕落が真剣に確信をもってなされるとき、強固で熱烈な親密さがある場合には、公言してもかまわないものではないでしょうか？　それに結局のところ、まさにあなた自身にお尋ねしたいのですが、明後日、雨が降ろうと降るまいと、五時になったとき、通りすがりにあなたにお別れを告げたとしても、いったい何の不都合があるでしょう？　あなたご自身も、紳士殿《ジェントルマン》、ぼくがこの手紙を綴るにあたってどれほど如才なく振舞ったか評価していただきたいものです。どこかに紛れてしまうかもしれない紙切れには、これ以上のことは書けませんから。便箋の下に書いてあったあなたの住所は字が読みづらくて、判読するのに十五分近くかかりました。単語を豆粒みたいな字で記しておかれたのはよかったですね。署名はせずにおきます、この点ではあなたの真似をして。ぼくたちはあまりにも奇妙な時代に生きているので、これから何が起ころうと、一瞬も驚いてはいられません。ぼくの退屈な時間を葬る汚らしい納骨所である、人けのないいくつもの部屋の長い列に取り囲まれて、ぼくが凍りついたように動かないまま住んでいる場所がいったいあなたにどうやってわかったのか、ぜひとも知りたいものです。どう言ったらいいのでしょう？　あなたのことを思うと胸が騒ぎ、衰退期の帝国が崩壊するようにがんがんと響き渡るのです。あなたの愛情の影が、微笑みをくっきりと浮かび上がらせているから。でも、そんな微笑みはたぶん存在しないのでしょう。影はとてもぼんやりしていて、その鱗をいともくねくねと動かしているからです！　真新しい大理石の台板さながら、致命的な接触にはまだ汚されていない激しい感情を、あなたの手にゆだねます。夜明けの最初の光が現れるまで我慢しましょう、そしてペストにかかったあなたの腕のおぞましい絡み合いの中に身を投げ出すその瞬間を待ちながら、ぼくはあなたの前にうやうやしくひれ伏し、膝を抱き締めます」。この罪深い手紙をしたためると、メルヴィンヌはそれを投函し、戻ってベッドに入る。そこに彼の守護天使がいるなどと期待しないように。魚の尾は三日間しか飛ばないであろう、それは本当だ。だが、ああ！　それでも梁《はり》は燃やされるであろう。そして円筒と円錐を組み合わせた形の弾丸は、雪娘と乞食の意に反して、犀の皮膚を貫くであろう！　冠をかぶった狂人が、十四本の短刀の忠実さについて、本当のことを言ってしまうであろうから。

〔6〕

Ⅳ

私は額の真中にひとつしか眼がないことに気づいた！　おお玄関の羽目板にはめこまれた銀の鏡たちよ、君たちはその反射力によって、どれだけ私に役立ってくれたことだろう！　私がアルコールを満たした桶で仔猫たちを煮立てたからというので、一匹のアンゴラ猫がだしぬけに背中から襲いかかり、頭蓋骨に穴をあける穿孔器のように私の頭蓋突起を一時間にわたって齧ったあの日以来、私は自分自身に絶えず責め苦の矢を放ちつづけてきた。今日、生まれつきの宿命によって、あるいは自分自身の過ちによって、私の体が種々の状況で受けてきた傷の痛みに耐え、道徳的堕落が引き起こすもろもろの結果（そのいくつかは実現してしまった。他の結果を誰が予想できよう？）に打ちひしがれて、今しゃべっている者の腱膜[34]と知性を飾っている後天的あるいは先天的な化け物じみた特徴の数々を平然と眺めながら、私は自分を構成している二元性の上に長い満足の視線を投げかける……そして自分が美しいと思う！　尿道管が相対的に短く、その下部内壁が割れているか欠けているために、この管が亀頭から一定しない距離のところ、ペニスの下側に露出しているという、男の生殖器の先天的な奇形のように美しい[35]。あるいはまた、七面鳥の上くちばしの付け根に盛り上がっている、かなり深い横皺が何本も刻まれた円錐形の厚ぼったい肉垂のように[36]。あるいはむしろ、次の真理のように――「音階と旋法とその和声的連鎖のシステムは、不変の自然法則に基づいているのではなく、逆に、人類の段階的進歩とともに変化してきて今なお変化している美学的諸原理の帰結なのである[37]」。そしてとりわけ、砲塔を装備した装甲コルヴェット艦のように[38]！　そうとも、私は自分の断言の正確さを強く主張する。思い上がった幻想など抱いていないという自信があるし、嘘をついてみても何の得もない。それゆえ、今述べたことはいっさい躊躇せずに信じるべきなのだ。だいいち、自分の良心から発する称賛的な証言を前にして、どうしてみずから嫌悪感を覚えたりするだろう？　私には何も〈創造主〉をうらやむことなどない。だが、ますます増えていく一連の栄えある犯罪を通して、私が運命の河を下っていくがままにしてほしいものだ。さもなければ、あらゆる障害物に苛立つ視線をやつの額の高さに上げて、やつだけが宇宙の主人ではないということをわからせてやろう。そして事物の本性についてのもっと深い知識に直接依拠するいくつかの現象が、これとは逆の見解に有利な証言をしており、単一の権力の持続可能性にたいして明白な否認を突きつけていることを。私たちは二人でたがいにまぶたの睫毛を見つめ合っているのだからな、そうだろう……そしておまえも知っての通り、唇のない私の口の中では、勝利のラッパが一度ならず鳴り響いたのだ。さらばだ、高名なる戦士よ。不幸にあってのおまえの勇気は、おまえの最も手ごわい敵にも敬意を抱かせる。しかしマルドロールはやがておまえとふたたびまみえ、メルヴィンヌという名の餌食を争うことだろう。かくして、枝付燭台の奥に未来を垣間見たときの雄鶏の予言は実現されるだろう。(39)天に願わくは、イチョウガニが巡礼の一団に間に合うよう追いついて、クリニャンクールの屑屋の語ったことを手短に知らせんことを！

〔7〕

V

パレ＝ロワイヤルの左側、泉水から遠くないベンチの上に、リヴォリ通りから出てきたひとりの人物が腰を下ろした。髪はぼさぼさで、服装は長い窮乏生活の腐蝕作用をあらわに示している。彼は尖った木の枝で地面に穴を掘り、手のひらを土でいっぱいにした。そしてこの食べ物を口にもっていくと、あわてて吐き出した。彼はまた立ち上がり、頭をベンチに押し当てると、両脚を高くもちあげた。だが、この綱渡り芸人みたいな状態は重心を支配している重力の法則に外れているので、またベンチの板の上にどすんと倒れてしまった。両腕はぶらりと垂れ下がり、鳥打帽が顔の半分を覆い隠し、両脚は不安定なバランスがますます危なっかしい状態になって、砂利をばたばた叩く。彼は長いことそのままの姿勢でじっとしている。北側の境界にある入口のあたり、カフェが入っている円亭《ロトンド》(40)の横で、われらが主人公が腕を鉄格子に寄りかからせている。その視線は方形広場の表面をくまなく見渡し、どんな角度からの眺めも取り逃さないといった風情だ。調査が完了すると、彼の眼はまたもとの位置に戻り、庭園の真中に、ベンチでぐらつきながら体操しているひとりの男を見つける。力と技巧を駆使して驚異的な離れ業を演じながら、なんとかその上で姿勢を固定させようとしているのだ。だが、正当な理由のためにもち出された最高の善意も、精神異常がもたらす変調にたいしては何ができよう？　彼は狂人のほうへ歩み寄り、親切に手を貸して誇り高い体を正常な位置に戻してやると、相手に手をさしのべ、その横に座った。狂気が間歇的なものでしかないことに、彼は気づく。発作は消えた。話し相手は、あらゆる質問に筋道立てて答える。その言葉の意味をお伝えすることが必要だろうか？　人類の悲惨を記した二つ折り本のどこかのページを、冒瀆的な熱意をもって、どうしてまた開いたりするのか？　これほど豊かな教訓を含むものはないからだ。あなたにお聞かせすべき本当のできごとが何ひとつなかったとしても、私は想像上の物語を発明してあなたの頭脳に注ぎこむことだろう。だが、病人だって自分からなりたくてなったわけではない。そして彼の語ることの真実味は、読者の信じやすさとみごとに結びつくのである。「親父はヴェルリ通り(41)の大工だった……。三人のマルグリット(42)の死があいつの頭上に降りかかり、カナリアのくちばしが眼球の軸を永遠に翳っていればいいのに！　あいつはいつも飲んだくれていた。そんなときには、居酒屋のカウンターをはしごしてから家に戻ると、狂乱ぶりはほとんど底知れなくなって、目に入るものは手当たり次第に殴りつけたものだ。それでもやがて、友人たちに非難されて完全に素行を改めると、無口な性分になった。誰もあいつには近づけなかったよ、お袋でさえも。自分の好き勝手に振舞うのを妨げる義務の観念にたいして、あいつはひそかな怨念を抱いていたんだ。おれは三人の妹たちのために、一羽のカナリアを買ってやっていた。おれが一羽のカナリアを買ってやったのは、三人の妹たちのためだった。妹たちはそいつを戸口の上の鳥籠に入れておいたので、道行く人々はそのつど立ち止まっては鳥のさえずりに耳を傾け、はかない優美な姿に目を見張り、絶妙な形態をつくづく吟味したものだ。親父は何度も、鳥籠とその中身をどこかへやってしまえと命令していた。カナリアが母音唱法の才能を発揮して、空気のように軽やかな独唱曲《カヴァティーナ》の花束を投げかけながら、自分のことを馬鹿にしていると思いこんでいたんだ。あいつは鳥籠を釘から外しに行ったが、怒りで逆上して、椅子から滑り落ちてしまった。膝をちょっとすりむいたのが、このもくろみの戦利品という次第。腫れ上がった部分をしばらくおがくずで押さえてから、眉をひそめてズボンのすそを下ろすと、前より用心深くして、鳥籠を小脇に抱えて作業場の奥に向かった。そこで、家族が泣き叫んで懇願したのに(おれたちはこの小鳥にずいぶん愛着を感じていた、家の守り神みたいなものだったから)、あいつは鋲を打った踵で柳の籠を踏みつぶしやがった。そのあいだ大鉋を頭上でぐるぐる振り回していたから、その場にいた連中は近づけなかったんだ。たまたま、カナリアはすぐには死ななかった。血まみれになりながらも、このふわふわした羽毛の塊はまだ生きていた。大工の親父はその場を離れ、ばたんと音をたてて扉を閉めた。お袋とおれは、今にもこの世を去りそうな小鳥の命をなんとか引き止めようとしたが、そいつは最期に近づいていて、羽の動きも、断末魔の最後の痙攣を映し出す鏡としか見えなくなっていた。そのあいだ三人のマルグリットは、いっさいの望みが失われようとしていることに気づいて、たがいに手を取り合い、生きた鎖となって、階段の後ろ側、おれたちの飼っていた雌犬の小屋の傍らに行くと、潤滑油の入った樽を脇に押しのけてからうずくまった。お袋は休むことなく自分の務めにいそしみ、カナリアを手に包んで息を吹きかけて暖めようとしていた。おれはといえば、半狂乱になって、家具や道具にぶつかりながら部屋という部屋を走り回る始末さ。時折、妹のひとりが、かわいそうな小鳥の運命がどうなったか知ろうとして、階段の下から顔を出しては、悲しそうにまた引っこめるのだった。雌犬は小屋から出てきて、まるでおれたちの失ったものの大きさを理解したみたいに、慰めても甲斐のない舌で、三人のマルグリットの服を舐めていた。カナリアはもう虫の息だった。今度は別の妹が（末の妹だった）、光がわずかしか射さない薄暗がりに顔を出した。彼女の眼に映ったのは、青ざめる母親の顔、そして小鳥が神経系の最後の反応としてほんの一瞬頭をあげてから、また母親の手の中でがっくりと崩れ落ち、永遠に動かなくなる姿だった。妹はこの知らせを姉たちに告げた。彼女たちはいっさい嘆きの声もあげなかったし、つぶやきも洩らさなかったよ。作業場はしんと静まり返っていた。聞き分けられるものといえば、鳥籠の破片が柳の弾力性によって部分的にもとの形状に戻ろうとする、ぴしぴしという不規則な音だけ。三人のマルグリットは涙一滴こぼさず、その顔はみずみずしい紅色を少しも失っていなかった。そう……彼女たちはただじっとしていただけだ。犬小屋の中まで這っていくと、藁の上に並んで横たわった。そのあいだ雌犬は、彼女たちのすることを黙って見守るばかりで、びっくりしてその振舞いを眺めていた。何度かお袋が呼んだけれど、まったく返事の声もしなかった。それまでの高ぶった感情に疲れて、きっと眠っているにちがいない！　お袋は家じゅうを探し回ったが、見当たらなかった。雌犬が服のすそを引っ張るので、犬小屋についていった。女は屈みこんで、小屋の入口に頭を入れる。彼女が目撃したと思われる光景は、母親の心配からくる病的なまでの誇張を除いても、おれの頭で推測してみると、やはり悲痛なものでしかありえない。おれは蠟燭をともしてお袋に差し出した。そのおかげで、隅々までくまなく見渡せた。お袋は藁まみれの頭を、早すぎた墓から戻すと、おれに言った。『三人のマルグリットは死んでしまったわ』。妹たちをこの場所から引っ張り出すことはできなかったので――というのも、よく覚えておいてほしいのだが、彼女たちはぴったり抱き合っていたのだ――、おれは犬の住居を叩き壊そうと、作業場にハンマーを取りに行った。すぐに解体作業にとりかかったが、通行人たちは、わずかでも想像力があったら、わが家では休む間もなく仕事をしていると思ったかもしれない。お袋は遅々として進まないのに苛立って、といってもそれは仕方のないことだったのだが、板を引っ掻いて爪を割ってしまった。ようやく、甲斐のない解放活動は終わりを告げた。犬小屋は叩き割られて、ばらばらに開いた。おれたちは残骸の中から、大工の娘たちをやっとの思いで引きはがした末に、ひとりずつ引っ張り出した。お袋はこの国を去ったよ。親父にはそれ以来会っていない。おれはといえば、人々に狂人と言われ、施しを乞う生活だ。おれが知っているのは、カナリアがもう二度と歌わないということさ」。聞き手は心の中で、自分のおぞましい理論を支えてくれるこの新しい例がもたらされたことに、わが意を得てうなずく。あたかも、かつて酒浸りになったひとりの男のせいで、人類全体を指弾する権利ができたとでもいうかのように。これが少なくとも、彼が頭の中に導き入れようとしている逆説的な考察だ。ただしそんな考察をしてみても、深刻な経験がもたらす重要な教えの数々を頭から追い出すことはできない。彼はいかにも同情したふうを装って狂人を慰め、自分のハンカチで涙を拭ってやる。それからレストランに連れて行って、一緒に食事をする。二人は高級な仕立屋に行き、被護者は王侯貴族並みの恰好をさせてもらう。サン＝トノレ通り[43]にある大邸宅の門番小屋の扉を叩き、狂人は四階の豪華なアパルトマンに身を落ち着ける。悪党は彼に財布を押しつけ、ベッドの下にあった尿瓶を取ると、アゴーヌ[44]の頭に載せる。「君に冠を授け、並みいる知性の王とする」と、彼はあらかじめ考えておいた大袈裟な口調で高らかに告げた。「ちょっと呼んでくれさえすれば、いつでも馳せ参じよう。わが金庫から好きなだけ使いたまえ。私は身も心も君のものだ。夜は雪花石膏の冠をもとの位置に戻し、許可を得た上で使用するがいい。しかし陽のあるあいだは、黎明が幾多の都市を照らしはじめたらすぐ、君の権力の象徴としてそれを頭に載せるのだ。三人のマルグリットは私の内によみがえるだろう、君の母親にはなってやれないが」。すると狂人は数歩後ずさりした。あたかも侮辱的な悪夢の餌食になったかのように。悲しみの数々で皺の寄った顔に、幸福の線が何本か描かれた。彼はすっかりへりくだって、保護者の足もとにひざまずいた。冠を戴いた狂人の心に、感謝の念が毒のように入りこんだのだ！　彼はしゃべろうとしたが、舌が動きを止めてしまった。体が前屈みになり、床のタイルの上に倒れこんだ。青銅の唇をした男はその場を去る。そいつの目的は何だったのか？　いとも素朴で、自分のちょっとした命令にも従うような、終生変わらぬ友を得ることだ。これほどおあつらえむきの出会いはない。天の配剤だ。ベンチに寝ているのをやつが見つけた者は、若き日のできごとがあってからというもの、もはや善悪の見境がつかない。あの男にとって必要なのは、まさにアゴーヌだ。

〔8〕

VI

〈全能者〉は少年を確実な死から救い出すために、大天使(45)のひとりを地上に遣わしていた。いずれ自分自身で降りてこざるをえなくなるだろう！　だが、私たちはまだ物語のその部分には到達しておらず、私としては口を閉じるほかないようだ。一度にすべてを言うことはできないからな。効果をねらった仕掛けはいずれも、この作り話の筋立てがまったく不都合を見出さないとき、しかるべき場所に現れるだろう。正体を見抜かれないように、大天使はピクーニャ(46)のように大きいイチョウガニの姿をまとっていた。海の只中にある岩礁の尖端に陣取って、岸辺に降りていくのに好都合な潮の状態になる瞬間を待っている。碧玉の唇をした男は、曲がりくねった海岸の背後に身を隠し、棒杖を手にこの動物の様子をうかがっていた。これら両者の胸の内を、いったい誰が読み取りたいと思っただろう？　前者は、自分が達成困難な使命を帯びていることを自分でも認めていた。「どうすればうまくいくのだろう？」と、彼は叫んだ。「波がますます大きくなって、やつの一時的な隠れ家に打ち寄せているというのに。あそこは御主人様も、一度ならず力と勇気がくじけてしまった場所だ。私は有限の実在にすぎないのに、やつときたら、どこから来たのか、何が最終目標なのか、誰も知らない。やつの名前を聞くと、居並ぶ天使の軍隊も震えあがる。そして何人もの語るところによれば、私が後にしてきた領域ではサタン自身でさえ、悪の化身であるあのサタンでさえ、あれほど恐ろしくはないというのだ」。後者は次のようなことを考えていたが、それは紺碧の円天井にまでこだまして、これを汚した。「あいつは見るからに経験不足だな。さっさと片付けてやるとしよう。おおかた天からやってきたんだろう、自分で降りてくるのがこわくてたまらないやつに遣わされて！　仕事にかかってみれば、こいつが偉そうな見かけほどのやつかどうかすぐわかる。地上の杏[47]の住民ではないな。きょろきょろと落ち着かない眼を見れば、天使の出だということはおのずと明らかだぞ」。イチョウガニは、しばらく前から沿岸の限られた空間に視線をさまよわせていたが、われらが主人公を見つけると（彼はそのときヘラクレスのような身の丈で仁王立ちになった）、次のような言葉で呼びかけた。「闘おうなどと思わずに降伏しろ。私はわれわれ二人よりも偉いお方に遣わされて来たのだ、おまえに鎖をつなぎ、おまえの思考の共犯者たる二本の手を動けなくするために。ナイフや短刀を指で握り締めることは、今後は禁止されねばならぬ、いいか。おまえのためでもあるし、他の人々のためでもある。生死は問わず、つかまえてやるからな。生け捕りにせよとの命令だが。私にゆだねられた力を使わざるをえない状況に追いこまないでくれ。私は丁重に振舞おう。おまえのほうも、抵抗なんかするんじゃないぞ。そうすれば私は大歓迎かつ大喜びで、おまえも悔悟に向かって最初の一歩を踏み出したと認めてやろう」。まことに滑稽きわまりない味つけに満ちたこの大演説を聞いて、われらが主人公はその日焼けした粗野な顔立ちに真剣さを保つのがひと苦労だった。だが、とうとう大声で笑いだしたと付け加えても、誰も驚きはしまい。どうにも我慢できなかったのだ！　別に悪気があったわけじゃない！　イチョウガニの非難を浴びるような真似はもちろんしたくなかった！　哄笑を追い払おうと、どれだけ努力したことか！

びっくり仰天している相手の気を悪くさせるような表情をしないように、上下の唇を何度閉じ合わせたことか！　あいにく彼の性格は人間の本性の特徴を帯びていて、雌羊みたいに笑ってしまったのだ！　ようやく笑いやんだぞ！　そうすべき時だった！　危うく窒息するところだったからな！　風が次のような返事を岩礁の大天使のところまで運んだ。「おまえの主人が、事に決着をつけるためにカタツムリやザリガニどもをもう遣わしてこなくなって、おれと直談判しにおいであそばしたら、まず間違いなく折り合いをつける手立てが見つかるだろうさ。なにしろおまえが正当にも言った通り、おれはおまえを遣わしたやつよりも劣っているからな。それまでは、和解という考えは時期尚早で、幻の結果をもたらすだけだという気がする。おまえのひとことひとことに宿っている理にかなった部分を、おれもけっして見誤ったりはしない。それに、おれたちの声に三キロメートルもの距離を踏破させようとすれば無駄に疲れさせてしまいかねないから、おまえがその難攻不落の要塞から降りて、泳いで陸地までやってきたほうが賢明な振舞いだと思うのだが。そうすればもっと気持ちよく降伏の条件を話し合えるだろう。降伏というのは、いくら正当であっても、やはりおれにとっては結局のところ不愉快な見通しだからな」。大天使は、こんな善意は予期していなかったので、岩の割れ目の底から少しだけ頭を出して答えた。「おおマルドロールよ、おまえの忌まわしい数々の本能が、それらを永遠の劫罰へと導いていく、あの正当化できない傲慢さの炎が消えるのを見る日がついに訪れたのか！　となればこの私が最初に、この称賛すべき変化を智天使の軍(48)勢に語って聞かせようではないか。彼らも仲間のひとりに再会して喜ぶことだろう。おまえがわれわれの中で第一位の座を占めていた時期があったことを、おまえ自身知っているし、忘れたこともなかろう。おまえの名前は口から口へと伝えられた。今では、われわれの孤独な会話の種となっている。さあ来い……昔の主人と永続的な和平を講じに来るんだ。あの方は迷える息子のようにおまえを迎えてくださるだろうし、インディアンによって立てられたヘラジカ(49)の角の山のようにおまえが心に積み重ねてきた膨大な量の罪にも、一顧だに払われぬであろう」。こう言うと、彼は体のすべての部分を暗い裂け目の奥から引っ張り出した。輝かしい姿で、岩礁の表面に現れる。迷える子羊を連れ戻せると確信しているときの、諸宗教の僧侶のように。これから水に飛びこみ、赦された者のほうへ泳いで来ようというのだ。しかしサファイアの唇をした男はずっと前から、裏切りの一撃を加えてやろうとたくらんでいた。その棒杖が力いっぱいに投げられた。波の上を何度も跳ね返ったあげく、それは善意あふれる大天使の頭を直撃する。蟹は致命傷を負い、水中に落下した。潮の流れが、この浮遊する漂流物を岸辺に運んでいく。そういえば、蟹はできるだけ容易に上陸できる潮の状態を待っていた。さあ、その潮どきだ。それは蟹を子守唄で揺らしながら、ふんわりと海岸に置いていった。蟹は満足ではなかろうか？　これ以上どうしてほしいというのか？　そしてマルドロールは、浜辺の砂の上に屈みこんで、波のたわむれによって離れがたく結びつけられた二人の友を両腕にかき抱く。イチョウガニの屍骸と、人殺しの棒杖を！　「まだ腕は衰えていないな」と彼は叫んだ。「いつでも使用可能だぞ。まだ腕には力があるし、ねらいも正確だ」。彼は生命を失った動物を見つめる。流血の釈明を求められるとまずい。大天使をどこに隠そうか？　同時に、これは即死ではなかったのかと自問する。彼は鉄床と屍骸を背負った。それから広大な池に向かっていく。その岸辺は、背の高いイグサの絡み合った群生にぐるりと覆われ、壁に囲まれたようになっている。はじめハンマーをもって行こうと思ったのだが、道具としては軽すぎる。もっと重いものを使えば、もし屍骸が生きているしるしでも示そうものなら、そいつを地面に置いて、鉄床で叩いて粉々にしてやれるというわけだ。腕にはたくましさが欠けているわけでもない。まさか。彼の障害としては最もありえないものだ。湖の見えるところまで来ると、そこには白鳥たちが住んでいる。ここは自分にとって安全な隠れ場所だと、彼は思う。変身という手立てに訴えて、荷物は背負ったまま、ほかの鳥たちの一団に紛れこむ。見たまえ、〈摂理〉の手はそれが不在であると思いたくなる場所にも現れているぞ。そして私がこれからお話しする奇跡から、利益を引き出したまえ。鴉の羽のように黒い彼は、三度、目も覚めるほど真っ白な游禽類の集団の中で泳いだ。三度、彼は自分を石炭の塊に似せているこの目立った色彩を保持した。というのも、神がその正義において、彼の狡智が白鳥の一団までも欺くことをけっして許さなかったからだ。こんなふうにして、彼は湖の中にこれ見よがしにとどまった。だが、みんなが彼から離れ、一羽の鳥も、彼の恥ずべき羽毛に近づいて仲間になろうとするものはなかった。そこで彼は、人間たちの中でもそうだったように、空の住民たちの中にあってただひとり、湖の端の離れた入り江に自分の潜り場所を限定したのだ。このようにして彼は、ヴァンドーム広場[50]での信じがたいできごとの前奏曲を奏でていたのである！

〔9〕

Ⅶ

黄金の髪をした海賊[51]は、メルヴィンヌからの返事を受け取った。この奇妙な紙面のうちに、自分が与えた示唆のわずかな力に身をゆだねてそれを書いた者の、知的動揺の痕跡を追う。手紙の主は未知の人物の友情に応える前に、両親に相談したほうがずっとよかったのだ。このいかがわしい策謀に主役として関わっても、彼にとっては何の得にもなりはすまい。しかし結局、彼はそう望んだ。指定の時刻に、メルヴィンヌは家の門から出ると、セバストポール大通りに沿ってサン＝ミシェルの噴水までまっすぐに進んだ。グラン＝ゾーギュスタン河岸に入り、コンティ河岸を抜ける。マラケ河岸にさしかかると、自分の進む方向と平行に、ひとりの人物がルーヴル河岸を歩いているのが見える。袋を小脇に抱え、彼を注意深く見つめている様子だ。朝もやは晴れた。二人の通行人は、カルーゼル橋の両側に同時にたどり着く。一度も会ったことがないのに、たがいに相手を認め合った！　まことに、年齢の隔たったこれら二人の人間が、感情の崇高さによって魂を寄り添わせるのを見るのは心を打つものだ。少なくとも、この光景を前に立ち止まった人ならばそう思ったであろうし、それは何人もの人々が、数学的精神をもってしても感動的だと思ったであろう光景だった。メルヴィンヌは顔を涙で濡らしながら、自分はいわば人生の入口で、将来の逆境にあって貴重な支えとなる人にめぐり会ったのだと考えていた。信じてほしいのだが、もうひとりは何も言わなかった。彼がしたことは以下の通り。もっていた袋を広げ、その口を開けると、少年の頭をつかんで体ごと布の袋に突っこんだのだ。それから自分のハンカチで、入口となっていた端の部分を結んでしまった。メルヴィンヌが甲高い叫び声をあげたので、袋を洗濯物の包みのようにもちあげると、橋の欄干に何度も叩きつけた。すると受刑者は、骨がばりばりと折れる音を聞いて、叫ぶのをやめた。比類のない場面だぞ、どんな小説家も二度と見つけられまい！　荷馬車に積んだ肉の上に腰掛けて、肉屋が通りかかった。そこへひとりの人物が駆け寄り、彼を立ち止まらせて言った。「犬が一匹、この袋に入っているんだがね、疥癬病みなのさ。一刻も早く殺してもらいたい」。声をかけられた男は愛想よく応じた。

呼び止めた男はその場から離れると、ぼろをまとった娘が手を差し出すのを見かけた。厚かましくも不敬虔な振舞いは、いったいどこまで行けば極まるというのか？　男は娘に施しをしたのだ！　さて言ってくれたまえ、あなたは数時間後の、辺鄙な場所にある屠畜場の入口に連れて行ってほしいかね。肉屋は戻ってくると、重い荷物を地面に投げ出して仲間たちに言った。「この疥癬病みの犬公をさっさと殺《や》っちまおうぜ」。一同は四人、めいめいがいつものハンマーを手に取った。ところが、彼らはためらった。袋が激しく動いていたからだ。「この胸騒ぎはいったい何だ？」とひとりが叫び、ゆっくりと腕を下ろした。別のひとりが言う。「この犬ときたら、まるで子供みたいに苦しそうにうめいてるぜ。自分を待ち受けている運命がわかってるみたいだな」。「犬ってやつはいつもそうさ」と、三人目が応じた。「たとえ病気でなくても、まあこいつの場合は病気らしいが、主人が家を二、三日留守にしただけで、きゃんきゃん吠えたてやがるんだからな、まったくたまったもんじゃねえ」。今度こそいよいよ袋を叩きつぶそうと、全員の腕が拍子をとって振り上げられる寸前、「やめろ！……やめろ！……」と、四人目が叫んだ。「やめろと言ってるんだ。気づかなかったことがひとつあるぞ。この布袋に犬が入っていると、なんでわかる？　おれは確かめたい」。そして、仲間たちに笑われながらも包みを解くと、そこからメルヴィンヌの手足を一本また一本と引っ張り出したのだ！　彼はこの姿勢で窮屈な思いをしていたために、ほとんど窒息しかけていた。ふたたび外の光を見ると、気絶してしまった。だがしばらくして、疑いもなく生きているしるしを示した。救出者は言った。「今度同じようなことがあったら、仕事をするにも慎重に振舞うことを学ぶがいいぜ。おまえたちはすんでのところで、この掟を守らないようにしても何の益もないということを、身をもって知らされるところだったんだからな」。肉屋たちは逃げ去った。メルヴィンヌは、満ちてくる不吉な予感に胸を締めつけられる思いで、帰宅すると部屋にこもった。私はこの章節をもっと続ける必要があるだろうか？　ああ！　そこで完了してしまったできごとの数々を惜しまぬ者があろうはずもない！　だがもっと厳格な判定を下すためには、結末を待とうではないか。大詰めは駆け足で近づいている。それに、この種の物語では、どんな種類のものであれひとつの情熱が与えられれば、それがいかなる障害も恐れずに道を切り開いていくので、ありふれた四百ページの文章というワニス(52)を絵の具皿で溶き延ばしたりするには及ばない。半ダースの章節で言えることは、言ってしまわねばならぬ。あとは黙るのみ。

〔10〕

VIII

眠気を催させる話の中核部分を機械的に構築するには、愚かしいことがらの数々を解剖して読者の知性を絶えず一定の割合で強烈に鈍化させ、疲労という絶対確実な法則によってその諸能力を死ぬまでずっと麻痺させてやるだけでは、じゅうぶんではない。その上さらに、あなたがその眼で凝視して読者の眼を本性に反して無理やり曇らせることにより、動物磁気の霊気をたっぷり注いで、彼を巧みに夢遊病患者のように身動きできない状態に置いてやる必要がある。自分の主張をもっとよくわかってもらうためではなく、ただ、最も心にしみ通るひとつの調和によって関心を引くと同時に苛立たせもする、そんな私の思考を展開するためにだけ言いたいのだが、定めた目標に到達するために、自然の通常の進行のまったく外部にあって、その有害な息吹が数々の絶対的真理までもくつがえすかに思われるような詩を創り出すことが必要だとは、私は思わない。だが、そのような結果（しかもそれは、よく考えてみれば美学の諸規則にかなっている）をもたらすことは、思ったほど容易ではないのだ。私の言いたかったことは以上の通り。だからこそ、私はそこに達するために全力を尽くそうとしているのだ！　私の文学的石膏[53]を陰々滅々と打ち砕くのに用いられている、両肩から伸びる信じられないほど痩せこけた二本の長い腕をもし死が止めるようなことがあったら、少なくとも喪に服した読者が内心こう言えるようであってもらいたい。「彼を正当に評価しなければならない。ぼくをずいぶん白痴化してくれたものな。もっと生きていられたら、きっと何でもやってのけたことだろう！　ぼくの知る限り、最高の催眠術教師だ！」これらの感動的な言葉を私の墓の大理石に刻んでもらいたい、そうすればわが霊魂も満足することだろう！――続けるぞ！　魚の尾が一本、踵のつぶれた長靴の傍らにある穴の底でぴくぴく動いていた。「魚はどこにいる？　動いている尾しか見えないぞ」と自問するのは、当たり前のことではない。というのも、まさしく暗黙のうちに魚は見えないと認めている以上、実際に魚はいなかったということなのだから。砂にうがたれたこのすり鉢状の穴の底には、雨が数滴たまっていた。踵のつぶれた長靴はといえば、何人かの連中はその後、誰かがわざわざ捨てていったものだろうと考えた。イチョウガニは神の力によって、分解した原子からよみがえる定めになっていた。彼は井戸から魚の尾を引き上げると、もし〈創造主〉に、受託者たる自分にはマルドロールの海の荒れ狂う波をとうてい鎮められないということを伝えてくれたら、失われた体にまたくっつけてやるぞと約束した。彼がアホウドリの羽を二枚与えてやると、魚の尾は飛び立った。しかしそいつは背教者(54)の棲家のほうへ飛んでいくと、何が起こっているかを話して聞かせ、イチョウガニを裏切ったのである。蟹はスパイのもくろみを見抜き、三日目が終わりを迎える前に、毒矢で魚の尾を射抜いた。スパイは喉から弱々しい叫びを洩らすと、地面に落ちる前に息絶えた。すると、ある城館のてっぺんに置かれている百年を経た一本の梁が、その場で跳びはねながら仁王立ちになり、大声で復讐を求めた。しかし犀に姿を変えた〈全能者〉は、この死が当然の報いであることを梁に教えた。梁は気を鎮め、館の奥に戻ると元通り水平の位置におさまり、おびえている蜘蛛たちをふたたび呼び集めて、昔のように片隅で巣を作りつづけさせたという次第。硫黄の唇をした男は、自分の盟友が弱いことを知った。それで、冠を戴いた狂人に梁を燃やして灰にするよう命令した。アゴーヌはこの厳しい命令を実行した。「旦那によれば、その時が来たということなので」と、彼は叫んだ。「石の下に埋めておいた環を取りに行って、ロープの片端に結んでおきました。これがその包みです」。そしてぐるぐる巻きにした長さ六十メートルの太い綱を差し出した。彼の主人は、十四本の短刀はどうなったかと尋ねた。彼が答えて言うには、連中は相変わらず忠実で、必要とあればいついかなる場合でも準備オーケーとのこと。徒刑囚は満足のしるしに頷いた。彼が驚きを、さらには不安さえ示したのは、アゴーヌが次のように付け加えたときだった。彼は見たというのだ、一羽の雄鶏がくちばしで枝付燭台を真っ二つに割り、その各部分に代わる代わる視線を投げかけると、狂ったように羽をばたつかせながら、「ラ・ペー通りからパンテオン広場までは思ったより遠くない(55)。まもなくその痛ましい証拠が見られるぞ!」と叫ぶのを。イチョウガニは猛々しい馬に乗って、入墨をした腕が棒杖を投げた場面の目撃者であり、自分が上陸した初日の隠れ家であった岩礁めがけて、全速力で走っていた。巡礼の一団(56)が、あれ以来おごそかな死によって聖地とされたこの場所を訪れようと、行進していた。蟹は、自分の知るところとなった準備中の陰謀を阻止するために緊急の援助を求めるべく、その一団に追いつきたいと思っていた。数行後には、私の冷ややかな沈黙のおかげで、彼が間に合わなかったことがわかるだろう。だから、まだ湿った夜露をとどめているカルーゼル橋が、早朝から二十面体の袋が石灰石の欄干に叩きつけられてリズミカルにこねあげられるのを見て、おのれの思考の地平が同心円状に茫漠と広がっていくのを目にして恐怖を覚えたあの日、建築中の家に隣接する足場の背後に隠れていた屑屋が彼に語ったことを、巡礼たちに伝えることもできなかったわけだ！　蟹がこのエピソードの思い出によって彼らの同情をかきたてる前に、彼らはいっそ自分の内で希望の種子をつぶしてしまったほうがよかろう……。あなたの怠惰を断ち切るために、熱意から得られる種々の手段を用いたまえ。私の横を歩いて、あの狂人を見失わないようにするんだ。そいつは頭に尿瓶を載せ、手に棒杖をもって、ひとりの少年を前方に追いたてているが、私がわざわざ注意を促してあなたの耳にメルヴィンヌという音の単語を思い出させなければ、それが彼だとはなかなか気づかないところだろう。何と変わり果ててしまったことか！　後ろ手に縛られて、まるで死刑台に向かうように前進しているが、いかなる重罪も犯してなどいないのだ。彼らはヴァンドーム広場の円形の敷地にたどり着いた。どっしりした円柱(57)の上部装飾の上、地上五十メートル以上のところで、方形の手すりにもたれかかりながら、ひとりの男がロープを投げて繰り出すと、それは地面まで届き、アゴーヌから数歩のところに落ちた。習慣になっていれば、事は手早くおこなわれる。だが、ともかくこの男は、それほど時間をかけずにメルヴィンヌの両足を綱の端に結びつけたと言っていい。犀は、これから起ころうとしていることをすでに聞いていた。汗まみれになって、カスティリオーヌ通り(58)の角に息せき切って現れたのだが、闘いを仕掛ける満足さえ得られなかった。円柱の高みからあたりをうかがっていた例の人物が、ピストルに弾をこめると、しっかり狙いを定めて引き金を引いたのである。息子の狂気と思われるものが始まったあの日から街中で乞食暮らしをしていた艦隊指揮官と、あまりの青白さゆえにかつて雪娘と呼ばれた母親は、犀を守ろうとして胸を前に突き出した。無駄な配慮だ。弾丸は錐のように、犀の皮膚に穴をあけた。論理の見かけからすれば、死は間違いなく現れると信じてもよかったはずだ。ところが私たちも知っている通り、この厚皮動物の中には〈主〉の実体が入りこんでいたのである。(59)そいつは悲しそうに退散した。〈主〉が被造物のひとつにあまり好意的でなかったことがちゃんと証明されていなかったら、私は円柱の男に同情するところだ！　この男は手首をさっと動かすと、こんな具合におもりをつけられた綱を手もとにたぐり寄せる。綱は垂線から外れ、左右に振れて、頭が下側になったメルヴィンヌを揺らす。額が台座にぶつかったはずみに、彼は素早く、隣り合う二つの角をつないでいた麦藁菊の長い花飾りを手でつかむ。そして固定されていなかったそれを、一緒に空中に運び去る。メルヴィンヌが青銅のオベリスクの中間あたりで宙吊りになるように、ロープの大部分を楕円形に折り重ねて足もとに積み上げてから、脱走徒刑囚は、右手で少年に円柱の軸と平行な面上で同一軌道の加速度的な回転運動を加え、左手で足もとにとぐろを巻いて横たわっている綱を寄せ集めていく。投石器は空中でひゅうひゅうと唸る。メルヴィンヌの体はそれをどこまでも追っていく、遠心力によって常に中心から遠ざかろうとしながらも、物質からは独立した空中の円周上を移動しつつ、中心から等距離の位置を常に保持したままで。文明化された未開人は、鋼鉄の棒と見間違えそうなものを、がっしりした中手骨でつかんでいるもう一方の端まで、少しずつゆるめていく。片手で欄干につかまりながら、手すりの周りをぐるぐると走り出す。この操作は、ロープの最初の回転面を変化させ、すでに相当の強さになっている張力をさらに増大させる効果がある。ほんの少しずつ、斜めの面をいくつか段階的にせり上がったあげく、今やロープは水平面をおごそかに回転している。円柱と植物繊維でできた綱が作る直角の両辺は等しい！　背教者の腕と殺人の道具は、暗室に射しこむ陽光の原子という要素のように、溶け合って一本の直線となっている。力学の定理によって、私はこんな言い方ができるわけだ。ああ！　周知の通り、ある力に別の力が加えられると、最初の二力から成る合力が生み出される[60]！　直線状になった綱は、この闘技者ほどの腕力がなかったら、また良質の麻でできていなかったら、すでにぷっつり切れていたのではないかなどと、あえて主張する者がいるだろうか？　黄金の髪をした海賊は、はずみのついている動きを不意に止めると同時に、手を開いてロープを放した。それまでの操作とはまったく反するこの操作の反動で、手すりの継ぎ目がめりめりと鳴った。メルヴィンヌは綱を後に従えて、燃えあがる尾を曳く彗星さながらだった。すべり結びにされた鉄の環は陽光を浴びてきらめき、自分でこの幻想的光景を完成させるよう誘っている。放物線を描きながら、死刑囚は大気を切り裂いてセーヌ左岸にまで達し[61]、私には無限と思われる推進力のおかげでそこを越えると、体がパンテオンの円屋根にぶつかろうとするのだが、そのとき綱の一部がぐるりとうねって、巨大な円天井の上部壁に絡みつく。形だけはオレンジに似ている凸形球状をしたその表面に、一日じゅういつでも、ひからびた骸骨がぶら下がっているのが見える。風がそれを揺らすとき、カルチエ・ラタンの学生たちは似たような運命になるのを恐れて短い祈りをあげるのだと、人は言う。まったく信じるには及ばないつまらぬ噂であり、せいぜい小さな子供をこわがらせるのが関の山だ。その骸骨はぎゅっと握りしめた手に、古びた黄色い花の大きなリボンのようなものをつかんでいる。距離を考慮に入れなければならない。だからいくら眼がよく見えるといっても、それが本当に、私があなたにお話ししたあの麦藁菊、新オペラ座[62]の近くで開始されたあの互角とは言えない闘いのさなかに立派な台座からもぎ取られた麦藁菊なのかどうか、誰も断言することはできないのだ。それでもやはり、三日月形をしたひだ模様の彫刻群が、そこではもはや四で割り切れる数のうちにその最終的な対称性の表現を受け取ることはない[63]というのは本当である。自分で見に行ってみるがいい、私の言うことが信じられないのなら。

第六歌終わり

ポエジー

イジドール・デュカス　ポエジー Ｉ

私は置き換える、憂鬱を勇気に、疑惑を確信に、絶望を希望に、悪意を善に、不平を義務に、懐疑を信仰に、もろもろの詭弁を平静な冷徹さに、そして傲慢さを謙虚さに。

ジョルジュ・ダゼット[1]、アンリ・ミュ[2]、ペドロ・スマラン[3]、ルイ・デュルクール[4]、ジョゼフ・ブルームスタン[5]、ジョゼフ・デュラン[6]に、

わが同級生のレスペス[7]、ジョルジュ・マンヴィエル[8]、オーギュスト・デルマス[9]に、

雑誌主宰者のアルフレッド・シルコ[10]、フレデリック・ダメ[11]に、

過去、現在、未来の友人たちに、

わが修辞学級の恩師、アンスタン先生[12]に、

これからの歳月に私が書くつもりの、そしてその最初の部分が今日、印刷という点で言えば日の目を見ることとなった散文的断章の数々を、今回を限りとして献ずる。

ポエジー Ⅰ

今世紀があげている詩的なうめき声は、いずれも詭弁にすぎない。

もろもろの一次的原理は、議論の埒外になければならない。

私はエウリピデスとソフォクレスは受け入れる。しかしアイスキュロスは受け入れない。

創造者にたいして、最も基本的な礼節の欠如と悪趣味な態度を示さないように。不信は撥ねつけたまえ。そうしてもらえるとありがたい。

二種類の詩が存在するのではない。一種類しかない。

作者と読者のあいだには暗黙とは言えない約束事があって、それによって前者は病人と称し、後者を看病人として受け入れている。詩人のほうこそが人類を慰めるのだ！両者の役割は勝手に入れ替わっている。

私は気取り屋という呼び名で烙印を押されたくない。

私は〈回想録〉を残さないであろう。

詩は嵐ではないし、サイクロンでもない。それはおごそかに滾々と流れる大河である。

夜を肉体的に認めることによってはじめて、人は夜を精神的に通用しうるものにするに至ったのだ。おおヤングの夜よ！[13] 君たちは私にずいぶん頭痛を起こさせた！

人は眠っているときにしか夢を見ない。夢、人生の虚無、地上の移ろいといった言葉や、おそらくは前置詞が、そして無秩序な三脚台[14]が、諸君の魂に、腐敗物にも似たあの鬱々とした湿っぽい詩を浸透させていったのだ。言葉から観念へ、それはほんの一歩である。

混乱、不安、退廃、死、肉体的または精神的次元における例外、否定の精神、愚鈍化、意志に助けられた幻覚、苦悩、破壊、転倒、涙、強欲、隷属、うがった想像力、小説、予期せぬもの、してはならないこと、何か死んだ幻想の腐肉をねらう不思議な禿鷹の化学的独自性、時期尚早で失敗に終わった実験、南京虫の甲皮をつけた難解さ、傲慢という恐ろしい偏執、深い茫然自失状態の感染、弔辞、羨望、裏切り、専制、不信心、立腹、辛辣な言葉、攻撃的な暴言、精神錯乱、憂愁、根拠のある激しい恐怖、読者は味わいたくないであろう奇妙な心配、渋面、神経症、追い詰められた論理を通してやるための血まみれの手順、誇張、真率さの欠如、退屈な繰り返し、平板さ、暗いもの、悲痛なもの、殺人よりもたちの悪い出産、情熱、重罪裁判所をネタにする小説家仲間[15]、悲劇、頌歌《オード》、メロドラマ[16]、永遠に提示される極端、野次り倒しても報いを受けない理性、湿った雌鶏[17]の匂い、無味乾燥、蛙、蛸、鮫、砂漠の熱風、夢遊病で、やぶ睨みで、夜行性で、催眠性で、夜歩き好きで、粘液質で、言葉をしゃべるアザラシで、両義的で、肺病やみで、痙攣性で、催淫性で、貧血症で、片目で、両性具有者で、私生児で、白子で、男色者で、水族館の風変わりな動物で、髭の生えた女であるもの、言葉数の少ない失望に酔った時間、気紛れ、辛辣さ、化け物、意気阻喪させる三段論法、汚物、子供のように熟考しないもの、悲嘆というあの知的マンチニール[18]、香り高い下疳、椿咲く太腿[19]、虚無の坂を転げ落ち、陽気な叫び声をあげて自分自身を軽蔑する作家の罪深さ、悔恨、偽善、感知できない歯車装置で諸君を粉砕する曖昧模糊とした展望、聖なる公理に吐きかけられるまじめな唾、寄生虫とその巧妙なくすぐり、クロムウェルやモーパン嬢やデュマ・フィスのそれのような馬鹿げた序文[20]、老衰、不能、冒瀆、窒息、息苦しさ、激怒――名前を挙げるだに赤面してしまうこれらの不浄な納骨所の数々を前に、かくも居丈高にわれわれに不快感を与え頭を垂れさせるものに対抗して、ついに立ち上がるべき時が来た。

　諸君の精神は絶えず逆上させられ、エゴイズムと自尊心によって荒削りな技法で組み立てられた闇の罠にとらえられている。

　趣味とは、ほかのあらゆる美質を要約する基本的な美質である。それは知性のソレヨ《ネク・》リ先ナキモノ《プルス・ウルトラ》だ。天才がこの上なく健康であらゆる能力のバランスがとれた状態であるのは、ひたすらそれのみによってである。ヴィルマン(21)はウジェーヌ・スュー(22)やフレデリック・スーリエ(23)より三十四倍頭がいい。彼が書いた『アカデミー国語辞典』の序文(24)は、ウォルター・スコットやフェニモア・クーパー(25)の小説、ありうる限り、考えうる限りのあらゆる小説が死んだ後もなお生き残ることだろう。小説は誤ったジャンルである。なぜならそれは、もろもろの情熱をそれら自体のために描くからだ。道徳的な結論が欠けている。情熱を描くことなど、何でもない。少しばかりジャッカルで、少しばかり禿鷹で、少しばかり豹に生まれさえすればじゅうぶんだ。われわれはそんなことにこだわったりしない。情熱を、コルネイユのように高度な徳性に従わせるために描くことは、また別のことである。第二のことができる人々を賛嘆し理解することが可能な状態にありながらも、第一のことをせずにおく者は、悪徳にたいして美徳がもっている優越性のいっさいにおいて、第一のことをする者を凌駕している。

第二学級の教師は、「宇宙のあらゆる宝を与えられたとしても、私はバルザックやアレクサンドル・デュマのような小説を書きたかったとは思わないだろう」と内心考えるだけで、ただそれだけのことで、彼はアレクサンドル・デュマやバルザックよりも頭がいい。第三学級の生徒は、肉体的・知的奇形の数々を歌ってはならないと信じこんだだけで、ただそれだけのことで、彼はヴィクトル・ユゴーよりも強く、有能で、頭がいい。もしユゴーが小説と正劇《ドラム》(26)と手紙しか書かなかったとしたらの話だが。

アレクサンドル・デュマ・フィスはけっして、断じて、高等中学校《リセ》の賞状授与式の式辞を書くことはあるまい。彼には道徳の何たるかがわかっていない。それは妥協を知らないものである。もし彼が式辞を書くようなことがあったら、あのばかばかしい〈序文〉の数々をはじめとして、これまで書いてきたことを全部、前もってペンで線を引いて抹消しておかなければなるまい。有能な人士を集めて審査委員会を構成しておきたまえ。第二学級の優秀な生徒なら、何においても彼よりはすぐれていると、私は主張する。娼婦の汚らしい問題についてさえも[27]。

フランス語で書かれた傑作は、高等中学校の賞状授与式の式辞と、アカデミーの演説である。じっさい、青少年教育はおそらく義務なるものの最も美しい実践的な表現であり、ヴォルテールの諸作品の正しい評価（評価という言葉を深く掘り下げたまえ）は、それらの作品それ自体よりも好ましいものだ。——当然ではないか！

小説や正劇の最良の作者たちでさえ、もし公正さの保存者である教師集団が老若含めた諸世代を誠実と労働の道に引き止めておかなかったら、かの善という観念をいずれは歪めてしまうであろう。

人類自身の名において、その意に反して、そうしなければならないのだが、私は泣き虫の人類の醜悪な過去を、不屈の意志と鉄の強靭さをもって否認するものである。そう、私は黄金の竪琴にのせて美を高らかに宣言したい、今世紀の沼地のような詩をその源泉において腐らせる、甲状腺腫の悲しみと馬鹿げた誇りは差し引いた上でだが。私は両足で、それなりの存在理由をもっていない懐疑主義のとげとげしい叙情詩《スタンス》(28)を踏みにじってやろう。審判は、ひとたび活動の開花期に入ったが最後、どうにも逆らえない断固たるものとなって、場違いな同情からくるつまらないあやふやさのうちに一秒たりともたゆたうことなく、検事総長のように、定めに従ってそれらに有罪判決を下す。化膿性の不眠と憂鬱な悪夢にたいしては、監視の眼を休めてはならない。私は傲慢を軽蔑し憎悪する、そして熱気を冷ます蠟燭消しと化した、思考の正確さを狂わせるアイロニーの、卑しむべき快楽を。

　きわめて頭のいい何人かの気骨ある人物が――あなたが疑わしい趣味の前言撤回によってこのことを覆す余地はない――すっかり正気を失って、悪の腕の中に飛びこんだ。「ローラ」の(29)作者を精神的に殺したのはアブサンだ、美味かと言われればそうは思わないが、しかし有害なアブサンである。食いしん坊連中に災いあれ！　例のイギリス貴族(30)は、分別盛りの年齢に達するや否や、まだ陰鬱な憔悴をもたらす阿片を育くむ花々しか通りすがりに摘み取っていないのに、その竪琴がミソロンギの壁の下で壊れてしまった。

　彼は並の天才たちより偉大ではあるが、もし同時代に、彼と同じくらい例外的な知性に恵まれた、そして彼のライヴァルとして名乗りをあげられる別の詩人がいたとしたら、彼のほうが最初に、種々雑多な呪いの言葉を生み出す努力の無益さを告白していたことだろう。そして、ただひとつ善だけが、あらゆる世界の声によって、われわれの尊敬を獲得するに値すると公言されていると、告白していたことだろう。だが実際は、彼と闘って優位を占める者はひとりもいなかった。これは誰も言わなかったことである。奇妙なことだ！　たとえ彼の時代の選集や書物をめくってみても、先に述べた厳密な論法を強調しようと考えた批評家はまったく見当たらない。そしてこの論法を発明したと言いうるのは、彼を凌駕するであろう者だけなのだ。不実な手で書かれた作品、しかしながら、人間の通俗性には属さない魂の、また孤独でない心の関心を引く最も難解さの少ない二つの問題である善と悪のうち、一方がもたらす最終的な結果のうちに安住の場を見出していた魂の、圧倒的な現れを明るみに出していた作品——そんな作品を前にして、それほどにも人は、思慮深い賛嘆を覚えるより、むしろ茫然自失して不安に満たされていたのである。両極端へと接近することは、いずれの方向においてであれ、誰にでもできることではない。このことから、人がなぜ、人類の道を照らす四、五人の導き手のひとりである彼が絶えずその証拠を示しているすばらしい知性を下心なく称賛しながらも、彼が意識的にその知性を適用し使用してきた正当化できないやり方については、暗黙のうちに数々の留保をつけているのかが説明できる。彼は悪魔的な領域に足を踏み入れるべきではなかったのだ。

トロップマン(31)、ナポレオン一世、パパヴォワンヌ(32)、バイロン、ヴィクトール・ノワール[33]、シャルロット・コルデー[34]のような連中の凶暴な反抗は、私の厳しい視線から距離を置いたところで食い止められるだろう。きわめて多様な肩書をもつこれらの大犯罪者たちを、私は身振りひとつで追い払ってやる。間に割りこんでくる緩慢さをもって自問するのだが、ここでいったい誰を騙していると思っているのか？　おお徒刑場のお馬さん《ダダ》よ！　石鹸の泡よ！　腸膜で作った操り人形よ！　擦り切れた操り糸よ！　近づいてくるがいい、コンラッド[35]、マンフレッド、ララのような連中、海賊に似た船乗りたち[36]、メフィストフェレス、ウェルテル、ドン・ジュアン[37]、ファウスト、イヤーゴ[38]、ロダン[39]、カリギュラ[40]、カイン[41]、イリディオン[42]などの輩、コロンバもどきのじゃじゃ馬たち[43]、アーリマン[44]、ヒンドゥスタンの聖なる寺院《パゴダ》で犠牲者たちの血を発酵させている脳味噌まみれのマニ教の精霊《マニトウー》たち[45]、蛇、ヒキガエル、鰐、古代エジプトの異常とみなされていた神々、中世の魔術師や悪魔たち、プロメテウスのような連中、ユピテルによって雷に打たれた神話のティタン族[46]、蛮族の原始的な想像力によって吐き出された邪悪な神々——これら厚紙で作った悪魔たちの、騒々しい面々よ。この連中を打ち負かす自信をもって、私は憤怒と精神集中の鞭を握って相手を値踏みし、彼らを飼い馴らす予定通りの調教師として、これらの化け物どもを覚悟の上で待ち受ける。

　卑しい作家どもがいる、危険な道化で、黒人の血の混じったほら吹き[47]で、陰気な瞞着家で、本物の狂人で、ビセートル精神病院を賑わすにふさわしいような連中が。やつらの白痴化する頭は、瓦が一枚はがされていて、巨大な幽霊たちを創り出すのであり、それらは上に昇るのではなく下に降りていく。厄介な訓練。見かけだけの体操。そらご覧あれ、グロテスクなコルク玉はどこへやら(48)。お願いだから私の前からしりぞいてくれ、禁じられた謎々の大量生産者たちよ。私には以前、ちょっと見たところでは、今日のように他愛のない筈の糸口を見つけられなかった。凄まじいエゴイズムの病的症例だ。幻想的な自動人形たち——たがいに指で示し合うがいい、さあ諸君、やつらをしかるべき場所に置き戻してやる形容詞を。

柔軟に形を変える現実の下で、どこかにやつらが存在していたとしたら、その証明済みの、ただし陰険な知性にもかかわらず、やつらはみずからが恥を住まわせることになる惑星の汚辱となり、苦汁となるだろう。思い浮かべてみたまえ、やつらがひとときのあいだ、自分の同類者となるであろう実体たちと一緒に寄り集まっている様子を。それは絶え間のない闘いの連続であり、フランスでは禁じられているブルドッグも、鮫も、巨頭マッコウクジラも、そんな事態は夢想だにすまい。それはヒュドラとミノタウロスがうようよしているあの混沌とした地域を流れる血の奔流であり、そこからは鳩がどうしようもなく怯えきり、はばたいて逃げていく。それは黙示録の動物たちの折り重なった群であり、彼らは自分のしていることは百も承知なのだ。それはもろもろの情念、和解不能な対立、野心などのぶつかり合いであり、傲慢さの唸り声を通して聞こえてくるのだが、この傲慢さは外から読み取ることができず、内にこもっていて、その暗礁や底辺は誰ひとり、たとえ近似的にであっても、測定することができない。

だが、やつらはもはや私を畏怖させはしないだろう。苦しむことはひとつの弱さだ、そうせずに済み、何かもっと良いことができるときには。平衡のとれていない壮麗さをそなえた苦痛の数々を吐き出すこと、それは、おお背徳の湿原《マレンマ》で死に瀕する者どもよ！　抵抗や勇気がさらに少ないことを証明することだ。私の声と大いなる日々の荘厳さをもって、おまえを無人となった私の故郷に呼び戻そう、栄えある希望よ。私の傍に来て座りたまえ、幻想のマントに身を包み、慰めの言葉が作る理にかなった三脚台の上に。私はおまえをがらくたの家具みたいに、サソリの綱のついた鞭で家から追い出した。おまえが私のところに戻ってくるにあたって、かつて私が悔恨のしるしのもとに与えた悲しみの数々を忘れてしまったと確信してほしければ、えい畜生め、その場合は至高の行列よ、——支えてくれ、気絶しそうだ！——傷つけられながらも不屈に再起することをやめない美徳の数々を一緒に連れてくるがいい。

私は苦々しい思いで確認する、われらが結核病みの時代の動脈には、もはや数滴の血液しか残っていないと。ジャン＝ジャック・ルソーのような連中やシャトーブリアン[49]のような連中の、そしてオーベルマン赤ちゃんを抱っこするズボンを穿いた乳母たちの、何の目安の保証もなしに資格を付与された不愉快かつ風変わりな泣き言の数々から、不純な泥土の中を転げ回った他の詩人たちを経て、ジャン＝パウルの夢[50]、ドロレス・デ・ベインテミリャの自殺[51]、アランの〈大鴉〉[52]、ポーランド人の〈地獄曲〉[53]、ソリーリャの血走った眼[54]、そして不死の癌、ホッテントットのヴィーナスの病的な愛人がかつて愛情こめて描いた〈腐屍〉[55]に至るまで、今世紀が自分自身のために創造したありそうもない苦悩の数々が、その単調で胸のむかつく意図において、この世紀を肺病にしたのだ。耐えがたい麻痺状態に人を吸いこむ悪霊どもよ！

　さあ、音楽を。

　そうとも、善き人々よ、この私が諸君に命令しているのだ、善と悪の憂鬱な闘いの中で、心から湧き出るのではない涙をまき散らしながら、排気ポンプもなしに至るところで何もかも空っぽにしてしまうヴェルモット酒の唇をした疑惑の鴨《カナール》[56]を、真っ赤に燃えるシャベルの上で、少しばかりの黄色い砂糖で焼くようにと。それこそが諸君にできる最善のことなのだ。

　絶望は、偏見をもっておのれの幻影を喰らいながら、物書きが神と社会の掟を大量に廃棄し、理論的にも実践的にも邪悪になるように、淡々と導いていく。ひとことでいえば、人間の尻を推論において最も優先させるのだ。おっと、こんな言葉遣いをお許しあれ！　繰り返しておくが、人は邪悪になる。そして眼は死刑囚の色合いを帯びるのだ。自分の主張していることを撤回したりはしないぞ。私は自分の詩が、十四歳の少女にも読まれうるものであってほしい。

真の苦悩は希望と両立しない。この苦悩がいかに大きいものであろうと、希望はそれよりも遥かに高く昇っていく。それゆえ、私を探究心旺盛な連中と一緒に放っておいていただきたい。おすわりだ、おすわりだぞ、珍妙な雌犬ども、厄介ごとを引き起こす輩、気取り屋どもよ！　苦しむもの、我々を取り囲む神秘の数々を解剖するものは、希望をもたない。必然的な真実に異議を唱える詩は、それらに異議を唱えない詩よりも美しくないものだ。度を越した優柔不断、使い方を誤った才能、時間の無駄——これ以上に証明しやすいものはあるまい。

アダマストール[57]、ジョスラン[58]、ロカンボールを歌うのは、子供っぽいことだ。作者は、自分の描くいい加減な主人公たちを許してやろうと読者が言外に匂わせていると思うからこそ、自分自身を裏切って、悪の描写を通用させるために善に拠り所を求めるのである。フランク[59]が無視したあれらの同じ美徳の名において、われわれはそれにちゃんと耐えようと思っているのだぞ、おお癒しがたい不安の軽業師たちよ。

自分の眼にはすばらしいものに映っている、恥知らずのあの憂鬱の探索者どものように振舞ってはならぬ、自分の精神と身体のうちに未知のものを見出しているあの連中のように！

憂鬱と悲嘆は、すでに疑惑の始まりである。疑惑は絶望の始まりであり、絶望は邪悪さの諸段階の残酷な始まりである。このことを確かめたければ、『世紀児の告白』[60]を読みたまえ。ひとたび転がりだせば、坂道は致命的だ。間違いなく邪悪さに到達するだろう。坂道に用心するがいい。悪を根こそぎにするのだ。名状しがたい、筆舌に尽くしがたい、赤々と輝く、比較できない、巨大な、等々、実詞を破廉恥にも裏切って歪曲してしまう形容詞の崇拝を増長させてはならぬ。それらの形容詞は淫乱さにつきまとわれているのだから。

アルフレッド・ド・ミュッセのような二流の知性は、持てる能力の一つか二つを、ラマルチーヌやユゴーのような一流の知性の同じ能力よりもずっと遠くまで、強情に押し進めることができる。われわれは酷使された機関車の脱線を前にしているのだ。ペンを握っているのはひとつの悪夢である。いいかね、魂は約二十ばかりの能力から成っているのだよ。まったくご立派なものさ、汚い襤褸をまといながら、堂々たる帽子をかぶっているあの乞食どもは！

ミュッセが二人の詩人よりも劣っていることを証明する方法は以下の通り。少女の前で、「ローラ」か「夜」[61]か、コップの「狂人たち」[62]を、さもなければグウィンプレインとデアの肖像[63]を、あるいは大ラシーヌによってフランス語の韻文に訳されたエウリピデスのテラメーヌの語り[64]を、読んで聞かせたまえ。少女は身震いし、眉をひそめ、溺れる男のようにはっきりした目的もなく両手を上げたり下げたりするだろう。両眼は緑がかつた輝きを放つだろう。彼女にヴィクトル・ユゴーの「万人のための祈り[65]」を読んで聞かせたまえ。効果はまったく正反対だ。電気の種類がもはや同じではない。少女は大笑いし、もっと読んでほしいと言うだろう。

ユゴーの作品の中では、子供についての詩[66]しか残るまい。欠点もずいぶんあるが。

『ポールとヴィルジニー』は、幸福にたいするわれわれの最も深いあこがれを傷つける。かつて、最初のページから最後のページまで気の滅入るこのエピソード、特に最後の遭難の場面は、私に歯ぎしりさせたものだ。私は絨毯の上を転げ回り、木馬に足蹴りを食わせたりもした。苦悩を描写するのは馬鹿げた行為だ。すべてを美しく見せなければならない。もしこの話が単なる伝記の中で語られていたら、私も攻撃などしないだろう。その話は直ちに性格を変えるからだ。不幸もそれを創造した神のうかがい知れない意志によって、おごそかなものになる。しかし人間は、書物の中で不幸を創造してはならない。それは、どうあっても物事の一側面しか考慮しようとしないことだ。おお、諸君はなんと狂ったように吠えたてる人々なのか[67]！

否認してはならぬ、魂の不滅を、神の叡智を、生命の偉大さを、宇宙に顕現する秩序を、肉体美を、家族愛を、結婚を、社会制度を。有害な三文文士どもは脇にのけておきたまえ——サンド、バルザック、アレクサンドル・デュマ[68]、ミュッセ、デュ・テラーユ、フェヴァル、フローベール、ボードレール、ルコント、そして「鍛冶屋のストライキ[69]」

などは！

諸君の文章を読む連中には、苦悩から脱け出してもはや苦悩そのものではなくなった経験しか伝えてはならない。人前で泣くのはやめたまえ。

死のふところからでさえ、文学の美の数々をもぎ取ることができなければならない。だが、これらの美は死には属さないだろう。死は、ここではただの誘因にすぎない。誘因でないのは、手段ではなく、目的である。

諸国民の栄光をなし、疑惑が揺り動かそうとしても動じない不変の必然的な真理の数々は、幾時代も前から始まったものだ。それらは触れてはならない事柄である。新しいことをするという口実で文学において無政府主義を実行する連中は、馬鹿げた間違いに陥ってしまう。あえて神を攻撃しようとはせず、魂の不滅を攻撃するのだ。だが、魂の不滅もまた、世界の基層と同様に古い。それが何かに取って代わられなければならないとしたら、ほかのどんな信仰がそれに代わることだろう？　それは必ずしも否定ではあるまい。

ほかのあらゆる真理がそこから派生する真理、つまり神の絶対的な善良さと、悪にたいする神の絶対的な無知を思い起こすならば、もろもろの詭弁はおのずから崩壊するであろう。また時を同じくして、それらを拠り所としたおよそ詩的ではない文学も崩壊するであろう。永遠の公理に異議を唱えるような文学は、すべてそれ自身で生き延びざるをえなくなるであろう。そのような文学は不正である。それはみずからの肝を食らう。最期の言葉《ノヴィシマ・ヴェルバ》(70)は、ハンカチをもっていない第四学級の子供たちをみごとに微笑ませる。何についてであれ、われわれは〈創造主〉に問いかける権利はもっていない。

もし諸君が不幸でも、それを読者に言ってはならぬ。自分のためにとっておきたまえ。

もろもろの詭弁を、それらの詭弁に対応する真理の方向に修正したとしても、真実でありうるのは修正行為だけである。他方、こうして手直しされた文章は、もはや虚偽とは名付けられずに済む権利を獲得するであろう。残りは虚偽の痕跡をとどめつつ真実の外にあり、したがって無であり、必然的に、起こらなかったものとみなされるであろう。

個人的な詩は、相対的なまやかしと偶発的なねじれを繰り返してその役目を終えた。非個人的な詩の切れない糸をふたたび手に取ろうではないか、フェルネーのなり損ない哲学者(71)の誕生以来、偉大なヴォルテールの挫折以来、ぷっつり途絶えていたあの糸を。

謙虚さあるいは傲慢さを口実に、目的因に異議を唱え、その安定した既知の結果を歪曲することは、美しくも崇高なことに思える。誤りから目を覚ましたまえ、それ以上に馬鹿げたことはないのだから！　過去の諸時代とふたたびきちんとした繋がりをもとうではないか。詩とはまさしく幾何学である。ラシーヌ以来、詩は一ミリメートルも進歩していない。むしろ後退した。誰のおかげで？　われらの時代の〈ぶよぶよの大頭〉どものおかげだ。女々しい腑抜け《ファムレット》どものおかげだ(72)、〈憂鬱なるモヒカン〉シャトーブリアン、〈ペチコートを穿いた男〉セナンクール、〈気難しい社会主義者〉ジャン＝ジャック・ルソー、〈頭のいかれた幽霊〉アン・ラドクリフ、〈アルコールの夢の奴隷《マムルーク》〉エドガー・ポー、〈闇の相棒〉マチューリン、〈割礼を受けた両性具有者〉ジョルジュ・サンド、〈比類なき食料品屋《エピシエ》〉テオフィル・ゴーチエ、〈悪魔の捕虜〉ルコント、〈泣かせる自殺者〉ゲーテ、〈笑わせる自殺者〉サント＝ブーヴ、〈涙を浮かべたコウノトリ〉ラマルチーヌ、〈咆える虎〉レールモントフ、〈緑色の葬儀用添え木〉ヴィクトル・ユゴー、〈サタンの模倣者〉ミツキエヴィッチ、〈知性のシャツを着ていない伊達男《ガンダン》〉ミュッセ、そして〈地獄のジャングルの河馬〉バイロン[73]。

疑惑はいつの時代にも少数派として存在してきた。今世紀において、それは多数派だ。われわれは義務違反を毛孔から呼吸している。それは一度しか見られなかった。二度と見られないだろう。

単なる理性という観念は今日あまりにも不明瞭になっているので、まだ唇が母乳で湿っている若き詩人である生徒たちにラテン詩の作り方を教えるにあたって、第四学級の教師たちが最初にやることは、実践を通してアルフレッド・ド・ミュッセの名前を彼らに明かしてやることである。ちょっとおかしいんじゃないか、いやちょっと[74]どころではない！　第三学級の教師はしたがって、教室で二つの血なまぐさいエピソードをギリシア語に翻訳させるのだ。第一のエピソードは、むかつくようなペリカンの比喩。第二のエピソードは、ある農夫の身に起こった恐るべき災難の話という次第。悪を見つめたからといって、何の役に立つ？　それは少数派ではないのか？　なぜ中学生の頭を、理解されなかったがゆえにパスカルやバイロンのような人間にさえ正気を失わせたような諸問題に取り組ませようとするのか？

ある生徒の話では、彼の第二学級の教師は来る日も来る日も、自分のクラスにあの二つの腐肉をヘブライ語の詩句に翻訳させたという。動物と人間の性質をもったこれらの傷のせいで、彼は一か月のあいだ病気になり、医務室で過ごしたそうだ。われわれは知り合いだったので、彼は母親を介して私に来てくれと言ってきた。無邪気にではあるが、彼は私に、来る夜も来る夜も執拗な夢にうなされているのだと語った。ペリカンの軍勢が胸に襲いかかってきて、肉を引き裂くような気がするというのである。軍勢はそれから、燃え上がる藁葺き小屋に向かって飛び立っていく。そして農夫の妻と子供たちを食ってしまう。やけどで体を真っ黒にして家の外に出ると、農夫はペリカンどもと凄まじい闘いを始める。すべては藁葺き小屋で急展開を見せ、小屋はぼろぼろに崩れ落ちていく。残骸をもちあげて盛り上がる塊から——果たせるかな——第二学級の教師が姿を現すのを彼は見た。片手には自分の心臓、もう一方の手には一枚の紙をもっていたが、そこには硫黄の文字で、ミュッセ自身が作った通りに、ペリカンの比喩と農夫の比喩が読み取れたという。はじめは、彼の病種を判定するのは容易ではなかった。私は彼に注意深く口をつぐんでいるように、そしてこの話を誰にも、特に第二学級の教師にはしないようにと助言した。そして母親には、やがてよくなるからと言って、彼を数日間自宅に連れ帰るよう忠告した。じっさい、私は毎日数時間ずつ立ち寄ってやるようにして、病気はよくなった。

批評は諸君の考えや文章の形式を攻撃すべきであって、けっして内容を攻撃すべきではない。うまく処理したまえ。

感情は、想像しうる限り最も不完全な推論形式である。

海の水全部をもってしても、知性の血痕ひとつを洗い流すのにじゅうぶんではあるまい。(75)

イジドール・デュカス　ポエジーⅡ

献呈――

発行責任者

I. D.

フォブール・モンマルトル通り七番地

ポエジーII

天分は心情の能力を保証する。
人間は魂に劣らず不死である。
偉大な思想は理性から来る[1]！
友愛は神話ではない。
生まれてくる子供たちは人生について何も知らない。偉大さについてさえも。
不幸にあって、友人は増える[2]。
汝、入らんとする者よ、いっさいの絶望を棄てよ[3]。
善きもの、汝の名は人間[4]。
ここにこそ民衆の知恵は宿っている。
シェイクスピアを読むたびに、私はジャガーの脳髄をずたずたに裂くような気がした。
私は自分の思考を秩序だてて、混乱のない構想によって書くとしよう。それらの思考が正しければ、最初に浮かんだものがどれでも他の思考の結果となるだろう。これが真の秩序である。それは私の目的を、文字の書き方の乱れによってしるしづける。自分の主題を秩序正しく扱わなければ、私はあまりにもその面目を損なうことになろう。その主題が秩序正しく扱われうることを、私は示したいと思う。[5]

私は悪を許容しない。人間は完璧だ。魂は堕落しない。進歩は存在する。善は屈しない。反キリスト、告発する天使、永遠の劫罰、諸宗教などは、疑念の産物である。

ダンテやミルトンは、地獄の荒れ地を仮説的に描いた結果、自分たちが第一種のハイエナであることを証明した。証明はすばらしい。結果が悪いのだ。彼らの作品は買えたものではない。[6]

人間は一本の樫である。自然にはこれ以上頑丈なものは見当たらない。宇宙はそれを守るために武装するには及ばない。一滴の水ではそれを保存するのに不十分である。たとえ宇宙がそれを守ったとしても、樫の木はそれを保存しないもの以上に不名誉ではあるまい。人間は自分の君臨する世界に死はないこと、そして宇宙には始まりがあることを知っている。宇宙は何も知らない。それはせいぜい、考える葦にすぎない。[7]

私はエロヒムを、感傷的というより、むしろ冷淡なものとして思い描く。

女への愛は、人類愛とは両立しない。不完全さは斥けられるべきである。二人してのエゴイズムほど不完全なものはない。生きているあいだは、不信、苦情、塵埃に書かれた誓いの言葉などが氾濫している。それはもはやシメーヌ(9)の恋人ではない。グラズィエッラ(10)の恋人である。それはもはやペトラルカではない。アルフレッド・ド・ミュッセである。死んでしまうと、海辺の岩塊、どこかの湖、フォンテーヌブローの森、イスキアの島、鴉が一緒にいる書斎、キリスト像付き十字架のある霊安室、最後は苛立たしいものになる月の光を浴びて愛する相手が姿を現す墓地(11)、名も知れぬ少女たちの一群が代わる代わる歩き回りに来ては作者としての力量を示す叙情詩などが、哀惜の声を聞かせる。いずれの場合にも、威厳などまったく見られない。

誤謬は苦痛に満ちた伝説である。

エロヒムにいつも賛歌を捧げていると、虚栄心はもはや地上の事柄に関わらない習慣をつけてしまう。賛歌のはらむ危険はこうしたものだ。それらは人類に、作家を信用する習慣をなくさせる。人類は作家を見限る。作家を神秘家だの、鷲だの、使命にたいする背任者だのと呼ばわるようになる。あなたは探し求められている鳩ではないのだ。

一介の自習監督でも、今世紀の詩人たちが言ってきたのと逆のことを言えば、文学作品を蓄積することができよう。彼は詩人たちの肯定を否定に置き換えるだろう。逆もまたしかり。一次的諸原理を攻撃するのが滑稽だというなら、同じ攻撃にたいしてそれらを擁護するのはもっと滑稽である。私は擁護するつもりはない。

睡眠は、ある人々にとってはご褒美であり、別の人々にとっては責め苦である。すべての人々にとって、それはひとつの報いなのだ。

もしクレオパトラのモラルがあれほど低くなかったら、地球の表面は一変していただろう。それでも彼女の鼻はより高くなってはいなかっただろう。(12)

隠れた行為は、最も評価されるべきものである。歴史の中にそんな行為をあれほど数多く見出すと、私は非常にうれしくなる。それらは完全に隠されていたわけではない。知られてしまったのだ。それらが表に現れる糸口になったこのちょっとしたことが、それらの美点を増大させる。それらを隠しきれなかったということが、最も美しい点なのだ。(13)

死の魅惑は、勇敢な人々にとってしか存在しない。

人間はきわめて偉大なので、その偉大さはとりわけ、自分が悲惨であることを人間が知りたがらないところに現れてくる。樹木は自分が偉大であることを知らない。自分が偉大であると知っていることは、偉大であることだ。自分が悲惨であると知りたがらないことは、偉大であることだ。人間の偉大さはこれらの悲惨に反駁する。王の偉大さ。(14)

自分の思考を書きとめているとき、それが私から逃れることはない。この行為は私に、いつも忘れてしまいがちな自分の強さを思い出させてくれる。私は自分の筋道だった思考に比例して、自分で教訓を得る。私は自分の精神がはらむ、虚無との矛盾を知ることしか目指してはいない。(15)

人間の心情は、私が評価することを学んだ一冊の書物である。

不完全でもなく、失墜者でもなく、人間はもはや大いなる神秘ではない(16)。

私は誰にも、エロヒムにさえも、自分の真摯さを疑うことを許さない。

われわれには善をおこなう自由がある。

審判は過つことがない。

われわれには悪をおこなう自由はない。

人間は幻想にたいする勝利者であり、明日の新奇な存在、混沌が嘆くほどの規則性、和解の主体《シュジェ》である。人間はあらゆるものに判定を下す。愚か者ではない。ミミズのようにしがない存在でもない。それは真実の預託者、確実さの堆積であり、宇宙の栄光ではあるが、屑ではない。彼が自分をおとしめるなら、私は彼を褒めそやす。彼が自分を褒めそやすなら、私は彼をもっと褒めそやす(17)。私は人間を和解させる。自分が天使の姉妹であることを、彼は理解するに至るのだ。

理解できないものは何もない。

思考は水晶に劣らず明晰である。何かの宗教が、さまざまな虚偽を思考の上に築きあげ、しばしのあいだこれを攪乱することは、長続きのするこれらの結果について言うなら、ありうるかもしれない。長続きのしないあれらの結果について言うなら、首都の入口で八人の人間を殺害したりすることが(18)、思考を攪乱するであろう——それは確かだ

——悪が破壊されるに至るまでは。思考はまもなくその澄明さを取り戻すであろう。

　詩は実践的真実を目的としなければならない。それは一次的諸原理と人生の二次的真実のあいだに存在する諸関係を言い表す。それぞれの事物が自分のあるべき場所にとどまるのだ。詩の使命は困難である。それは政治上のできごとにも人民の統治法にも首を突っこまず、歴史上の諸時代、クーデター、国王の殺害、宮廷の陰謀などにも言い及んだりしない。人間が例外的に自分自身、また自分の情念とのあいだに引き起こす闘争についても、語りはしない。それは理論的政治学、世界平和、マキアヴェリへの反駁[19]、プルードンの著作の構成要素である円錐容器《コルネ》の数々[20]、人類の心理学などを生かす諸法則を発見する。詩人は自分の種族のいかなる市民よりも役に立たなければならない。その作品は外交官や立法家、青少年教育者などの規範である。われわれはホメロス、ヴェルギリウス、クロップシュトック[21]、カモンイス[22]のような詩人たち、解放された想像力の持主、頌歌《オード》の制作者、神に対抗する風刺詩《エピグラム》の商人たちからは、遠く離れている。孔子、仏陀、ソクラテス、イエス・キリストなど、飢えに苦しみながら村々を駆け巡っていたモラリストたちへと回帰しようではないか！　これからは理性を考慮に入れなければならない、純粋な善性からくる諸現象というカテゴリーをつかさどる諸能力にしか働きかけない理性を。

『ベレニス』を読んだ後で『方法叙説』を読むほど自然なことはない[23]。『秋の木の葉』

や『静観詩集(24)』を読んだ後で、ビエシーの『帰納論(25)』やナヴィルの『悪の問題(26)』を読むほど不自然なことはない。移行の連続性が失われてしまうのだ。精神は鉄具に反抗し、秘儀伝授の儀式に反抗して、後脚を蹴り上げる。操り人形が書きなぐったこれらのページを前にして、心情は茫然自失する。この暴力が読者を啓蒙するのだ。彼は本を閉じる。野蛮な作者たちを思い出して一滴の涙を流す。当世の詩人たちは自分の知性の使い方を誤った。哲学者たちは自分の知性の使い方を誤らなかった。前者の記憶は消えるだろう。後者は古典になっている。

ラシーヌやコルネイユは、デカルトやマルブランシュ(27)やベーコンの著作を書こうと思えば書けただろう。前二者の魂は、後三者の魂と一体をなしている。ラマルチーヌやユゴーは、『知性論(28)』を書こうにも書けなかっただろう。この本の著者の魂は、前二者の魂とは適合しない。うぬぼれのあまり、彼らは主要な美質を失ってしまったのだ。ラマルチーヌやユゴーは、テーヌよりすぐれてはいるが、彼と同じく——このことを口に出すのはつらいのだが——二次的な能力しか所有していない。

悲劇は義務を通して、憐憫を、恐怖をかきたてる。困ったことだ。よくないことだが、現代の抒情ほどは悪くない。ルグーヴェの『メデ(29)』は、バイロン、カパンデュ、ザコーヌ、フェリックス、ガーニュ、ガボリオー、ラコルデール、サルドゥー、ゲーテ、ラヴィニャン、シャルル・ディゲなどの作品集よりは好ましい(30)。伺いたいものだ、あなた方の中でどの作家が読者を高揚させられるというのか――何だね、それは？　不満げに鼻をするようなその反抗的な態度はいったい何だ？　――「オーギュストの独白[31]」の重さ！　ユゴーの野蛮なヴォードヴィル[32]は義務を主張していない。ラシーヌやコルネイユのメロドラマ、ラ・カルプルネード[33]の小説などは、それを主張している。ラマルチーヌにはプラドンのフェードル[34]を書くことはできない。ユゴーにはロトルーのヴァンセスラス[35]を、サント＝ブーヴにはラアルプ[36]やマルモンテル[37]の悲劇を書くことはできない。ミュッセには諺劇《プロヴェルブ》[38]を作ることができる。悲劇は意図せざる過ちであり、闘争を認めており、善への第一歩であるが、この作品の中には姿を現すまい。それは威厳を保っている。詭弁についてはそうではない――後の祭りだ、わが英雄＝滑稽時代の自己パロディ作家たちの、形而上的衒飾主義《ゴンゴリズム》[39]は。

礼拝の原理は自尊心である。ヨブ、エレミア、ダヴィデ、ソロモン、テュルケティ[40]たちがしたようにしてエロヒムに語りかけるのは滑稽だ。祈りは間違った行為である。エロヒムに気に入られる最良のやり方は間接的なものであり、われわれの力により適したものである。それはわれわれの種族を幸福にすることにある。エロヒムに気に入られるのに、二つのやり方はない。善の観念はひとつである。不足において善なるものは過剰においても善なるものでもあるのだから、母性の例を引き合いに出していただいても結構だ。息子は母親の気に入られるために、お母さんは賢いとか、とてもきれいだとか、自分はなるべくお母さんに褒めてもらえるように振舞うつもりだとか、大声で言ったりはしない。彼は別のやり方をする。それを自分で言うのではなく、行為によって相手にそう思わせ、ニューファンドランド犬(41)の心をいっぱいに満たしているあの悲しみを脱ぎ捨てるのだ。エロヒムの善性を俗悪さと取り違えてはならない。誰もがもっともらしいものだ。親しみは軽蔑を生む。崇敬の念は逆の気持ちを生む。仕事をしていれば感情の誤用などすることはない。

どんなに理屈っぽい者も、自分の理性に反して信じることはない。

信仰は自然な美徳であり、われわれはそれによって、エロヒムが良心を通してわれわれに啓示するもろもろの真実を受け入れる。

私は自分が生まれたということ以外の恩寵を知らない。公正な精神の持主は、この恩寵を完全なものだと思う。

善とは悪にたいする勝利であり、悪の否定である。善を歌いあげれば、この適切な行為によって悪は排除される。私はしてはならないことを歌いはしない。しなければならないことを歌う。前者は後者を含まない。後者は前者を含む。

若者は成熟した者の助言に耳を傾ける。若者は自分自身に無限の信頼を抱いている。

私は人間精神の諸力を越えるような障害を知らない、ただ真実を除いては。

箴言は証明されるのに真理を必要としない(42)。推論は推論を要求する。箴言はもろもろの推論の全体を包括する法である。ある推論は箴言に近づくにつれて完璧になっていく。ひとたび箴言になると、その完璧さゆえに、それが変貌してきたことを示す数々の証拠は却下される。

疑惑は希望に捧げられた賛辞《オマージュ》である。それは進んで捧げられた賛辞ではない。希望はみずからが賛辞でしかないことには同意すまい。

悪は善に反逆する。そうせずにはいられないのだ。

われわれの友人の友情が深まっていることに気づかないのは、友情の証拠である[43]。

愛は幸福ではない。

もしわれわれにまったく欠点がなかったら、自分を矯正し、他人のうちにある自分に欠けているものを称賛することに、あれほどの喜びは感じないだろう[44]。

自分の同類者を嫌悪する決心をした人々は、まず自分自身を嫌悪することから始めなければならないことを知らない。

決闘しない人々は、命を賭けて決闘する人々が勇敢であると信じている。

破廉恥な小説の数々が、なんとたくさん陳列台にうずくまっていることか！　破滅する人間にとっては、百スー硬貨一枚のために破滅する別の人間にとってと同じく、時には書物を殺してやりたくなるものだ。

ラマルチーヌは、天使の失墜が〈人間〉の〈高揚〉になるであろうと信じた[45]。彼がそう信じたのは間違いだった。

悪を善の大義のために奉仕させようにも、前者の意図が悪いと私は言いたい。

ありふれた真実にも、ディケンズ、ギュスターヴ・エマール(46)、ヴィクトル・ユゴー、ランデル(47)らの作品より多くの天才が含まれている。彼らの作品をもってしては、ひとりの子供が宇宙の消滅後も生き残った場合に、人間の魂を再構成することはできまい。ありふれた真実があれば、子供にはそれができるだろう。想像するに、その子供は遅かれ早かれ詭弁の定義を見出すということはなかったのではあるまいか。

悪を表現する言葉も、いずれは有用性の意味を帯びるべく運命づけられている。思想は改善される。言葉の意味もそれに参加する。

剽窃は必要だ。進歩はそれを前提としている。それはある著者の文章にぴったり寄り添い、その表現を使い、誤った観念を消し去り、それを正しい観念で置き換える。

箴言は、いい出来になるために修正されることを求めない。展開されることを求める。

暁が現れるとすぐ、少女たちは薔薇を摘みに行く。無垢の流れが小さな谷や首都の数々を駆けめぐり、この上なく熱狂的な詩人たちの知性を救い、ゆりかごには保護を、青春には王冠を、老人たちには不死への確信を降りかからせる(48)。

私は見てきた、人間どもがモラリストたちをして彼らの心を解明することに倦み疲れさせ、彼ら自身の頭上に天上の祝福を降りかからせるのを。彼らは可能な限り茫漠たる想念を表に出し、われわれの幸福の創造者を喜ばせていた。彼らは子供も老人も、生あるものも生なきものも尊重し、女を称賛し、体が名指すことを控えている部分を羞恥に捧げていた。私がその美しさを認める天空、わが心の似姿なる大地に私は祈願して、自分が善良でないと思う人間がいるならひとりでも示してくれるよう頼んだ。そんな化け物を眼にすることが仮に実現されたとしても、私は驚きのあまり死んだりはしなかっただろう。もっと大変なことでこそ人は死ぬものだ。[49]こうしたすべてに註釈はいらない。

理性・感情は相談しあい、補い合う。二つのうち一方を放棄してしまい、他の一方しか知らない者は誰でも、われわれを導くために与えられたさまざまな救いの全部を捨ててしまうことになる。[50]ヴォーヴナルグは「救いの一部を捨ててしまう」と言った。

彼の文も私の文も感情・理性における魂の擬人化の上に成り立っているが、それでも私が当てずっぽうに選ぶことになる文がもう一方の文よりいいということにはなるまい、両方とも私が作ったのだとすれば。一方は私によって拒否されることはありえない。他方はヴォーヴナルグによって受け入れられることができた。

先人が悪に属するある言葉を善の方向で用いているとき、彼の文が別の者の文と並んで存続しているのは危険である。言葉には悪の意味を残してやるほうがいい。悪に属する言葉を善の方向で用いるには、その権利を有している必要がある。善に属する言葉を悪の方向で用いる者は、その権利を所有していない。その者は信じてもらえないのだ。

誰もジェラール・ド・ネルヴァルのネクタイ(51)を使いたいとは思うまい。

魂はひとつなので、言述《ディスクール》の中には感性、知性、意志、理性、想像、記憶を導入することができる。

私は多くの時間を抽象的諸学問の研究をして過ごしてきた。通じ合う人は少なかったが、嫌気はささなかった。人間の研究を始めたときには、これらの諸学問がその研究に適していること、そして自分がそこに深入りしたおかげで、それらの諸学問を知らない他の人々以上に自分の境遇から外れていないことがわかった。私は、彼らがこれらの諸学問にいっこうに専念しないことを大目に見てやった！　私は、人間の研究においては多くの仲間が見つかるだろうとは思わなかった。これこそが人間に適した研究である。私は欺かれた。人間を研究する者は、幾何学を研究する者より多いのだ(52)。

われわれは喜んで命さえも捨てるものだ、人の噂になりさえしなければ(53)。

もろもろの情熱は年齢とともに減少する。愛は、情熱のひとつに分類してはならないが、やはり同様に減少する。それは一方で失うものを、他方で取り戻す。それはみずからの美点を正当に認め、願望の対象にとってはもはや厳しいものではなくなる。範囲の拡張が受け入れられるのだ。諸感覚はもはや、肉欲をかきたてるような刺激をもっていない。人類への愛が始まる。人間がみずからおのれの美徳に飾られた祭壇になると感じ、よみがえった苦痛のひとつひとつを数えている今日、魂は、すべてがそこで誕生するように思える心情の襞に包まれて、もはや脈打つことのない何かを感じる。私は思い出のことを名指したのだ。[54]

作家は、自分の詩のひとつひとつを支配している法則を、たがいに切り離さずに指し示すことができる。

何人かの哲学者たちは、何人かの詩人たちよりも頭がいい。スピノザ、マルブランシュ、アリストテレス、プラトンなどは、エジェジップ・モロー、マルフィラートル、ジルベール、アンドレ・シェニエ[55]などとは違う。

ファウスト、マンフレッド、コンラッドなどは類型だ。まだ議論好きの類型ではないが、すでに扇動者の類型である。

もろもろの描写というのは、ひとつの草原、三頭の犀、棺桶台の半分などである。それらは思い出とか、預言であるかもしれないが、私が今終えようとしているこの段落ではない。

魂一般の唱導者は、ある任意の魂の唱導者ではない。ある任意の魂の唱導者は、次のような場合に魂一般の唱導者となる。つまりこれら二種類の魂が相当程度に混同されて、男性唱導者が女性唱導者であるのは冗談を言う狂人の想像力の中においてでしかないと断言できるような場合である。

現象は過ぎ去る。私は諸法則を探す。

類型でないような人々がいる。類型というのは人間ではない。偶発的なものに支配されてしまってはならない。

詩についての判断は詩よりも価値が高い。それは詩の哲学である。このように把握された哲学は、詩を包含している。詩は哲学なしで済ませることはできまい。哲学は詩なしで済ませることができる。

ラシーヌは自分の悲劇作品を教訓として凝縮することができない。悲劇は教訓ではない。同じひとつの精神にとって、教訓というのは悲劇よりも知的な行動なのだ。

第一級の作家であるようなモラリストの手に、鵞鳥のペンを握らせてみたまえ。彼は詩人たちよりも優れているだろう。

正義への愛は、大半の人間にあっては不正に耐える勇気にすぎない。(56)

身を隠せ、戦争よ。

もろもろの感情は幸福を表現し、人を微笑ませる。感情の分析のほうは、人格全体は別として幸福を表現し、人を微笑ませる。前者は空間や時間に連関して、名高い構成員たちの内部でそれ自体としてとらえられた人類という概念にまで、魂を高める。後者は時間や空間とは無関係に、最高の表現である意志の内部でとらえられた人類という概念にまで、魂を高める！　前者は悪徳と美徳に関わっている。後者は美徳にしか関わらない。感情はみずからの歩みの秩序を知らない。感情の分析のほうはそれを知らしめるすべを教え、感情の力強さを増大させる。前者が相手だと、すべては不確実だ。それらの感情は、幸福と苦悩という両極端の表現である。後者が相手だと、すべては確実だ。その分析は、良し悪しを問わず種々の情熱のただ中にあって自分を抑制するという、ある時点で結果として生じるあの幸福の表現である。それはみずからの冷静さを用いて、幾多のページを経巡《へめぐ》っているひとつの原理、すなわち悪の非在の中に、これらの情熱の記述を溶けこませる。感情は、そうすべきときもそうすべきでないときも涙を流す。感情の分析のほうは、涙を流さない。それは潜在的な感性をもっており、それが不意を打ち、さまざまな悲惨を越えて人々を運び、案内人なしで済ませることを教え、闘いの武器を提供するのだ。弱さのしるしであるもろもろの感情は、感情一般ではない！　強さのしるしである感情一般の分析は、私の知る限り最もすばらしい感情の数々を生み出す。感情に欺かれてしまう作家は、感情にも自分自身にも欺かれることのない作家と一緒くたにされてはならない。若い頃は、感情面であれこれ苦労したがるものだ。成熟すると、動揺することなく理詰めで考えはじめる。感じるだけだったのが、考えるようになる。自分の諸感覚を気ままに放浪させていたのが、今やそれらに水先案内人をつけてやるのだ。もし私が人類をひとりの女とみなすなら、その若さが終わりかけているとか、成熟年齢が近づいているとかいった議論を展開したりはすまい。人類の精神はいい方向に変わっている。その詩の理想も変わるだろう。悲劇、詩篇、哀歌などはもはや優位を占めはすまい。優位を占めるのは箴言の冷静さだ！　キノー[57]の時代だったら、今私の言ったことを理解してもらえたことだろう。この数年来、いろいろな雑誌や二つ折り判の本にちらほら見られるようになった若干の光明のおかげで、私自身にはそれができるのだ。私が企てているジャンルは、処方箋も示さずに悪を確認してばかりいるモラリストたちのジャンルと比べれば、後者がメロドラマや追悼演説、頌歌《オード》、宗教的叙情詩《スタンス》などと違っているのと同じくらい違っている。闘いの感情というものがないのだ。

エロヒムは人間をかたどって作られている。

いくつかの確かなことが反論されている。いくつかの誤ったことが反論されていない。反論されていることは誤りのしるしであり、反論のないことは確かさのしるしである[58]。

諸学問のための哲学は存在する。詩のためのそれは存在しない。私は一流の詩人であるようなモラリストを知らない。奇妙なことだと、ある者は言うことだろう。

所有しているものが流れ去ってしまうのを感じることは恐ろしいことである。何か恒久的なものはないかと探し求める欲求があってはじめて、人はまさにそれに執着するのだ[59]。

人間は誤謬なき主体である。すべてが彼に真理を示す。何ものも彼を欺くことはない。真理の二つの原理、すなわち理性と感覚は、誠実さを欠かないばかりか、たがいに照らし合っている。諸感覚は本物の外見で理性を照らす。自分が理性にもたらすこの同じ奉仕を、それらは理性から受け取る。それぞれがお返しをするのだ。魂のもろもろの現象は諸感覚を宥め、厄介であると私には保証できないような印象をそれらに与える。両者は嘘をつかない。たがいに競って騙したりもしない。[60]

詩は万人によって作られるべきである。ひとりによってではなく。あわれなユゴー！あわれなラシーヌ！　あわれなコペー！[61]　あわれなコルネイユ！　あわれなボワロー！あわれなスカロン！[62]　癖また癖、癖はいろいろ。

諸学問にはたがいに触れ合っている両極がある。第一の極は、人間が生まれながらに置かれている無知。第二の極は、偉大な魂の持主たちが到達する無知。彼らは人間の知りうることを渉猟したあげく、人間がすべてを知っていることを見出し、出発点であるあの同じ無知のうちでたがいに出会う。それはおのれを知っている、賢明な無知である。人間のうち、第一の無知から脱け出しはしたものの、もうひとつの無知に達しえなかった人々は、このいい気になった学識の色合いをいくらか帯びて、わけ知り顔をする。こうした連中は世間を惑わさず、何についても他の人々よりまずい判断を下すことはない。民衆と識者が一国民の動きを構成している。[63]　他の連中は、国民を尊敬しており、それによってやはり自分も尊敬されている。

物事を知るには、その細部を知るには及ばない。細部は有限であるから、われわれの知識は堅固である。[64]

愛は詩とは混同されない。

女は私の足もとに！

天を描くためには、そこに地上の材料を運びこんではならない。大地とその材料はあるがままの場所に置いておかなければならないのだ、人生をその理想によって美化するために。エロヒムに親しげな口をきき、言葉をかけることは、礼儀にかなわぬ滑稽な振舞いである。エロヒムへの感謝の念を表す最良の方法は、彼が強大であるとか、彼が世界を創造したのだとか、その偉大さに比べればわれわれは虫けらであるとか、耳もとでしつこく唱えたてることではない。そんなことはわれわれよりもよくご存知だ。人間たちはそれを彼に教えたりしなくてよい。彼に感謝の念を表す最良の方法は、人類を慰め、すべてを人類にもたらし、その手を取って兄弟扱いすることである。その方が真実味がある。

秩序を研究するのに、無秩序を研究するには及ばない。科学の実験は、悲劇、妹への叙情《スタンス》詩、数々の不幸を集めた珍文漢文《ガリマティア》などと同じく、この世では何の用もない。

すべての法則が口に出していいわけではない。

善を引き立たせるために悪を研究することは、善をそれ自体において研究することではない。ある良い現象が与えられているのだから、私はその原因を探求しよう。

今日まで、人は不幸を描き、恐怖や憐憫の念を起こさせてきた[65]。私は幸福を描いて、それらとは反対の感情を起こさせよう。

詩のためにひとつの論理が存在する。それは哲学の論理と同じではない。哲学者は詩人ほど多くない。詩人は自分が哲学者よりも上位にあると考える権利がある。

私はのちに自分がするであろうことに関わりあう必要はない。今自分がしていることをしてこなければならなかったのだ。私は自分が後にどんなことを発見するかを発見する必要はない。新たな学問においてはそれぞれの事柄が順番にやってくるのであり、それがこの学問の優れた点である。

モラリストや哲学者のうちには、詩人の資質がある。詩人たちは思想家を内に秘めている。各階層が他の階層を疑い、自分の階層を他の階層に接近させる種々の美質を犠牲にして、みずからの美質を伸ばしている。モラリストや哲学者は嫉妬深いので、詩人たちが自分よりも強いとは認めたがらない。詩人たちは誇り高いので、自分よりも軟弱な脳の持主を正当に評価する能力はないと公言する。ある人間の知性がいかなるものであれ、思考の手続きは万人にとって同じでなければならない。

癖なるものが存在することは確認されているのだから、同じ単語が本来の出番以上にしばしば出てくるのを見ても驚かれないように。ラマルチーヌにあっては馬の鼻孔からしたたる涙や母親の頭髪の色、ユゴーにあっては闇や気のふれた男が、装丁の一部をなしている。(66)

私が企てている学問は、詩とは明確に異なる学問である。私は詩は歌わない。その源泉を発見しようと努める。詩的思考の総体を導く舵を通して、ビリヤード教師たち(67)は感情的諸命題の展開を見分けることだろう。

定理とは本来的にからかい好きなものだ。礼儀を欠くわけではない。定理は応用されて実地に役立つことは求めない。それを応用することは定理の価値を下げ、礼儀を欠くことになってしまう。物質にたいする闘い、精神がもたらす荒廃にたいする闘いを、応用と呼ぶがいい。

悪を相手に闘うことは、悪にたいしてあまりにも敬意を表しすぎることである。私が人間たちにそれを軽蔑できるようにしてやったら、彼らには必ずこう言ってほしいものだ、それが彼らのために私のできるすべてなのだと。

人間は間違えないと確信している。

われわれは自分のうちに有している生では満足しない。他人の観念の中で想像上の生を生きたいと願う。われわれはあるがままに見えるよう努力する。絶えず、本当の存在にほかならないこの想像上の存在を維持することに励む。もしわれわれが寛大さ、あるいは忠実さを備えていれば、躍起になってそのことを人に知らせないようにし、これらの美徳をその存在に結びつけようとする。これらの美徳をその存在につなげるために、自分から切り離したりはしない。臆病者ではないという評判を獲得するために、われわれは勇敢に振舞う。いずれか一方なしでは他方に満足できず、どちらもあきらめないというのは、われわれの存在が度量を備えていることの大きなしるしである。自分の美徳を守るために生きようとしない者は、恥知らずということになろう。[68]

喉を押えつけてくるあらゆる偉大さの眺めを目にしながらも、われわれは自分を矯正する本能、抑えることのできない、われわれを高揚させるひとつの本能をもっている！[69]

自然はそれがエロヒムの似姿であることを示すためにもろもろの完璧さを有し、エロヒムの似姿でないとは言えないことを示すためにもろもろの欠陥を有する。[70]

人が法に従うのは良いことである。民衆は何が法を正義たらしめるものかを理解している。人は法から離れはしない。法の正義を他のものに従属させてしまうと、その正義を疑わしいものにするのは容易である。諸国民は反逆を起こしがちなわけではない。[71]

道を踏み外している連中は正道を歩んでいる人々に、本性から遠ざかっているのはおまえたちなのだと言う。自分たちは正道を歩んでいると思っているのだ。判断を下すには、ある定点をもたねばならない。われわれはこの定点を、道徳の中のどこに見出せないことがあろうか？[72]

人間のうちに見出される種々の矛盾対立ほど奇妙でないものはない。人間は真理を知るために作られている。それを探し求める。真理を把握しようと努めると、人間は目が眩み、混乱してしまうために、その所有を争う種を提供しない。ある人々は真理の知識を人間から奪おうとし、ある人々はそれを人間に保証しようとする。各々がまったく相異なる動機を用いるため、それらの動機は人間の当惑を消滅させてしまう。人間は自分の本性のうちに見出す光明以外の光明をもたない[73]。

われわれは正しいものとして生まれる。誰もが自己に向かう。それは秩序に適っている。一般へと向かわなければならない。自己への傾向はあらゆる無秩序の終わりである。戦争においても、経済においても[74]。

人間は死や悲惨や無知を癒すことができたので、幸福になるために、そのことをまったく考えないようにした。それは彼らが、あれほどわずかな不幸から自分を慰めるために考案できたことのすべてである。豊かきわまりない慰めだ。それは不幸を癒しはしない。しばしのあいだそれを隠すのだ。隠すことで、それを癒すことを考えるようにさせる。人間の本性の正当な転倒により、最も感知しやすい不幸である退屈が、人間の最大の幸せということになるわけではない。それはあらゆるものにも増して、人間にみずからの治癒を求めさせることに寄与しうる。人間が最大の幸せとみなしている気晴らしは、その最小の不幸である。それはあらゆるものにも増して、人間にみずからの不幸の治療薬を求めさせるようにする。両者はいずれも、人間の偉大さを除けば、その悲惨と腐敗のみごとな反証である。人間は退屈し、こうした数々の仕事を求める。人間は自分が獲得した幸福の観念をもっている。その幸福が自己のうちに見つかったら、今度はそれを外部の事物の中に探し求める。人間は自分を満足させる。不幸はわれわれの中にも、被造物の中にもない。それはエロヒムのうちにある。(75)

自然はどんな状態にあってもわれわれを幸福にするので、われわれの願望は不幸な状態を描いてみせる。それらの願望は、われわれの今ある状態に、今ない状態の苦痛を結びつける。これらの苦痛に到達したとしても、われわれはそのおかげで不幸になりはしないであろう。われわれは新しい状態にふさわしい、ほかの願望を抱くであろう。(76)

人間の理性の強さは、それを知らない人々よりも、知っている人々のうちによく現れている。(77)

われわれはじつにうぬぼれが強くないので、全世界に知られたい、自分がいなくなった後にやってくるであろう人々にさえ知られたいと思う。いっぽうじつに見栄っ張りではないので、自分を取り巻く五人、あるいは六人の評価が得られれば嬉しくなり、誇らしくなる。(78)

わずかのことがわれわれを慰める。多くのことがわれわれを悲しませる。(79)

謙虚さは人間の心にあってじつに自然なので、一労働者でさえ自慢しないよう配慮し、賛美者をもちたがる。哲学者たちもそれを欲している。詩人たちは特に！　名誉のために物を書く人々はうまく書いたという名誉を欲する。それを読む人々はそれを読んだという名誉を欲する。これを書いている私は、そんな欲求を抱いていることを自慢に思う。

これを読むであろう人々も、同じく自慢に思うだろう[80]。

人間の発明は、世紀から世紀へと増大する。世間一般の善意と悪意も、同じままにとどまってはいない[81]。

最も偉大な人物の精神はそれほど他に左右されないので、自分の周囲で起こる「タンタマール」[82]紙のちょっとした騒音にかき乱されることはない。その思考を妨げるのに、大砲の沈黙はいらない。風見鶏や滑車の音も不要である。蠅は今現在、うまく推論できない。人間がひとり耳もとでぶんぶん唸っている。蠅に適切な決心ができなくさせるにはそれでじゅうぶんなのだ。蠅が真理を見つけられることを私が望むなら、その理性の働きを妨げ、もろもろの王国を統治するこの力強い知性をかき乱している、あの動物を追い払うであろう[83]。

あんなに精神を集中させ、身体を動かして掌球競技《ジュー・ド・ポーム》をする人々の目的は、友人たちに、自分がほかの誰かよりもうまくプレーしたと自慢することなのだ。それが彼らの熱中ぶりの源泉である。ある人々は、これまで解かれたことのない代数の問題を解いたと学者たちに示したいがために、書斎にこもって汗を流す。別の人々は、私に言わせればあまり精神的ではない仕方で獲得した地位を後で自慢したいがために、危険に身をさらす。最後にまた別の人々は、これらの事柄を指摘すべく必死になっている。それによって、より賢明でなくなるためではない。それは特に、自分がそれらの事柄の堅固さを知っていることを示すためである。これらの連中は一群の中で最も愚かでない。彼らはそうと知りながら愚かでないのだ。ほかの連中については、もしそうと知らなかったらやはり相当に愚かであるだろうと考えることができる。(84)

アレクサンドロス大王の純潔さという手本は、その飲酒癖という手本が節制する連中を生み出した以上に、禁欲的な人間を生み出したわけではない。彼ほど品行が良くないからといって、恥にはならない。人は自分がこうした偉人たちの美徳に染まっているときには、一般人の美徳に完全に染まっているわけではないと思うものだ。偉人たちが民衆につながっている一端で、人は彼ら偉人たちにつながっている。偉人たちはいかに高みにあろうとも、どこかで残りの人間たちと結ばれている。彼らは宙吊りになって、われわれの社会から切り離されているのではない。彼らがわれわれよりも大きいのは、その足がわれわれの足と同じ高みにあるからなのだ。彼らはみんな同じ水準にあり、同じ地上に立っている。この末端において、彼らはわれわれや子供たちと同じくらい高く、動物たちよりも少しだけ高いのである。(85)

最良の説得術は、説得しないことにある。(86)

絶望はわれわれの過ちのうち最小のものである。(87)

ある思考が巷に知れ渡った真実としてわれわれに差し出され、われわれがそれをわざわざ展開してみるとき、われわれはそれがひとつの発見であることに気づく。(88)

人は正しくあることができる、もし人間でないならば。(89)

青春の嵐は輝かしい日々に先行する。(90)

人間の良心《アンコンシャンス》のなさ、不名誉、淫蕩、憎悪、軽蔑などは、金で買える。気前のよさは富の利点を何倍にも増大させる。(91)

快楽において誠実さを有する人々は、商売においても真摯な誠実さを有している。快楽によって人間的になるとすれば、それは生来の性質がほとんど残忍でないしるしである。(92)

偉人たちの節度は、彼らの美徳にしか限界を設けない。(93)

人間たちの美点の限界を拡張するような称賛を捧げるということは、彼らを傷つけることである。人に評価されることに苦もなく耐えられるほど謙虚な人々はたくさんいる。(94)

時間と人間にはすべてを期待し、何も恐れてはならない。(95)

功績や栄誉が人間を不幸にしないならば、いわゆる不幸と呼ばれるものは彼らの哀惜に値しない。魂は財産や精神の休息を受け入れてくれる。もしそれらにみずからの感情の活力、みずからの天才の飛躍を重ね合わせなければならないのであれば。(96)

自分が大成功を収められると感じるとき、人は大計画を評価する。(97)

慎み深くすることは精神の見習い修行である。(98)

何か並外れたことを言おうとしないとき、人は堅実なことを言うものだ。(99)

真実であるものは何ひとつ虚偽ではない。虚偽であるものは何ひとつ真実ではない。すべては夢の反対物、嘘の反対物である[100]。

自然が愛すべきものに作ったものには欠陥があると、信じてはならない。想像上の美徳や悪徳を確立した世紀や民族など、ありはしないのだ[101]。

生の美しさは、死の美しさによってしか判断することはできない[102]。

劇作家は情熱という言葉に、有用性を備えた意味を与えることができる。それはもはや劇作家ではない。モラリストはどんな言葉にでも有用性を備えた意味を与える。それは今もなおモラリストである！

ある人間の人生を考察する者は、人類の全歴史をそこに見出すことだろう。何ものもそれを悪しきものにすることはできなかった[103]。

他の人々から離れるために、私は韻文で書くべきであろうか？　慈悲に言葉を発してもらいたい！

他人の幸福をなす者たちの通常の口実は、彼らに良かれと思っているということである[104]。

寛大さは他人の幸せを喜ぶ、あたかも自分にその責任があるかのように[105]。

人類においては秩序が支配的である。理性と美徳は、そこでは最も強いわけではない[106]。

君主たちはほとんど忘恩の徒を生み出さない。彼らは自分にできることのすべてを与えているのだ[107]。

人は数々の大きな欠点が認められるような人々を心から愛することができる。不完全さだけがわれわれの気に入る権利をもっているなどと信じるのは非常識であろう。われわれのさまざまな弱さは、美徳でないものがそうできるのと同じくらい、われわれをたがいに結びつける[108]。

友人が何かしてくれても、われわれは彼らが友人としてそうするのは当然であると考える。彼らがわれわれに敵意を示すのが当然であるとはまったく考えない[109]。

命令するべく生まれついた者がいたとすれば、玉座にあってもなお命令するであろう[110]。

義務がわれわれを疲れ果て《エピュイゼ》させると、われわれは義務を汲み尽《エピュイゼ》くしたのだと思う。われわれは言う、何であっても人間の心を満たすことができると[111]。

すべてが活動によって生きている。そこから、存在の交流、宇宙の調和が生まれる。かくも豊饒なこの自然法則、われわれはそれが人間にあっては欠陥であると考える。人間はこの法則に従わざるをえない。人間は休息のうちに存続することができないので、われわれは人間が本来あるべき場所にあると結論づける[112]。

太陽が何であり、天が何であるのかはわかっている。われわれはそれらの運動の秘密を知っている。エロヒムの手の中にあって、盲目の道具であり感知できない原動力である世界は、われわれの賛嘆を引きつける。諸帝国の革命、諸時代の相貌、諸国民、学問の征服者、こうしたものは、這いずり回って一日しか生存せず、あらゆる時代における宇宙の光景を破壊するひとつの原子に由来する。[113]

錯誤よりも多くの真理、悪しき資質よりも多くの良き資質、苦痛よりも多くの快楽がある。われわれは好んで性格を統御する。自分の種族を越えた高みにのぼる。その種族に敬意を惜しみなく振り注ぎ、それで自分を豊かにする。われわれは自分の個人的な利害を人類全体の利害から切り離すことも、わが身を危うくすることなしに人類の悪口を言うこともできないと思っている。こうした滑稽な虚栄のせいで、哲学者たちの書物は自然にたいする賛辞でいっぱいだ。人間は思考する人々の不興を買っている。人間に少しでも悪徳を負わせまいと、皆が競い合っている有様である。人間はいつでも、まさに再起せんとし、その美徳の数々を自分に返還させようとしてきたのではなかったか？[114]

何ひとつ言われていない。人間が存在するようになってから七千年以上ものあいだ、人は来るのが早すぎるのだ。習俗に関することについては、ほかのことに関してと同様、最も良くないものは取り去られてしまった。われわれは古代人の後で、また近代人のうちでも熟練した人々の後で仕事をするという利点をもっている。[115]

われわれは友情、正義、同情、そして理性をもつことができる。おおわが友たちよ！美徳の欠如とはいったい何なのか？[116]

友人たちが死なない限り、私は死について語るまい。

われわれは自分が繰り返し転落したこと、自分の不幸の数々がわれわれの欠点を矯正できたことに気づいて、茫然自失する[117]。

死の美しさは、生の美しさによってしか判断することはできない[118]。

文末に中断符の三つの点が用いられているのを見ると、私は憐れになって肩をすくめてしまう。自分が才人であること、つまり馬鹿者であることを示すために、そんなものが必要だろうか？　あたかも中断符に関しては、明快さが曖昧さよりも価値が低いとでもいうかのように！

告

この永続的な出版物に価格はない。予約購読者が、各自で予約料を決めるものとする。それも、志で結構である。

最初の二冊分を配本された人々は、いかなる理由があろうとも、受領を拒否なさらぬようにお願いしたい。

イジドール・デュカスの書簡

［1］ある批評家宛[1]

パリ、一八六八年一一月九日

拝啓

恐縮ですが、貴下の定評ある雑誌でこの小冊子の批評をしていただけますでしょうか。私の意志とは無関係な事情によって、この本は八月に刊行することができませんでした。今では「プチ・ジュルナル」書店[2]と、パサージュ・ユーロペアンのヴェイユ・エ・ブロック書店[3]に出ております。第二歌は今月末にラクロワ書店から刊行する運びになっております。

敬具

著者

[2] ヴィクトル・ユゴー宛(4)

パリ、一八六八年一一月一〇日

拝啓

小冊子を二部お送り申し上げますが、これは私の意志とは無関係な事情によって、八月に刊行することができなかったものです。今ではブルヴァールの二軒の書店(5)に出ておりますが、私は意を決して二十人ばかりの批評家に手紙を書き、書評をしてもらうことにしました。それでもすでに八月にはある雑誌、「ジュネス」(6)がとりあげてくれたのです! 昨日、郵便局で、ひとりの少年があなたの宛名を記した「アヴニール・ナシオナル」(7)を手にしているのを見かけ、それでお手紙を差し上げる決心をした次第です。私は三週間前に第二歌をラクロワに渡し、第一歌と一緒に印刷してくれるように申しました。ほかの出版者よりも彼を選んだのは、彼の書店にあなたの胸像があるのを目にしたことがあって、それがあなたの書店であることを知っていたからです。けれども今日まで、彼は私の原稿に目を通す時間がありませんでした。とても多忙だからというのです。もしあなたが私に一筆書いて下されば、それを見せてやることで彼がもっと迅速に対応し、できるだけ早く二つの歌を読んで印刷に回してくれることは、まず間違いありません。この十年来、私はあなたにお目にかかりに行きたいという思いを抱いておりますが、お金がないのです。

誤植が三箇所あります。[8] 以下の通り。

七ページ一〇行目――「これらの涙を別にすれば」ではなく、「彼の涙を別にすれば」

一六ページ一二行目――「人間は〈大洋〉にとって恐怖である」ではなく、「大洋は人間にとって恐怖である」

二八ページ終わりから二行目――「立派なこと」ではなく、「いいもの」

私の住所は次の通りです。

イジドール・デュカス

ノートル＝ダム＝デ＝ヴィクトワール通り

二三番地　ホテル「ア・リュニオン・デ・ナシオン[9]」

ほんの短いお手紙でも書いてくだされば、あなたがひとりの人間をどれほど幸福にできるか、きっとお信じになれないくらいでしょう。[10] これに加えて、一月にお出しになる予定のご高著[11]をそれぞれ一部ずつつくださるとお約束いただけますでしょうか？　さて今、手紙の最後まできて、私は自分の大胆さをより冷静に思い返し、あなたに手紙を書いてしまったことで身震いする思いです。私ときたらこの世紀ではまだ何ものでもないのに、あなたはといえば、そこにおいて〈すべて〉なのですから。

イジドール・デュカス

一八六九年五月二二日

［3］ダラス宛⑫

拝啓

昨日になって、五月二一日付のお手紙を拝受しました。確かにあなたのお手紙でした。さて、おわかりいただきたいのですが、あいにく私は弁解を申し述べる機会をこのまま逃してしまうわけにはいかないのです。理由は以下の通り。もしあなたが、私という人間が置かれている状況にどんな厄介事が起こりうるかご存知ないまま、預金が底をついていることを先日お知らせくださっていたら、私もそれに手をつけないよう細心の注意を払っていたでしょう。けれども、ここ三通の手紙を書かずに済んでいたら私としてもきっと嬉しかったでしょうし、あなたのほうもそんなものを読まずに済んで同じくらい嬉しく思われたことと存じます。変わり者の父が命じている、息子を信用しない嘆かわしいやり方を、あなたは実行に移されました。しかしご明察の通り、私は頭痛がするからといって、南米から届いた一枚の便箋がこれまであなたをどんなに困難な立場に置いてきたか、ちゃんと考えられないわけではありません。あの手紙の主たる欠点は、明快さの欠如です。というのも、いくつかの辛気臭い繰り言はいかにも耳障りですが、別に気にもとめていませんから。そうした繰り言は、老人相手なら簡単に許せるものですし、最初に読んだときは、首都に上京して住みついたひとりの男性にたいして、あなたがたぶんこの先、銀行家としての厳密な役割を逸脱せざるをえなくなるよう無理強いしているような、そんな気がしたものです……

……済みません、ひとつお願いがあるのですが、もし父が九月一日までに、つまり私が自分であなたの銀行の入口に姿を現す頃までに、別の預金を送ってきたら、その旨お知らせいただけますでしょうか？　とにかく、一日じゅう自宅におりますので。でも一筆くだされればそれで結構です。そうすれば間違いなく、メイドが戸を開けてくれたらすぐに、あるいはたまたま戸口にいればそれよりも前に、知らせを受け取れるでしょう……

……そしてこうしたことは全部、繰り返しますが、無意味でくだらない[13]形式的手続きのためなのです！　五本ではなく十本の乾いた爪を差し出してみたところで、しょせんそれだけのこと。さんざん考えた末に、告白しますが、そんな行為は相当量の重要性欠如に満たされているように私には思えたのです……

敬具

［4］プーレ＝マラシ宛[14]

パリ、一〇月二三日。――まずは私の状況[15]について説明させてください。私はミツキエヴィッチ、バイロン、ミルトン、サウジー、A・ド・ミュッセ、ボードレール、等々がしたのと同じく、悪を歌いました。もちろん、いささか調子を誇張しましたが、それというのも、もっぱら読者を打ちのめしてその治療薬として善を欲するよう仕向けるために絶望を歌いあげる、あの崇高な文学の方向性に沿って、新たなものを生み出そうとしてのことでした。そんなわけですから、結局のところ歌われているのは常に善なのであり、ただその方法が昔の流派[16]よりも哲学的で、単純素朴ではないだけなのです。昔の流派の代表者でまだ存命なのは、ヴィクトル・ユゴーほか数名の人々だけです。発売してください、構いませんとも。そのために何をしたらよろしいでしょう？　条件をおっしゃってください。私の希望は、おもだった書評担当者《ランディスト》に献本していただくことです。

彼らだけが出版活動の開始というものを、初審かつ終審として判定することでしょう。もちろんこの出版活動は将来、私が自分の終わりを見るときまでは終わらないはずです。というわけで、最後の教訓はまだできていません。しかしながら、すでに巨大な苦悩が各ページに見られます。それは悪でしょうか？　そんなことはありますまい。希望通りにしていただければ幸いです。批評が褒めてくれれば、版を重ねたとき、強烈すぎる章をいくつか削除することもできるでしょうから。そんなわけで、私が何よりも望んでいるのは批評に判定してもらうことなのです。いったん名前が知られれば、あとはひとりでに事が運ぶでしょう。草々。

I・デュカス

I・デュカス、フォブール＝モンマルトル通り三二番地[17]

［5］プーレ＝マラシ宛

パリ、一〇月二七日。——ご指示の通り、ラクロワに話をしました。彼からそちらに必ず手紙が行くはずです。あなたの提案は受け入れられました。あなたに私の発売元になっていただく件、四〇パーセントの件、それに十三冊目ごとの件です[18]。諸般の状況によって、この作品はある程度まであなたの書店のカタログに堂々と掲載されるに値するものになったわけですから、もう少し高値でも売れると思いますし、私としてはそれで異存はありません。それに、そちらでは人々の精神も、こうした反抗の詩を味わう準備がフランスよりもきちんとできていることでしょうから。エルネスト・ナヴィル（フランス学士院の通信会員）は昨年、ジュネーヴとローザンヌで、哲学者たちや呪われた詩人たちを引用しながら『悪の問題』についての講演を何度かおこないましたが、それは見えない流れがだんだん広がっていくようにして、人々の精神に痕跡を残したにちがいありません。彼はこれらの講演を、のちに一冊にまとめました。彼にも一部送ることにします。自分の著書が版を重ねたとき、彼は私のことを話題にできるでしょう。私は先人たちの誰よりも、この奇妙な命題を力強くとりあげているのですから。そして彼の本は、パリではフランス語圏スイスとベルギーの特約店であるシェルビュリエ書店から、またジュネーヴでも同じ書店から出ているので、私を間接的にフランスに知らしめるでしょう。時間の問題です。本を送ってくださるときには、二十部お願いします。それでじゅうぶんでしょう。

草々

I・デュカス

［6］プーレ＝マラシ宛

パリ、一八七〇年二月二一日

拝啓
　恐縮ですが、ボードレールの『詩集補遺』(24)をお送りいただけますか。代金として二フランを切手で同封します。できるだけ早くお願いできるとありがたいのですが。以下でお話しする作品のためにそれが必要なものですから。
要用のみにて。

I・デュカス
フォブール＝モンマルトル通り三二番地

――――

　ラクロワは版権を譲渡したのでしょうか、でなければどうしたのでしょう？　それとも、あなたが拒否なさったのですか？　彼からは何も聞いておりません。あれ以来会っていないのです。――ご存知の通り、私は自分の過去を否認しました。もう希望しか歌いません。しかしそのためにはまず、今世紀の疑惑（憂鬱、悲嘆、苦悩、絶望、沈痛なうめき、わざとらしい悪行、幼稚な思い上がり、滑稽な呪い、等々、等々）を攻撃しなければならないのです。三月初めにラクロワに渡す予定の作品の中で、私はラマルチーヌ、ヴィクトル・ユゴー、アルフレッド・ド・ミュッセ、バイロン、ボードレールらの最も美しい詩を抜き出し、それらを希望の方向に修正しています。どうすべきであったかを示しているわけです。そこでは私のいまいましい本のうちで最悪の六箇所も、同時に修正しております。(25)

［7］ダラス宛(26)

パリ、一八七〇年三月一二日

拝啓

少し以前のことから繰り返させてください。私はある詩作品をラクロワ氏の書店（モンマルトル大通り一五番地）から出しました。ところがいったん印刷した後で、彼はそれを刊行するのを拒否したのです。人生があまりにも悲痛な調子で描かれており、検事総長がこわいからというのがその理由です。(27)それはバイロンのマンフレッドとかミツキエヴィッチのコンラッド(28)といったたぐいのものでしたが、それでも遥かに恐ろしい作品でした。刊行費用は千二百フランで、私はすでにそのうち四百フランを出資しています。ところが、すべてが水泡に帰してしまったのです。おかげで目が覚めました。私は内心、疑惑の詩(今日、何巻も出ていますが、そのうち百五十ページも残りはしないでしょう)がこうして陰鬱な絶望と理論的な邪悪さにこれほどまで達してしまったのを見ると、つまるところ、これはその詩が根本的に誤っているということなのだと考えました。そこでは諸原理が議論されているけれども、それらは議論してはならないものであるという理由によってです。それは正しくないどころではない。今世紀があげている詩的なうめき声は、いずれも見苦しい詭弁にすぎません。倦怠、苦悩、悲嘆、憂鬱、死、陰影、暗闇、等々を歌うこと、それは全力をあげて、物事の幼稚な裏面しか見つめようとしないことです。ラマルチーヌ、ユゴー、ミュッセたちは、みずから進んで女々しい腑抜け《ファムレット》に変身してしまいました。彼らはわれらの時代の〈ぶよぶよの大頭〉どもです。いつも泣き言ばかり! 以上のようなわけで、私は完全に方法を変え、もっぱら希望、期待、**平穏、幸福、義務**(29)しか歌わないことにしたのです。かくして私は、気取り屋連中のヴォルテールとジャン=ジャック・ルソー以来ぷっつりと断たれていた良識と冷静さの絆を、コルネイユやラシーヌのような人々とのあいだに結び直すのです。私の著作は四、五か月後でないと完成しないでしょう(30)。けれどもさしあたり、父には序文を送っておくつもりです。六十ページになる予定で、版元はA1・ルメール書店[31]。そうすれば父にも私が仕事をしていることがわかって、いずれ印刷すべき著作に要する総額を送金してくれるでしょう。

お尋ねしたいのですが、父はあなたに、一一月および一二月以降、生活費のほかにも私にお金を渡すよう申しませんでしたでしょうか。そしてその場合には、序文の印刷費用として二百フランが入用だったわけなのですが、そうすれば二二日にはモンテビデオに序文を送ることができるでしょう。父が何も申し上げていなかったのなら、その旨一筆お知らせいただけますでしょうか？

要用のみにて失礼いたします。

I・デュカス

ヴィヴィエンヌ通り一五番地[32]

訳注

『マルドロールの歌』のテクストに言及する場合には「歌」の番号をローマ数字（I、II……）で、「章節」の番号をアラビア数字（1、2……）で示すことがある。また、この作品のタイトルは随時『歌』と略記する。

マルドロールの歌

第一歌

［第一章節］
（1）この書き出しはダンテの『神曲』のそれを意識的になぞっていると思われる。
（2）この章節で描写されている鶴の飛行全体については、ダンテの『神曲』で放蕩者たちの亡霊が地獄の風に乗って運ばれていく場面、ホメロスの『イーリアス』に見られるトロイア人の行進についての記述などが、考えうる発想源としてこれまで指摘されている。
［第二章節］
（3）「鮫」はつごう十七回にわたって作品に登場するが、これは「鳥」や「魚」といった一般的

なカテゴリーへの言及を別にすれば、「犬」(二十六回)、「豚」(十九回)、「鷲」(十八回)に次いで第四位である。

(4) 神への言及は全編を通して合計百三回に及ぶが、その内訳は多い順に〈創造主〉(三十七回)、〈神〉(十七回)、〈摂理〉(十六回)、〈全能者〉(十二回)、〈主〉(五回)、〈永遠者〉(四回)、〈万物神〉(三回)、その他(九回)となっていて、ここで初めて登場した〈永遠者〉はむしろ少ないほうである。

[第三章節]

(5) ここではじめて「マルドロール」Maldororという固有名詞が登場するが、その名前にこめられている(かもしれない)意味については、《aurore du mal》=「悪の曙」、《mal de l'aurore》=「曙の病、あるいは曙への渇望」、《mal dolor》=「(スペイン語からの連想で)悪しき苦悩」など諸説がある。

[第四章節]

(6) 「独唱曲《カヴァティーナ》」は本来、イタリア語で「オペラやオラトリオにおける、アリアよりも単純な独唱曲」を指す。

[第五章節]

(7) 「モラリスト」は、この文脈では一般的な「道徳家」ではなく、モンテーニュ、ラ・ロシュフーコー、パスカル、ラ・ブリュイエール、ヴォーヴナルグなど、人間性に関する思考や観察を随筆や格言集などの形で表現した文学史的な意味での「人間探求者」たちを指す。

(8) この章節は全体的に聖書の記述を踏まえていると思われるが、とりわけ人間たちの邪悪さが世界の破滅を招来するというイメージは、明らかに旧約聖書の「大洪水」から発想されている。

［第六章節］

（9）ガストン・バシュラールによれば、爪は吸盤と並んで、無償の残酷性に彩られたロートレアモンの暴力的な世界を表象する最も特徴的な攻撃手段である。またモーリス・ブランショはボードレールの詩篇「祝福」に読まれる次の四行を、この部分の考えうる発想源として挙げている。

この不敬虔ないたずらにも退屈した暁には、
彼の身に、私のほっそりして強い手を押し当てましょう。
すると私の爪は、鷲女神《ハルピュイア》の爪のように、
彼の心臓まで、みごとに食い入っていくでしょう。
（阿部良雄訳）

（10）『歌』には、タルブの高等中学校時代の生活への暗示的な言及が何箇所か見られるが、この部分はその最初の例である。

（11）相手を引き裂くと同時に相手によって引き裂かれるという典型的なサディコ＝マゾヒズム的状況は、ボードレールの「ワレトワガ身ヲ罰スル者」を想起させる。

［第七章節］

（12）「淫売」という主題の文学的発想源はいくつか考えられる。聖書では、淫売は偶像崇拝の象徴である。また「淫売と契約を結ぶ」という言い方は、「悪魔と契約を結ぶ」（魂を売る）という成句表現を介して、ゲーテの『ファウスト』を想起させずにはいない。いっぽうミュッセの『告白』や『ロラ』も、やはり発想源のひとつと考えられる。さらにブランショは、ボードレールの『死後の悔恨』との目立った類似を指摘している。

(13)「ツチボタル」ver-luisant は、正確には lampyre の雌の幼虫を指す。雌のほうが大きく、発光するのも雌だけで、それによって雄を引き寄せ、交合が終わると光が消えるという。
(14)イジドール・デュカスの実際の死因はいまだに不明であるが、肺結核という説もある。
(15)「モンテビデオ人」というのは、タルブの高等中学校時代にイジドール・デュカスにつけられていた一種の渾名、もしくは通称であった可能性がある。

［第八章節］

(16)舞台装置としての「月光」は、前《プレ》ロマン主義・ロマン主義作家たちの作品に共通してしばしば見られる典型的なイメージであった。また《Au clair de la lune...》という出だしのフランス語は、人口に膾炙した童謡の歌詞を思い出させもする。
(17)ここで展開されている犬の描写はイメージの点でも構造の点でも、さらには細部の表現においても、夜の海岸で遠吠えする犬たちを描いたルコント・ド・リールの詩、「吠える者たち」に酷似している。
(18)イジドール・デュカスと同じくモンテビデオ出身の詩人ジュール・シュペルヴィエルは、「罪を犯したその後で、馬をギャロップで走らせて逃げ去る盗人」という部分に、パンパを走る「逃亡ガウチョ」のイメージを見ていたという。
(19)この部分の発想源としては、バイロン『マンフレッド』の次の三行が挙げられる。

そして、かがやかしい宇宙の目よ
おまえは、万物を眺めわたし、万物に
喜びをあたえるが——わが心の上は照らさない。　（阿部知二訳）

（20）狂犬病はしばしば恐水発作（水を飲もうとすると喉が激しく痙攣して飲み下せなくなる症状）をともなうことから「恐水病」とも呼ばれるが、これはまさに無限への渇きを覚えながらも満たすことができない犬たち＝話者の置かれている状況を象徴している。

［第九章節］

（21）話者がみずから「章節《ストロフ》」という言葉を用いるのはこの箇所が最初である。これはもともと古代ギリシア悲劇でコロスの歌の第一節を指す単語であるが、転じて一般に歌や詩の「節」を意味するようになった。

（22）「生命が飛び立つ瞬間の白鳥」という表現は、当然ながら「白鳥の歌」という有名な比喩を想起させる。

（23）伝記的要素をテクストに読みこむことの危険は承知の上で言えば、「私が海に再会して」とあることから、ここでは一八六七年五月にデュカスがモンテビデオに一時帰還したさいの経験が踏まえられていると考えられる。

（24）これは一八六八年に印刷された『マルドロールの歌　第一歌』第一稿で本名が記されていた「ダゼット」からの書き換えの第一例である。

（25）アルミニウムは一八二七年、ドイツのウェーラーによって発見されたと言われるが、フランスのドヴィーユが一八五四年に工業生産を試み、翌年のパリ万国博覧会に出品して以来、一般に広まった。この金属はさらに一八六七年のパリ万国博覧会でも大成功を収めたが、デュカスがパリに出てきたのはまだその記憶も新しい同年冬から翌年春にかけてのことであったと推測されるので、彼が何らかの媒体を通してこの新材料にまつわる情報に触れていた可能性は高い。

(26)「年ふる大洋」に関する以下の記述の直接的な発想源として最も明白なのは、バイロンの『チャイルド・ハロルドの遍歴』第四巻の最後近くに位置する数詩節である。
(27) 鯨については、ミシュレの『海』が参照された可能性が高い。「われわれは大いに鯨のおかげをこうむっている。鯨がいなければ、漁師たちは海岸にとどまっていたことだろう。なぜなら、ほとんどの魚は沿岸にいるからだ。漁師たちを解放し、あらゆる場所に導いたのは鯨である」。
(28) ここにはラ・フォンテーヌの作品、「牛と同じくらい大きくなりたいと思った蛙」への暗黙の参照が見られる。
(29) ボードレール「人間と海」の次の四行に、きわめて類似したイメージが見られる。

きみも海もともどもに、陰険で口が固い。
人間よ、きみの深淵の底を測った者は誰もいない。
おお海よ、何人もきみの心の奥の富を知らぬ、
さほどにきみらは、秘密を守るに汲々としている！

（阿部良雄訳）

(30) 鉄道がフランスに初めて出現したのは一八三二年だが、パリに限って言えば一八三七年、サン゠ジェルマンまで十九キロメートルの路線が開通したのが最初である。デュカスがパリに出てきたと思われる一八六八年頃には、サン゠ラザール駅、北駅、東駅などの主要な駅も整備され、鉄道は首都と地方を結ぶ遠距離交通手段として、すでになくてはならない存在になっていた。
(31)「リヴァイアサン」は旧約聖書の「ヨブ記」第三章に出てくる海の怪獣で、比喩的には「巨大なもの」を意味する。
(32)「動物磁気」は宇宙を満たしていると考えられた微細な粒子から成る流体の一種で、ドイツ

の医師、フランツ・アントン・メスマーが命名した。人間の身体、特に神経系統に影響を及ぼしており、そのリズムが停滞すると病気になるとされた。

（33）この一節にはデュカスが学校で習った可能性の高いルクレティウスの『物の本質について』第二巻の冒頭、「大海で風が波を掻き立てている時、陸の上から他人《ひと》の苦労をながめているのは面白い」（樋口勝彦訳）という一文との類似が見られる。

（34）「闇の帝王」は、すぐ後に出てくるサタンの別称。

［第十章節］

（35）この場面についてはバイロンの『マンフレッド』との類似が指摘されている。第三幕のラストで、主人公マンフレッドはサン・モーリスの僧院長の訪問を受けるが、これを逃れて自分の居城の塔にこもり、誰も部屋に入れないように命令している。

（36）この部分は、ダンテ『神曲』「地獄篇」第十七歌に登場する怪獣ゲリュオンを想起させる。

（37）列挙された動物のうち、ペリカンだけに「不死の」という形容詞が付されているのは一見奇異な感じがするが、ここにはおそらくミュッセの詩、「五月の夜」への暗黙の参照がある。

（38）「キクガシラコウモリ」は「ダゼット」からの書き換えの第二例にあたり、第一稿では「慰めの天使」とも呼ばれていた。

［第十一章節］

（39）この章節は以下の二つの章節とともに、第一稿では戯曲形式にのっとって書かれていたため、地の文はすべてト書きになっており、それぞれのせりふの発話者も明示されていた。また、全体としてはゲーテの『魔王』が下敷きになっている。

(40) 人間の姿を見えなくするという魔法の指輪は、リュディア王ギュゲスにまつわる伝説を踏まえていると思われる。プラトンの『国家』第二巻第三章参照。

［第十二章節］

(41) 「フェロー諸島」はノルウェー海にあるデンマーク領の列島。この地域でおこなわれていた海鳥の捕獲は有名で、デュカスは当時の絵入り雑誌である「マガザン・ピトレスク」に掲載されていた記事をもとにしてこの一節を書いたと推測されている。一方、デンマーク領の列島への言及はこの章節全体を『ハムレット』に関連づける契機ともなっている。またジュール・ヴェルヌの『地底旅行』を有力な発想源とする説もある。

(42) 屍姦への唐突な言及は、パリのモンパルナス墓地で起きた実際の事件を念頭に置いたものかもしれない。一八四八年、この墓地で複数の墓が掘り返され、遺体が次々と凌辱され切り刻まれるという、猟奇的な事件があった。

(43) 二人の墓掘り人夫が登場し、内ひとりが主人公と会話を交わすシェイクスピアの『ハムレット』第五幕第一場への参照は明らかである。

(44) 「子供たちに自分の胸肉をむさぼり食わせようと決心する」「野生のペリカン」は、ミュッセの「五月の夜」が直接の下敷きになっているが、この鳥は自分の血を流しても子供を守ろうとする親の献身的な愛情を表象する存在として、西欧文化の象徴体系に古くから定着していた。

(45) ここで描かれている「高等中学校《リセ》の寄宿生」の暗鬱な想念が、タルブもしくはポーでデュカスが実際に経験した寄宿舎生活のトラウマに基づいていることはおそらく間違いがない。

(46) 「葦のように弱い」という直喩は、パスカルの有名な言葉（「人間は自然の中で最も弱い一本の葦にすぎない。だが、それは考える葦である」）を想起させずにはいない。

（47）「よく覚えておくんだ」の原文は、第一稿では Rappelle-te-le bien となっており、最終稿ではそれが Rappelle-toi-le bien と訂正されているが、前者は文法的に許容されず、後者も正規の文法からすれば破格構文である（通常は Rappelle-le-toi bien）。これらはイジドール・デュカスが幼少時から親しんでいたスペイン語の影響と見られる。

（48）額に烙印を押された主人公というのは、暗黒小説ではお決まりのパターンであり、『歌』の有力な発想源とされるマチューリンのメルモスなども同じ特徴を示していた。またマンフレッドの額にも何本かの皺が寄っていたことが思い出される。

（49）「ダゼット」からの書き換えの第三例。蛸、キクガシラコウモリに続いて、今度も吸血機能を賦与された動物への置換がおこなわれている。

［第十三章節］

（50）「蛭」sangsue は文字通りに訳せば「血を吸う者」という意味であり、吸血のテーマはいよいよ明らかである。

（51）「ダゼット」からの書き換えの第四例。

（52）この作品でしばしば用いられる「……のように美しい」という表現の最初の例。

（53）「ダゼット」からの書き換えの第五例。やはり嫌悪感を催させる動物への転換である。以下、三回にわたって繰り返される「ヒキガエル君」も同様に、第一稿では「ダゼット」となっていた。

（54）「ダゼット」からの書き換えの第六例。

（55）馬を駆って疾走する騎士マルドロールのイメージは、この後も何度か反復される（II—14、

Ⅲ―1、Ⅴ―6など）。暗黒小説にはしばしば見られる人物設定であり、デュカスの想像力がこの種の書物によって深く涵養されていたことを物語っている。

［第十四章節］

(56) 第二歌は第一歌の第一稿が印刷に付された一八六八年八月前後から書き始められたものと推測される。一方、一九八〇年に発見されたヴィクトル・ユゴー宛の書簡（一八六八年一一月一〇日付）には、「私は三週間前に第二歌をラクロワに渡し、第一歌と一緒に印刷してくれるように申しました」とあるので、脱稿時期はほぼ一八六八年一〇月半ば頃であると確定できる。

(57) この部分の記述は、南米の史実を踏まえている。一九世紀半ば、独裁者ロサスの支配するアルゼンチン連邦とウルグアイ共和国は長期間にわたって対立関係にあった。フランス、スペイン、ピエモンテ（イタリア北西部の州）、イギリスなどはウルグアイに援軍を送ったが、そこにはガリバルディの率いるイタリア義勇軍も加わっていた。戦闘が始まると情勢は混乱をきわめ、しかもウルグアイのオリベ将軍が権力の座をねらって敵であるロサスと手を組んだりしたため（「浮気女のモンテビデオ」という表現はこうした経緯を踏まえたものかもしれない）、戦争状態は長期化の様相を呈する。一八四三年、モンテビデオはロサス―オリベ派によって攻囲され、封鎖状態に陥った。イジドール・デュカスが生まれたのはその三年後のことであり、その当時、ウルグアイの首都はまさにこうした混乱の渦中にあったことになる。

(58) この「老人」をイジドールの父親フランソワ・デュカスと考えることは、むろん不可能ではない。

(59) 「ダゼット」からの書き換えの第七例であり、これが最後のケースである。

第二歌

［第一章節］

（1）「ベラドンナ」は強い毒性をもつナス科の植物。葉は先の尖った楕円形、花は紫褐色で、尖端が五つに割れている。アルカロイドを含み、その毒性ゆえに古くから「悪魔の草」と呼ばれてきた。とりわけ魔女に愛でられたと言われ、この箇所の発想源としてミシュレの『魔女』などが指摘されている。

（2）「木犀草」は北アフリカ原産で、フランスを経てヨーロッパに広まった一年草。良い香りを発散する黄白色の花が珍重されるが、昔はその汁が傷口の炎症を和らげる塗り薬として使われた。

（3）「ミミズのように素裸」nu comme un ver という比喩は、フランス語では一種の成句表現である。

［第二章節］

（4）「ウミワシ」はタカ科の大型猛禽類で、褐色の羽毛をもち、海岸や河川、湖沼地帯に住んで魚や海鳥、腐肉などを餌とする。このうち尾が白いものは「オジロワシ」と呼ばれ、フランスにも少数見られるが、おもな棲息地はスカンジナヴィア半島やロシアなど、ユーラシア大陸北部。なお「赤毛のウミワシ」という表現は、ユゴーの詩「メンタナ」にそのまま見出される。

　そして王たちが、歓喜に浮かれつつも惨憺たる有様で、
　荘厳な勝利の祭りを祝い合うそのあいだ

墳墓の獣たちはさもしい会合を催す。
ミヤマガラス、藪睨みのオジロワシ、赤毛のウミワシ、
荒々しいオオタカ、鳶、残忍な燕たちが、
屍骸の山めがけて一直線に飛んでくる……

(5) ミルトンの『失楽園』第一巻にはサタンについて「[……] その顔には雷による深い傷痕が刻まれている」という記述があり、ヤングの『夜』にも類似の一節がある。

(6) 「雷雨の軍勢」légion d'orages は明らかに「天使(悪魔)の軍勢」légion d'anges (de démons) という表現を踏まえている。

(7) 天使には位階があって、上位から熾天使、智天使、座天使、主天使、力天使、能天使、権天使、大天使、天使の九段階に分かれ、これらはさらに三階級ずつ、上級・中級・下級に分類される。熾天使(セラフィム)はしたがって最上位に位置する天使。

(8) 「スルタン」は一般にオスマン・トルコ帝国における皇帝を指す称号であるが、なぜここで犬の名前として用いられているのかは判然としない。

(9) 「レマン」という固有名詞はスイスの湖を連想させるが、ここで用いられている理由については スルタンの場合と同様、説得的な説明はない。

[第三章節]

(10) この固有名詞のもとになっていると思われるワーグナーの楽劇『ローエングリン』は、リストの指揮で一八五〇年にワイマールで初演され、パリでは一八六〇年にコンサート形式で音楽のみ演奏されたが、オペラとしての上演は一八九一年を待たなければならない。しかし台本の翻訳は一

八六〇年に出ており、ボードレールはその粗筋を「リヒァルト・ワーグナーと『タンホイザー』のパリ公演」という文章で紹介しているので、デュカスがこれを目にしていた可能性は大いにある。

（11）神から知性を奪い取って人間たちに分け与えるという振舞いは、神から火を盗んで人間に与えたプロメテウスのそれを模している。

［第四章節］

（12）これは本作品ではじめて明確にパリが舞台として登場する章節であり、執筆時期と推定される一八六八年秋頃には、すでに首都でのデュカスの生活がある程度定着していたことがうかがえる。バスチーユからマドレーヌまでを結ぶ乗合馬車は一八二八年一月三〇日、パリ市の公共交通手段として開通した。当初はバスチーユ広場にまだ円柱はなく、マドレーヌ寺院の建物は存在したが、まだ教会としての機能を果たしてはいなかった。路線となった東西の大通り、通称「グラン・ブルヴァール」は、延長およそ四・五キロメートルの目抜き通りで、すでに一八世紀半ばにはパリ有数の繁華街として栄え、数多くの劇場、カフェ、レストランなどが軒を連ねて流行に敏感な散歩者たちを引きつけていた。

（13）「ロンバーノ」というイタリア系の固有名詞の由来についても、定かな情報はない。これが姓であるのか名前であるのかも不明である。

（14）子供の救済者として唐突に登場する「屑屋」は、「悪者どもを打ち倒したり、犠牲者たちを助け起こしたり」するボードレールの屑屋を思い出させる（「屑屋たちの葡萄酒」、『悪の華（第二版）』所収）。

［第五章節］

(15)イギリス人の娼婦たちが売春目的で英仏海峡を渡り、パリに出てきて街角に立ったというのは社会史的な事実であるらしい。またアラン・コルバンによれば、一八七八年度にパリで登録された娼婦数は住み込み・街娼を併せて三、九九一名で、このうち約三分の二が街娼であった。売春地域はおもにセーヌ右岸の繁華街で、「ヴィヴィエンヌ街とリシュリュ街を通って株式取引所とパレ＝ロワイヤルを結ぶ街路や路地」もそのひとつに数えられるが、これはまさに首都におけるデュカスの居住地区であり、第六歌でも物語の舞台として設定されている区域である。

(16)投石器の比喩で語られる遠心力を利用した回転運動は、IV－8および最終章節のVI－10でも繰り返されるきわめて印象的な暴力形態であるが、これはラマルチーヌの長編詩『天使の失墜』にしばしば見られるイメージである。

［第六章節］

(17)パリの中心部に位置するチュイルリー公園は、一八世紀頃から上流階級の男女が集まる一種の社交場となっていたが、デュカスがパリに住みついた一九世紀後半にはパリ市民の散歩場として親しまれていた。しかしまた、場所によってはホモセクシュアルの溜まり場にもなっていたという。

(18)ダビデとゴリアトの挿話については、旧約聖書「サムエル記上」第十七章参照。

［第七章節］

(19)ゼウスの息子ヘルメス Hermês と美の女神アフロディテ Aphrodite の合成語であるヘルマフロディトス hermaphrodite の物語は、オウィディウスの『転身物語』巻四の五、「サルマキスとヘルマフロディトス」で語られている。

(20)ビセートルは、一二八五年にパリの南郊外に建造されたシャトーの名前。最初は負傷兵の看護所であったが、一七世紀にアンヴァリッドができてからは施療院、監獄、感化院、精神病院などとして利用されてきた。

（21）男女はもともと一体をなしていたのが分裂したものであり、それゆえにそれぞれがおのれの半身である異性を欲求するというこのテーマは、当然ながらプラトンの『饗宴』を想起させる。

〔第八章節〕

（22）「罌粟《ケシ》」の仲間のうち、最も一般的なのは pavot somnifère（催眠性の罌粟《ケシ》）で、観賞用のほか、阿片の材料として用いられる。ここで「魔法の罌粟《ケシ》」と呼ばれているものもこれを指すのであろう。

（23）デュカス自身の耳が不自由であったということを推測させる資料や証言は存在しない。

（24）多くの注釈者はここにダンテ『神曲』の冒頭部分との類似を見ているが、『歌』それ自体の書き出しとの照応関係も見逃すべきではあるまい。

（25）「憂鬱な」の原語である spleenétique は、一八世紀半ばに英語から入った名詞 spleen の派生語であるが、形容詞の使用例はきわめてまれである。

（26）この場面の文学的発想源として複数の論者が一致して認めているのは、またしてもダンテの『神曲』「地獄篇」の、三つの顔をもつ悪魔大王リュシフェールが三人の罪人を噛み砕く場面である。

〔第九章節〕

（27）取るに足りない対象に大袈裟な称賛を捧げるというのは、古代ギリシア・ローマの著述家たちにしばしば見られたアイロニカルな手法である。

（28）ここで「古代の民の慣習」と言われているものは、ヘロドトスによればカスピ海の東方に住むマッサゲタイという小民族のものであるという。

(29)「徴兵」や「法定身長」への言及は、当時の社会状況を踏まえている。デュカスの時代には、成年に達した若者はくじ引きで徴兵されたが(ただし二千五百フランを納めた者は免除)、身体障害者や虚弱体質者に加えて、身長が百五十六センチメートル未満の者はこの義務を免れた。

(30)ここに出てくる「精霊」manitouは、北米インディアンのアルゴンキン族やスー族が信じる超自然的な力で、種々の奇怪な人物や見慣れない物のうちに宿るとされる。ちなみにルソー、ベルナルダン・ド・サン＝ピエール、シャトーブリアンなどもこの言葉を用いている。

(31)地震や嵐が絶えないことをもちだして神を批判するという論の運びは、ヴォルテールが『リスボンの災害についての詩』において、神の寛大さなるものを批判するさいに用いた論法と同じものである。

(32)鰐は古代エジプトで崇拝の対象となっていた。また売春婦のほうは、アフロディテ生誕の地とされるキプロス島のパフォスや、シリアの豊饒多産の女神でしばしばアフロディテと同一視されるアスタルテ信仰のあった古代フェニキアで、やはり神にまつりあげられていた。

(33)この呼びかけはラマルチーヌの『瞑想詩集』に収められた詩篇、「不死」からのパロディー的引用である。「太陽はわれらの時代、曙からもう青ざめている／[……]おまえに敬礼を、おお死よ！　天上の解放者よ」。しかしもちろん、I—9の印象的なリフレイン、「おまえに敬礼を、年ふる大洋よ！」を思い出さないわけにはいかない。

(34)クロロフォルムはスベランによってすでに一八三二年に発見されていたが、エーテルに代わって麻酔剤として使用されはじめたのは一八四七年のことであり(シンプソンによる)、その安全性については長く議論が続いていた。いずれにせよ、こうした語彙からはデュカスがこの種の科学的情報に敏感であったことがうかがえる。

［第十章節］

（35）イジドール・デュカスが数学に実際どれほど親しんでいたかについては、従来確実なことはわかっていなかったが、近年の伝記的資料調査の進展によって、彼が文学バカロレアに合格しながらもそのままポーの高等中学校に残って基礎数学クラスで理系のバカロレア受験準備をしていたこと、そして一八六六年夏には実際にこれを受験していたことなどが判明した。

（36）いわゆる三平方の定理で有名なピタゴラスは、正方形こそ完璧さを表す理想的形態であると考えていた。

（37）「糧《マンナ》」は旧約聖書の「出エジプト記」第十六章に出てくる食物で、荒野をさまようイスラエルの民が天から奇跡として授かったもの。

（38）ここでは「神の右側の座」という表現が下敷きになっているが、これはイエス・キリストが座する栄光の席とされ、正しい信仰をもつ人（義人）のみが占めることを許される。

（39）デカルトの『方法叙説』第一部に見られる次のくだりを踏まえたもの。「私はその推論の確実性と明証性ゆえに、とりわけ数学が気に入っていた。しかし当時はまだその本当の用途に気づいてはいなかった。そしてそれが機械的な技術にしか役立てられていないことを思い、基礎があれほど堅固で不動であるのに、それ以上に高いものがこれまでその上に何も建造されてこなかったことに驚いていた」。

（40）「万物神」le Grand-Tout は、通常は「森羅万象」の意味であるが、ここでは明らかに神の呼称のひとつとして用いられている。

［第十一章節］

(41) この章節全体の直接的な発想源は、ラマルチーヌの『諧調詩集』に収録された「寺院のランプ、あるいは神の前なる魂」に見出される。

　祭壇の青白いランプよ、
　なぜ、聖所の片隅で、
　人目に触れずひとりきりで、
　おまえは神の前で身を燃やすのか？

(42) 電気は一八五七年頃から次第に都市の照明に用いられはじめ、デュカスのパリ生活時代には、電光による広場や建造物のイルミネーションの試みがかなり盛んにおこなわれていたという。しかし一般的な街路の照明はまだガス灯が主流であった。

(43) カトリック寺院を指すのに「回教寺院《モスク》」という言葉を用いるのはいかにも奇妙だが、ここには当然キリスト教的な唯一神への冒瀆的意図がこめられていよう。あとで出てくる「東洋寺院《パゴダ》」という単語も同様。

(44) 「痂皮《かひ》」は、いわゆる「床擦れ」「かさぶた」を意味する医学用語。この語も含めて、『歌』には「疥癬」「白癬」など、皮膚病に関する語彙が頻出する。

(45) フランス語で「ランプ」は女性名詞、「天使」は男性名詞であり、この章節でも前者が主語になっているあいだは関連する形容詞や名詞に女性形が用いられ、途中から後者が主語になると男性形が用いられている。

（46）「マントの男」という言葉は、マルドロールを指して「黒い長マントに身を包んだ亡霊の主人」（I―13）という表現が用いられていたことを思い出させる。また、これは暗黒小説の主人公にしばしば見られたパターンでもある。

（47）マルドロールの接吻が天使を壊疽で腐敗させるこの場面に関しては、ラマルチーヌの『天使の失墜』、バイロンの『マンフレッド』、ミツキエヴィッチの『コンラッド』などが示唆を与えた可能性がある。

（48）ナポレオン橋はオスマン計画の一環として一八五二年に作られ、一八七〇年にナシオナル橋と改称された。パリ市内の橋としては最も東にある。ラ・ガール橋は一八六四年の建造で、今日のベルシー橋。オーステルリッツ橋は一八〇二年から七年にかけて作られ、一八五五年に新しく架け替えられた。以上の三つはパリの東側に位置するが、ランプの終点とされているアルマ橋は西側に架かる橋で、ナポレオン橋からは水路でおよそ七・八キロメートル。ランプはこの距離を四時間で往復すると書かれているので、時速は約三・九キロメートルとなり、だいたい人の歩行速度と一致する。

（49）パリでガス灯が実用化されたのは一八二九年だが、以後は従来のレヴェルベール（反射鏡付きの灯油による街灯）に代わってこの新しい照明手段が急速に普及し、それまで半ば中世的な闇に包まれていた都市の風景を明るい輝きで一変させた。社会史学者のルイ・シュヴァリエによればこの変化は画期的で、第二帝政後半のパリは今日とほとんど変わらない明るさに達していたという。

［第十二章節］

（50）目覚めに祈る子供という設定は、前章節と同様、やはりラマルチーヌの『諧調詩集』に収録された一篇の詩から想を得ている（「目覚めた子供の賛歌」）。

(51) フランスにおいて、コレラは一九世紀を通じて何度か流行している。特に一八三二年のそれは一万八千人もの死者を出したことで歴史に残るが、一八四九年にも記録的な流行があり、デュカスがパリに出てくる少し前の一八六五年にもかなりの死者が出ている。

(52)「チュニカ」はイエスが十字架に架けられたとき、兵士たちがくじ引きで分けあったという一枚織りで縫い目のない聖衣を指し、キリスト教会の統一を象徴する。

［第十三章節］

(53)「このことを頭に入れておいてくれ」mets-te le dans la tête という言い方はフランス語として文法的な逸脱を犯しており、ここにもスペイン語の影響が見られる。第一歌の注（47）参照。

(54) 荒れ狂う嵐の中での難破という設定は、そもそも『オデュッセイア』や『アエネーイス』などの古典文学に親しいものであるが、とりわけ一九世紀の冒険小説に広く見られた一種の紋切型であり、以下に展開される場面の具体的な発想源についても、マチューリンの『バートラムあるいは聖アルドブランド城』と『放浪者メルモス』、バイロンの『マンフレッド』、ポンソン・デュ・テラーユの『ロカンボール武勇伝』、ベルナルダン・ド・サン＝ピエールの『ポールとヴィルジニー』など、これまでいくつかの可能性が指摘されてきた。

(55)「ミズナギドリ」の原語である pétrel は、正確にはミズナギドリ目のうち、アホウドリを除いたものの総称であり、ウミツバメ、フルマカモメなどが含まれる。

(56) 少年の年齢への言及は頻繁に見られるが、十六歳というのはデュカスが第二歌を執筆している時点におけるジョルジュ・ダゼットの実年齢である。

（57）バイロンの『ドン・ジュアン』では、難破船の生き残りたちは生存するためにまず犬を、それから人間を喰う。そして「腸と脳は救命艇を追いかけてくる鮫どものご馳走となった」。このシーンがデュカスの想像力を刺激して、鮫の残忍な食事場面を思いつかせたのかもしれない。

（58）大洋への賛歌と並んで、おそらく『マルドロールの歌』で最も名高い場面であると思われる鮫との交合は、ミシュレの『海』に有力な発想源を見出すことができる。

［第十四章節］

（59）「死体公示所」は、身元不明の死体が発見された場合、これを一定期間公示して家族などの関係者を探すための施設で、一七世紀のシャトレ監獄を起源とし、一八〇四年にはサン＝ミシェル橋のたもとのマルシェ＝ヌフ河岸に移転し、さらに一八六四年にはノートルダム寺院の東に位置するアルシュヴェッシュ河岸（シテ島の突端部分）に移転した。デュカスのパリ時代にはこの場所にあったことになる。

（60）これはコルネイユの戯曲『オラース』の第二幕三場で、アルバ貴族のキュリアスが奇しくも敵として戦わなければならない立場となったオラースに向かって口にする「それ［＝あなたの美徳］に感嘆はするが、真似はしないことを許してくれたまえ」というせりふのもじりである。

（61）「チロリエンヌ」はチロル地方の音楽で、四分の三拍子の舞曲。たいていは陽気なメロディーであるから、この場にはいかにも似つかわしくない。

（62）「青銅の唇をした男」という表現は、VI—7でそのまま再現された後、VI—8では「碧玉の唇をした男」および「サファイアの唇をした男」、VI—10では「硫黄の唇をした男」と少しずつ形を変えて変奏される。またこの章節内でも、数行後には「碧玉の瞳をした男」という表現が見られる。

(63)フランス語読みで「オルゼール」と表記したHolzerという固有名詞は、Holz(木材)というドイツ語を連想させる(複数形はHolzer)。これも含めて、『歌』に登場する固有名詞は一般にフランス以外の国籍を連想させるものが多い。

[第十五章節]

(64)人間を追いかける「良心の声」という設定は、ユゴーの『諸世紀の伝説』中の著名な詩篇、「良心」を思わせる。

(65)「障害物競走《スティープル・チェイス》」steeple-chaseのsteepleは、英語で教会の「鐘楼」「尖塔」の意。もともと遠くに見える教会の鐘楼を目標として垣根や溝など自然の障害物を馬で越えていく競走を指す。

(66)「レイヨウ」はウシ科の哺乳類のうち、ウシ亜科とヤギ亜科を除いたものを指す。反芻胃をもち、胴体は細身で、脚が長く、螺旋状の角が生えている。

(67)「駝鳥の策略」は、フランス語では「浅知恵」を意味する慣用表現である。

(68)アルフォンス・ドーデの『風車小屋便り』の第一の手紙に見られる次の一節が発想源として指摘されている。

光いっぱいに輝く美しい松林が、私の前を丘のふもとまで急傾斜で降りている。彼方には、アルピーユの山々が尖った頂をくっきり浮かびあがらせている。物音ひとつしない……。わずかに聞こえるのは、間を置いて、笛の音、ラヴェンダーの中でさえずるダイシャクシギの声、そして道を行く雌ラバの鈴の音。この美しい風景全体が、光によってのみ生きている。

(69)「密林《マキ》」はコルシカ島の灌木地帯。

第三歌

［第一章節］

（1）「釣鐘型潜水器」は水中で作業をおこなうために潜水夫が用いる釣鐘型の用具。

（2）スペインやイタリアの男性名としては一般的であるこの名前には、両国語でそれぞれ「海」を意味する mar もしくは mare を見ることができる。

（3）バイロンの『マンフレッド』第一幕一場では主人公の呼びかけに応えて七つの精霊が姿を現すが、そのうち第二の精霊が「大地の精」、第三の精霊が「大洋の精」であった。

（4）この部分の発想源として、ルコント・ド・リールの『夷狄詩集』所収の「コンドルの眠り」という詩が指摘されている。また、ボードレールの詩、「高翔」との類似を指摘する注釈者もある。

（5）「大型種のサソリ」が具体的にどの種を指しているかは不明だが、アフリカには体調十七センチメートル以上のものも棲息するという。この動物は一般に拷問と苦痛の象徴として現れる。

（6）「シャモア」isard は山羊に似た野生の哺乳類で、山岳地帯に棲息する。通常は chamois と言い、ここで用いられている単語はデュカスが少年時代を過ごしたピレネー地方特有の語彙。

（7）人生を傷のように押し付けられたという嘆きは、前ロマン主義・ロマン主義に普遍的に見られるものである。ヤング、バイロン、シャトーブリアンらは言うまでもなく、ユゴーにさえ「私の不幸は生まれたことだ」という一句が見られる。

（8）「青銅の」という形容表現は、熟語的に「丈夫な」「頑丈な」の意をもつ。

(9)「ペッカリー」は、南北アメリカ大陸に棲息する猪に似た偶蹄目の哺乳類。猪よりもやや小型で、四肢が細長い。普通は五頭から十五頭くらいの群をなして生活する。

［第二章節］

(10)「糸杉」は、詩の中でしばしば「死」や「哀悼」の意を表す。いっぽう「麦藁菊」immortellesは「不死の」という意味の形容詞から派生した名詞で、乾燥しても形状や光沢を長く保つところからドライフラワー一般を指すが、その代表がこの植物である。つまり両者とも何らかの形で「死」に関わる植物であるから、少女が墓地にその匂いを嗅ぎつけたのは偶然ではない。

(11)原語のfauvetteはウグイス科のズグロムシクイ属を意味する広い概念で、「ヨシキリ」はそのうち葦原に住むfauvette des roseauxの一種。

(12)「アオカワラヒワ」はカワラヒワ（これは東アジアに分布する）に似たヨーロッパ産の小鳥。

(13)このあと展開される少女への凌辱場面は、サドの『ジュリエット物語』でヒロインが受けた最初の虐待のエピソードと似通っている。そしてこの作品でも犬が同様の役割を果たしていた。いっぽう第二帝政下で数多く発行されていた安手の瓦版には、センセーショナルな事件がしばしば歪曲に近い誇張した調子で報じられており、この種の事件が当時はけっしてめずらしくなかったことがうかがえる。とすれば、この章節でひとつの頂点に達しているかに思われる異常なまでのサディズムも、ロートレアモン固有の狂気というよりは、むしろ時代の集合的病理を反映した典型的な徴候としてとらえるべきかもしれない。

(14)「ヒュドラ」はギリシア神話に登場する多頭の水蛇で、特にヘラクレスが退治したレルネーの沼のそれが有名。一般に九つの頭をもつとされるが、その数には諸説があって一定しない。ここではもちろん、「十枚から十二枚の刃」を蛇の頭になぞらえている。

(15) この酸鼻をきわめた暴力描写については、アルフレッド・ド・ヴィニーの詩、「狼の死」に見られる詩句――「そしてわれわれの鋭い短刀が、やっとこのように／たがいに交差して狼の大きな腹にずぶりと埋まり」――を思わせるという指摘もあるが、ロートレアモンの記述はこれを遥かに越えた陰惨な迫力を備えている。

［第三章節］

(16)「トレムダル」という新たな固有名詞については、北欧系の名前という指摘もあるが、出自は定かでない。

(17) 伝説上の「さまよえるユダヤ人」への参照は言うまでもないが、ここではより具体的に、一九世紀半ばに活躍した流行作家ウジェーヌ・スューの新聞小説、『さまよえるユダヤ人』も想起される。

(18) 聖書では竜が悪、鷲が善という対比が描き出されているが、読んでいけば明らかになるように、ここではその図式が完全に転倒されている。

(19)「象形文字で書かれた私の名前」という言い方は、「ヨハネの黙示録」の一節を踏まえていると思われる。「わたしは、赤い獣にまたがっている一人の女を見た。この獣は、全身至るところ神を冒瀆する数々の名で覆われており、七つの頭と十本の角があった。［……］その額には、秘められた意味の名が記されていたが、それは、『大バビロン、みだらな女たちや、地上の忌まわしい者たちの母』という名である」（第十七章）。

(20) ジャン＝ジャック・ルフレールの『ロートレアモンの顔』によると、一八九〇年に出版された『ポーの高等中学校の歴史』という本の序文に「わが名は〈希望〉なり！」という言葉をよく口にしていた教師の話が出てくるという。

［第四章節］

(21)「眠気を誘う張り綱」とは、ハンモックを指す婉曲語法であろう。

(22) 動物が次々と現れて〈創造主〉を入れ替わり立ち替わり懲らしめるという趣向は、ラ・フォンテーヌの『寓話』第三巻の「年をとったライオン」を思い出させる。

(23) ピエール・カプレッツによれば、この章節で描写されている酔っ払いの〈創造主〉にはきわめて信憑性の高い発想源がある。一八六八年五月、文筆家でジャーナリストのルイ・ヴィヨは、みずから編集長を務める『ユニヴェール』誌に「アルフレッド・ド・ミュッセの一側面」という論説を掲載し、その中で「アンデパンダンス・ベルジュ（ベルギー独立）」紙の一編集者の手になるという文章を引用しているのだが、それがこの章節の記述に酷似しているというのである。確かに両者を比較してみると、その対応は単なる発想源という以上に明白であり、部分的にはほとんど剽窃と言ってもいいほどの域に達している。『ユニヴェール』誌のテクスト（抜粋）は以下の通り。

彼は河岸の真ん中、砂岩の舗石の上に腰を下ろしていた。その体はしっかり立っていることができず、左右に揺れていた［……］。それから彼は立ち上がろうとした。

彼の両腕は力なく、地面まで垂れ下がっていた。頭は一方の肩から他方の肩へとぐらぐら揺れていた。

埃と泥で汚れたフロックコートは、あちこちが大きく破れていた。

彼は酔っ払っていた、べろんべろんに酔っ払っていた！

(24)「托鉢僧」は、清貧苦行をおこなうイスラム教の修道僧。

(25)「赤い角灯」は、かつて娼家の目印として用いられていた。

(26)ダンテの『神曲』で地獄の門に記されていた「われを過ぎんとするものは一切の望を捨てよ」（「地獄篇」第三歌）という銘文が当然思い出されよう。

［第五章節］

(27)リリアヌ・デュラン＝デセールによれば、やがて髪の毛であることが明かされる「金色の棒」の描写は、ジャン・クリュヴェリエの『記述解剖学』という解剖学教科書から借用されたものかもしれない。

(28)一八世紀の代表的な彫刻家であるジャン・ウードンに、『皮を剝いだ人体像』という作品がある。彼はヴォルテールやルソー、フランクリンなどの胸像で知られるが、一方解剖学にも通じており、この人体像は非常に有名であったから、何らかの形でデュカスの目に触れることがあったかもしれない。

(29)暗黒小説では、しばしば修道院という場所が狂宴の舞台として利用される。また一八三一年にパリ・オペラ座で初演されたマイヤーベーアのオペラ、『悪魔のロベール』第三幕にもきわめてよく似た場面が出てくるが、この作品はデュカスのパリ時代にも定期的に上演されていた。

(30)「ヨハネの黙示録」第四章三節の、「玉座の周りにはエメラルドのような虹が輝いていた」という一節が踏まえられている。

(31)淫蕩な行為にふける神という発想は、ゲーテのバラード、「神とバヤデール」から示唆を受けたものかもしれない。そこではインドの神が、ただ下界の風俗を知りたいという純粋な好奇心から、バヤデール（ヒンズー教の踊り子、舞姫）と一夜を過ごしに降りてくる。この作品はネルヴァルによって仏訳されていたので、デュカスの眼に触れた可能性は高い。

(32)「刑罰用の簀子《すのこ》」は、かつて処刑された死体を載せて引き回し、公衆のさらしものにする刑罰（加辱刑）に用いられた道具。

(33)「ボア」は、熱帯地方に棲息する無毒の蛇。

(34)「湿原《マレンマ》」はイタリア西部沿岸地方の湿地帯で、場所によっては有毒なガスを発散するため、夏は居住不能であるが、冬は動物にとって食物が豊かな草原地帯となる。

(35)「岬角」は、中耳にある鼓室の内壁中央部の突起。例によって、解剖学の書物から借用された語彙であろう。

第四歌

［第一章節］

(1)「デンデラーの古代神殿」は、上エジプトのナイル河左岸、ルクソールの北方約七十キロメートルのところに実在するプトレマイオス朝時代の遺跡。天井には「デンデラーの黄道十二宮図」として有名な平面天球図が彫られており、これは一八二〇年にフランスに運ばれて現在はルーヴル博物館に保存されているが、デュカスのパリ時代にはまだ国立図書館一階の壁に立てかけられていたらしいので、その界隈に住んでいた彼が目にする機会はいくらでもあった。

(2)「竪琴」という楽器は旧約聖書の「詩篇」におけるダビデの詩を想起させ、そこからより普遍的に宗教詩、さらには詩一般を意味する。

［第二章節］

（3）「バオバブ樹」はアフリカのサバンナ地帯に生育する高木で、さかさまに根を張ったような特異な形態で知られる。一般に高さは十数メートルに達するが、幹の太さも直径十メートルになるので、印象としては細く直立する「柱」とは程遠い。

（4）マルスラン・プレネはこの一節を、ルクレティウスの『物の本質について』の第四巻に見られる「又、遠方から都市の四角な塔を見る時、塔が往々丸く見えることがあるのは、こういう理由に基づくのである。即ち、すべての角という角が遠方にあっては鈍くなって見えるか、或いはむしろ全然見えなくなってしまうからである」（樋口勝彦訳）という文章と比較している。

（5）フランス語では「狂人」と「国王の道化」は同じ fou という単語で示されるが、宮廷の道化師は一般に「マロット」と呼ばれる道化杖をもっており、その先端には鈴と人形首がついていた。「狂気の鈴」という表現はそこからの連想かもしれない。

（6）ユゴーは名高い戯曲『クロムウェル』の長大な序文において、悲劇と喜劇が明確に分離していた古典劇にたいし、近代の劇（正劇《ドラーム》）は両者の要素をあわせもつべきであり、そこでは崇高なものとグロテスクなものが入り混じるという命題を展開した。ここにはその演劇観の反映が見られるように思われる。

（7）「この主題を徹底的に探究した物書きたち」とは、蝿や虱などを題材として大仰で滑稽な賛歌を書いた古代ギリシア・ローマの著述家たちを指すのであろう。

（8）「この世にはあらゆる好みの人がいる」というのは諺で、文字通りに訳せば「あらゆる味は自然の中にある」。

(9)「驢馬が無花果を食べるのを見て大笑いした、あの無分別な哲学者」とは、ストア学派の中心人物であったヘレニズム期のギリシア哲学者、クリュシッポスのことと思われる。この人物については、水で割らない甘いワインを供されて眩暈を起こし、それから五日後に死んだというのが通説になっているが、別の少数説によれば、自分の無花果が驢馬に食べられたとき、その驢馬に水で割らないワインを飲ませなさいと婆やに言ったあとで、大笑いしすぎて死んだという。ボードレールは「笑いの本質について」という文章で、具体的な名前には言及せずに「驢馬が無花果を食べるのを見て笑い死にした哲学者もあったという、毎度ながらの昔ばなし」(阿部良雄訳)に触れているので、デュカスはそこからこのエピソードを知ったのかもしれない。一方、フランソワ・ラブレーの『ガルガンチュア物語』第二十章には「食事のために用意して置いた無花果《いちじく》を喰っている驢馬を見て笑いすぎて死んだピレモン」(渡辺一夫訳)という記述があって、これに従えば件の人物はクリュシッポスではなくピレモンということになるが、彼は哲学者というよりむしろ古代ギリシアの新喜劇詩人である。伝承の過程で混乱が起こり、複数の説が流布していたのであろう。

(10)「ハイタカ」は鷹の一種で、体長は雌が四十センチメートル弱、雄はこれより小さくて三十センチメートル強であるが、いずれにしても雀よりは当然大きい。中世の宗教画では霊性の象徴とされ、しばしば肉欲の象徴とされる雀を引き裂く図像が描かれる。つまりキリスト教的図像学において「ハイタカが雀を引き裂く」というのは、肉にたいする霊の優位を寓意する場面としてすでに定着した構図であると言っていい。

(11)ラ・ロシュフーコーの『箴言』に見られる一文、「偽善とは悪徳が美徳に捧げるオマージュである」が踏まえられている可能性がある。

(12) ラ・ブリュイエールは『人さまざま』において、コルネイユとラシーヌを比較しながら「コルネイユはその性格と思想にわれわれを従わせる。ラシーヌはわれわれの性格や思想に自分を合わせる。前者は人間をあるべきものとして描く。後者は人間を現にあるがままの形で描く」と述べているが、この言葉がおそらく下敷きになっているものと思われる。

［第三章節］

(13) モーリス・ブランショはロートレアモンにたいするボードレールの影響に言及しながら、この章節の絞首台が「シテールへの旅」の詩句から発想されたものにちがいないと指摘している。

(14) 「アカントフォルス・セラティコルニス」は、四体節からなる鞘翅目（テントウムシ、コガネムシの仲間）の昆虫。

(15) 「モルタデラソーセージ」はイタリア原産の大型ソーセージで、薄切りにしてオードブルとして供する。

(16) ユゴーの『笑う男』には、まさしくタールを塗られた死体が吊るされている場面が出てくる。『笑う男』の刊行は一八六九年四月、『マルドロールの歌』最終稿の刊行は同年の夏であるから、この一節に関してデュカスがユゴーの作品からヒントを得ることは不可能ではなかった。

(17) 「中手骨《ちゅうしゅこつ》」は掌を構成する五本の骨の総称。

(18) 「逃亡した黒人奴隷」という言葉は、デュカスの幼年時代、モンテビデオに存在した厳しい人種差別の記憶から出たものかもしれない。一九世紀の植民地では、自由を求めて主人のもとから逃げ出した黒人奴隷を白人たちが追いかけ、獲物のように銃で射殺する「奴隷狩り」が実際におこなわれていた。

(19) ここで「この女王」とあるのは、それが隠喩的に指示している「理性」raison という名詞が女性名詞だからである。

［第四章節］

(20)「花梗《かこう》」(「花柄」とも言う)は個々の花を支える側枝。「散形花序」はそれぞれに花梗をもつ小花が主軸の先端に多数集合して傘の骨のように放射状になった状態で、セリやサクラソウがその典型。

(21)「腕は薪になってしまったみたいだ」という言い方は、《ne pas se remuer plus qu'une buche》(薪ほども動かない→まったくのぐうたらである)、あるいは《rester là comme une buche》(薪のようにそこにいる→何もせずにぼけっとしている)といった慣用句を踏まえたものであろうが、同時に身体の植物化(樹木化)に対応する比喩でもある。

(22) さまざまな動物に占領され埋め尽くされたこの合成身体のイメージは、マニエリスム絵画(特にアルチンボルド)の手法を連想させる。またシラノ・ド・ベルジュラックの『太陽の諸国諸帝国』にも類似の場面が見られる。

［第五章節］

(23)「……のように美しい」の第二例(第一例はⅢ―1)。「パノッコ」について、カプレッツは南米系の単語であろうと推測している。

(24)「アメリカインディアン」Peau-Rouge は文字通りに訳せば「赤い皮膚の人」で、彼らが体を赤く塗っていたことに由来する命名。

［第六章節］

(25)「フリゲート艦」frégate は、古くは地中海で用いられていた手漕ぎの軍艦を指し、一八世紀以降は三本マストで大砲六十門未満の快速艦を意味するようになった。もうひとつの意味は「軍艦鳥」という鳥の名前で、これは次の第七章節に出てくる。

(26) 豚への変身は、『オデュッセイア』第十巻でアイアイエー島の魔女キルケーがオデュッセウスの部下たちを魔法で豚に変えてしまうくだりを想起させるが、より直接的な発想源と考えられるのは、悪霊にとりつかれたガダラ人が豚の体内に入り込む新約聖書のエピソードである（「マタイによる福音書」第八章など）。

［第七章節］

(27) この「ヒキガエルの雨」は「出エジプト記」第八章で神がエジプトに送った災厄への皮肉をこめた暗示であるかもしれない。旧約聖書に出てくる災厄としては蛙のほかにブヨ、アブ、イナゴがあり、これらの小動物や虫が猛烈な勢いで繁殖して全土を覆ってしまう光景がII−9で描かれていた虱の大群を思い出させることからしても、デュカスがこの挿話をひとつの発想源として利用した可能性は高い。

(28)「グリーンランド・アナルナック」は、北極海周辺のアイスランド、グリーンランド、スピッツベルゲン島（ノルウェー領スヴァールバル諸島最大の島）などの沿岸に住むクジラ目の哺乳類で、イルカとマッコウクジラの中間にあたる。角形に肥大した頭部をもち、上顎から二本の牙が突き出している。

(29)「オニカサゴ」scorpène-horribleは、棘鰭《きょくき》類の「カサゴ」の一種で、奇怪で醜悪な形状に特徴がある。背鰭に棘をもつことと「サソリ」scorpion との音の類似からであろうが、「サソリウオ」「海のサソリ」などの異名をもつ。

(30)「ネズミイルカ」marsouin は北欧語源で、もとは「海の豚」の意。泳ぎの速度は最高で毎時二十二キロメートルと言われる。

(31)「新種の」という表現には、当時流行していた進化論の影響が認められよう。ラマルクの『動物哲学』はすでに一八〇九年に出ていたし、ダーウィンの『種の起源』は一八五九年にイギリスで刊行された後、仏訳も時をおかずに出ているので、デュカスがこれらの著作に触れる機会はいくらでもあった。

(32)「イッカク」は広義のマイルカ類に属するクジラ目の哺乳類で、北極圏周辺に生息する。最大の形態的特徴は上顎から角のように突き出した牙で、その長さは二メートルにも及ぶ。外見から「海の一角獣」とも呼ばれるが、性格はおとなしい。

(33)「軍艦鳥」は熱帯地方の海鳥で、両翼を広げた長さはおよそ二・三メートルにも及ぶ。枝分かれした尾と先端が鉤型に曲がった長いくちばしをもち、その安定した力強い飛行ぶりによって、海鳥の中では最も空に縁の深い鳥である。

(34)「水晶の洞窟」という表現はラテン語の vitreus（水晶の）という言葉を踏まえているが、これは詩において海神の住処を形容するのにしばしば用いられる修飾語である。

［第八章節］

(35)「毎晩」で始まるこの章節では、この言葉を含め、いくつかのフレーズがまるで音楽のモチーフのように交錯しながら何度か繰り返されるが、ここにはエドガー・アラン・ポーの作品、たとえば『新・怪奇物語』に収められた「告げ口心臓」などの影響が見られる。

（36）「六文字の綴り」というのはもちろんFalmerという原語のことであるが、「ファルメール」というカタカナ表記もたまたま六文字である。

（37）遠心力を利用した回転運動による加害行為は、すでにII—5でも少女にたいする想像上の暴力として現れていたし、作品のラストではメルヴィンヌの放擲という形で成就されるが、これはテクストの展開そのものが示す円環的（非—直線的）軌跡の表象でもあるだろう。

（38）この「栄光を夢見るひとりの青年」に、文学的成功を夢想してひとり自室で執筆にいそしむ現実のイジドール・デュカスを投影して読むことは不可能ではない。

（39）「仮装舞踏会」への言及はカーニバルの雰囲気を思わせるので、第四歌の執筆時期を一八六九年の復活祭前後と推定することもできるかもしれない。

第五歌

［第一章節］

（1）デュカスがこの作品で多様な博物学的情報を動員していることはつとに知られているが、モーリス・ヴィルーは「椋鳥の群団は［……］」で始まるこの一節をはじめ、第五歌で五箇所、第六歌で一箇所の計六箇所の文章が、一九世紀の博物学者であるシュニュ博士の『博物誌百科』の記述をほぼそのまま引き写したものであることを示した。椋鳥の飛行を説明した該当箇所はロートレアモンの本文とほとんど同じテクストであり、これは確かに「引用」というよりは「剽窃」に等しい借用である。

（2）ここで「強情さ」を「雄騾馬の感じのいい娘」と言い換えているのは、「雄騾馬のように頑固である」être têtu comme un mulet というフランス語の成句表現を踏まえたものと思われる。

（3）「トガリネズミ」は鼠に形状が似ているが、分類上は食虫目で、齧歯目ではない。体長は五センチ前後で、最も小さな哺乳類として知られる。いっぽう「立方体の面の雄弁な表情」というのは謎めいた表現だが、トガリネズミとともに「恐れるに値しないもの」という意味で引き合いに出されているのだとすれば、単なる偶然の結果にすぎないサイコロの目のことを指しているのであろう。

（4）「輪虫類」はいわゆるワムシのたぐいの袋形《たいけい》動物。体の前部に輪毛器と呼ばれる繊毛状の付属肢をもち、動くときには車輪が回転しているように見える。多くは淡水に棲息するが、一部は湿った土や苔の中に住んで、水分がないと球状になって休眠し、雨が降るとふたたび動き出す。「緩歩類」はクマムシとも言い、環形動物と節足動物のあいだに位置する微小原生動物。先端が鉤状になった四対の短い足をもつが、移動の遅さからこう呼ばれる。海水や淡水に棲息するほか、輪虫類と同じく湿った土や苔の中にも住み、乾燥すると球状に収縮して休眠するが、水分を得ると活動を再開する。

（5）この移植手術については、「両世界評論」一八六八年七月一日号に関連記事が掲載されているというカプレッツの指摘があり、多くの注釈者はそのままこれを踏襲してきた。しかし寺本成彦の調査によれば、件の記事で報告されているのはかなり異なるケースであり、「死んだ鼠の尻尾を他の鼠の背中に移植する」実験についてはポール・ベールという医学者の博士論文にその報告が見られるという。

（6）「癤《せつ》」は医学用語で「フルンケル」、日本語では俗に「疔《ちょう》」とも言い、黄色ブドウ球菌の感染から生じる毛孔皮脂腺の炎症を指す。赤い発疹が腫れ上がって先端に膿栓を生じ、脂腺だけでなく汗腺も破壊される。

（7）「骨膜剝離子」は、骨を削り取るのに用いる外科手術の道具。

（8）「足根骨」は、中足骨・指骨とともに足骨を構成する骨で、踵の付け根の部分にあたる。歩行するときにはここが支点となる。

（9）この章節全体に医学用語や解剖学用語が頻出するが、最後の部分では性病学関連の語彙が集中的に用いられている（「淋菌性の膿」「卵巣の毛嚢胞」「胞状下疳」「嵌頓《かんとん》包茎」）。おそらくデュカスは、医学事典のたぐいを傍らに置いてこれらの耳慣れない言葉を引き写しながら執筆したのであろう。

（10）「切除する」の原語である réséquer は特殊な外科用語で、身体器官（特に骨や関節）の切除に関して用いられる。こうした稀な単語の使用からも、医学事典への参照は確実であるように思われる。

［第二章節］

（11）「スカラベ」はコガネムシ科の昆虫で、この章節に出てくる通り、獣の糞便を丸めて転がすところからタマオシコガネ、フンコロガシとも呼ばれる。古代エジプトでは創造や再生のシンボルとされた。

（12）「トウゾクカモメ」についての記述も、前章節の椋鳥に関するそれと同様、シュニュ博士の

『博物誌百科』からの借用である。
(13)「ペリカン科の仲間には……」以下は『博物誌百科』からの借用の第三例。
(14)「輪状隆起」は医学・解剖学用語で、大脳脚の周囲に輪状に形成される峡部を言い、「橋《きょう》」とも呼ばれる。これを切除された人間は知的能力を完全に喪失する。ただし鳥類、魚類、爬虫類には見られない。
(15)「長々とした［……］あの非常に小さな鼻孔を!」までのペリカンの描写は、『博物誌百科』からの借用の第四例。
(16) これらの突飛な比喩は、おそらく何らかの文献(百科事典、自然科学書、あるいは雑誌のたぐい)から無作為的に抽出されたものであろう。
(17) サン＝マロはブルターニュ半島北岸に面する港町。小島状に突き出た部分は周囲を一二世紀の高い城壁に囲まれている。
(18) いかにも三面記事めいたこの話は、おそらく新聞から採られた実話と思われるが、後で展開される裏切り女への復讐というテーマを導入している。
(19)「子羊禿鷹」は、今日ではアメリカ禿鷹(II—12やIII—1に出てきた「アンデス山脈のコンドル」はその一種)に分類される昼行性猛禽類で、両翼を広げた長さが二百九十センチメートルにも及び、世界最大の鳥である。おもに腐肉を餌とするが、時には子牛ほどの大きさの動物を襲撃して殺すこともあるという。
(20)「ヴァージニア・ワシミミズク」は夜行性の猛禽類で、同類の「ヨーロッパ・ワシミミズク」よりは小型であるが、それでも両翼を広げた長さは百七十センチメートルに及ぶ。

(21) エジプトの神々のうち、朝日の神であるケペラはスカラベの姿で太陽球を転がし、トート神やホルス神は鳥の形をした頭部をもっている。

(22)「……のように美しい」のシリーズに連なるこの比較について、ジャン＝ジャック・ルフレールは同じタイトルをもつ小論文が実際に存在することを発見した。「飼い主の後を追って走る犬が描く曲線について」と題するその数学論文は、理工科学校《ポリテクニック》卒業生のデュ・ボワゼメという人物が書いたもので、一八一一年に同学校の報告書に発表されている。実際に理系のバカロレアを受験し、数学への賛歌を書いてもいるデュカスが、この種の論文に関心をもって目を通していたことはじゅうぶんにありえよう。

(23)「成長への傾向が［……］胸部の発育停止の法則のように美しい」という表現の発想源としては、一八六八年に刊行されたM・オディエの「新生児の成長法則」に関する著作が指摘されている。

(24)「人類という航海者たち」を動物に変身させる「陰鬱な魔女たち」は、オデュッセウスの部下たちを豚に変身させる魔女キルケーを髣髴させる。またボードレールは『悪の華（第二版）』の最後に収められた詩篇「旅」において、「危険な香りをただよわす暴虐なキルケー」を登場させている。

(25)『リトレ』辞典によれば、「アルコール中毒」alcoolisme という単語は一八五二年頃から医学用語として使われるようになった。辞書によっては初出を一八五八年、一八六三年などとしているものもあり、見解は必ずしも一致しないが、いずれにせよ当時としてはかなり新しい専門的な語彙であったと思われる。

［第三章節］

(26)ラ・フォンテーヌの寓話詩、「王さまを欲しがるカエルたち」が下敷きになっている可能性がある。民主政体にあきたカエルたちが君主を求めたので、天から王が降りてくるのだが、そのとき凄まじい音をたてたので、「沼に住む国民、／ひどく愚かで、ひどく臆病な国民は、／水のなかへ、藺草《いぐさ》のあいだへ、／葦のあいだへ、沼の穴のなかへ／とびこんで、身を隠し［……］」（今野一雄訳）という一節は、確かにこの部分の記述とよく似ている。

(27)「ケワタガモ」は北欧に見られる鴨の一種で、その綿羽は防寒服や羽根布団に利用される。特にこの鳥が自分の腹部から抜き取って巣に敷いている羽毛は保温性と軽さで卓越しており、「生きた綿毛」として珍重されるという。

(28)「眠気を誘う板」とは、ここではベッドのこと。

(29)「糸杉の匂いを発散している」という表現が死の接近を意味していることは、III—2の注(10)でも触れた通り。

(30)II—8でも触れたように罌粟には催眠効果があるので、「偽善の罌粟の仕掛けた罠」という表現は意識を侵蝕し麻痺させる「眠り」の比喩となる。

(31)眠る人間の意識に侵入する神の声という発想は、旧約聖書の「ヨブ記」第三十三章に見られる。「人が深い眠りに包まれ、横たわって眠ると／夢の中で、夜の幻の中で／神は人の耳を開き／懲らしめの言葉を封じ込められる」。

(32)「私が存在しているからには、私は他者ではない」という言葉は、当然ながらランボーの有名な「私とは一個の他者なのです」という言葉を想起させずにはいない。一見明らかな言表内容の対照性にもかかわらず、「私＝私」という等式を脅かす「他なるもの」の気配を敏感に察知していたという点において、両者の距離はそれほど遠くないと思われる。

(33)「諸宗教」と複数形に置かれていることに注意。唯一神の存在を否認する諸教混淆主義的立場をとる以上、宗教が単数形であってはならないのは理の当然である。

(34) ギロチンに向かって行く夢はアルフレッド・モリーの『眠りと夢』第六章、「夢のアナロジーと精神異常について」に記述されており、これは当時かなり有名であった。

(35)「切り株」souche は動かないものの比喩としてしばしば用いられ、たとえば《être comme une souche》(切り株のようである) と言えば、何も反応せずにじっとしていることを意味する。したがって「切り株のような硬直」という表現は、フランス語ではごく自然に納得されるものである。

(36)「オベリスク」という言葉がここで登場するのはいささか唐突であるが、ギロチンとの関連を考えるなら、ルイ十六世の首をはねた断頭台が置かれていた有名な革命広場（現在の「コンコルド広場」）のそれを想起するのが自然であろう。

［第四章節］

(37)「ニシキヘビ」python は、ギリシア神話に出てくる大蛇「ピュートーン」に由来する。この蛇は大地の子であり、みずからも神託を与えていたが、アポロンがデルフォイを訪れてこれを殺し、神託所を開いたとされる。

(38)「人相学」（あるいは「骨相学」）は、スイスの牧師であり哲学者・神学者・詩人でもあったJ・K・ラーファターによって確立された。その著書『人相学断章』は、バルザックをはじめ多くの作家や詩人たちに影響を与えたことで知られるが、デュカスがこれを読んでいたかどうかは不明。
(39)「バシリスク」はもともと古代ギリシアの伝説に登場するトカゲの一種で、ひとにらみするだけで人を殺す力をもつとされる。
(40)「ヘビクイワシ」はアフリカ産の大型猛禽類の一種で、捕らえた蛇を引き裂いて食べるところからこう名付けられた。
(41)鼓膜には「乳頭状突起に覆われた縁」が実際にあるわけではない。例によって解剖学書からの引き写しであろうか。
(42)「物言わぬ舌を口蓋に釘付けにする」という部分は、旧約聖書の「詩篇」第二十二章、「口は渇いて素焼きのかけらとなり／舌は上顎にはり付く」という一節を踏まえているかもしれない。
(43)「私を前にしてむしろ退け」という言葉は、新約聖書に見られる「退け、サタン」という言葉をもじっていると思われる。
(44)「流浪の刑」の宣告は、ウジェーヌ・スューの『さまよえるユダヤ人』への参照を思わせる。
(45)地下墓所に葬られた死者がよみがえるという設定は、ある種の暗黒小説に見られるものであるが、より具体的にはポーの『アッシャー家の崩壊』および『リジーア』が思い浮かべられる。
［第五章節］
(46)この「不可解」という言葉に関しては、一九九二年にジャン＝ピエール・ラサールがきわめて興味深い発見をしている。ポーの高等中学校の図書館で文献を探索していた彼は、かつてデュカスのクラスで用いられていた一冊の哲学教科書を見出した。それはダガルド・スチュアートの『道徳哲学概論』という著作で、その見返しの裏表には、この教科書を使った哲学学級の生徒たちの名

前が手書きで記されていた。そして彼らの名前には、いずれも「哲学者」という名詞に何かひとつ特徴的な形容詞を冠した呼称らしきものが併記されていたのだが、デュカスの名前には「不可解主義哲学者」philosophe incompréhensibiliste という称号が付されていたのである。この書き込みが彼自身の筆跡であるかどうかは不明であるし、さらにこの呼称自体、彼が自分で作ったものであるのか、あるいは誰か他の同級生によってつけられたものであるのか、それとも集団で考案された共同の創作物であるのか、といったこともいっさいわかっていないが、少なくとも彼が常人には理解しがたい文章を書く人物であるという定評はクラスの中で定着していたのかもしれない。

(47)「ベチベルソウ」はインド産のイネ科植物で、薔薇に劣らず香りが高く、根から採取される油は香水などに利用される。

(48) ミュッセの『世紀児の告白』には、「不安な母親たちが、情熱的で、青白く、神経質な世代をこの世に産み出した。二つの戦闘の合間に身ごもられ、太鼓の連打音の聞こえる中学校で育てられた何千もの子供たちは、虚弱な筋肉を動かしながら暗い眼でたがいに見つめ合っていた」という一節があるが、その記憶がここに反映しているのかもしれない。

(49) 精神科医であるジャン＝ピエール・スーリエによれば、性器切除の幻想は精神分裂病患者にしばしば見られるものである。

(50) この戦闘場面の描写は、ラマルチーヌの『新瞑想詩集』に収められた「前奏曲」のそれと類似している。

［第六章節］

(51) 言うまでもなく、「人にしてもらいたいと思うことを、人にもしなさい」というキリスト教の戒律を指す。

(52)ミミズクの相貌を形容するために用いられた「考えられないような」impossible という形容詞の不適切さは何人かの注釈者を戸惑わせており、これを「無感動な」impassible の誤植と解する論者も少なくない。

(53)「アカトビ」はいわゆる鳶の一種で、ヨーロッパ、北アフリカ、中近東に棲息する。羽を広げた全長は約六十数センチ。「ノスリ」もタカ科の中型猛禽類で、アフリカや南アジアなど世界各地に分布し、おもに鼠や蛙を捕食する。全長は雄が約五十二センチ、雌が約五十七センチで、アカトビよりもひとまわり小さい。なお、この部分から始まって「羽にはいかなる動きも見て取ることができない」までの記述は、やはりシュニュ博士の『博物誌百科』からの借用ないし剽窃である。

(54)まるで周知のことのように「あの名高い白馬」と呼ばれているのは、「ヨハネの黙示録」第六章で封印を解かれて現れた白馬、あるいは同じく第十九章で登場する白馬のパロディーかもしれない。

(55)この最後の言葉も、「ヨハネの黙示録」第三章の「あなたが生きているとは名ばかりで、実は死んでいる」(一節)という部分を踏まえているように思われる。

[第七章節]

(56)「タランチュラコモリグモ」は南ヨーロッパ産の大型の蜘蛛で、しばしば「毒蜘蛛タランチュラ」と呼ばれるが、実際の毒性は強くない。かつて農民がヒステリー症状の原因としてこの蜘蛛を名指したことから、この種の誤解が生じたものと思われる。その名はイタリア南部の都市ターラントに由来する。

（57）ステンメッツによれば、この一節はアロイジュス・ベルトランの『夜のガスパール』に収められている二つの散文詩、「ゴチック部屋」と「スカルボ」と響き合っている。
（58）エルスヌール Elsseneur という固有名詞は、その綴りからして『ハムレット』の舞台となっているエルシノア Elseneur の城を連想させずにはいない。I—12に登場する墓掘り人夫も、やはりシェイクスピアのこの作品への参照を促していた。
（59）レジナルド Réginald という固有名詞には、ラテン語で「女王」を意味する regina という単語の響きが聞き取れる。「誇り高い足取り」といった形容も、この連想をある程度正当化するであろう。
（60）ミュッセの詩「思い出」の二行、「幸福な思い出はおそらく地上では／幸福よりも真実なものだ」をもじったものであろう。
（61）フローベールの『ボヴァリー夫人』で、エンマがロドルフとの駆け落ちを夢見る場面との類似が指摘されている。
（62）「ランタンビワハゴロモ」は、夜間に燐光を発する昆虫であるビワハゴロモの一種。発する光はその名の通りランタンにも匹敵し、暗闇でも細かい字が読めるほどであるという。
（63）「ヤマナラシ」はヤナギ科の植物で、ポプラの一種。
（64）「尺蛾」は鱗翅目シャクガ科の昆虫で、その幼虫が尺取虫。
（65）「朝の薄明」という表現は、それ自体はめずらしいものではないが、やはりボードレールの同名の詩を念頭に置いているように思われる。

第六歌

［第一章節］

（1）フランスでは小学校入学時を第十一学級とし、それから初等・中等教育を通じて学年が上がるにつれて数字が減っていく。初等教育は五年間なので、その後に入学する高等中学校《リセ》は第六学級から始まる。したがって「第四学級」はその三年目にあたるが、デュカスは一八五九年一〇月、普通よりも二年遅れの十三歳で入学したので、タルブの帝立高等中学校で第四学級を迎えたときにはすでに十五歳を迎えていた。

（2）実際には手で触れることのできるはずがない「上行大動脈や副腎」といった体内器官を表す語彙は、人体解剖図のたぐいから採ったものであろう。

［第二章節］

（3）「野葡萄」は一六世紀の詩人ロンサールやデュ・ベレーなどにも見られる語彙であるが、デュカスはこれをアルフォンス・ドーデから借用していると思われる。

（4）ダイダロスが作った迷宮に封じこめられた「牛頭人身獣《ミノタウロス》」は、毎年七人ずつの少年少女を食していたと言われ、これがみずからの食料として人間という犠牲者を求めるマルドロールの「邪悪な本能」の比喩として喚起される理由となっている。

（5）迷路のように張りめぐらされたパリの下水道は、デュカスの時代には衛生事情もずいぶん改善されていたはずであるが、犯罪者が官憲の目から逃れるには恰好の環境であったため、闇を好む作家たちの文学的想像力を刺激し、しばしば大衆小説の舞台として用いられた。コオロギに変身したマルドロールにとっても、この都市の暗渠はまさに悪の種子をばらまくのにもってこいの解放区であったと言えよう。
（6）「ロカンボール」は大衆作家ポンソン・ド・テラーユの著名な新聞小説の主人公。このシリーズは一八五七年に「パリのドラマ」というタイトルで「ラ・パトリ」誌に連載されたのが始まりで、一八六五年から七一年まで「ル・プティ・ジュルナル」および「ラ・プティット・プレス」に掲載されて大流行した。この期間はちょうどデュカスのパリ時代にあたるので、彼がこの小説を読む機会があったことは疑いがない。
（7）カルーゼル橋はルーヴル宮殿のすぐ前に位置し、一八三一年から三四年にかけて建造された。「カルーゼル」carrousel は騎馬パレードの意で、一七世紀にルーヴル宮とチュイルリー宮のあいだの広場でこの種の行事がしばしば行われたことにちなんだ命名。
（8）最後の謎めいた意味不明の一文は、第九章節（小説の第七章）になってようやく対応する場面が出てきて謎が解ける。このように、やがて起こるであろう事件を先取りして予告し、読者の興味をつないでいく手法は、新聞小説でしばしば用いられていたものであり、デュカスはそれをパロディー的に模倣している。
［第三章節］
（9）第六歌はこの章節以降、ローマ数字のナンバーを打たれて小説仕立てになっているが、舞台は一八六八年のパリに設定されていると考えられる。オスマンによる首都の大改造が推進され、旧来の市街区域が拡大されて十二区制から二十区制に移行したのが一八六〇年、したがって六八年当時には、すでにパリの街路整備もほぼ完了していたと考えていい。ヴィヴィエンヌ通りは一六三四

年に開通した古い街路で、パレ＝ロワイヤル広場北側のボージョレ通りから国立図書館（当時は帝立図書館）の東壁に沿ってまっすぐ北に延び、証券取引所の西側を通ってモンマルトル大通りに突き当たる。残された手紙の一通に記された住所から、イジドール・デュカスは一八七〇年三月の時点で、ヴィヴィエンヌ通り一五番地に住んでいたことがわかっている。

（10）「ロワイヤル広場」とあるのは、パレ＝ロワイヤル広場のこと。ここからヴィヴィエンヌ通りが北に延びてモンマルトル大通りに突き当たるのだが、そのちょうど交差点（モンマルトル大通り一五番地）には、一八六九年版『マルドロールの歌』の出版元であるラクロワ＆ヴェルベッコーヴェン社があった。

（11）パリ市は一七八五年から七十年間あまり、「徴税請負人の壁」と呼ばれる柵によって囲まれ、入市税関として六十の「市門」が設けられていた。パリ東部のトローヌ市門もそのひとつで、一八六〇年の首都拡大事業に伴って市門の建物がほとんど破壊されたさいにも取り壊しを免れた。マドレーヌ寺院からはセーヌ河と平行にほぼ一直線の位置にあり、「まっすぐに飛ぶ」フクロウの軌跡にふさわしい。

（12）不吉な前兆を告げながら飛ぶフクロウは、「ヨハネの黙示録」第八章十三節で、一羽の鷲が空高く飛びながら「不幸だ、不幸だ、不幸だ、地上に住む者たち」と叫ぶくだりを想起させる。

（13）コルベール通りは国立（帝立）図書館の北壁に沿った短い街路で、ヴィヴィエンヌ通りに直角に突き当たる。

（14）単に複数形で「ブルヴァール」といえば、通常はマドレーヌ広場からバスチーユ広場まで続く「グラン・ブルヴァール」を指す。モンマルトル大通りはその一部。

（15）ジョルジュ・ダゼットは一八五二年四月生まれなので、彼の本名がテクストに登場する第一歌の初版が印刷に付されていた一八六八年八月当時、ちょうど一六歳と四か月であった。しかも彼はこの年、デュカスと同じくパリにいて、名門校のシャルルマーニュ高等中学校で第三学級を終えたばかりであったから、二人のあいだには少なからず接触があったものと思われる。

（16）カプレッツは謎めいた一連の「……のように美しい」という比喩のうち、この作品の中でもおそらく最も有名な「解剖台の上での、ミシンと雨傘との偶発的な出会い」という表現について、「これら多様なオブジェの奇妙な結合は、何か雑誌の広告ページにそれらが一緒に載っていたことから出てきたもののように思われる」と述べていた。その後四十年間にわたって、この推測は裏付けを得られぬまま単なる予感にとどまっていたが、ルフレールの熱心な調査によって、実際にモンテビデオで発行されていた企業・個人名鑑の広告欄に、ミシンと雨傘、それに解剖台そのものではないが、外科手術の道具の宣伝が（ページは異なるが）同時に掲載されていたことが発見された。この名鑑の刊行は一八六九年で、『マルドロールの歌』全編の刊行はこの年の八月であるから、第六歌の執筆中にデュカスがたまたまこれを見てヒントを得た可能性はじゅうぶんにある。

（17）大半のフランス人はこの固有名詞を「メルヴィンヌ」と発音するが、本来はイギリス系の名前で、英語読みすれば「マーヴィン」となる。一般にこの名前の発想源とされているのは、アーサー・マーヴィンという人物が登場するウォルター・スコットの小説、『ガイ・マナリング』で、仏訳は一八三〇年に出ている。

（18）オスマン改造以前のパリにおいて、市門付近は犯罪者やごろつきがたむろするきわめて危険な界隈であった。しかデュカスの時代にはすでに大半の市門は取り壊されていたので、もしドラマの舞台設定が一八六八年であるならば、「市門付近を徘徊するごろつき」の存在も稀になっていたはずである。

(19) この「革命」は複数形になっているので、一八四八年の二月革命だけでなく、一八三〇年の七月革命、三四年のパリ及びリヨンでの労働者蜂起、また四八年の六月暴動なども含めて考えるべきであろう。

(20) グラン・ブルヴァールに沿ってモンマルトル大通りを東に延長した部分がポワソニエール大通りとボンヌ・ヌーヴェル大通りで、やがて現れるサン＝ドニの凱旋門を左折すると、娼婦街として知られるフォブール・サン＝ドニ通りに入る。

(21) パリとフランス東部を結ぶストラスブール鉄道は一八四七年に開通し、同時に着工された駅舎は一八五二年に完成した。ここで「ストラスブール鉄道の停車場」とあるのは現在「東駅」と呼ばれるこの駅のことで、フォブール・サン＝ドニ通りを北上してゆくと、ストラスブール通り（現在の一九四五年五月八日通り）を通して右手に見える。

(22) ラファイエット通りは、オペラ座の東側からスターリングラード広場までを斜め一直線に結ぶ全長二・九キロメートルの長い街路で、フォブール・サン＝ドニ通りとは北駅の東端のところで交差する。

［第四章節］

(23) 「紅玉髄」は赤色半透明の瑪瑙《めのう》の一種。

(24) もちろん英語のこと。したがって息子の名前も「マーヴィン」と発音される。

(25) 「艦隊指揮官《コモドア》」は英国海軍の位。オランダやアメリカの海軍でも、小艦隊を率いる指揮官をこう称した。
(26)「夜鷹」はその名の通り一般に夜行性の猛禽で、夜間に飛ぶ昆虫類を捕食する。世界的に分布するので、北米大西洋岸のノース・カロライナ州やサウス・カロライナ州にも棲息すると思われるが、ここで特に「カロライナの夜鷹」が出てくる理由は不明。
(27)この場面にもI―11同様、マチューリンの『メルモス』との類似が見られる。メルヴィンヌに対応するのは少女イシドーラで、舞台はマドリッド郊外の別荘。少女の兄ドン・フェルナンが聴罪僧のホセ神父とチェスに興じ、母親のドニャ・クララが刺繍仕事に没頭している平和な家庭的風景の中で、迫り来る危険の予感に怯えたイシドーラが突然悲鳴をあげると、母親は気付けに香水壜を取り出し、下女のひとりが薔薇の花をもってきて少女に嗅がせるという場面がある（第二十章）。
(28)「入眠時幻覚」という言葉を広めたのは、「神経系医学心理学年報」の一八四八年号に掲載されたアルフレッド・モリーの「入眠時幻覚について」という論文である。
(29)「イチョウガニ」と訳したcrabe tourteauは、単にtourteauとも言い、正確にはイチョウガニ科の一種である「カンケル・パグルス」を指す。大西洋産で、食用として珍重される。
［第五章節］
(30)「ヴェラム紙」は、死産した子牛の皮から作られる「犢皮紙《とくひ》」に似せて作った滑らかで厚手の上質紙。
(31)「署名の代わりに三ツ星」というのは、第一歌の第一稿及び第二稿が独立して印刷・発表されたときに作者名の代わりに付されていた〈＊＊＊〉という記号そのままである。
(32)「旅行記や博物学の本を読むのが好き」というのは、おそらくイジドール・デュカス自身の読書傾向を反映した言葉であろう。

(33) いかにも教師然としたこのせりふには、修辞学教師アンスタンの口調の記憶が投影されているのかもしれない。

[第六章節]

(34)「腱膜」は解剖学用語で、「筋肉の末端または交差結合部、あるいは四肢の皮膜となる、白くて光沢のある非常に強靭な膜」を指す。

(35) ふたたび「……のように美しい」のシリーズが登場する。ここでは四つの比較項が列挙されるが、第一の比喩は男性生殖器に関する解剖学的記述という点で、V—1に出てきた「嵌頓《かんとん》包茎」への言及と共通している。おそらくいずれも同じ医学書のたぐいから任意に抽出されたものであろう。

(36) この比喩は、第五歌で組織的に借用されていたシュニュ博士の『博物学百科』に見られる七面鳥についての記述をそのまま引き写したものである。

(37) この比喩に関しては、アンリ・ベアールが典拠をつきとめている。彼は自分が審査員となったパリ第三大学の博士論文「身体の演出——新しい舞台造型術に向けて」の中に、たまたま一九世紀ドイツの音楽理論家であるH・ヘルムホルツの文章として、まさにこの箇所と寸分たがわぬテクストが引かれているのを目にした。それは『聴覚の研究に基づいた音楽生理学の理論』と題する著作からの引用で、ゲルーによる仏訳は一八六八年にパリのヴィクトール・マッソン書店から刊行されている。

(38)「コルヴェット艦」は一九世紀末まで存在した三本マストの軍艦。フリゲート艦よりも小型で、通常二十門程度の砲塔を装備している。この記述の出典は不明。

（39）「クリニャンクール」はパリの北部、十八区にある庶民的な街区で、もとは郊外の村であったが、オスマン改造にともなって一八六〇年にパリ市に併合された。

［第七章節］

（40）「カフェが入っている円亭《ロトンド》」というのは、パレ＝ロワイヤル庭園の北側にあたるギャルリ・ド・ボージョレの八九番地から九二番地にカフェ・デュ・カヴォーが開いた喫煙者専用の半月形の建物のことで、読書クラブも兼ねていた。一八八五年に消滅しているので現存はしないが、デュカスがこの界隈をしばしば歩いていたことをうかがわせるディテールである。

（41）「ヴェルリ通り」はパリ市役所の北側を今でも東西に走っている街路で、かつては職人の多い区域であった。ちなみに「ヴェルリ」はガラス製造業、ガラス工場の意。

（42）「マルグリット」という名前は当時、『椿姫』のヒロインであるマルグリット・ゴーチエを連想させたと思われる。

（43）今日では高級ブティック街として知られるサン＝トノレ通りは、一二世紀から存在する古い街路で、パレ＝ロワイヤルの南側を通っている。

（44）「アゴーヌ」Aghone という固有名詞の由来は不明。

［第八章節］

（45）「大天使」は、天使の位階では九段階の下から二番目にあたる。

（46）「ビクーニャ」はペルーやボリビアに棲息するアンデス山脈原産のラクダ科の動物で、ラマの一種。その毛は織物の材料として珍重される。

(47)「地上の杏」というのは謎めいた表現だが、おそらくこれは「神秘の杏仁」（キリスト像や聖母像を囲むアーモンド形の後光）との対比において、貶下的なニュアンスをもたせた比喩であろう。
(48)「智天使」は天使の位階では熾天使（セラフィム）に次いで上から二番目。
(49)「ヘラジカ」はシカ科の最大種で、体長は二・五メートルから三メートル余り、角の長さは二メートルにも達する。北米やユーラシア大陸の北部針葉樹林地帯に棲息するが、インディアンがその角を山のように積み上げるという記述の真偽や出典は不明。
(50)ヴァンドーム広場は一六八六年から三十数年間かけて造営された。設計者は当代最高の建築家であったマンサール。最初は「征服広場」、次いで「ルイ大王広場」とも呼ばれたが、現在の名称はかつてここに居住していたヴァンドーム公（アンリ四世の息子）に由来する。
［第九章節］
(51)「黄金の髪をした海賊」という言葉は、ルイ・ノワールという大衆作家の冒険小説のタイトル。当時流行していた「ル・コントゥール」という小説雑誌の一八六八年一二月から翌年五月まで（すなわち、デュカスが『歌』の後半を執筆していたと思われるのとちょうど同じ時期）、四十七回にわたって連載された（寺本成彦による）。
(52)「ワニス」はラックカイガラムシが分泌する動物性の天然樹脂で、正確にはワニスの原料である「シェラック」を指す。
［第十章節］
(53)「文学的石膏」gypse littéraire というのは奇妙な表現だが、gypse というフランス語は石切り場から採掘された天然の鉱物を指すので（骨折などのさいに用いられる「ギプス」は plâtre）、

ここでは文学作品という建造物を作るのに用いられる原材料というほどの意味であろう。

（54）「背教者」という呼称は、すでにこの歌の第一章節に「煤けた顔をした背教者」という言い方で現れていた。なおマルドロールはこの後、「硫黄の唇をした男」「徒刑囚」「円柱の男」「脱走徒刑囚」「文明化された未開人」など次々に婉曲な呼び名を与えられ、もう一度「背教者」と呼ばれてから、最後は前章節に出てきた「黄金の髪をした海賊」という呼称で締めくくられ、ついに「マルドロール」と名指して呼ばれることはない。

（55）ラ・ペー通りはヴァンドーム広場の北側からオペラ座広場までを結ぶ街路で、左岸のパンテオン広場までは直線距離にすればおよそ二・八キロメートルであるが、心理的にはセーヌを隔ててもっと遠い印象を受ける。

（56）このあたりの一連の記述は、キリストあるいは聖書に関するパロディーになっているとも考えられる。たとえば蟹が魚の尾を毒矢で射抜く「三日目」というのはキリストの復活の日であり、その「魚」はキリスト教徒の象徴であり、やがて起こる事件を告知する「雄鶏」は聖ペテロの否認を暗示するといった具合である。したがって聖地を訪れる巡礼の行進は、東方の三博士が幼子イエスを訪問・礼拝した「主の公現《エピファニー》」のパロディーということになる。

（57）ヴァンドームの円柱は、アウステルリッツの戦勝記念としてナポレオン一世により一八〇六年から一八一〇年にかけて立てられたのが最初で、ローマのトラヤヌス円柱を模し、戦利品の大砲千二百門を溶かして作られたという。円柱の頂上を飾るシンボルは政体の変遷にともなってめまぐるしい交替を繰り返したが、デュカスがパリに出てきた時点では三番目のナポレオン像がパリの街を睥睨していた。なお、ここでは「地上五十メートル以上」とあるが、実際の高さは約四十四メートルで、この記述は正確さを欠く。

(58) カスティリオーヌ通りはヴァンドーム広場から南下してチュイルリー公園に突き当たるが、リュシエンヌ・ロションが指摘しているように、ちょうどその場所にはオーギュスト・カイン作の『虎に襲われる犀』と題する群像彫刻が置かれている。つまり驚くべきことに、『歌』に登場する犀は実在するのだが、この作品に刻まれた年号は一八八二年、すなわちデュカスの死後十二年を経た年になっているので、彼がこの場所でこの彫刻を見たことはありえない。しかしルフレールは、デュカスの時代にすでに犀をモチーフとした彫刻がこの場所に置かれていて、それが後にカインの手になる同種の作品に置き換えられたのではないかと推測している。

(59) 犀の体内に〈主〉の実体が入りこんでいたというくだりには、ミサのさいにパンと葡萄酒がキリストの体と血に変化する「実体変化」のパロディーが見られる。

(60)「ある力に別の力が加えられると、最初の二力から成る合力が生み出される」という命題文は、おそらく学校の数学で習ったヴェクトルに関する記述をそのまま借用したものであろう。

(61) パンテオンの円屋根は地上八十三メートルあまりで、それだけでも際立った高さを誇るが、加えて小高いサント＝ジュヌヴィエーヴの丘(海抜六十メートル)の上に建てられているため、パリの地勢図の中でもひときわ目立つ。いっぽうヴァンドーム広場は海抜三十四メートルであるから、すでに土台だけでも二十六メートルの差があるが、建造物自体もパンテオンのほうが四十メートルも高いので、結局水平面で比較すれば六十六メートルもの差があることになる(藤井寛による)。メルヴィンヌの体は、移動距離もさることながら、この少なからぬ落差にもかかわらず重力に逆らって投げ上げられたことになるから、まさに「私には無限と思われる推進力」が必要なわけである。

（62）「新オペラ座」とあるのは、シャルル・ガルニエの設計になる現在のオペラ座のこと。工事は一八六二年に始まり、一八七四年まで続いたので、デュカスのパリ時代にはまだ建設中であったが、だいたいの外観はすでに現れていた。

（63）「四で割り切れる数のうちにその最終的な対称性の表現を受け取ることはない」というのはわかりにくい表現だが、要するにヴァンドーム円柱の台座に施されていた「三日月形をしたひだ模様の彫刻群」の一部がメルヴィンヌの手でもぎ取られたために、その数が四の倍数ではなくなってしまった（つまり対称性をもたない奇数になってしまった）という意味であろう。

ポエジー Ⅰ

（1）ジョルジュ・ダゼットはイジドール・デュカスの六歳年少の友人で、『マルドロールの歌』の成立そのものに深く関わったと思われる存在。巻末の解説参照。

（2）アンリ・ミュは、タルブ帝立高等中学校時代のデュカスの同級生。デュカスは彼に献辞入りの『ポエジーⅠ』を送っており、その現物の存在が確認されている。

（3）ペドロ・ズュマランはスペインの古い貴族の家系に生まれ、一八三二年に巨額の資産をもって南米に渡ってきた人物で、後にモンテビデオ商業銀行の頭取にまでなった。当地の実業界では名士であったから、フランス領事館の副領事であったフランソワ・デュカスと交流があったことはまず確実である。イジドールは一八六七年のモンテビデオ一時帰国のさいに彼と接触し、何らかの形で経済的・精神的援助を受けていたのであろう。

（4）ルイ・デュルクールについては、今のところまったく情報が得られていない。

（5）ジョゼフ・ブルームスタンというドイツ系ユダヤ人の名前については、一八六五年から六六年にかけてポーの高等中学校に在籍していたジャン・ブルームスタンというブエノス＝アイレス出身の人物の存在が指摘されているが、同一人物であるかどうかはにわかに断定しがたい。

（6）ジョゼフ・デュランについても、今のところ確実な事実はいっさい判明していない。

（7）「わが同級生のレスペス」とあるのは、ポーの高等中学校におけるデュカスの同級生、ポール・レスペスのこと。一九二七年、「デペッシュ・ド・トゥールーズ」という地方雑誌の記者であったフランソワ・アリコは、タルブとポーにおける詩人の痕跡を求めるうちに当時まだ存命であったレスペスの存在を知り、その記憶に残るデュカスの思い出を彼に問い合わせて得られた情報を、『マルドロールの歌』について――イジドール・デュカスの本当の顔」と題する記事にして「メルキュール・ド・フランス」誌に発表した。直接デュカスと面識があったのみならず、教室でその言動を間近に見ていた人物による唯一の証言であるだけに、この記事の資料的価値はきわめて大きいが、アリコは具体的な情報獲得の手段を明らかにしていなかったため、レスペスの証言は直接のインタヴューによって得られたものと誰もが信じていた。しかしルフレールは『ロートレアモンの顔』において、これらの情報がじつは面談ではなく書簡のやりとりによって収集されたものであること、しかもレスペスが彼に宛てた手紙は全部で九通存在するのに、アリコは記事を書くにあたって最初の二通しか利用していないことを明らかにした。そこで彼は、残りの七通の手紙を含めたすべての書簡に目を通した上で、その内容をテーマごとに分類整理し、コメントをつけながらレスペス証言の全貌を同書で紹介するという方法をとっている。

（8）ジョルジュ・マンヴィエルもレスペス同様、ポーの高等中学校におけるデュカスの同級生で、きわめて優秀な生徒であった。

（9）オーギュスト・デルマスはタルブの高等中学校でデュカスの二年上級生。

（10）アルフレッド・シルコは一八六八年から六九年にかけて雑誌「ジュネス」を、六九年から七〇年にかけては同じく「リュニオン・デ・ジューヌ」を主宰した人物。

（11）フレデリック・ダメはパリ大学法学部の学生時代、ルメール書店から『革紐』という風刺的小冊子を刊行したのち、同年一二月に学生向け週刊誌「ラヴニール」を発刊、中断をはさんで一八七〇年二月まで一年三か月にわたってこれを主宰した。デュカスとの接点は、おそらくこの時期にあったと思われる。

（12）「アンスタン先生」ことギュスターヴ・アンスタンは、デュカスがポーの高等中学校に在籍していた時期に同校の修辞学級教師として教鞭をとっていた人物。学校での両者の関係については、アンスタンが授業でとりあげたミュッセの「五月の夜」に出てくるペリカンのくだりにデュカスが強い反発を示したことと、デュカスの作文の難解さをアンスタンが教師への挑発と解して居残りの罰を課したことがエピソードとして残っているが、それ以外に具体的な手掛かりはない。

（13）「おおヤングの夜よ！」という部分は、イギリスの詩人エドワード・ヤングの詩集、『夜』を踏まえたもの。

（14）「無秩序な三脚台」というのはわかりにくい表現であるが、ここで「三脚台」とは換喩的にギリシア神話のピュティア（三脚台の上でアポロンの神託を授けたデルポイの巫女）を指し、さらには詩的霊感を意味すると思われる。
(15)「重罪裁判所をネタにする小説家仲間」という言い方は、犯罪を題材とする小説を書いた何人かの有名作家たち（バルザック、ユゴー、ウジェーヌ・スューなど）や、探偵小説作家のエミール・ガボリオーなどを念頭に置いたものであろう。
(16)「メロドラマ」は、一八世紀後半から一九世紀にかけて流行した波瀾万丈の筋書きをもつ通俗的な演劇の一ジャンル。
(17)「湿った雌鶏」というフランス語には、「臆病者」「意気地なし」の意がある。
(18)「マンチニール」はアンチル諸島や熱帯アメリカの海岸地帯に見られる樹木で、猛毒の果実や樹液をもつ。また、その影は死をもたらすと信じられていた。
(19)「椿咲く太腿」という表現は、直前の「香り高い下疳」を言い換えたものであろうが、言葉としては明らかにデュマ・フィスの『椿姫』をもじっている。
(20)ユゴーの戯曲『クロムウェル』の長大な序文は、ロマン派劇の宣言として文学史にその名を残している。ゴーチエの小説『モーパン嬢』に付された序文は、「芸術のための芸術」を提唱した文章として名高い。またデュマ・フィスの戯曲にはたいてい冗長な序文がついていて、仕事や道徳、愛国心や検閲など、さまざまな主題に関する著者の個人的な見解が披瀝されている。これらの序文はいずれも古典主義的伝統を非難攻撃している点で一致しており、その意味でデュカスの断罪の対象とされている。
(21)アベル＝フランソワ・ヴィルマンは、文学史家・批評家で、政治家でもあった。ここでは大学的権威の代表のような人物として引き合いに出されている。

（22）ウジェーヌ・スューは『パリの秘密』『さまよえるユダヤ人』などの新聞小説で知られる当時の大流行作家で、その作品は『歌』のいくつかの章節にも影を落としている。また、「ロートレアモン」Lautréamont という筆名は彼の小説『ラトレオモン』Latréaumont に由来すると言われている。

（23）フレデリック・スーリエも当時の新聞小説作家で、多くの作品を残した。

（24）『アカデミー国語辞典』は正統的フランス語の保存・純化のためにアカデミー・フランセーズが編纂している規範的な辞典で、一六九四年の初版以来、一九九二年の第九版まで改訂を重ねて今日まで続いているが、ここで問題になっているのは一八三五年の第六版である。

（25）フェニモア・クーパーはアメリカの小説家で、開拓時代のアメリカの辺境を舞台とした五部作の『革脚絆物語』のほか、多くの海洋小説や社会小説を残した。スコットと共に、一九世紀前半のフランスではこれら英語圏作家の小説が盛んに翻訳されて大反響を呼び、バルザックらに大きな影響を与えていたので、デュカスの目にも当然触れる機会はあったであろう。

（26）「正劇《ドラム》」は、一七世紀古典主義時代における「悲劇」と「喜劇」の二分法にたいし、両者の中間的性格をもった新しいタイプの演劇として一八世紀に生まれたジャンルで、当時台頭してきた新興市民階級を主人公として、その感情や道徳的主張を展開してみせる社会的性格の強いレアリスム劇を指す。

（27）「娼婦の汚らしい問題についてさえも」という言い方は、娼婦を主人公とした『椿姫』を念頭に置いたものと思われる。

（28）「叙情詩《スタンス》」は同型の詩節から構成される宗教詩や哲学詩、哀歌などを指し、一七世紀初頭のマレルブ、一九世紀ではミュッセなどがこの形式を用いた。

（29）「『ローラ』の作者」とはミュッセのこと。彼の飲酒癖は有名であった。

（30）「例のイギリス貴族」とはバイロンのこと。彼はトルコからのギリシア独立運動を支持してみずから彼の地におもむくが、原因不明の熱病にかかり、一八二四年四月一九日、南ギリシアのミソロンギで三十六歳の生涯を閉じた。

（31）トロップマンはアルザス地方オー＝ラン県セルネー生まれの機械工で、一八六九年、十九歳のときに仕事仲間のジャン・カンクという人物を故郷で毒殺し、さらにジャンの妻と六人の子供たちをパリ郊外のパンタンで殺害して地中に埋めた名高い犯罪者。犯行後はアメリカに渡ろうとしたが、ル・アーヴルで逮捕されて翌年一月一九日に処刑された。この猟奇的事件は世間の耳目を集め、「プチ・ジュルナル」をはじめ当時の新聞はこぞって事件の成り行きと裁判の経過を報道した。

（32）パパヴォワンヌもフランスの犯罪史に残る有名な殺人者。ラシャ販売業を営んでいた彼は、あるとき発作的な殺人衝動に駆られ、一八二四年一〇月、ヴァンセンヌの森を散歩していた母親と二人の子供を殺害し、翌年三月にグレーヴ広場で処刑された。

（33）ヴィクトール・ノワールは共和派のジャーナリスト。彼が書いた批判記事が原因で、ナポレオン一世の甥のひとりであるピエール・ナポレオン・ボナパルトに銃で撃たれ、わずか二十一歳の短い生涯を閉じた。

（34）シャルロット・コルデーはフランス革命の行き過ぎた流血に憤激し、一七九三年七月一三日、その最たる扇動者と目するマラーを浴槽で暗殺したことで歴史に名を残す女性。彼女自身、ただちにギロチンで処刑された。

（35）コンラッドはポーランドの詩人ミツキエヴィッチの叙事詩『コンラッド・ヴァレンロド』の主人公。

（36）マンフレッド、ララ、海賊は、いずれもバイロンによる同名の詩作品の主人公で、それぞれ何らかの形で反抗の主題を表現している。またデュカスが嫌悪していたらしい農夫のエピソードを含むミュッセの詩「ラマルチーヌ氏への手紙」には、「あなたは「ララ」、「マンフレッド」、そして「海賊」をすでに読んでいた」という一行が見られる。

（37）ドン・ジュアンは言うまでもなく数々の作品でとりあげられている古典的キャラクターであるが、ここではやはりバイロンによる同名の詩作品の主人公。

（38）イヤーゴはシェイクスピアの『オセロ』の登場人物。オセロに恨みをもつ彼は、妻の貞節に関する無根拠な疑惑をオセロに吹きこんで、ついには殺害に至らせる。

（39）ロダンという人物はサドの『ジュスティーヌ』にも登場するが、ここではむしろウジェーヌ・スューの『さまよえるユダヤ人』に出てくるイエズス会士と思われる。

（40）カリギュラは第三代のローマ皇帝。狂気の果てに暴政を敷き、近衛兵によって暗殺された。具体的にはデュマ・ペールの同名の戯曲が参照されているのであろう。

（41）カインは旧約聖書に登場する最初の殺人者であり犯罪者の原型であるが、バイロンには同名の悲劇作品があり、またユゴーの『諸世紀の伝説』に含まれる「良心」という詩には、弟を殺害したあとエホバのもとから追放され、つきまとう良心の目に怯えながら各地をさまよう彼の姿が描かれている。

(42) イリディオンはポーランドの詩人クラシンスキーによる同名の戯曲の主人公。祖国を奪われたギリシア人であるこの人物は、ローマを滅ぼそうと図って果たさず、悪魔に魂を売り渡して目的を達成しようとするが、最後は人間への愛によって悪魔のもとから逃れる。一八七〇年に仏訳が刊行されたばかりだったので、『ポエジー』執筆中のデュカスの目にたまたま触れたのであろう。

(43) コロンバはプロスペル・メリメによる同名の小説の女主人公。コルシカの名家の娘である彼女は、謀殺された父親の復讐（ヴェンデッタ）を遂げるため、フランス帰りの兄のオルソを駆り立てて悲願を成就させる。

(44) アーリマンはゾロアスター教における悪の原理で、善の原理であるオルムズドに対立する。

(45)「マニ教の精霊《マニトウー》たち」というのは奇妙な表現だが、「精霊《マニトウー》」という言葉は『歌』のII—9にも見られ、北米インディアンの信仰する超自然的な力を指す。いっぽうマニ教は「善と悪」「光と闇」などの二元論的教義を特徴とする混合宗教で、ゾロアスター教を母胎として三世紀のイランに生まれ、西はエジプトから北アフリカ、イベリア半島まで広まり、東はインド（ヒンドゥスタン高原）を経て中国へと伝えられた。ただし、北米大陸まで伝播していたとは考えられないので、おそらく右の語句はmani-という頭韻を踏んだ一種の語呂合わせであろう。

(46) ティタン族は天神ウラノスと地神ガイアの十二人の子供たちで、オリンポスの神々以前から存在する原始の巨人神族。ゼウス（ユピテル）との十年間にわたる闘いの末に敗れ、冥界タルタロスに幽閉された。

(47)「黒人の血の混じったほら吹き」farceurs au quarteronは、意味のとりにくい表現。訳語のように《quarteron》を「黒人の血が四分の一混じった混血児」という意味に解釈すれば、「ほら吹き」という言葉ともあいまって、父方の祖母が黒人の娘であったアレクサンドル・デュマ・ペールへのほのめかしともとれる。またこの単語は「四分の一リーヴル」という重さの単位でもあり、一リーヴルは五百グラムに相当するので、四分の一リーヴルは百二十五グラム、すなわち「わずかな目方」という意味になるから、全体としては「四分の一リーヴルについて嘘をつく者」、すなわち「目方をごまかすいかさま商人」といった意味になる。

（48）「そらご覧あれ、グロテスクなコルク玉はどこへやら」《Passez donc, grotesque muscade.》という表現は、手品師が何かを消してみせるときに使う決まり文句、《Passez muscade.》（そらご覧の通りなくなりました）を下敷きにしたもの。

（49）オーベルマンはセナンクールによる同名の書簡体小説の主人公。この作品は憂鬱と倦怠に沈んだ魂の自己省察の書で、ロマン主義小説の先駆的作品としてジョルジュ・サンドやバルザックに強い影響を与えた。したがってこの主人公を赤ん坊のように抱っこする「ズボンを穿いた乳母たち」という言葉には、男装していたサンドへの皮肉めいたほのめかしも含まれていよう。

（50）ドイツの著名な小説家であるジャン＝パウルの『貧民弁護士ジーベンケース』第一部をなす「死せるキリストの説教」は、十字架に架けられたキリストの絶望を描いたもので、スタール夫人の『ドイツ論』第二部に翻訳紹介され、「非常に変わっているが、ジャン＝パウルの天才ぶりを知らせるのには役に立つ作品」と評されている。

（51）ドロレス・デ・ベインテミリャというのが何者であるかについては長いあいだ知られていなかったが、ミシェル・ピエルサンスはこれが一八三〇年にエクアドルで生まれ、生前は何も発表しないまま、一八五七年に自殺を遂げた実在の女流詩人であるということを明らかにした。

(52) アランとはエドガー・アラン・ポーのこと。彼の有名な詩「大鴉」はボードレールによって仏訳され、「ラルティスト」の一八五三年三月一日号に掲載されている。

(53) ここで言う「ポーランド人」とは、『イリディオン』の作者、クラシンスキーのこと。『地獄曲』も彼の戯曲作品で、大衆の勃興と貴族的世界の衰退を描いた散文による詩劇。

(54) ソリーリャとはスペインの著名な詩人、ホセ・ソリーリャ・イ・モラルのこと。「血走った眼」yeux sanguinaires という表現の意味は不明だが、ヴァレリー・ラルボーはこれを「血まみれの神々」dieux sanguinaires と読むべきであろうと示唆している。

(55)「ホッテントットのヴィーナスの病的な愛人」とは、白人と黒人の混血で「黒いヴィーナス」と呼ばれたりもするジャンヌ・デュヴァルを愛人としていたボードレールのこと。彼が「愛情こめて描いた〈腐屍〉」とは、『悪の華』中の有名な詩篇「腐屍」を指す。

(56)「ヴェルモット酒の唇をした」という表現は、『歌』に見られた「青銅の唇」「碧玉の唇」「サファイアの唇」「硫黄の唇」といった一連の表現を思い出させる（ヴェルモット酒は白葡萄酒にアブサントを割った食前酒）。いっぽう「疑惑の鴨《カナール》」のほうは、ゴシップ新聞の総称である「カナール」という語彙との連関を思わせる。

(57) アダマストールは一六世紀ポルトガルの国民詩人カモンイスの愛国的叙事詩、『ウス・ルジーアダス』第五歌に出てくる巨人で、ヴァスコ・ダ・ガマが喜望峰を回ろうとしたとき、船の行く手に立ちはだかって邪魔をしたと言われる。

(58) ジョスランはラマルチーヌによる同名の叙事詩の主人公で、詩人が若い頃から大きな影響を受けてきたデュモン司祭がモデルであると言われている。

（59）フランクはミュッセの詩劇『杯と唇』の登場人物を指すものと思われる。きわめてロマン主義的傾向の強い彼は、「新生児たちに災いあれ！／仕事よ呪われよ！　希望よ呪われよ！」と言いながら、不幸にたいして乾杯する。

（60）『世紀児の告白』は一八三六年に刊行されたミュッセの小説で、ジョルジュ・サンドとの恋愛関係を下敷きにした自伝的色彩の濃厚な作品。

（61）「ローラ」はミュッセの詩篇。「夜」は、ここでは文脈からしてヤングのそれではなく、ミュッセの一連の「夜」シリーズ（「五月の夜」「一二月の夜」「八月の夜」「一〇月の夜」）を指しているのであろう。

（62）コップはジャーナリストで作家でもあったウィリアム・コップのこと。彼は第二帝政下で発禁処分になった「ル・コルセール」「ル・サタン」などの新聞の発行者でもあった。「狂人たち」は彼の『信じられない物語集』に収められた一篇。

（63）グウィンプレインもデアもユゴーの『笑う男』に登場する子供たちで、前者は口を切られて顔を変形された少年、後者は盲目の少女。

（64）テラメーヌはエウリピデスの『冠をもつヒッポリュトス』の登場人物で、主人公の養育係。海の怪獣に襲われて落命するヒッポリュトスの最期を報告する長台詞は「テラメーヌの語り」として名高い。

（65）「万人のための祈り」は、ユゴーの詩集『秋の木の葉』中のかなり長大な一篇。内容的には、父親が娘にさまざまな人間や事物を対象として祈りを捧げるよう勧めるというもの。

（66）ユゴーの「子供についての詩」といえば、まず晩年の詩集『よいおじいちゃんぶり』に収められた一連の詩篇が思い浮かぶが、これは一八七七年刊行なので、デュカスの目には触れえなかった。しかしそれ以外にも『東方詩集』の「子供」、『秋の木の葉』の「子供が現れると……」、亡き長女レオポルディーヌに捧げられた『静観詩集』中の一連の詩篇、『諸世紀の伝説』の「哀れな人々」など、子供をテーマにした詩は少なくない。

(67)「狂ったように吠えたてる人々」hurleurs maniaques という表現は、その語彙からして当然にルコント・ド・リールの「吠える者たち」《Les Hurleurs》を想起させる。しかし一八六九年の『現代高踏派詩集』に掲載された同じ詩人の「カイン」には、この部分により近い「おお、諸君はなんと馬鹿のように吠えたてる人々なのか！」という一節が見られるので、こちらが直接の発想源になったことは間違いあるまい。

(68) 列挙された作家のうち、デュ・テラーユは『ロカンボール』シリーズの作者のポンソン・デュ・テラーユ、フェヴァルは多作な新聞小説作家のポール・フェヴァル、ルコントは詩人のルコント・ド・リールのこと。

(69)「鍛冶屋のストライキ」は、フランソワ・コペーの詩集に収められた詩のタイトル。

(70) 人が死の間際に残す言葉を意味する「最期の言葉《ノヴィシマ・ヴェルバ》」novissima Verba というラテン語は、ラマルチーヌの『詩的宗教的階調詩集』に収められた長編詩のタイトルにもなっている。またユゴーの『懲罰詩集』の最後を飾る詩は「結語」Ultima verba と題されているが、これもやはり「最期の言葉」あるいは「遺言」という意味をもつ。

(71)「フェルネーのなり損ない哲学者」とは、晩年の十八年間をスイス国境に近いフェルネーで過ごしたヴォルテールその人のこと。

（72）明らかにハムレットをもじった「女々しい腑抜け《ファムレット》」femmelette という言葉は、『アカデミー国語辞典』第六版の序文で筆者のヴィルマンが引いているクーリエの言葉に見られる。「言語に関しては、ビュフォンやルソーのような人々に説教を垂れないような一七世紀の女々しい腑抜け《ファムレット》はいない」。

（73）ここに挙げられた奇妙な渾名の数々は、各作家の作品や作風への明示的・暗示的参照を含んでいる。〈憂鬱なるモヒカン〉は、北米インディアンの世界を描いたシャトーブリアンの『アタラ』を念頭に置いたもの。〈ペチコートを穿いた男〉は、おそらく先に出てきた「ズボンを穿いた乳母」の裏返しで、男でありながら過剰な感受性に溺れるセナンクールへの皮肉。〈気難しい社会主義者〉は、一方で『社会契約論』を書きながら他方で『告白』のような人間嫌いの手記を書いているルソーの矛盾をついた評言。〈頭のいかれた幽霊〉は、イギリスの女流作家ラドクリフの暗黒小説（『ユドルフォ城の謎』『イタリア人』など）に登場する幽霊たちを踏まえた言い方。〈アルコールの夢の奴隷《マムルーク》〉は、実際にアルコールに溺れていたポーの幻覚症状への言及。〈闇の相棒〉は、マチューリンの小説『放浪者メルモス』の主人公が悪魔と契約を交わすことを踏まえた表現。〈割礼を受けた両性具有者〉は、男装していたジョルジュ・サンドへの暗示。〈比類なき食料品屋《エピシエ》〉は、ボードレールが「テオフィル・ゴーチエがその作品中に投ずる薬味、芸術の愛好家たちにとってはこよなく洗練されたものでかつ最も強烈な刺戟をもつあの薬味は、群衆の味覚に対してはほとんどあるいはまったく効き目がない」と評しているのを受けた比喩。〈悪魔の捕虜〉は、直接悪魔を主題とした作品を多く書いたわけではないルコント・ド・リールが、東洋の諸宗教や虚無を礼賛していたことから出てきた言葉。〈泣かせる自殺者〉は、言うまでもなくゲーテの描いたウェルテルへのほのめかし。〈笑わせる自殺者〉は、サント＝ブーヴが『ジョゼフ・ドロルムの生涯と詩と意見』で描いた虚構の自殺者をゲーテのそれと対比的にとらえたもの。〈涙を浮かべたコウノトリ〉は、おそらくラマルチーヌの過度にロマン主義的な作風と、その容貌への風刺をこめた形容。〈咆える虎〉は、決闘で夭折したレールモントフの代表作である『現代の英雄』の主人公、ペチョーリンの激情的な性格を連想させる呼称。〈緑色の葬儀用添え木〉は、筋の通った解釈をすることがむずかしいが、「緑色の」という形容詞が「かくしゃくとした」の意をもち、かつアカデミー・フランセーズ会員の服の色でもあることから、当時六十八歳でアカデミー会員であったユゴーへの暗示か。〈サタンの模倣者〉は、ミツキエヴィッチの主人公であるコンラッドが『父祖たちの祭り』で神を呪うとき、サタンにそそのかされていたことから出てきた言い方。〈知性のシャツを着ていない伊達男《ガンダン》〉は、ミュッセがしばしば洒落た格好をしてブルヴァールの盛り場（現在のイタリアン大通りにあたるガン大通り Boulevard de Gand が中心で、これが「伊達男《ガンダン》」gandin という単語の語源になっている）に出没する粋なパリジャンとみなされていたことを踏まえ、その作品に知性が欠けていることを皮肉った呼称。最後にバイロンに冠せられた〈地獄のジャングルの河馬〉という語句は、ユゴーのそれと同じく由来が不明であり、決定的な解釈は下しがたい。

(74)「二つの血なまぐさいエピソード」のうち、「むかつくようなペリカンの比喩」と言われているのはミュッセの『新詩集』中、「五月の夜」に見られるエピソード。一方「ある農夫の身に起こった恐るべき災難の話」というのは、同じ詩集の「ラマルチーヌ氏への手紙」に見られるるエピソード（農夫が自分の小屋に帰ってみると、畑が落雷によってすっかり焼けてしまい、妻も息絶えているのを見出して呆然とするという話）。

（75）この最後の一句については、シェイクスピアの『マクベス』をはじめ、複数の発想源が指摘されている。

ポエジー II

ここでは何人かの著名なフランスのモラリストの文章が部分的な書き換えを施されて頻繁に借用されているが、この文庫版では該当箇所に借用対象となった原文の訳とその筆者名のみを示す。

（1）「偉大な思想は心情から来る」（ヴォーヴナルグ）。
（2）「繁栄にあって、友人はほとんど得られない」（同）。
（3）「汝、入らんとする者よ、いっさいの希望を棄てよ」（ダンテ）。
（4）「弱きもの、汝の名は女」（シェイクスピア）。
（5）「私は自分の思考を秩序だてずに、しかしおそらく計画性のない混乱には陥らずに、書くとしよう。それらの思考が正しければ、最初に浮かんだものがどれでも他の思考の結果となるだろう。これが真の秩序であり、それは私の目的を、混乱それ自体によってしるしづける。自分の主題を秩序正しく扱ってしまえば、私はあまりにもその面目を保ちすぎることになろう。その主題が秩序正しく扱われえないことを、私は示したいと思うのだから」（パスカル）。
（6）「反キリスト」は、終末の世に現れてイエスがメシアであることを否定し、人心を惑わせる者。

（7）「人間は自然の中で最も弱い一本の葦にすぎない。だが、それは考える葦である。全宇宙はそれを圧しつぶすために武装するには及ばない。ひと吹きの湯気、一滴の水でも、それを殺すのにじゅうぶんである。しかしたとえ宇宙がそれを圧しつぶしたとしても、人間は自分を殺すものよりなお高貴であるだろう。なぜなら人間は、自分が死ぬことを知っているからだ。ところが宇宙が人間にたいしてもっている優越性について、宇宙は何も知らない」（パスカル）。

（8）「塵埃に書かれた誓いの言葉」という表現は、シュリー＝プリュドムの詩、「アルフレッド・ド・ミュッセに」に見られる「愛が塵埃に誓いの言葉を書く限り［……］」という一節から採られたものと思われる。

（9）シメーヌはピエール・コルネイユの古典悲劇『ル・シッド』の主人公であるロドリーグの恋人。二人の父親同士は対立し、ロドリーグは自分の父親を侮辱したシメーヌの父親を決闘で殺してしまうが、最後は愛の力でシメーヌと結ばれる。

（10）グラズィエッラはラマルチーヌの小説の女主人公で、イタリアの漁師の娘。身分違いの障害を越えて語り手と恋仲になるが、語り手は母親の伝言によってフランスへの帰国を余儀なくされ、置手紙を残して去って行く。

（11）ここに列挙された雑多な場所については、それぞれ文学的な目配せが含まれている。すなわち、「海辺の岩塊」はサン＝マロのグラン＝ベ島（干潮時には陸続きになる）にあるシャトーブリアンの墓、「どこかの湖」はラマルチーヌの有名な詩である「湖」とそれが生まれるきっかけとなった亡きシャルル夫人への愛、「フォンテーヌブローの森」はミュッセの詩「思い出」とこの森を舞台としたジョルジュ・サンドとの恋愛、「イスキアの島」はナポリ湾に浮かぶこの火山島を歌ったバイロンやラマルチーヌの詩、「鴉が一緒にいる書斎」はポーの詩「大鴉」、「キリスト像付き十字架のある霊安室」はラマルチーヌの詩「キリスト像付き十字架」、「月の光を浴びて愛する相手が姿を現す墓地」はヤングの『夜』に描かれた雰囲気の再現。

（12）「もしクレオパトラの鼻がもっと低かったら、地球の全表面は一変していただろう」（パスカル）。

（13）「隠れた美しい行為は、最も評価されるべきものである。歴史の中にそんな行為のいくつかを見出すと、私は非常にうれしくなる。しかし結局それらは、完全には隠されていたわけではない。なにしろ知られてしまったのだから。それらが表に現れる糸口になったこのちょっとしたことが、それらの美点を減少させてしまう。それらを隠そうと思ったということが、まさに最も美しい点なのだから」（同）。

（14）「人間はきわめて偉大なので、その偉大さは、自分が悲惨であることを人間が知っているところにさえ現れてくる。樹木は自分が悲惨であることを知らない。確かに、自分が悲惨であると知っていることは、悲惨であることだ。しかしまた、自分が悲惨であると知っていることは、偉大であることでもある。かくして、これらの悲惨すべてが人間の偉大さを証明する。それらは大貴族の悲惨であり、玉座を追われた王の悲惨である」（同）。

（15）「自分の思考を書きとめているとき、時々それが私から逃れてしまうことがある。だが、それは私に、いつも忘れてしまいがちな自分の弱さを思い出させてくれる。このことは、忘れてしまった思考と同じくらい、私に教訓を与えてくれる。なぜなら、私は自分の虚無を知ることしか目指してはいないからだ」(同)。
(16)「不完全であれ、失墜者であれ、人間は大いなる神秘である」(ラマルチーヌ)。
(17)「人間とはいったい、なんという幻想なのか？　なんという新奇な存在、なんという混沌、なんという矛盾の種《シュジェ》なのか？　あらゆるものの判定者、愚か者、ミミズのようにしがない存在、真実の預託者、不確実さの堆積、宇宙の栄光にして屑。彼が自分を褒めそやすなら、私は彼をおとしめる。彼が自分をおとしめるなら、私は彼を褒めそやし、常に彼に反論する。自分が理解できない化け物であることを彼が理解するまでは」(パスカル)。
(18)これは『ポエジーI』で言及されていたトロップマン事件を指す。つまり「首都の入口」とはパリ郊外のパンタン、殺害された「八人の人間」とはカンク夫妻とその六人の子供たちのこと。ただしカンク自身はパンタンではなく、アルザスのセルネーで先に殺害されていた。
(19)「マキアヴェリへの反駁」とは、彼が『君主論』で展開したいわゆるマキアヴェリズムに抗して、プロシアのフリードリヒ二世が後世著した『反マキアヴェリ論』を指すのであろう。
(20)「プルードンの著作の構成要素である円錐容器《コルネ》の数々」という謎めいた表現に関して、ピエルサンスはcornetsという単語がcarnets(ノート)の誤植ではないかと主張している。
(21)クロップシュトックは一八世紀ドイツの詩人。詩集『メシーアス』によって熱狂的な読者層を獲得し、国民詩人的存在となった。
(22)ここに並列されている四人の詩人たちは、いずれも国民創生神話の作者という共通点をもっている。
(23)『ベレニス』はラシーヌの悲劇、『方法叙説』は言うまでもなくデカルトの著作。

(24)『秋の木の葉』と『静観詩集』はいずれもユゴーの詩集。

(25) アルマン・ビエシーはアンジェの高等中学校の哲学教師で、一八六九年に『帰納論——実験方法の原理、手順、価値についての試論』を書いている。

(26) エルネスト・ナヴィルはスイスの思想家で、ジュネーヴ大学の歴史・哲学教授、次いで神学教授を務めた。『悪の問題』は一八六八年に彼がジュネーヴでおこなった七つの講演をまとめて刊行したもので、パリでも販売されており、デュカスにも入手可能であった。

(27) マルブランシュは一七世紀の哲学者でオラトリオ会の修道士。

(28)『知性論』は、すぐ後に名前が出てくる一九世紀の代表的な実証主義批評家、イポリット・テーヌの主著。

(29) エルネスト・ルグーヴェは一九世紀の小説家・劇作家。三幕の韻文悲劇である『メデ』は、はじめ当時の有名女優ラシェルのために書かれたが、彼女に上演を拒否されたため訴訟沙汰になった。

(30) ここに列挙されている人名のうち、バイロンとゲーテ以外はいずれも一九世紀フランスの作家（あるいは説教家）。エルネスト・カパンデュは多くの戯曲を書いたほか、大衆小説も数多く残した。ピエール・ザコーヌも多作な作家で、いくつかの新聞連載小説を書いた。フェリックスというのはおそらく、イエズス会士のセレスタン＝ジョゼフ・フェリックス神父のことと思われる。エチエンヌ＝ポーラン・ガーニュは弁護士で政治家でもあった文学者。エミール・ガボリオーはフランス探偵小説の草分け的存在。ラコルデール神父は著名な説教師で、ラムネーの弟子。ヴィクトリアン・サルドゥーは劇作家で、『トスカ』（ヴェルディのオペラの原作）の作者として今日でも名前が残っている。グザヴィエ・ド・ラヴィニャン神父はイエズス会士で、王政復古期から七月王政にかけてノートルダム寺院の説教師として有名であった。シャルル・ディゲは一時期アレクサンドル・デュマ・ペールの秘書を務めた人物で、多様なジャンルで膨大な作品を書いている。

(31)「オーギュストの独白」とは、コルネイユの戯曲『シンナ』第四幕二場においてローマ皇帝オーギュストが語る七十二行に及ぶ長台詞を指す。

(32) ヴォードヴィルは一八世紀に流行した歌と踊り入りの軽喜劇。

(33) ラ・カルプルネードはコルネイユと同時代の劇作家・小説家。

(34) ニコラ・プラドンは悲劇詩人だが、その作品『フェードルとヒッポリュトス』は、ラシーヌの『フェードル』上演を妨害しようとする一派のために故意に同題で書かれたもので、文学史にはその汚名だけが残っている。

(35) ジャン・ロトルーはコルネイユらとともに宰相リシュリューの抱える「当代五劇作家」のひとりに数えられる。代表作のひとつである『ヴァンセスラス』は、道徳的価値と政治的必要性との葛藤を主題とする作品。

(36) ジャン゠フランソワ・ド・ラアルプは、劇作家としてはヴォルテール風の悲劇をいくつか書いているが、むしろ批評家としての活動が記憶されている。

(37) ジャン゠フランソワ・マルモンテルは百科全書派のひとりで、ヴォルテールの弟子・友人。

(38)「諺劇《プロヴェルブ》」は諺から派生した小喜劇。ここではミュッセの『戯れに恋はすまじ』や『何事も誓うなかれ』などを念頭に置いているものと思われる。すぐ後に「この作品」とあるのは、おそらく前者を指すのであろう。

(39)「衒飾主義《ゴンゴリズム》」はスペイン・バロック時代の詩人、ルイス・デ・ゴンゴラに由来する言葉で、豊富な古典的教養を誇示しながら複雑かつ華麗なレトリックを駆使した作風のこと。
(40) エドゥアール・テュルケティはほとんど無名のロマン派詩人。
(41) カナダ東海岸のニューファンドランド島を原産とするニューファンドランド犬は、泳ぎにすぐれ、厳しい気候をしのぐ耐久力に富んでいるので、海難救助や水中作業に多く利用されてきた。
(42)「証拠を必要とする箴言は出来がよくない」(ヴォーヴナルグ)。
(43)「われわれの友人の友情が冷めていることに気づかないのは、友情が薄い証拠である」(ラ・ロシュフーコー)。
(44)「もしわれわれにまったく欠点がなかったら、他人のうちにある欠点を指摘することに、あれほどの喜びは感じないだろう」(同)。
(45)『天使の失墜』は一八三八年に出たラマルチーヌの叙事詩のタイトル。天使のセダールが人間の女性であるダイダへの愛から人間への転身を望んで失墜するという筋書きが、ここでは踏まえられている。
(46) ギュスターヴ・エマールはアメリカ大陸を舞台とした冒険小説作家で、フランスにおけるフェニモア・クーパー流行のきっかけを作った。
(47) ガブリエル・ド・ラ・ランデルは海洋冒険小説作家。
(48) このパラグラフの書き出し(「暁が現れるとすぐ、少女たちは薔薇を摘みに行く」)は、ホメロスの『イーリアス』に見られる「薔薇色の指をした暁が現れると」という定型表現を連想させる。しかし全体はボードレールの詩、「朝の薄明」を希望の方向に書き換えたものと考えられる。

(49) この一節は『歌』のI—5の一節を部分的に書き換えたものである。『ポエジーII』で全般化しているデュカス的借用のメカニズムは、こうして自分自身のテクストにまで及ぶことになる。

(50)「理性と感情は代わる代わる相談しあい、補いあう。二つのうち一方しか参照せずに他方を放棄してしまう者は誰でも、われわれを導くために与えられたさまざまな救いの一部を迂闊にも捨ててしまうことになる」(ヴォーヴナルグ)。

(51) ジェラール・ド・ネルヴァルは一八五五年一月二六日朝、パリのヴィエイユ＝ランテルヌ通りでネクタイを使って首吊り自殺しているのが発見された。

(52)「私は多くの時間を抽象的諸学問の研究をして過ごしてきたが、通じ合える人が少ないので嫌気がさしていた。人間の研究を始めたときには、これらの抽象的諸学問がその研究に適していないこと、そして自分がそこに深入りしたせいで、それらの諸学問を知らない他の人々以上に自分の境遇から外れて迷っていることがわかった。それで私は、彼らがこれらの諸学問にいっこうに専念しないことを大目に見てやった！ しかし私は少なくとも、人間の研究においては多くの仲間が見つかるだろう、これこそが人間に適した研究なのだから、と信じた。私は欺かれた。人間を研究する者は、幾何学を研究する者より少ないのだ」(パスカル)。

(53)「[自尊心は悲惨や錯誤のただ中にあっても、いとも自然な所有の仕方でわれわれをとらえるので、] われわれは喜んで命さえも捨てるものだ、人の噂になりさえすれば」(同)。

(54) この一節はユゴーの詩「オランピオの悲しみ」を「希望の方向に修正」したものである。

(55) エジェジップ・モローは私生児として孤独な少年時代を送り、結核で夭折した。マルフィラートルはヴェルギリウスの翻訳者・翻案者で、詩人でもあったが、極貧のうちに世を去った。ニコラ・ジルベールは風刺詩を書き、ある程度人気もあったが、落馬事故が原因でやはり夭折した。アンドレ・シェニエは田園詩や牧歌詩を書く一方、「モニトゥール」「ジュルナル・ド・パリ」などで健筆を振るう論客でもあったが、ロベスピエールと対立し、国王の処刑後は反革命の嫌疑をかけられて断頭台の露と消えた。要するにこれらの詩人は「呪われた詩人」の典型として、一九世紀の文学的想像力の中でとかく結びつけられることの多い顔ぶれである。

(56)「正義への愛は、大半の人間にあっては不正に耐える恐れにすぎない」（ラ・ロシュフーコー）。

(57) フィリップ・キノーはパスカルやラ・ロシュフーコーと同時代（一七世紀）の劇作家。「キノーの時代だったら」とあるのは、オペラの台本でさえ古典主義の時代には感情優位の「悲劇、詩篇、哀歌など」よりも「箴言の冷静さ」に近いものであったという意味であろう。

(58)「いくつかの確かなことが反論されており、いくつかの誤ったことが反論もなしにまかり通っている。反論されていることは誤りのしるしではないし、反論のないことが真実のしるしでもない」（パスカル）。

(59)「所有しているものすべてが絶えず流れ去ってしまうのを感じること、そして何か恒久的なものはないかと探し求める欲求もなしにそれに執着できるということは、恐ろしいことである」（同）。

(60)「人間はしたがって、誤謬に満ちた主体にすぎない。何ものも彼に真理を示すことはない。すべてが彼を欺く。真理の二つの原理、すなわち理性と感覚は、しばしば誠実さを欠くばかりか、たがいに欺き合っている。諸感覚は偽りの外見で理性を欺く一方、自分が理性にもたらすこの同じ欺瞞を、今度はそれらが理性から受け取る。理性が仕返しをするのだ。魂のもろもろの情熱は諸感覚を乱し、厄介な印象をそれらに与える。諸感覚は嘘をつき、たがいに競って騙し合う」(同)。

(61) フランソワ・コペーは一九世紀の詩人、小説家、劇作家。

(62) ポール・スカロンは『滑稽物語』で文学史にその名を残す一七世紀の作家。

(63)「諸学問にはたがいに触れ合っている両極がある。第一の極は、すべての人間が生まれながらに置かれている生来の純粋な無知。もうひとつの極は、偉大な魂の持主たちがたどり着く無知で、彼らは人間の知りうるすべてのことを渉猟したあげく、人間は何も知らないのだということを知り、出発点であるあの同じ無知のうちでたがいに出会う。だが、それはおのれを知っている賢明な無知である。人間のうち、生来の無知から脱け出しはしたものの、もうひとつの無知に達しえなかった連中は、このいい気になった学識の色合いをいくらか帯びて、わけ知り顔をする。こうした連中は世間を惑わし、何かにつけて他の人々よりもまずい判断を下す。民衆と識者が普通は世間の動きを構成している。他の連中は世間の動きを軽蔑しており、それによって自分が軽蔑されている」(パスカル)。

(64)「物事をよく知るには、その細部を知らなければならない。そして細部はほとんど無限であるから、われわれの知識は常に表面的で不完全である」(ラ・ロシュフーコー)。

(65) アリストテレスの『詩学』に見られる悲劇の定義、「憐憫と恐怖を起こさせるような崇高で完璧な行為の模倣」を踏まえた文。

(66)「馬の鼻孔からしたたる涙」は、ラマルチーヌの詩「アラブ馬スルタン」へのほのめかし。「母親の頭髪の色」は、同じくラマルチーヌの「母の手稿」の一節を踏まえたものと思われる。ユゴーの「闇」や「気のふれた男」については、コーパスが膨大すぎるせいか具体的レフェランスに言及した註釈は存在しないが、少なくとも前者は検証するまでもなくユゴーの作品には頻出する単語である。

（67）「ビリヤード教師たち」という職業への唐突な言及について、説得的な説明は今のところ存在しない。

（68）「われわれは自分のうちに、また自分自身の存在のうちにもっている生では満足しない。他人の観念の中で想像上の生を生きたいと願い、そのために人目を引こうと努力する。絶えず、この想像上の存在を美化し維持することに励み、本当の存在をなおざりにする。そしてもしわれわれが平静さ、または寛大さ、あるいは忠実さを備えていれば、躍起になってそのことを人に知らせ、これらの美徳をその想像上の存在に結びつけようとする。これらの美徳を想像上の存在につなげるためなら、むしろ本当の自分から切り離したりもするだろう。そして勇敢であるとの評判を獲得するためなら、喜んで臆病者にもなることだろう。いずれか一方なしでは他方に満足できず、しばしば一方のために他方をあきらめるというのは、われわれ自身の存在が空無であることの大きなしるしなのだ！　というのも、自分の名誉を守るために死のうとしない者は、恥知らずということになろうから」（パスカル）。

（69）「われわれに触れて喉を押えつけてくるあらゆる悲惨を目にしながらも、われわれは抑えることのできない、われわれを高揚させるひとつの本能をもっている」（同）。

（70）「自然はそれが神の似姿であることを示すためにもろもろの完璧さを有し、神の似姿にすぎないことを示すためにもろもろの欠陥を有する」（同）。

(71)「人が法や慣習に、それらが法であるからという理由で従い、民衆がそれこそ法を正義たらしめるものであると理解するなら、それは良いことであろう。そうすれば人はけっして法から離れはすまい。しかるに、法の正義を他のものに従属させてしまうと、その正義を疑わしいものにするのは容易であり、だからこそ諸国民はとかく反逆を起こしがちなのだ」(同)。

(72)「道を踏み外している連中は正道を歩んでいる人々に、本性から遠ざかっているのはおまえたちなのだと言い、自分たちは本性に従っていると思っている。あたかも船の中にいる連中が、岸辺にいる人々が遠ざかっていくと思うようなものだ。言い方はいずれの側も同じである。それについて判断を下すには、ある定点をもたねばならない。港は船の中にいる連中を規定する。しかしわれわれはこの定点を、道徳の中のどこに見出せるであろうか？」(同)。

(73)「人間の本性においては、何かにつけてそこに見出される種々の矛盾対立ほど奇妙なものはない。人間は真理を知るために作られ、それを熱烈に望み、探し求める。それなのに真理を把握しようと努めると、人間は目が眩み、混乱してしまうために、その所有を争う種を提供してしまうのだ。そこから懐疑論者《ピロニアン》と独断論者《ドグマティスト》という二つの学派が生まれ、前者は真理の知識いっさいを人間から奪おうとし、後者はそれを人間に保証しようと努める。しかしいずれの学派もおよそ本当らしくない理由でそうするため、人間が自分の本性のうちに見出す光明以外の光明をいっさいもたないとき、それらの理由は人間の混乱と当惑を増大させてしまう」(同)。

(74)「われわれは不正なものとして生まれる。なぜなら誰もが自己に向かうからだ。それはいっさいの秩序に反している。一般へと向かわなければならないのであり、自己への傾向はあらゆる無秩序の始まりである。戦争においても、経済等々においても」(同)。

(75)「人間は死や悲惨や無知を癒すことができなかったので、幸福になるために、そのことをまったく考えないようにした。それは彼らが、あれほど多くの不幸から自分を慰めるために考案できたことのすべてである。しかしそれは、まことにみじめな慰めだ。なにしろ不幸を癒すのではなく、ただしばしのあいだそれを隠すだけなのだし、隠すことで、真にそれを癒すことを考えないようにさせるのだから。かくして、人間の本性の奇妙な転倒により、最も感知しやすい不幸である退屈が、いわば人間の最大の幸せということになる。なぜならそれはあらゆるものにも増して、人間にみずからの真の治癒を求めさせることに寄与しうるからだ。そして人間が最大の幸せとみなしている気晴らしは、じつはその最大の不幸ということになる。なぜならそれはあらゆるものにも増して、人間にみずからの不幸の治療薬を求めさせないようにするからだ。そして両者はいずれも、人間の悲惨と腐敗のみごとな証拠であると同時に、その偉大さのみごとな証拠でもある。というのも、人間がすべてに退屈してこうした数々の仕事を求めるのは、もっぱら自分が失ってしまった幸福の観念をもっているからこそなのである。その幸福が自己のうちには見つからないので、人間はそれを外部の事物の中にむなしく探し求めるのだが、けっして自分を満足させることができない。幸福はわれわれの中にも、被造物の中にもなく、ただ神のうちにのみあるのだから」(同)。

(76)「自然はどんな場合にもわれわれを常に不幸にするので、われわれの願望は幸福な状態を描いてみせる。それらの願望は、われわれの今ある状態に、今ない状態の快楽を結びつけるからだ。そしてこれらの快楽に到達したとしても、われわれはそのおかげでより幸福になりはしないであろう。なぜならわれわれは新しい状態にふさわしい、ほかの願望を抱くであろうから」(同)。

(77)「人間の理性の弱さは、それを知っている人々よりも、知らない人々のうちにずっとよく現れている」(同)。

(78)「われわれはじつにうぬぼれが強いので、全世界に知られたい、自分がいなくなった後にやってくるであろう人々にさえ知られたいと思う。いっぽうじつに見栄っ張りなので、自分を取り巻く五、六人の評価が得られれば嬉しくなり、満足させられる」(同)。

(79)「わずかのことがわれわれを慰める、なぜならわずかなことがわれわれを悲しませるから」(同)。

(80)「虚栄心は人間の心にじつに深く錨を下ろしているので、一兵卒、一従卒、一料理人、一人足でさえ自慢し、賛美者をもちたがる。哲学者たちでさえそれを欲している。そして名誉に反して物を書く人々はうまく書いたという名誉が欲しいのであり、彼らの文章を読む人々はそれを読んだという名誉が欲しいのだ。これを書いている私にしても、おそらくそんな欲求を抱いている。たぶんこれを読むであろう人々も、同じ欲求を抱くことだろう」(同)。

(81)「人間の発明は、世紀から世紀へと前進する。世間一般の善意と悪意は、同じままにとどまる」(同)。

(82)「タンタマール」は一八四三年に創刊された反体制的な風刺新聞。

(83)「世界で最も偉大な人物の精神もそれほど超然とはしていないので、自分の周囲で起こるちょっとした喧噪《タンタマール》にもかき乱されてしまう。その思考を妨げるのに、大砲の音はいらない。風見鶏や滑車の音があればいい。彼が今現在うまく推論できないからといって驚くなかれ、蠅が一匹耳もとでぶんぶん唸っているのであり、彼に適切な決心ができなくさせるにはそれでじゅうぶんなのだ。彼が真理を見つけられることをお望みなら、彼の理性の働きを妨げ、もろもろの都市や王国を統治するこの力強い知性をかき乱している、あの動物を追い払うがいい」（パスカル）。

（84）「あんなに精神を集中させ、身体を動かして掌球競技《ジュー・ド・ポーム》をする人々の目的は何だとお考えだろうか？　翌日、友人たちに、自分がほかの誰かよりもうまくプレーしたと自慢することなのだ。それが彼らの熱中ぶりの源泉である。同様に別の人々は、これまで解かれたことのない代数の問題を解いたと学者たちに示したいがために、書斎にこもって汗を流す。またほかの多くの人々は、私に言わせればじつに愚かしい仕方で獲得した地位を後で自慢したいがために、最大の危険に身をさらす。最後にまた別の人々は、これらすべての事柄を指摘すべく必死になるのだが、それも、より賢明になるためにではなく、ただ自分がそれらの事柄のむなしさを知っていることを示すためにすぎない。これらの連中は一群の中で最も愚かである。というのも、彼らはそうと知りながら愚かであるからで、しかるにほかの連中については、もしそうと知っていたら愚かではなくなるだろうと考えることができる」（同）。

（85）「アレクサンドロス大王の純潔さという手本は、その飲酒癖という手本が不節制な連中を多く生み出したほどには、禁欲的な人間を生み出さなかった。彼ほど品行が悪くないからといって、恥にはならない。人は自分がこうした偉人たちの悪徳に染まっているときには、一般人の悪徳に完全に染まっているわけではないと思うものだ。偉人たちが民衆につながっている一端で、人は彼ら偉人たちにつながっている。偉人たちはいかに高みにあろうとも、どこかで残りの人間たちと結ばれている。彼らは宙吊りになって、われわれの社会から切り離されているのではない。彼らがわれわれよりも大きいのは、その足がわれわれの足と同じ低さにあるからなのだ。彼らはみんな同じ水準にあり、同じ大地に立っていて、この末端においてはわれわれや子供たち、動物たちと同じように低いのである」(同)。

(86) これは具体的な文章の書き換えではなく、「説得術」に関するパスカルの記述の趣旨にたいする反駁として書かれたもの。

(87)「絶望はわれわれの過ちのうち最大のものである」(ヴォーヴナルグ)。

(88)「ある思考がひとつの深遠な発見としてわれわれに差し出され、われわれがそれをわざわざ展開してみるとき、われわれはしばしば、それが巷に知れ渡った真実であることに気づく」(同、強調は原文)。

(89)「人は正しくあることはできない、もし人間であるならば」(同)。

(90)「青春の嵐は輝かしい日々に囲まれている」(同)。

(91)「人間の良心、名誉、純潔、愛情、尊敬などは、金で買える。気前のよさは富の利点を何倍にも増大させる」(同)。

(92)「快楽において誠実さを欠く人々は、商売においても見せかけの誠実さしかもっていない。快楽によってもまったく人間的にならないとすれば、それは生来の性質が残忍なしるしである」(同)。

(93)「偉人たちの節度は、彼らの悪徳にしか限界を設けない」(同)。

(94)「人間たちに称賛を捧げるということは、時として彼らを傷つけることである。というのも、それらの称賛は彼らの美点の限界をしるしづけるからだ。人に評価されることに苦もなく耐えられるほど謙虚な人々は、ほんのわずかしかいない」(同)。

(95)「時間と人間にはすべてを期待し、すべてを恐れなければならない」(同)。

(96)「栄誉や功績が人間を幸福にしないならば、いわゆる幸福と呼ばれるものは彼らの哀惜に値するだろうか？　少しばかり勇敢な魂だったら、財産を、あるいは精神の休息を、あるいは節制を受け入れてくれるだろうか、もしそれらのためにみずからの感情の活力を犠牲にし、みずからの天才の飛躍を低く抑えなければならなかったとしても？」（同）。

(97)「自分が大成功を収められると感じないとき、人は大計画を馬鹿にする」（同）。

(98)「馴れ親しむことは精神の見習い修行である」（同）。

(99)「何か並外れたことを言おうとするとき、人は堅実なことはほとんど言わないものだ」（同）。

(100)「何ひとつ真実ではなく、何ひとつ虚偽ではない。すべては夢であり、嘘である」（ラマルチーヌ）。

(101)「自然が愛すべきものに作ったものには欠陥があると、安易に信じてはならない。想像上の美徳や悪徳を確立しなかった世紀や民族など、ひとつもありはしないのだ」（ヴォーヴナルグ）。

(102)「生については、死ほど誤った尺度によって判断することはできない」（同）。

(103)「ただひとりの人間の人生を考察する者は、人類の全歴史をそこに見出すことだろう、科学も経験も善きものにすることのできなかった人類の歴史を」（同）。

(104)「他人の不幸をなす者たちの通常の口実は、彼らに良かれと思っているということである」（同）。

(105)「寛大さは他人の災いで苦しむ、あたかも自分にその責任があるかのように」（同）。

(106)「人類において秩序が支配的であるとすれば、それは理性と美徳がそこでは最も強いことの証拠である」（同）。

(107)「君主たちは多くの忘恩の徒を生み出す、なぜなら彼らは自分にできることのすべてを与えていないから」(同)。

(108)「人は数々の大きな欠点が認められるような人々を心から愛することができる。完璧さだけがわれわれの気に入る権利をもっているなどと信じるのは非常識であろう。われわれのさまざまな弱さは、美徳がそうできるのと同じくらい、われわれを時としてたがいに結びつける」(同)。

(109)「友人が何かしてくれても、われわれは彼らが友人としてそうするのは当然であると考え、彼らがわれわれに友情を示すには及ばないとはまったく考えない」(同)。

(110)「服従するべく生まれついた者がいたとすれば、玉座にあってもなお服従するであろう」(同)。

(111)「快楽がわれわれを疲れ果てさせる《エピュイゼ》と、われわれは快楽を汲み尽くした《エピュイゼ》のだと思う。そして言う、何ものも人間の心を満たすことはできないと」(同)。

(112)「火、空気、精神、光、すべてが活動によって生きている。そこから、あらゆる存在の交流と結合が生まれる。そこから、宇宙における統一性と調和が生じるのだ。けれどもこの自然法則は、かくも豊饒でありながら、われわれはそれが人間にあっては欠陥であると考える。そして人間は、休息のうちに存続することができず、この法則に従わざるをえないので、われわれは人間が本来あるべき場所にはないと結論づける」(同)。

(113)「おお太陽よ！　おお天の壮麗さよ！　おまえたちは何なのか？　われわれはおまえたちの運動の秘密と秩序を取り押さえた。諸存在の中の〈存在〉の手の中にあって、盲目の道具でありおそらくは感知できない原動力である世界、おまえたちが君臨しているこの世界は、われわれの賛嘆に値するのであろうか？　諸帝国の革命、諸時代の多様な相貌、支配してきた諸国民とこれら諸国民そのものの運命を作ってきた人々、宗教にたいする諸民族の信仰心を分割してきた主要な見解や慣習、諸芸術、道徳と諸学問、こうしたすべてのものは、どんなふうに見えるのだろうか？　ほとんど目に見えない原子、人間と呼ばれる、地上を這いずり回って一日しか生存しないあの原子が、いわばひと目で、あらゆる時代における宇宙の光景を見渡すのだ」（同）。

(114)「人間たちにはおそらく、錯誤と同じ数だけの真理、悪しき資質と同じ数だけの良き資質、苦痛と同じ数だけの快楽がある。しかしわれわれは好んで人間の本性を統御することで、自分の種族を越えた高みにのぼろうとし、その種族からなんとか敬意を獲得して、それで自分を豊かにしようとする。われわれはじつに思い上がっているので、自分の個人的な利害を人類全体の利害から切り離し、わが身を巻き添えにすることなしに人類の悪口を言うことができると思っている。こうした滑稽な虚栄のせいで、哲学者たちの書物は自然にたいする罵詈雑言でいっぱいだ。人間は今や思考するあらゆる人々の不興を買っており、人間に少しでも多くの悪徳を負わせようと、皆が競い合っている有様である。けれどもおそらく、人間は今こそ再起せんとし、そのあらゆる美徳を自分に返還させようとしている」（同）。

(115)「すべてのことは言われた、人間が存在するようになり、しかも考えるようになってから七千年以上ものあいだ、人は来るのが遅すぎるのだ。習俗に関することについては、最も美しい最良のものは取り去られてしまった。人は古代人の後で、また近代人のうちでも熟練した人々の後で、落穂拾いをしているにすぎない」（ラ・ブリュイエール）。

(116)「われわれは友情、正義、人間性、同情、そして理性をもつことができる。おおわが友たちよ！　美徳とはいったい何なのか？」（ヴォーヴナルグ）。

(117)「われわれは自分が繰り返し転落したこと、そして自分の不幸の数々でさえわれわれの欠点を矯正できなかったことに気づいて、茫然自失する」（同）。

(118)「生については、死ほど誤った尺度によって判断することはできない」（同）。

イジドール・デュカスの書簡

［1］ある批評家宛（一八六八年一一月九日）

（1）一八六八年刊の『マルドロールの歌　第一歌――＊＊＊による』の一冊にはさまれていたもの。宛先の「ある批評家」が誰であるかはわかっておらず、したがって文中にある「貴下の定評ある雑誌」が何を指すかも判明していないが、続くユゴー宛の手紙には「二十人ばかりの批評家」に手紙を書いたとの記述があるので、そのうちの一通であることは間違いない。おそらく文芸時評欄をもつ雑誌のいわゆる「書評担当者《ランディスト》」のひとりに宛てたものであろう。

（2）「プチ・ジュルナル」はポリドール・ミヨーによって一八六三年二月に創刊された三面記事中心の大衆紙。

（3）パサージュ・ユーロペアンはモンマルトル大通り一二番地からパサージュ・ジュフロワまでをつないでいた短いアーケード街で、今日では消滅している。そこに本拠を置くヴェイユ・エ・ブロック書店は、一八六八年七月に開店したばかりの新興書店であった。

［2］ヴィクトル・ユゴー宛（一八六八年一一月一〇日）

（4）この手紙は一九八〇年、ガーンジー島にあるオートヴィル・ハウスの管理人、ロジェ・マルタンによって発見されたもので、長いあいだ六通しか残っていないと思われていたデュカスの書簡に七通目として加わることとなった。一八五五年以来この島に亡命中であった大詩人にデュカスが献呈した二冊の一八六八年版『マルドロールの歌　第一歌』のうち、一方のページのあいだにはさみこまれていたという。

（5）「ブルヴァールの二軒の書店」とは、第一の手紙にあったモンマルトル大通りの「プチ・ジュルナル」書店とヴェイユ・エ・ブロック書店のこと。

（6）「ジュネス」は『ポエジーI』の献辞に名前の出てくるアルフレッド・シルコ主宰の雑誌で、『マルドロールの歌　第一歌――＊＊＊による』の書評をはじめて掲載したことで記憶される。

（7）「アヴニール・ナシオナル」は一八六五年に創刊された進歩的な総合紙で、大革命の精神を受け継ぐ民主主義を基本理念とし、時の帝政政府にたいしては批判的な立場をとっていた。

（8）これらの誤植は、一八六九年一月の「魂の芳香」に掲載された「第一歌」第二稿以降は修正されている。

（9）ノートル゠ダム゠デ゠ヴィクトワール通りは第六歌の舞台となっているヴィヴィエンヌ通りと平行に証券取引所の東側を南北に走る街路で、途中でモンマルトル通りと合流してグラン・ブルヴァールに至る。「ア・リュニオン・デ・ナシオン」（正しくは「オテル・ド・リュニオン・デ・ナシオン」)は、ホテルとは言っても廉価で家具付きの部屋を貸していた一種の下宿屋のようなものであった。

(10) ユゴーは返事済みの手紙に〈r〉(返事 réponse の頭文字)という文字を書く習慣があり、この手紙にもその記号を残している。

(11) ユゴーが一八六九年の一月に出す予定の著書(原文は複数形)とは、一八六六年に出た『海に働く人々』の挿絵入り新版(エッツェル)と、ラクロワが出そうとしていた『笑う男』の二冊を指すものと思われる。ただし実際に後者が出たのは四月であった。

[3] ダラス宛(一八六九年五月二二日)

(12) レオン・ジュノンソーが一八九〇年版『マルドロールの歌』の序文で引用している手紙であるが、残念ながら全文が引かれているわけではなく、文面は部分的に削除されている(「……」が省略箇所を示す)。宛名人のダラスはパリ在住の銀行家で、イジドール・デュカスに毎月父親フランソワからの送金を渡す役目を担っていた人物である。

(13) 「五本ではなく十本の乾いた爪を差し出す」という謎めいた表現については諸説があるが、決定的な解釈はいまだに見つかっていない。

[4] プーレ゠マラシ宛(一八六九年一〇月二三日)

(14) 以下三通の手紙は、ボードレールの『悪の華』の刊行者として知られるオーギュスト・プーレ゠マラシが所蔵していた一八六九年版『マルドロールの歌』のページのあいだにはさまれていたものので、従来はラクロワの共同経営者であったヴェルベッコーヴェンに宛てたものと思われてきた。ラクロワとヴェルベッコーヴェンは二人ともベルギー人で、一八六一年に「ラクロワ／ヴェルベッコーヴェン国際書店株式会社」をブリュッセルで設立、パリに支店を構えてまもない一八六二年にユゴーの『レ・ミゼラブル』を出して大当たりしてからは急成長を遂げ、二年後の一八六四年には大手の出版社が軒を連ねるパリのモンマルトル大通り一五番地に進出、またたくまに首都有数の書店にのしあがった。いっぽうプーレ＝マラシはスキャンダラスな作品を好んで刊行したフランス人の出版者で、一八五七年の有名な『悪の華』裁判をはじめとするいくつかの訴訟沙汰で一八六二年に有罪判決を受けた人物である。

（15）サウジーはイギリス・ロマン派の第一世代に属する詩人・歴史家・批評家。

（16）ここで「昔の流派」と言われているのはロマン派のこと。

（17）一八六八年一一月にノートル＝ダム＝デ＝ヴィクトワール通り二三番地に住んでいたデュカスは、ほぼ一年後の時点でフォブール＝モンマルトル通り三二番地に引っ越していたことになるが、これら二つの通りは間にブルヴァールをはさんで道なりにまっすぐつながっており、徒歩で五分程度の距離である。

［5］プーレ＝マラシ宛（一八六九年一〇月二七日）

（18）「四〇パーセントの件」とは、自費出版である『歌』の売り上げにたいして発売者が受け取る手数料のこと、「十三冊目の件」とは、十二冊売れるごとに発売者が無料で一冊受け取るという約束のことであろう。

(19)プーレ＝マラシは一八六七年八月以降、「フランスで発禁になり外国で印刷された出版物季報」という季刊の雑誌（一種のカタログ）を発行しており、この手紙の日付よりわずか二日前の一八六九年一〇月二五日付でその第七号を出しているが、そこには一〇番目の項目として『マルドロールの歌』が掲載されている。

(20)ラクロワが予定していた『マルドロールの歌』の販売価格は三・五フランであった。当時としてはけっして安い値段ではない。

(21)「そちら」というのはベルギーを指す。

(22)「呪われた詩人たち」という言葉ですぐに思い出されるのはヴェルレーヌのそれ（ランボー、コルビエール、マラルメ、ヴェルレーヌ自身など）であるが、ここでナヴィルが引用しているのはミュッセ、ユゴー、ラマルチーヌ、バイロン、シラーなどであり、顔ぶれはまったく重なっていない。

(23)シェルビュリエはみずからも文学者であり、ジュネーヴとパリで書店を営んでいた。またラクロワ／ヴェルベッコーヴェン書店のジュネーヴにおける代理人でもあった。

［6］プーレ＝マラシ宛（一八七〇年二月二一日）

(24)デュカスが送付を依頼している「ボードレールの『詩集補遺』」とは、一八六九年にブリュッセルで刊行されたミシェル・レヴィ版の『悪の華・補遺』のこと。

(25)「三月初めにラクロワに渡す予定の作品」というのが『ポエジー』を指していることは間違いないと思われるが、結果的に見ればここに述べられている修正の意図は必ずしも十全に実現されているとは言いがたい。

［7］ダラス宛（一八七〇年三月一二日）

(26) ジュノンソーが一八九〇年版の『マルドロールの歌』にファクシミリ版で掲載したもの。オリジナルの行方は不明。現在読むことができるデュカスの書簡としては、これが最後の一通になる。

(27) 当時の出版界と司法当局の関係はかなり緊迫したものであり、ラクロワもしばしば「第六法廷」によって訴追を受け、プルードンが註釈をつけた『福音書』の刊行によって自分自身一年間収監された経験もある。それゆえ、彼が『歌』の出版によってふたたび検閲の対象になることを恐れたとしても無理はない。

(28)「ミツキエヴィッチのコンラッド」は、作品としての『コンラッド』よりも、むしろ『父祖たちの祭り』第三部に登場する神への反抗者としてのコンラッドを指すと考えるべきであろう。

(29) これらの単語は、多くが『ポエジーⅠ』のエピグラフで否定的観念の置き換え候補として列挙されていた。

(30) この時点で「四、五か月後でないと完成しない」と言われている以上、これはまもなく完成するはずの（そして実際に完成することになる）『ポエジー』とは別の作品を指すと考えるのが順当であろう。

(31)「A1・ルメール書店」とあるのは、パサージュ・ショワズールにあったアルフォンス・ルメール書店のこと。

(32) 手紙から知ることのできる三番目の住所。デュカスが最初に居を定めたノートル＝ダム＝デ

＝ヴィクトワール通り二三番地からは証券取引所をはさんで目と鼻の先である。

ロートレアモン伯爵＝イジドール・デュカス略年譜

一八四六年　四月四日　南米ウルグアイの首都モンテビデオでイジドール・リュシアン・デュカス誕生。両親は南西フランス、オート・ピレネー県タルブ・ノール郡出身の移民で、父親のフランソワは現地の領事館に勤務。

一八四七年　一二月九日　イジドールの母親死亡。原因は不明。

一八五二年　四月二日　将来の友人となるジョルジュ・ダゼット、タルブで誕生。

一八五六年　フランソワ、正規の副領事に任命される。

一八五九年　夏　イジドール、モンテビデオから単身船で大西洋を渡ってフランスへ。九月末　タルブ帝立高等中学校の第六学級に寄宿生として入学。生活監督者（後見人）はジョルジュの父、ジャン・ダゼット。

一八六二年　八月　第四学級修了。以後一年以上にわたって消息不明。

一八六三年　四月一四日　この日付でスペイン語版『イーリアス』にイジドール・デュカス本人による書き込みがある。

一八六四年　一〇月　ポー帝立高等中学校の修辞学級に寄宿生として入学。担当教師はギュスターヴ・アンスタン。

一八六五年　一〇月　哲学学級に進級し、バカロレアの受験準備に入る。

八月末　文系バカロレアを受験するが不合格。

一一月　文系バカロレアに再挑戦し、合格。

そのまま高等中学校に残って基礎数学学級に編入、理系バカロレアの受験準備に入る。

一八六六年　夏　理系バカロレアを受験したと思われるが、結果は不明。

一八六七年　五月二五日にボルドーから出港、八月七日にモンテビデオ帰還。

年末（―一八六八年春？）フランスに戻り、パリのノートル゠ダム゠デ゠ヴィクトワール通り二三番地の貸し部屋に住む。

一八六八年　八月　バリトゥー／ケストロワ印刷所で『マルドロールの歌　第一歌――＊＊＊による』製作。

九月一日　アルフレッド・シルコ主宰の雑誌「ジュネス」五号にエピステモンによる『マルドロールの歌　第一歌』の書評掲載。

九月初旬―一〇月中旬　第二歌の執筆・完成。

一一月一〇日　ヴィクトル・ユゴー宛の手紙。

一八六九年　一月　エヴァリスト・カランス発行の雑誌「魂の芳香」に「マルドロールの歌　第一歌」が匿名のままで掲載。第一稿から若干の修正あり。
夏　第六歌までを含む完全版『マルドロールの歌』の印刷・製本がベルギーで完了。著者名は「ロートレアモン伯爵」。

一八七〇年　四月九日　『ポエジーI』刊行。
六月一四日　『ポエジーII』刊行。この時点での住所はフォブール・モンマルトル通り七番地。
一一月二四日午前八時　イジドール・デュカス、右の住所で死亡。享年二四歳。

文庫版解説

本書は、二〇〇一年三月に筑摩書房から刊行された『ロートレアモン　イジドール・デュカス全集』のうち、『マルドロールの歌』、『ポエジーI』、『ポエジーII』およびイジドール・デュカスの書簡の全訳を収めた文庫版である。「第一歌」の第一稿、並びに関連テクストは割愛した。翻訳の底本として用いたのは、各テクストの初版をそのままファクシミリで収めたラ・タブル・ロンド版全集（Isidore Ducasse / Comte de Lautréamont, *Œuvres complètes*, Fac-similés des éditions originales, La Table Ronde, 1970）である。

注については、単行本に付した註解が相当量にのぼるので、一般読者にとっても有用と思われる必要最低限の情報のみを収録するにとどめ、原則として専門性の強い資料解説や訳者自身の解釈に属する部分はカットした。その結果、量的には原本の約四分の一まで圧縮されている。またこれに伴って随所で必要な書き換えを行なったほか、その後得られた情報に基づいて若干の訂正を盛り込んだ箇所があることをお断りしておく。なお、註解に利用した参考文献については煩瑣を避けるために具体的な出典指示をすべて省略したので、必要に応じて単行本を参照していただければ幸いである。

ロートレアモン伯爵ことイジドール・リュシアン・デュカスは、一八四六年四月四日、南米ウルグアイの首都モンテビデオで生まれた。筆名に見られる「伯爵」という称号はまったくの虚構であり、別に貴族の家系ではない。父親のフランソワ・デュカスは南西フランス、オート・ピレネー県の貧しい自作農家出身である。彼は一八三九年、三十歳の時に新天地を求めて南米大陸に渡り、ウルグアイのフランス領事館に勤務した(後には副領事の地位に就くことになる)。いっぽう母親のジャケット＝セレスト・ダヴザックはフランソワと同郷の女性で、彼より二年遅れてモンテビデオに移住し、さらに五年後の一八四六年一月に彼と結婚したが、このときすでに妊娠七か月を過ぎており、イジドールが誕生したのはそれから二か月後であった。この通り、イジドール・デュカスはウルグアイでフランス人の両親から生まれたため、その国籍については従来フランス説とウルグアイ説に分かれていたが、実際は二重国籍者だったというのが事実のようである。ちなみに母親は一八四七年、息子がまだ一歳半のときにわずか二十六歳でこの世を去った。死因は不明だが、自殺説も根強い。

イジドールの誕生当時、アルゼンチンとウルグアイは「大戦争《ゲーラ・グランデ》」と呼ばれる対立関係にあり、モンテビデオは一八四三年から封鎖状態に置かれていた。当然ながら市民は物資の不足に苦しみ、恒常化する暴動や略奪に悩まされていた。こうした状態は一八五一年まで続いたので、未来の詩人はまさに混乱と逼迫の渦中にこの世に現れたことになる。イジドール・デュカスの幼少年時代についてはわずかな資料しか残っていないが、いわゆる現地の公立小学校ではなく、フランス語で教育をおこなっていた私立の小学校に通っていたか、家庭教師について初等教育を受けていた可能性が高い。また、モンテビデオで使用されていた公用語は当然ながらスペイン語であったから、彼にとってはこの言語が父親の母語であるフランス語と同等の存在感をもっていたものと想像される。事実、彼がフランス語と同じくらい上手にスペイン語を話していたという証言も残っており、デュカス二言語併用者説を裏付けている。『マルドロールの歌』や『ポエジー』に少なからず見られる（標準的なフランス語からすれば）奇妙な言い回しや変則的な破格構文も、文法知識の不正確さによる誤りというよりは、幼少時から身についていたスペイン語の影響による無意識の癖と解釈したほうがわかりやすい。

一八五九年夏、十三歳のイジドール・デュカスはモンテビデオからひとりで船に乗り、大西洋を渡って初めてフランスの地を踏んだ。父親の出身地であるタルブの帝立高等中学校に寄宿生として入学するためである。通常よりも二年遅れで第六学級（日本で言えば中学校一年相当）に入学したデュカスは、概して成績良好であったが、特に目立つ生徒ではなかったようだ。しかし生まれ育った環境から遠く離れ、いきなり見知らぬ土地で厳しい規律の支配する寄宿舎生活を始めた多感な少年の不安や孤独、悲しみや怒りは、相当に深刻なものであったにちがいない。

そんな彼にとって数少ない友人のひとり（あるいはそれ以上の存在）であったのが、「金髪の美少年」ジョルジュ・ダゼットである。秀才でならしたこの少年はタルブでデュカスの身元保証人を引き受けていたジャン・ダゼットの息子であるが、一八五九年当時はまだ七歳、いかに早熟であったとはいえデュカスよりは六歳も年下であったから、出会った当初から友人関係といったものが芽生えたとは思われない。おそらく二人はダゼット家で顔を合わせ、休みの日などに遊び友達として急速に親しさを増していったのであろう。その過程でデュカスの側に同性愛的感情が芽生えていたことも、おそらく事実であると思われる。そのことを証しだてるように、〈ダゼット〉という名前は一八六八年夏に印刷された『マルドロールの歌　第一歌』の第一稿に何度か登場していた。ただし第二稿ではこれが〈D…〉というイニシャルに置き換えられ、さらに最終稿（本書所収の一八六九年版）ではさまざまな動物に置き換えられている。

一八六二年にタルブで第四学級を修了した後、同年八月から翌年一〇月までの一年以上にわたって、デュカスの足跡はぷっつり途絶える。彼の伝記における第一の空白期である。もともと通常の年齢から二年遅れで就学した彼は、やがてポーの帝立高等中学校に転校するにあたっては第三学級と第二学級を飛ばしていきなりその上の修辞学級に入っているので、おそらくこの一年間で二年分の遅れを取り戻すべく勉強に励んでいたのであろう。ちなみにジャン＝ジャック・ルフレールがデュカス家の遠い末裔の家で発見したホメロスの『イーリアス』スペイン語訳には、ちょうどこの空白期間中の日付が記されたイジドール自身によるスペイン語の書き込みが記されていた。その内容は「モンテビデオ（ウルグアイ）生まれのイシドロ・ドゥカセ氏蔵書。同じ著者による『弁論術』も所有。一八六三年四月一四日」というもので、短いメモではあるが、デュカス自身の手になる数少ない生のテクストであるのみならず、彼とスペイン語の密接な関係を裏付ける資料としてもきわめて重要な発見である。

一八六三年一〇月、デュカスはポー帝立高等中学校の修辞学級に寄宿生として入学した。なぜこの時期にわざわざ転校する必要があったのか、その辺の事情は定かでない。彼が在籍した修辞学級の文学セクションの生徒は一〇名で、その中に『ポエジーI』の献辞に名前が記されているポール・レスペスとジョルジュ・マンヴィエルがいた。前者がデュカスの消息を調査していたフランソワ・アリコの求めに応じて書いた九通の手紙は、詩人を直接知っていた人物による数少ない伝記的資料として貴重なものである。また彼らのクラスの修辞学担当教師が、やはり同じ献辞で格別の地位を与えられているギュスターヴ・アンスタンであった。

一八六四年一〇月、デュカスは最終学年である哲学学級に進級し、バカロレアの受験準備にかかるが、成績はさっぱり振るわなかったらしい。こうして翌年六月、彼の高等中学校生活はとりあえず終了する。その後、一八六五年八月末に実施された文系バカロレアを受験したが不合格で、同年一一月のバカロレアに再挑戦して無事合格した。けれどもデュ

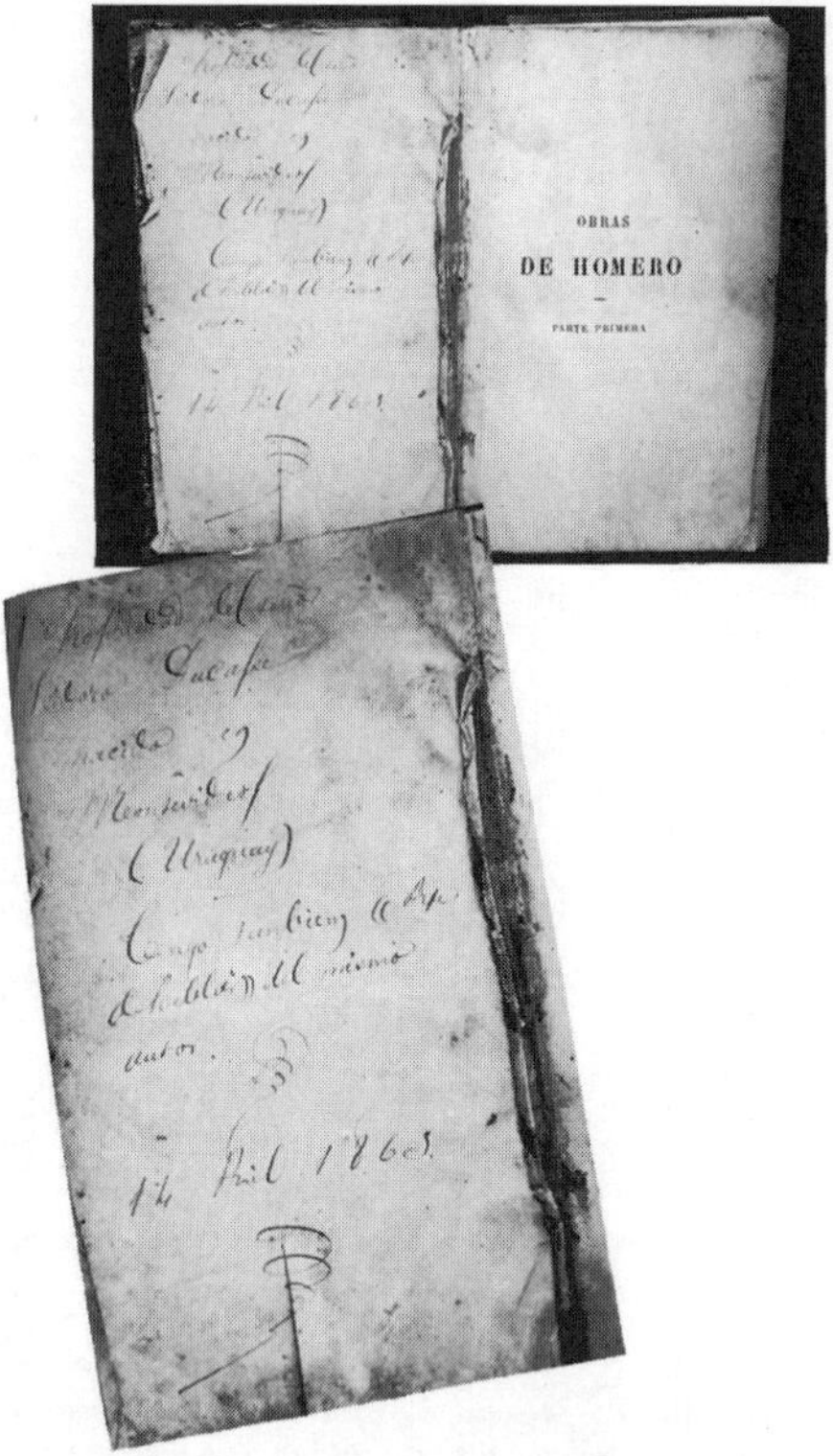

『イーリアス』への書き込み

カスはその後もポーを離れず、そのまま高等中学校に残って基礎数学学級に入り直し、今度は理系バカロレアの準備を始めている。実際に翌年受験したらしいが、合格は不明。結局、基礎数学学級を修了した一八六六年八月から翌年五月まで彼がどこで何をしていたのかは詳らかでなく、伝記的には第二の空白期となっている。

一八六七年五月、デュカスはモンテビデオに一時帰国した。理由としては、この頃すでに文学で身を立てる決意をし、『マルドロールの歌』も一部書きはじめていたが、出版費用の目処が立たなかったので、父親に無心をするためという説が有力である。モンテビデオ滞在中のイジドールについてはいくつかの証言が残されており、中には女性関係をめぐるエピソードも含まれているが、情報の信憑性に関しては留保を要する。ともあれ彼はしばらくの滞在の後、ふたたび船に乗りこんでフランスへと戻って行った。このときの航海の記憶が、有名な「大洋への賛歌」（第一歌第九章節）に直接の発想源を提供したことはほぼ確実であるが、実際に彼がいつ、どの港から、どの船に乗ったのか、そしてその船がいつ、どの港に到着したのか、詳細についてはいっさいわかっていない。

イジドール・デュカスの足跡が次に現れるのは、多くの文学者たちが集う首都パリである。「一八六七年、彼はノートル＝ダム＝デ＝ヴィクトワール通り二三番地にあるホテルの一室に住んでいた。アメリカ大陸から到着してすぐ、彼はそこに投宿したのである」というレオン・ジュノンソーの記述を信じるならば、彼は年内にもう上京していたことになるが、客観的資料を欠く以上、パリへの到着時期についてはおよそ一八六八年の春頃までの幅を見ておく必要があろう。ちなみに一八六七年の四月一日から一〇月三一日までは日本が初めて参加した第二回パリ万国博覧会が開催されていたが、これには間に合わなかったらしい。しかしその余韻は新聞雑誌などに残っていたはずで、『マルドロールの歌』には新しい科学技術の発見から刺戟を受けた形跡が垣間見られる。

デュカスの最初の住居は帝立図書館に通うには至便の場所であり、ラクロワ／ヴェルベッコーヴェン書店のあったモンマルトル大通りにも徒歩で五分、ほかにも有名書店や文学カフェなどが集中しているパリで最も知的な雰囲気に満ちた裕福な区域のひとつであった。そんな環境で、彼は作家としてのデビューを目指してひたすら執筆に専念していたものと思われる。こうして一八六八年八月、バリトゥー／ケストロワ印刷所で『マルドロールの歌　第一歌――＊＊＊による』が製作される運びとなった。わずか三十一ページの仮綴本で、価格は三十サンチーム。ただし印刷されただけで発売はされなかったため、ほとんど人目には触れなかった。アルフレッド・シルコ主宰の雑誌「ジュネス」五号にエピステモンという署名入りの書評が掲載されたのが、ほとんど唯一の反響である。

いっぽう第一歌が印刷されていた時期にちょうど重なる一八六八年の八月一五日、ボルドーではエヴァリスト・カランスという編集者がみずからの主宰する雑誌「現代文学」で詩の第二回公開コンクールを開催することを予告し、同年一二月一日を締め切りとして作品を公募していた。そして翌六九年一月には応募作を集めて雑誌第二集の「魂の芳香」が刊行されたが、そこには〈＊＊＊〉という匿名のままで「マルドロールの歌 第一歌」が掲載されているので、デュカスがこれに応募していたことがわかる。このテクストが第一歌の第二稿で、このとき〈ダゼット〉から〈D…〉への置き換えが行なわれたことについてはすでに触れた通りである。

さらに一八六九年前半までには第六歌までの執筆が完了し、同年夏の終わり頃、ラクロワ／ヴェルベッコーヴェン印刷所において、ようやく完全版の『マルドロールの歌』が製作された。その表紙に印刷されていたのは、これまでの〈＊＊＊〉という匿名記号ではなく、私たちのよく知っているあの「ロートレアモン伯爵」comte de Lautréamont という名前である（この筆名は、当時の流行作家ウジェーヌ・スューの小説『ラトレオモン』*Latréaumont* から直接想を得たものと言われている）。これが今日、私たちがロートレアモンの『マルドロールの歌』として読んでいるテクストの原型であるが、この書物は結局、一般の書店にはいっさい出回らなかった。内容の過激さに出版元のラクロワが恐れをなして発売を控えたためと言われる。

それから半年以上経った一八七〇年四月九日、十六ページの小冊子『ポエジーⅠ』が今度はイジドール・デュカスの本名で発行され、続いて六月一四日には『ポエジーⅡ』が刊行された。しかしこれら二冊の書物も『マルドロールの歌』と同じく、あるいはそれ以上に世間から無視され、何の反響も呼び起こさなかった。文字通り書評ひとつ出ないままで、それらはすぐに社会的混乱の波に呑みこまれてしまったのである。

一八七〇年といえば第二帝政がいよいよ崩壊の危機に瀕していた年であり、厳しい対外情勢も首都パリの危機を加速していた。スペイン王位継承問題をきっかけとして、フランスは同年七月一七日にビスマルク率いるプロイセンにたいして宣戦布告、いわゆる普仏戦争の火蓋が切って落とされる。しかし戦局の展開ははかばかしくなく、フランス軍は八月七日にはメッスで包囲され、九月二日には皇帝ナポレオン三世がみずからおもむいたスダンで決定的な敗戦をこうむった。皇帝は捕虜となり、この時点で早くも大勢は決した感がある。その二日後にパリ市民は立法院に押し寄せ、帝政の廃止と共和政の樹立を宣言、第二帝政はあっけなく崩壊した。

やがてプロイセン軍に攻囲され、外部との交通を完全に遮断された状態で秋を迎えたパリでは、必然的に物価が高騰し、深刻な食糧不足が起こっていた。こうした非常事態に追い討ちをかけたのが、迫りくる冬の寒さである。この年の寒波はとりわけ厳しく、一一月にもなると住民の忍耐は限界に達していた。首都がこうして悲惨な状況にあえいでいたさなかの一八七〇年一一月二四日午前八時、イジドール・デュカスはフォブール・モンマルトル通り七番地の部屋で人知れず死亡しているところを発見された。死亡証明書には「文筆業」という記載があるが、実際にはまったく無名のまま世を去ったことになる。死因については、これまで病死、事故死、暗殺、自殺、餓死など、諸説が唱えられてきたが、確かな事実は今もって判明していない。デュカスの遺体はモンマルトル墓地（当時の正式名称は「北墓地」）に埋葬されたが、一八七九年に行なわれた区画整理のどさくさに紛れて行方不明になってしまったという。

以上がロートレアモン伯爵＝イジドール・デュカスの短い生涯の概要である。『マルドロールの歌』と『ポエジー』が二〇世紀になってからシュルレアリストたちによって「発見」されるに至った事情、前者がその後新しい批評家たちによって一九世紀の最も重要な散文作品のひとつとして再評価されていく経緯、「顔のない詩人ロートレアモン」という神話が肖像写真の発見をはじめとする種々の伝記的事実の解明によって次第に解体されてきた過程、さらにスペイン語とのバイリンガルであったイジドール・デュカスを文化的二重国籍者として捉えなおす今後の研究の展望等々、まだまだこの詩人をめぐって紹介すべきことは多いが、詳細は単行本の全集に譲ることにしたい。

『マルドロールの歌』という特異な作品は、今なお強烈な毒を孕んだ麻薬的なテクストとしての衝撃力を失っていないどころか、不安と懐疑の渦巻く二一世紀にあって、ますますその存在意義を増しているように思われる。青春時代に特有の自我の揺らぎに見舞われた若者世代がこの種の作品の危険な魔力に取り憑かれることは稀ではあるまいが、それだけでなく、青春期を過ぎて久しい読者であっても「この書物が発散する致命的な瘴気」の浸透に身を任せ、白昼夢にも似ためくるめく崩壊感覚に襲われたいという倒錯的な欲望を抱く者は少なくないはずだ。そうした読者に向けてこの作品を『ポエジー』や書簡とともにあらためて差し出す機会を得たことは、訳者としても大きな喜びである。この文庫版によって、ひとりでも多くの読者が「これらの暗く毒に満ちたページの荒涼たる沼地」に足を踏み入れ、思う存分マルドロールの禍々しい吐息を全身に浴びることを願ってやまない。

訳者

二〇〇四年九月

本書は筑摩書房より刊行された『ロートレアモン全集』をもとに、註解の量的な圧縮などを施して編集したものです。本書のなかには、今日の人権意識に照らせば不当・不適切と思われる表現を含む文章もあります。しかし、本書の時代背景および原著作の雰囲気を精確に伝えるため、あえてそのままとしました。

素粒子　ミシェル・ウエルベック　野崎歓訳
人類の孤独の極北にゆらめく絶望的な愛――二人の異父兄弟の人生をたどり、希薄で怠惰な現代の一面を描き上げた、鬼才ウエルベックの衝撃作。

地図と領土　ミシェル・ウエルベック　野崎歓訳
孤独な天才芸術家ジェドは、世捨て人作家ウエルベックと出会い友情を育むが、作家は何者かに惨殺される――。最高傑作と名高いゴンクール賞受賞作。

競売ナンバー49の叫び　トマス・ピンチョン　志村正雄訳
「謎の巨匠」の暗喩に満ちた迷宮世界。突然、大富豪の遺言管理執行人に指名された主人公エディパの物語。郵便ラッパとは？（巽孝之）

スロー・ラーナー［新装版］　トマス・ピンチョン　志村正雄訳
著者自身がまとめた初期短篇集。「謎の巨匠」がみずからの作家生活を回顧する序文を付した話題作。驚異に満ちた世界。（高橋源一郎、宮沢章夫）

エレンディラ　G・ガルシア＝マルケス　鼓直／木村榮一訳
大人のための残酷物語として書かれたといわれる中・短篇。「孤独と死」をモチーフに、大著『族長の秋』につらなるマルケスの真価を発揮した作品集。

氷　アンナ・カヴァン　山田和子訳
氷が全世界を覆いつくそうとしていた。私は少女の行方を必死に探し求める。恐ろしくも美しい終末のヴィジョンで読者を魅了した伝説的名作。

アサイラム・ピース　アンナ・カヴァン　山田和子訳
出口なしの閉塞感と絶対の孤独、謎と不条理に満ちた世界を先鋭的スタイルで描き、作家アンナ・カヴァンの誕生を告げた最初の傑作。（皆川博子）

オーランドー　ヴァージニア・ウルフ　杉山洋子訳
エリザベス女王お気に入りの美少年オーランドー、ある日目をさますと女になっていた――4世紀を駆ける万華鏡ファンタジー。（小谷真理）

昔も今も　サマセット・モーム　天野隆司訳
16世紀初頭のイタリアを背景に、「君主論」につながるチェーザレ・ボルジアとの出会いを描き、「政治人間」の生態を浮彫りにした歴史小説の傑作。

コスモポリタンズ　サマセット・モーム　龍口直太郎訳
舞台はヨーロッパ、アジア、南島から日本まで。故国を去って異郷に住む〝国際人〟の日常にひそむ事件のかずかず。珠玉の小品30篇。（小池滋）

マンスフィールド・パーク　ジェイン・オースティン　中野康司訳
伯母にいじめられながら育った内気なファニーはいつしかいとこのエドマンドに恋心を抱くが——。恋愛小説の達人オースティンの円熟期の作品。

ボードレール全詩集Ⅰ　シャルル・ボードレール　阿部良雄訳
詩人として、批評家として、思想家として、近年重要度を増しているボードレールのテクストを世界的な学者の個人訳で集成する初の文庫版全詩集。

文読む月日(上・中・下)　トルストイ　北御門二郎訳
一日一章、一年三六六章。古今東西の聖賢の名言・箴言を日々の心の糧となるよう、晩年のトルストイが心血を注いで集めた一大アンソロジー。

暗黒事件　バルザック　柏木隆雄訳
フランス帝政下、貴族の名家を襲う陰謀の闇——凜然と挑む美姫を軸に、獅子奮迅する従僕、冷酷無残の密偵、皇帝ナポレオンも絡む歴史小説の白眉。

ダブリンの人びと　ジェイムズ・ジョイス　米本義孝訳
20世紀初頭、ダブリンに住む市民の平凡な日常をリアリズムに徹した手法で描いた短篇小説集。リズミカルで斬新な新訳。各章の関連地図と詳しい解説付。

眺めのいい部屋　E・M・フォースター　西崎憲/中島朋子訳
フィレンツェを訪れたイギリスの令嬢ルーシーは、純粋な青年ジョージに心惹かれる。恋に悩み成長する若い女性の姿と真実の愛を描く名作ロマンス。

キャッツ　T・S・エリオット　池田雅之訳
劇団四季の超ロングラン・ミュージカルの原作新訳版。あまのじゃく猫におちゃめ猫、猫の犯罪王に鉄道猫。15の物語とカラーさしえ14枚入り。

ランボー全詩集　アルチュール・ランボー　宇佐美斉訳
束の間の生涯を閃光のようにかけぬけた天才詩人ランボー——稀有な精神が紡いだ清冽なテクストを、世界的ランボー学者の美しい新訳でおくる。

怪奇小説日和　西崎憲編訳
怪奇小説の神髄は短篇にある。ジェイコブズ「失われた船」、エイクマン「列車」など古典的怪談から異色短篇まで18篇を収めたアンソロジー。

世界幻想文学大全
幻想小説神髄　東雅夫編
ノヴァーリス、リラダン、マッケン、ボルヘス……時代を超えたベスト・オブ・ベスト。松村みね子、堀口大學、窪田般彌等の名訳も読みどころ。

思考の整理学　外山滋比古
アイディアを軽やかに離陸させ、思考をのびのびと飛行させる方法を、広い視野とシャープな論理で知られる著者が、明快に提示する。

質問力　齋藤孝
コミュニケーション上達の秘訣は質問力にあり！これさえ磨けば、初対面の人からも深い話が引き出せる。話題の本の、待望の文庫化。（斎藤兆史）

整体入門　野口晴哉
日本の東洋医学を代表する著者による初心者向け野口整体のポイント。体の偏りを正す基本の「活元運動」から目的別の運動まで。（伊藤桂一）

命売ります　三島由紀夫
自殺に失敗し、「命売ります。お好きな目的にお使い下さい」という突飛な広告を出した男のもとに、現われたのは？（種村季弘）

こちらあみ子　今村夏子
あみ子の純粋な行動が周囲の人々を否応なく変えていく。第26回太宰治賞、第24回三島由紀夫賞受賞作。書き下ろし「チズさん」収録。（町田康／穂村弘）

ベルリンは晴れているか　深緑野分
終戦直後のベルリンで恩人の不審死を知ったアウグステは彼の甥に訃報を届けに陽気な泥棒と旅立つ。歴史ミステリの傑作が遂に文庫化！（酒寄進一）

向田邦子ベスト・エッセイ　向田邦子　向田和子編
いまも人々に読み継がれている向田邦子。その随筆の中から、家族、食、生き物、こだわりの品、旅、仕事、私……、といったテーマで選ぶ。（角田光代）

倚りかからず　茨木のり子
もはや／いかなる権威にも倚りかかりたくはない……話題の単行本に3篇の詩を加え、高瀬省三氏の絵を添えて贈る決定版詩集。（山根基世）

るきさん　高野文子
のんびりしていてマイペース、だけどどっかヘンテコな、るきさんの日常生活って？　独特な色使いが光るオールカラー。ポケットに一冊どうぞ。

劇画　ヒットラー　水木しげる
ドイツ民衆を熱狂させた独裁者アドルフ・ヒットラーとはどんな人間だったのか。ヒットラー誕生からその死まで、骨太な筆致で描く伝記漫画。

ねにもつタイプ　岸本佐知子

何となく気になることにこだわる、ねにもつ。思索、奇想、妄想はばたく脳内ワールドをリズミカルな名短文でつづる。第23回講談社エッセイ賞受賞。

TOKYO STYLE　都築響一

小さい部屋が、わが宇宙。ごちゃごちゃと、しかし快適に暮らす、僕らの本当のトウキョウ・スタイルはこんなものだ！　話題の写真集文庫化！

自分の仕事をつくる　西村佳哲

仕事をすることは会社に勤めること、ではない。仕事を「自分の仕事」にできた人たちに学ぶ、働き方のデザインの仕方とは。（稲本喜則）

世界がわかる宗教社会学入門　橋爪大三郎

宗教なんてうさんくさい!?　でも宗教は文化や価値観の骨格であり、それゆえ紛争のタネにもなる。世界宗教のエッセンスがわかる充実の入門書。

ハーメルンの笛吹き男　阿部謹也

「笛吹き男」伝説の裏に隠された謎はなにか？　十三世紀ヨーロッパの小さな村で起きた事件を手がかりに中世における「差別」を解明。（石牟礼道子）

増補　日本語が亡びるとき　水村美苗

明治以来豊かな近代文学を生み出してきた日本語が、いま、大きな岐路に立っている。我々にとって言語とは何なのか。第8回小林秀雄賞受賞作に大幅増補。

子は親を救うために「心の病」になる　高橋和巳

子は親が好きだからこそ「心の病」になり、親を救おうとしている。精神科医である著者が説く、親子という「生きづらさ」の原点とその解決法。

クマにあったらどうするか　姉崎等　片山龍峯

「クマは師匠」と語り遺した狩人が、アイヌ民族の知恵と自身の経験から導き出した超実践クマ対処法。クマと人間の共存する形が見えてくる。（遠藤ケイ）

脳はなぜ「心」を作ったのか　前野隆司

「意識」とは何か。どこまでが「私」なのか。死んだら「心」はどうなるのか。――「意識」と「心」の謎に挑んだ話題の本の文庫化。（夢枕獏）

モチーフで読む美術史　宮下規久朗

絵画に描かれた代表的な「モチーフ」を手掛かりに美術を読み解く、画期的な名画鑑賞の入門書。カラー図版約１５０点を収録した文庫オリジナル。

ちくま文庫

ロートレアモン全集《ぜんしゅう》　全一巻

イジドール・デュカス

二〇〇五年二月十日　第一刷発行
二〇二三年八月二十日　第五刷発行

著者　ロートレアモン
訳者　石井洋二郎（いしい・ようじろう）
発行者　喜入冬子
発行所　株式会社　筑摩書房
東京都台東区蔵前二―五―三　〒一一一―八七五五
電話番号　〇三―五六八七―二六〇一（代表）
装幀者　安野光雅
印刷所　明和印刷株式会社
製本所　株式会社積信堂

ISBN978-4-480-42046-6　C0198